甜爱与祥德

鲁阁下 / 著

北京联合出版公司
Beijing United Publishing Co.,Ltd.

图书在版编目（CIP）数据

甜爱与祥德 / 鲁阁下著 . -- 北京：北京联合出版公司，2018.9

ISBN 978-7-5596-2421-5

Ⅰ . ①甜…　Ⅱ . ①鲁…　Ⅲ . ①长篇小说—中国—当代　Ⅳ . ① I247.5

中国版本图书馆 CIP 数据核字（2018）第 172046 号

甜爱与祥德

作　　者：鲁阁下

策　　划：北京金色昀虹文化传媒有限公司

特约编辑：董向文　刘　敏　　责任编辑：徐　鹏

封面设计：璞茜设计

北京联合出版公司出版

（北京市西城区德外大街 83 号楼 9 层 100088）

北京联合天畅发行公司发行

北京君升印刷有限公司印刷　新华书店经销

字数 310 千字　880mm × 1230mm　1/32　12.5 印张

2018 年 9 月第 1 版　2018 年 9 月第 1 次印刷

ISBN 978-7-5596-2421-5

定价：39.00 元

本书若有质量问题，请与本公司图书销售中心联系调换。电话：（010）64243832

引子

又一年春早。

向神明千万次祷告后，田府诞下三代以来第一个女婴，弄瓦之喜，田老爷溢于言表。云游四方的术士为女婴赐名“田瑷”，却留下一句谶语拂袖而去：“情缘只得十八年，若非沟壑变平川。”

田老爷胆战心惊，令人取土欲填平村外两条沟壑。蹊跷的是，投入的土方总被瞬间冲走。

怀着些许侥幸，田老爷将小女精心养在深宅大院，不外出半步。伴着初归燕子呢喃，半夏鸣蝉叨扰，田瑷一日日长大，知书达理，聪颖过人，且渐渐出落得月貌花容、楚楚可怜。

村里放牛的小伙祥德，模样俊俏，与田瑷年纪相仿。因祖上世代为田府佃农，得了出入自由之便，成了田瑷最好的玩伴。陪小姐一起读书，虽是偶尔，祥德却能将文章背得烂熟；给小姐捎去莲花菖蒲，哪怕一枝，亦能让田瑷知晓年近端午。两小无猜，继而日久生情，眼里的秋波，心中的蜜意，胜过那神仙眷侣。

爱女和佃户子弟的眉目传情，田老爷早看出了端倪，然而最让他夜不能寐的，是女儿的十八岁已迫在眉睫。

少年祥德突然不知所踪。小姐茶饭不思，常在门口张望。情郎的影子，你在何方?

忽一日，田府门口鞭炮齐鸣——消失一年之久的祥德，山一样伫立在大宅门前。原来，得知老爷所虑，他遍寻名山，终访得当年术士，方知若填平沟壑唯深山顽石，而非人间凡土。随后一年，祥德每日赶着老牛，风餐露宿，不舍昼夜地从山中凿出顽石，以血肉之躯运出，竟如精卫般填平了两条深不可测的沟壑。

禁足十八载的田瑷，终于迈出森森庭院，扑进祥德怀中，喜极而泣。

牵你手，走过彼时沟壑今日平川，这世上从此有了两条路：一条甜爱，一条祥德，相依相偎，再不孤独……

一

六月的佛罗伦萨，迎来了一年中最惬意的时光。在这座被誉为“世界艺术之都”的城市，穿过古老街道的风，早已不再掺杂地中海的咸涩味道，裹挟了橡木香般清雅的文艺气息扑面而来，浸润着人的每个毛孔。

这是佛罗伦萨美术学院绘画系国际硕士班本学期的最后一堂课，主题是学生期末作业点评。奚沐晓坐在靠窗的位子上，一边聆听罗莎夫人对其他同学的作品进行点评，一边暗自重温早就默念了无数遍的作品陈词。

作为班里唯一的跟读生，两年前刚进学校时她就备受争议。奚沐晓大学念的本是商科，经营船运公司的父亲希望她在国外读个 EMBA 回来历练培养。让奚伯明没想到的是，女儿在英国伦敦政经学院深造的一年间，竟多次飞往佛罗伦萨美术学院，向各位教授递交自己历年的美术作品合集。屡次碰壁后，她偶遇了德高望重的老教授罗莎夫人。夫人认真翻看了奚沐晓的作品，最终认可了她细致入微的描绘笔法，破格招录她在国际硕士班跟读，但是无论她的学习成绩如何优异，最终都与硕士学位无缘。奚沐晓想也没想就点头答应了——毕竟她也确实不知道拿个学位对她这个家族企业的未来接班人有什么意义。

奚沐晓的到来，让班里一时闲话不少。来自日本九州的佐佐木背地里就经常用 Bachelor Xi（只有学士学位的奚小姐）来称呼她。虽然心里反感，奚沐晓倒也能想得开：他讲得也没错，就算苦读两年拿不到硕士学位也是自己选择的，怨不得别人。

“米歇尔，下面时间交给你，请跟大家分享一下你这幅油画《香料市场的女人》的创作经历。”

听到罗莎夫人点名，奚沐晓起身走上讲台，来到自己的作品前，清清嗓子：“谢谢罗莎夫人！大家好，这幅作品表现的是去年夏天我在土耳其旅行时，在伊斯坦布尔的香料集市上看到的一幕。老板娘五岁的儿子躲在货架背后跟妈妈玩捉迷藏，老板娘想去拉他出来，不小心碰翻了货架上的香料罐子，各色香料粉泼洒下来，在晨光的映衬下，带着一丝朦胧、神秘的美。我想，这就是东西方文化交汇的土耳其带给我的惊艳一瞥。”

“米歇尔，我不得不承认，你的画作总带着一股静谧的力量，和你表面的活跃奔放似乎来自两个世界，但我个人真的很喜欢这种反差。同学们看，画中的少妇在看到香料泼洒之后，惊慌的表情中带着一丝不易察觉的自嘲，这里捕捉得非常精准。香料粉在晨光映射中的变色处理，也相当巧妙。细致到甚至连女人眼睛里反射的光，都已经有了香料的颜色。整个作品典雅、温暖、明朗，隐约带有文艺复兴三杰之一——拉斐尔的风格，十分难得，我为你感到骄傲，米歇尔！”罗莎夫人的赞许赢得了教室里不少同学的掌声，奚沐晓略显局促，虽然这不是夫人第一次当众夸赞她。

依例，夫人会对学生的作品提出改进意见："当然，米歇尔，你的作品在完美中留有一个小瑕疵。可能，还是你唯一不擅长的部分——手！你看，她的手臂和手掌，虽然比例和透视没错，但整体显得非常没有力量。突发状况下，身体本能的反应会带来骨骼、肌肉和韧带的紧张，呈现出一个爆发的状态，显然你的这幅作品在此处还需要改进。"夫人讲得出乎意料地不留情面，奚沐晓听得有点蒙了，"其实在你过去的很多作品中，手部的处理都有所欠缺，虽然整体效果都很棒，但手部呈现始终是个遗憾。"

此时，教室前排传来一个轻微但充满蔑视的声音："也许你以后可以考虑开一个没有手的肖像画展，Bachelor Xi。"教室里传来一阵哄笑，罗莎夫人做了一个"嘘"的手势，课堂随即恢复了平静。奚沐晓谢过夫人，强作微笑走下讲台。

"感谢今天大家的分享，还有你们用心的作品。今天是本学期的最后一堂课，接下来，我会给你们每个人大半年的时间，你们可以选择继续留在学院，或者去任何你们想去的地方，准备你们的毕业作品及硕士论文。记得明年春天，回到这里！我爱你们，孩子们，希望你们一切顺利！"说到此处，罗莎夫人眼里泛出一丝泪光。眼看又一届学生要毕业了，而她在讲坛上的使命也将走向终点。从青春洋溢到年近古稀，四十年的光阴，就在从未变色的赭石讲桌旁，偷偷流走。

各国学生纷纷拿出手机自拍，抑或围着罗莎夫人合影。奚沐晓收拾好包，快步走向佐佐木的座位，向他斩钉截铁地说："佐佐木先生，三年之内，我一定会举办一场只有手的画展，到时候我第一个邀请你！"佐佐木听了笑得愈发张狂："哈哈，好啊，希望你不要让我等太久哦！"

罗莎夫人注意到了两人的剑拔弩张，忙招呼奚沐晓：“米歇尔，你一会儿跟我去办公室，我还有事单独跟你说。”

夫人的办公室是一座幽静的小楼，跟佛罗伦萨的许多建筑一样，它也经历了不知多少个世纪的风霜。斑驳的墙体上，斜映着几缕亚平宁半岛的明媚阳光。

两人坐定，夫人微笑着对奚沐晓说：“米歇尔，我想告诉你，硕士论文，按理你是不用交的，不过如果你愿意，我非常希望你能将这一两年的所学所思汇聚成文字，也许它无法成为你拿到硕士学位的敲门砖，但一定可以成为你未来成功的一块基石。”奚沐晓点了点头，请夫人放心，她原本也是计划要写的。

“第二点，是我课堂上对你作品手部问题的点评。你可能会很好奇，为什么我早就发现了你的问题，却等到现在才告诉你。因为我猜测，这一定与你的技巧无关，你可能是遇到了什么心理问题。你有足够的天分，你的笔法一向出色，观察那么深刻，连眼神都可以精准刻画，不可能会画不好一双手。”罗莎夫人提出了自己长久以来的一个疑问，“可以告诉我，到底是什么原因吗？”

奚沐晓惊讶于老夫人的洞察力，然而那个真正让她看到双手就会眩晕的原因，还是让它成为一段藏于内心的秘密吧。

“谢谢夫人，由于一些特殊情况，我不能告诉您背后的原因。我只能向您描述，当我尝试全神贯注地观察一双手时，我就会感觉精神恍惚，无法集中精力。所以，如您所见，我以前的很多作品都会回避双手，或者，草草了事。”

罗莎摸摸她的头发，像奶奶般，眼光充满慈爱：“学画的孩子都知道，达·芬奇小时候被费罗基俄调教，让他画了一年的鸡蛋。我也给你一个任务，就是去用心观察一百双手，建立起对手最基本、最客观的认知，然后再找模特画半年的手，画到你可以坦然地面对每一双手。

这个过程可能会很枯燥、很煎熬，甚至令你反感——但请答应我，一定坚持住。真正的艺术家，有时候需要一点执拗和不理智。如果那点眩晕是不可避免的，那就请正视这份对艺术的眩晕感，眩晕着，画下去。我知道你当初是放弃了 EMBA 从伦敦来到佛罗伦萨，你有足够的勇气和激情去发现、去改变，我相信你会成功的。说实话，我还真有点儿期待你的那场只有手的画展！”

奚沐晓瞬间被触动内心最柔软的部分。虽然家境优渥，但画画从来不是父母最支持她做的事。当年罗莎夫人把她从一群鄙夷的眼光中拯救出来，已经是对她最大的鼓励，今日的促膝长谈，更让她像打了一整瓶的鸡血。

她并没有像父母建议的那样，去幽静的富人区独住，而是在学院附近找了一对老年夫妻的 Home Stay（家庭寄宿），既能提高意大利语，又繁华安全——要知道，意大利的社会治安比起国内并不算好。当然，这都是借口而已。

老夫妇对中国的一切充满了好奇，只要奚沐晓有空，就会拉着她打听这打听那。好在奚沐晓也乐在其中，不厌其烦地向他们解释，为什么有个诗人跳江了人们就要吃粽子，上海的房价为什么那么高，北京的雾霾为何总那么厉害，就连弟弟奚力发了个朋友圈秀限量版康达姆机器人，奚沐晓也会跟两位老人聊聊。

可惜前几日两位老人飞去西西里岛晒太阳了，奚沐晓在自己的房门上发现了一张字条，上面写着：“亲爱的孙女，祝你回程顺利，等我们来中国吃诗人的糯米团（屈原的粽子）！”看到这里，奚沐晓笑了，拿笔在字条后边画了大大的一个吻。

昔日热闹的家里，此刻静得只听得到墙上挂钟的嘀嗒声。奚沐晓猛地打了个激灵，赶紧冲到客厅打开了音响，把音量调到最大。然后在近乎狂躁的音乐中洗完澡，裹着浴巾对着镜子吹头发。蓦地，她发现镜子里的自己，不知何时已变成了一个最熟悉的陌生人。她害怕一个人独处，因为孤单随时会幻作一头膨胀的怪兽，吞并她脑中的一切思维。这样的感受，从那一年开始就一直存在，挥之不去；也只有在潜心绘画时，她才能暂时得以解脱。

上床前她收到一条微信，是祁实发来的，问明天几点到上海，他去接机。

奚沐晓原想像往常一样，直接把消息删除。手指触碰屏幕的瞬间，她停住了。思索片刻，回了一行字："不用，太晚了。我爸安排司机接了。"随后定好手机闹钟，合上双眼，而不关灯，早已成为习惯。

第二天，罗马转机。奚沐晓用机上 Wi-Fi 发了条朋友圈："Bye, ITALY! Hello, SHANGHAI, I am back with my dream!"然后盖上毛毯酣然睡下。她知道在落地上海的那一刻，这条消息下的点赞和评论会像一块费列罗掉到地上那般，聚满蚂蚁。

二

上午十点，在自家舒服的大床上昏睡了一整宿后醒来，奚沐晓舍不得睁眼，她许久没有睡得这么踏实了。迷迷糊糊中，感觉什么东西在自己脸上游动，奚沐晓尖叫一声，从床上腾地坐起，定睛一看，原来是妈妈不知何时走进了房间，正坐在床边面带微笑，眼睛直勾勾地盯着自己。

“妈！你好歹弄出点儿动静来，不声不响地坐在这里悄悄摸人家，吓不吓人！”奚沐晓伸了个大大的懒腰，起床气未消。

“怎么还咋咋呼呼的？晓晓，你小时候可不这样，那会儿乖巧、文静，又漂亮，像个芭比娃娃，人见人夸。”妈妈谈及幼时的奚沐晓，脸上写着“得意”二字。

“那是别人家的孩子。”顶嘴已经成为奚沐晓与妈妈相处的日常，“现在你女儿刁蛮、任性，像个金刚芭比。不过，还是很漂亮，对吧？”奚沐晓说着凑上前去。

“你倒挺有自知之明！让我仔细看看，比我去年到欧洲旅游见你时瘦了些。”妈妈伸手再次轻触女儿精巧的小脸，“漂亮嘛，那是自然！”

“就是！也不看看我妈是谁，当年鼎鼎有名的彭浦三美！”

“不许取笑你老娘！”妈妈佯装生气，嘴角却浮现出一丝傲娇的笑。女儿嘴里玩笑似的“三美”，当年也确有其事。庄家三姐妹——大姐庄兰敏，二姐庄慧敏，还有她庄芝敏，虽然只是普通人家的女儿，却出落得大方得体，个个出挑。在彭浦这个上海最早的工人新村里，经常惹得一帮刚上班的毛头小伙儿在路上吹口哨。

“好，不逗了！改天我们去看看二美吧！”奚沐晓拍拍妈妈的肩膀。

“不用，你二姨妈太想你了，说今天就要过来看你！”其实庄家三姐妹关系打小就融洽，然而当年盛夏，大姐庄兰敏在安徽巢湖当知青时，收工后下河洗脚，不慎溺水身亡，“三美”从此只剩下了两个。

奚沐晓突然想起来什么：“哎呀，不巧，今晚我跟朋友已经约好了。你让二美明天来好吗？”

“你自己给她发微信。”妈妈丢下一句话，正准备走出房间，又折了回来，“沐晓啊，妈妈有几句话必须跟你讲明白的：你这次回来就不能再走了，学画的事当个兴趣就好，我和你爸爸也不多干涉，但这终究不是一辈子的事业。公司现在发展得很快，船队下半年还要扩张，正是需要人的时候。你爸也快六十了，虽然有你叔叔他们帮忙，但毕竟……”庄芝敏见女儿不接茬儿，也没再继续说下去。

奚沐晓耷拉下眼皮不耐烦地敷衍：“知道啦！我应该尽快去公司熟悉业务，然后找个门当户对又靠谱的老公，再过几年把我弟也扶植上正轨，这样我爸就可以安心退休了。是这样吗，亲爱的三美？”

“知道就好。”这个答复妈妈还算满意，“对了，晚上你跟朋友不是去酒吧吗？去的话不许开车啊！我让老许接送！”

“妈，别提许师傅了！我去年回来在金茂大厦的九重天酒吧跟朋友聚会，完事儿让他到楼下接我，你猜他开到哪儿去等了？南京路七重天宾馆！一个九重，一个七重，这当中还差两重呢！害得我在浦东干等了一个小时。”奚沐晓翻了个巨大的白眼，小嘴喋喋不休。

“你还怪老许，人家都一把年纪了谁像你成天往夜店跑，熟门熟路？”

见老妈又开始数落自己，奚沐晓不敢继续逗她：“好啦好啦，你以为我真那么爱去泡吧啊？今晚是加菲约我去衡山马勒别墅，我们就吃个饭聊聊天。”听到加菲这个名字，庄芝敏总算放心地离开。

看着妈妈的背影，奚沐晓摇头嘟囔：“回国前说好的不啰唆，结果每次都是这几句话。我可是回来准备毕业作品的啊……”

吃过午饭，像皇上批奏折一样挨个儿回了朋友圈的留言，然后开始化妆，又磨磨蹭蹭地挑了好一会儿衣服，奚沐晓总算对今晚的造型稍微满意了。她下楼取好车，一脚油门自地库轰出，从外滩直奔法租界的马勒别墅。她自认不是典型的富二代，尤其在国外待了几年，深知人的成就感，并非香车豪宅可以表达的。但是，有好车开，有大房子住，谁又有理由拒绝呢？

衡山马勒别墅坐落在老上海上只角（繁华富人区）的最核心处。这座由英籍犹太人马勒于1936年建成的私人花园别墅，是一座三层挪威风格建筑，仿佛童话故事里的城堡，传说是马勒送给心爱女儿的礼物。小时候去展览馆参观，坐在爸爸的自行车后座上，奚沐晓就眼巴巴地望着这座花园，非常向往能进去玩上一圈。如今，这里早已变成酒店和高档餐厅，再也无法拒人千里之外，但依然是奚沐晓心中小世界里那座剔透的水晶宫殿。

服务员帮忙泊车时，奚沐晓已踏进旋转门，远远就看见加菲冲自己一个劲儿挥手，旁边坐着她传说中的警察男友丘野。

奚沐晓惊讶于加菲瘦身效果显著，虽然还是比常人大一号，但比起一年前那个一百八十斤的肥妞，显然已经瘦了一大圈。

"加菲，你可以啊！自从交了男朋友，奚妈再也不用担心你的身材了！"奚沐晓捏了捏加菲圆润的脸蛋，笑着说。

"你就使劲儿损我吧！来给你介绍一下，这是丘董——丘野，我男朋友。奚沐晓，著名留洋青年画家，也是我最爱的奚妈！"加菲的介绍，让现场氛围轻松不少。奚沐晓也趁机仔细打量起这个在加菲朋友圈里一天出现八次的警察叔叔，身材挺拔结实，短短的头发，健康的小麦肤色，衬衣下若隐若现的饱满胸肌，脸上带着一对浅浅的酒窝，无不彰显出一个年轻警员的活力。

奚沐晓打心眼里为加菲的变化高兴。加菲本名叫杨佳卉，不知道从哪天起，加菲猫的卡通形象在学生中间流行开来，彼时胖胖的佳卉就被同学甚至老师亲切地喊成了"加菲"。她倒也大方，欣然接受这个称呼，丝毫不觉生气，还让她妈妈买了只纯种的美国加菲猫，经常带到学校，老师也拿她没办法。加菲家境相当不错，祖上在上海永嘉路有两栋大洋房，新中国成立后被充公，但瘦死的骆驼比马大，家里很多亲戚在香港和新加坡做生意。从小衣食无忧的她，被胖乎乎的妈妈喂成了自己的翻版。从初中预备班到高中毕业，奚沐晓跟她同窗七年。其他同学虽然谈不上欺负加菲，但总是明里暗里笑话她的身材。只有奚沐晓，从陪加菲找猫开始熟悉，最终成为无话不谈的密友。

加菲和这个男朋友认识了好几年，恋爱也有一年多。至于两人认识的过程，奚沐晓早就听加菲绘声绘色地描述过：上大学那会儿，加菲迷周杰伦，有次周董在上海电影节走红毯，加菲在网上花大价钱买了个记者证，混到记者区去拍照。一个在现场维持秩序的实习警员兴许是晒了太久太阳，竟然晕倒在加菲身边。加菲好心地扶起他，给他灌了两口冰水。小警员倒是很快苏醒了，结果加菲却因此错过了周董的红毯。后来，两人联系不断，直到某一天加菲勇敢地向警员表白，两人就这么在一起了。

“难怪叫他丘董，原来他让你失去了周董……”奚沐晓偷偷对加菲耳语了一句，两人咯咯笑作一团。丘野似乎听到了，有些局促不安地搓起了手。

“加菲眼光不错！”奚沐晓不拘小节，竟然上前摸了摸丘野的胸肌，“瞧瞧这体格！我呀，一直担心我们家加菲结婚的时候新郎背不动她，都担心十几年了，现在可算放心了！”

加菲一把抓过奚沐晓不安分的手：“哎哎！我说，看看得了，还伸出咸猪手了！奚妈先忍忍，一会儿啊，有你摸的！”

奚沐晓这才发现空位上还摆放了一套西餐餐具，忙警觉地问：“搞什么鬼？你不是就介绍丘董给我认识吗？你还叫了谁？”

“还能有谁，猜都猜得到。买单的呀！”加菲一脸诡异莫测的笑。

“你奚妈不缺这点儿钱！”奚沐晓一脸坚决，脑子飞转几圈，大概知道加菲所言何人了。

加菲忙赔笑脸：“我错了。奚妈先冷静一下，话说，当事人想请这顿饭也不是一天两天了，你就伸手不打笑脸人，给点儿面子，啊。”

“我倒是想给你面子，你呢？就只知道给我添乱！”奚沐晓暗中叫苦不迭，资深猪队友加菲今天又立功了。

两人正说着，加菲突然冲着旋转门里走进来的一个俊秀时髦的年轻男子喊了一声：“哎，祁实来了！”

“抱歉抱歉，今天路上堵车，来晚了。”祁实忙跟大家打招呼。

奚沐晓低头假装喝咖啡，那杯意式特浓EXPRESSO，为何在此时显得苦不堪言？

“晓晓，总算又见到你了。时差倒过来了吗？”祁实手搭在奚沐晓的椅背上，半俯下身子关切地问道。窄窄的韩版领带悬在空中晃动，像曾经的心波荡漾。

“我……”奚沐晓迟疑了一下，耳边似乎只听到“嗡”的一声炸响。片刻，她总算调整好了心情，仰头送上一个最官方的微笑，“是啊，又见面了。时差嘛，且得花时间调。我这一天都在犯困，还好这家店的咖啡不错。”说完，她指了指手中的咖啡杯。

“嗯，除了咖啡，这家店的红酒和牛排都很棒，相信不会输给意大利本地的餐厅。等下喝杯红酒，能帮你晚上轻松入眠。”祁实言谈中透出十足的暖男气质，与中学同窗时并无分别。

“哼！”加菲清了清嗓子表示不满，“枉费姐姐我身宽体胖，这么大只在有些人眼里竟然是透明的？”

祁实忙转头笑脸相迎：“怎么会？加菲在我心中那可是举足轻重的，怎么会是透明的呢！”

加菲白了他一眼：“还举足轻重，得了，拿掉两个字儿，直接说姐姐我是举重的就行了……”

“那也是轻量级的！”

加菲被祁实的这句话逗开心了，呵呵笑了好一阵，见一旁丘野还呆坐着，这才想起来把男友介绍给祁实认识。

气氛逐渐热络，各自的近况自然是佐餐的最佳话题。

“对了祁实，你家的典当行——哦不，融资公司生意还好吧？”加菲用力切开略带血丝的牛排，眼神中满是对食物圣洁慈祥的爱。

“我爸帮忙盘下来也没多久，现在业务刚上正轨。去年股票市场火爆，很多人把房子质押进来炒股，后来股灾了，有些就再也赎不回去了。赶上今年上海房价暴涨，确实小赚了一些。所以最近在谈一些扩大投资的事，可能要去韩国并购一家做对外贸易的公司，你们知道的，我爸在韩国那儿有好些关系！”祁实轻描淡写，脸上却掩饰不住一丝得意，“对了晓晓，你呢？这次回来，是不是要加入奚伯伯的船运公司？”

“得了吧！我才没兴趣搞那些船啊货的，有我叔帮我爸就行了。我还有半年多准备我的毕业作品，虽然拿不到硕士学位，好歹也算是给我的学画经历做个了结。”奚沐晓直言不讳她对家族生意了无兴趣。

“你画了那么多年，怎么能轻易放弃？倒是我，读书的时候以为萨克斯就是自己的命，现在呢？这命也只能扔在汽车后备厢里，偶尔开车到郊外吹吹，算是怀念。”祁实话语中透出一丝伤感，为所有那些曾经活着又死去的梦想。从小练萨克斯的他，当年高考却考到北京一所理工科院校主修 IT，让所有以为他会在音乐之路上大放异彩的朋友跌破眼镜。毕业后回上海，他又被父亲拉着经营家族生意。从此，少时爱好和大学专业，对他而言都成了可有可无的摆设。

“哦，对，你的萨克斯……”奚沐晓木讷地喃喃自语。

加菲本在悄悄教丘野刀叉的摆放和牛排的切法，见祁实和奚沐晓的对话行将陷入僵局，忙举起红酒杯发话：“好啦，好啦，咱们好不容易碰个头，大家也别尽扯什么生意啊，股票啊，房子啊，船运了。快开动吧，吃饱了才有力气继续追寻你们那些伟大的理想！”

“干杯！”高脚杯轻触，声音清朗，像一把闪着光的小钥匙，试图叩开紧闭的心房。

马勒别墅的牛排，一如既往，相当地道。小时候，爸爸曾在儿童节带奚沐晓来吃过，但仅仅一次。后来她曾吃过很多更好的牛排，但那份儿时的温暖回忆，只有坐在这座古堡里，才能真实感应。她也曾无数次幻想，有朝一日能和心爱的他就着这满堂摇曳的烛光，让味蕾和心花都无拘盛放。

今天，他就坐在对面，然而这块鲜嫩多汁的牛排，嚼起来竟麻木得像槟榔。

三

昏黄暧昧的光线，映衬着年轻人脸上泛出酒后微微的红，萦绕耳畔的，是不远处的乐池里传出的悠扬钢琴曲。

奚沐晓听得恍惚："这曲子怎么听起来那么熟悉？"

"这是哪首曲子，祁大才子？"加菲埋头问道，手里的刀叉继续跟牛排殊死搏斗。

"是巴赫的老师，帕赫贝尔的《卡农》，这首曲子的另一个经典演绎，是钢琴和萨克斯的合奏。"祁实自然不会错过展现自己音乐才华的机会，他似乎已经感受到了奚沐晓歆羡的目光投向自己，与当年别无二致。

抬头验证的刹那，竟然发现奚沐晓双眼直勾勾盯着乐池，光洁的脸颊上，血色全无。

"那不是——敬婷吗？"加菲循着乐池方向望去，但见黢黑的钢琴边坐着一位身穿白裙的女孩儿，正是中学时代的同窗——敬婷！

奚沐晓回过神来，突然起身拿上手包要冲出餐厅，却被加菲死死摁在椅子上。

“打个招呼吧，都过去这么多年了。”加菲在奚沐晓耳边近乎恳求。

“确实，如果不是那个误会，你们应该……”祁实没再说下去。

奚沐晓仰头苦笑，片刻，她慢慢平静下来：“也是，我为什么要逃走？”旋即放下手包，端起面前的酒杯一饮而尽，半杯红酒便被悉数咽下。她从椅子上努力支起，用力拍起手来。

琴声戛然而止，整个衡山马勒别墅也瞬间安静，只剩下大厅里那串响亮而孤独的掌声。

“这位小姐的琴弹得实在美妙！不过，我们今天有位朋友，想锦上添花，跟你一起，给大家送上钢琴和萨克斯合奏的《卡农》，不知道是否能赏个脸？”奚沐晓吐字异常清晰。

祁实不禁转头，但见乐池中的敬婷同样满脸惊愕。

酒精在血液里毒一般扩散。奚沐晓微笑着提醒祁实：“你刚不是说，萨克斯一直在你车的后备厢里当摆设吗？”

敬婷呆立片刻迅速回过神来，她冲祁实略微点头。祁实这才彻底清醒，快步走出餐厅，很快便握着一支铮亮的萨克斯站到了乐池中央。

大厅里，掌声再次响起，只不过这次不再是奚沐晓的独响。

悠扬的琴声和萨克斯协奏和鸣，整个餐厅屏气聆听，仿佛醉人的不是红酒，而是这弥漫整个空间的音符。

眼前的一对佳人那么默契，看得奚沐晓心生恍惚，方才那一股莫名的戾气也逐渐平息。是啊，若不是十年前的那场风波，是不是今天，三个人的天空，都还如白衣飘飘的年代里阳光妙曼、风轻云淡？

向来少言寡语的丘野忍不住了，低声对加菲说：“他俩真是太有才了，这表演，太棒了！这么默契，是打小儿就一块儿练的？”丘野是哈尔滨人，那一口纯正的东北腔即便在上海待了数年也无丝毫消减。

加菲偷偷掐了丘野胳膊一下，并冲沉思中的奚沐晓努了努嘴。丘野发觉事有蹊跷，也就不再多言。在案件线索上敏感万分的警察叔叔，在男女情事上，却似乎长了个不开窍的榆木脑袋。

一曲终了，男女乐手在又一片掌声中，走出乐池。

“晓晓，你，回来啦？”敬婷试图靠近，双手不自觉地搓着，不知是因为紧张，还是仅仅舒缓一下弹琴后略显僵硬的手指。

“是啊，不过回来也不招人待见，明天还是滚回意大利得了！”奚沐晓并未正眼看敬婷，只把酒杯里残存的一点绯红液体来回晃动。

加菲听出话中愈发浓烈的火药味，连忙出面调停：“差不多得了啊，谁不待见你了？你是我们公认的‘小公举’，疼你还来不及呢！”

奚沐晓白了加菲一眼，不再吭声。

“晓晓，今天不早了，我还要回去照顾我爸吃药，明天台里又安排的早班，我得赶紧走了。改天有时间我约你吧！”这么多年过去了，敬婷纵有千言万语想对曾经的闺蜜讲，但心中那点儿倔强的自尊，让她依旧如鲠在喉，更何况今日的不期而遇，奚沐晓的面若冰霜足以让她望而生畏。所以，立即离开或许是此刻最好的选择。

“哦，是吗？既然这么赶时间，祁实你还不快去送一下！”奚沐晓依旧在晃动杯底那点儿红酒，酒水挂杯后留下的一层迷人色彩逐渐消退。原来再好的东西，终究难以留驻。

祁实看了一眼奚沐晓，又看了一眼敬婷，左右为难。

“不用了，姗姗最近值夜班顺路，她刚发消息说已经下班打好车，在来的路上了，一会儿就到门口接我。”敬婷依旧平心静气地回应，努力不因奚沐晓的态度所恼。

“那我送你到门口吧。”祁实松了松领口，这气氛实在令他窒息。

两人快步走出了餐厅，敬婷的孪生妹妹敬姗不早不晚刚好打车赶到马勒别墅门口。她见姐姐居然跟许久不见的祁实站在一起，满是诧异。

祁实跟敬姗打了个招呼，指着别墅门口停着的一辆银色小奔驰，再次关切地询问是否需要送她们回家。

“这车不是国产的吧？祁实你可以啊，都开进口车了！”敬姗盯着车屁股扫了两眼。

“哈哈，姗姗果然是专家！这辆车是韩国进口的，我爸的朋友帮忙预定的限量款，国内估计要明年才会上市。”难得遇到懂车的女孩子，祁实半是解释半是炫耀。

“行了姗姗，你就别装内行了，成天盯着几百个屏幕看，你要不认得这各种型号的车，还好意思说你是车管所上班的？”敬婷笑着一言道出了真相，“我们赶紧走吧！祁实，你最好亲自送晓晓回去，她喝得有点儿多。还有，你刚刚有几个拍子吹错了，走神了吧？别犹豫了，如果真的下了决心，这次可别再错过了！”

“晓晓？沐晓她在里边？”敬姗瞪大了眼睛问道。

“是，不过你今天就别去惹她不开心了，谁让你长了跟我一样的一张脸！”敬婷不由分说，把敬姗拖进了计程车。

奚沐晓还在一杯接一杯地喝，神志愈发不清了：“她，她不是在电视台吗？怎么跑来走穴弹琴了？挺有本事啊！”

“唉，你是不知道，她去年从电视台编辑室主动提出去跑一线，现在在做民生新闻记者。口头上，婷婷跟大家解释说是编辑室无聊，真实的原因不说你也应该知道，一线记者有补贴，还算加班。”

服务生总算把葡萄汁送来了，加菲麻利地倒进奚沐晓的杯子冒充红酒：“有一阵她还到处打听医院，后来问姗姗，才知道她爸爸胃病挺严重，估计，来这儿兼职弹琴也是想给家里……”加菲没再说下去。

“唉，这成天风吹日晒，还老跟火灾、车祸打交道，有什么好的！老爷子有病也不好好治，这家人从一开始就是活该自找的，早听我爸的话多好，至于今天这样吗！”奚沐晓愤愤的语气颇有些恨铁不成钢的味道，眼角流出的两滴清泪更是看得丘野丈二和尚摸不着头脑。

“我说你，这会儿怎么知道心疼起人家来了？刚刚不是嘴还挺硬的吗？”加菲把奚沐晓揽在怀里，轻轻拍抚。

奚沐晓鼻子一酸：“才不心疼！我讨厌她还来不及！你看，嘴上说是不让祁实送，最后两个人还不是一块儿走了！”

“晓晓，我没走。”祁实恰好走回座位，“你喝多了，我送你回去吧！”说着，便要伸手环住奚沐晓的腰将她扶起。

“用不着！我妈刚刚已经安排司机来接我了！”不知怎的，即便不胜酒力，奚沐晓的头脑却也无比清醒。她努力挣开祁实，然后在微信上给老许留了个语音：“许师傅，你到哪儿了？再跟你说一遍啊，衡山马勒别墅不在衡山路上，是在陕西路上，你可别一会儿又跑到衡山路等我去了！”

“那，好吧……”祁实脸上的悻悻然仅仅持续了一秒，随后又露出招牌般迷人的笑意。

显然去年误把七重天当九重天惹恼大小姐一事让司机老许长了记性，奚沐晓话音未落，老许已经到了马勒别墅。奚沐晓把车钥匙递给他，让他先去挪车，然后醉意蒙眬地环顾了一下餐厅，目光最终停留在那个清寂的乐池，她对祁实说：“你刚才跟她，紧张什么？别以为我不懂，你今天吹错了好几个地方，我都听出来了。读书那会儿，你吹萨克斯，可比现在强多了！”

祁实赔个笑脸，挠挠头：“别提了，现在公司忙得跟狗似的，还有各种应酬，哪还有时间顾这些个爱好？不过，你要是愿意听，我重新捡起来就是了。”

奚沐晓直勾勾地盯着祁实，眼前的他，还是当年那个清秀有才的同桌、那个眸子里都是千言万语的翩翩少年吗?

“亲爱的，赶紧跟许师傅回去吧，阿姨一会儿该着急了。”加菲看了看时间，已近十点半，这顿饭这么一折腾，吃了将近四个小时。

奚沐晓转头抱了抱加菲:“加菲啊，你会不会跟了警察叔叔，就不理我了？”

“傻瓜，警察叔叔忙着呢，我必须理你，天天理，总行了吧！”加菲拍了拍奚沐晓的肩膀，似乎心都要化了。虽然偶尔耍点儿小姑娘的小性子，但奚沐晓向来行事果敢，为人仗义，加菲十几年来一直都是被她照顾的角色。没想到，几杯酒下肚，孙二娘成了林妹妹，竟也这般弱柳扶风惹人怜。

眼见老许把奚沐晓接走，丘野和加菲也坐车离开，连邻桌的食客也都纷纷打道回府，偌大个马勒别墅瞬间只剩祁实孤单修长的身影。他拎着萨克斯回到车上，伸手摩挲着熠熠闪光的金属管身。皎洁的月色里，这支萨克斯，以及十多年的过往，似乎早已冰凉。祁实不知道掌心的这点儿温度，能否让这一切复苏回暖。良久，他轰下一脚油门绝尘而去，徒留一片灯红落寞、酒绿黯然。

四

“你的这些朋友，一个个咋都那么奇怪呢？老同学见面，就不能好好聊天吗？”车上，丘野问一个劲儿埋头给奚沐晓发微信的加菲。

“说你神经大条你还不信，看了半天热闹，还没看出点儿眉目？”加菲总算抬起头，表情是难得的正儿八经，“我们几个，读初中的时候，关系非常好，尤其是祁实、晓晓还有敬婷。但他们三个，后来产生了一些误会。”

奚沐晓的爸爸奚伯明和敬婷的爸爸敬云弦曾是一起上山下乡的知青，两家人关系甚笃。敬云弦早年是颇有名气的音乐教师，得了敬婷和敬姗这对孪生女儿。便取李白《独坐敬亭山》的最后一句“相看两不厌，只有敬亭山”的谐音为名，足见对两个女儿的呵护至深。原本是个完满的家庭，可惜两姐妹的妈妈，在她们尚在襁褓中时就离家出走，从此杳无音讯，敬云弦此后也未再婚。

奚沐晓跟敬家姐妹俩算是一起长大的，中学也是一个学校同级不同班的好友，小时候她还曾到敬云弦办的培训班，和敬婷一起学钢琴。只是后来，敬家生出一系列事端，再加上敬云弦身体每况愈下，培训班也难以为继。

祁实当时是学校的“校草”，不仅人长得精神，萨克斯更是吹得了得，喜欢他的女孩子不计其数，据说隔三岔五就有女孩子送礼物。很多人都知道他跟同桌奚沐晓走得很近，但那时的学生都腼腆，所以也没见两人传出什么出格的事情来。即便如此，对于少女心萌动的奚沐晓而言，这已经算是一场甜蜜初恋的开端了。

可是好景不长，高一时，学校里突然沸沸扬扬地传出祁实给敬婷写了一封情书，在明知闺蜜跟祁实的关系非同一般的情况下，敬婷竟然接受了！

这件事对奚沐晓而言犹如晴天霹雳，她的确喜欢祁实，但若只是失去一段青涩的感情，也并非什么生命不能承受之重。真正让她痛彻心肺的是，挖墙脚的不是别人，正是自认为最铁的闺蜜！她跑去质问，敬婷竟毫无愧疚地跟她大吵一架！十几年的金兰之谊走到了尽头，奚沐晓义无反顾地转学，甚至放弃了苦练数年的钢琴，重新拾起了画笔，为的就是彻底逃离原来所有熟悉的环境和事物。自此，一向文静内秀的她，变得飞扬跋扈、咄咄逼人。

只有加菲知道，她越是伪装成一只刺猬，空虚、恐惧和脆弱就越显露无遗。

当然，少年的初恋，有几对能真正感动佛陀修得正果？祁实和敬婷后来也没有真正走到一起。可叹当年血气方刚少年时，薄薄一张纸、寥寥几行字，就像一把利斧砍断了所有千丝万缕的联系。缘来，妙不可言；缘去，无声无息。

“那你说，祁实到底爱过奚沐晓没有？或者，他爱过敬婷吗？”下了车，丘野和加菲手挽手走在小区夜色斑斓的林荫道上。

“这恐怕是个哲学问题。我问过祁实，他说他回答不了我，因为人最不懂的，就是自己，更何况，我们每个人都那么善变。”加菲答道，“不过，就现在而言，我是看好祁实再回来追晓晓的，过了懵懂的年纪，大家实惠一点儿挺好，门当户对，郎才女貌。不像咱们，一对豺狼虎豹！”说着，加菲假意咬了丘野的手臂一口，笑着往前跑去。

“给我等着，看我今晚怎么豺狼虎豹！”丘野再也无心揣度祁实三人乱作一团的关系，撒开大长腿追上加菲，把她轻易地擒在怀里……

老许这晚把车开得很慢，他担心车速过快会让酒后的奚家大小姐不适。

路上奚沐晓收到了加菲发的无数条微信，都在立场鲜明地帮祁实拉票。若说完全不为所动，也是假的，毕竟当年视作珍宝的那个人，如今又这么笑盈盈站在了自己面前。

当年，学校除了文化课抓得特严，还很重视学生艺术修养的积累。高一时，奚沐晓和敬婷都报了学校钢琴课，每周一次，是分班后两人尤为珍惜的共处时光。

艺术楼走廊里有一排储物柜，是学生存放书包用的。一天练完琴，大家三三两两从琴房走出来取书包。敬婷刚打开存包柜，就从里边掉出来一张粉红的信笺。旁边一个女孩子好奇地捡起来看了一眼，便尖叫道：“啊，快来看啊，婷婷收到了祁实的情书！”人群迅速聚拢，面色绯红的敬婷被女孩子们层层包围，只剩下奚沐晓在人群之外，呆若木鸡。

“我一直都在默默关注你，每次看到你从艺术楼走出来，都觉得是黄昏最美的时刻；你每天投向我的那一个笑容，都是我一天最珍贵的礼物……”信的内容被一个大嗓门儿女同学当场广播出来，每一个字，都像针，肆意地扎向奚沐晓最柔弱的心尖。原来，自己在初中三年跟祁实同桌的无数个日子里，全都会错了意。千百次的眼神交会，最终敌不过一张带着小花边的信纸。

大嗓门儿女生很快意识到了什么，忙把信纸往敬婷手里一塞，然后意味深长地瞄了奚沐晓一眼，迅速逃之夭夭。其他人也悉数散去，空旷的楼道里，奚沐晓和敬婷两两相望。敬婷知道，自己和她的距离，已经咫尺天涯。

"每天给他的笑容，都是他一天最珍贵的礼物。"奚沐晓打破了僵局，"我说怎么最近都不常见到你笑，原来，你的笑容都给了他。"

"没有，晓晓，你听我解释——"敬婷颤抖着握着那张信笺，不知所措。

"没什么好解释的，你明明知道我喜欢他的。我的那些心里话，只跟你一个人讲过；我的那些日记本，也只给你一个人看过！你曾经是我最好的姐妹，现在，我明确告诉你，你不配！"奚沐晓冷漠的脸上，写满从未有过的决绝。

"奚沐晓，你够了！"印象中，这是敬婷第一次叫自己全名，听得奚沐晓当场僵住。

"是，我很多地方不如你。我家没有你家有钱，你爸是成功企业家，而我爸是个被学校开除的失业教师；你有妈妈的疼爱，我连我妈长什么样儿都不知道！去动物园春游，你爸开车送你去，我跟姗姗只能天不亮倒好几趟公交车，就因为让你等了三分钟，你就一天都不理我们；你上一对一外教英文课，英语期末测试考了满分，我跟姗姗没有上过外教课，都是自己在家听的广播，两个人互相听写，结果也考了满分，为这事你还专门打电话来，说不相信我们没上过补习班，一定要追根究底让我交代在哪儿上的。"

"在你心目中，我们不配很多东西。不配拥有好成绩，不配拥有好家庭，不配拥有你的友情，甚至，连一个男孩子的喜欢都不配拥有！”敬婷似乎有满肚子的委屈，这些话，是两人一贯的脉脉温情之下从未有机会说出口的。

奚沐晓被完全噎住，她原以为好友间相处，根本就无须特意设防，因此一向地口不择言也好，任性置气也罢，都是她真实的自我表达。未曾想到，闺蜜心中竟还有这样一个记事本，自己所有有意或无心的言行，就被这样一笔笔记下，铁证如山！

“我可以告诉你，祁实他很优秀，不光你，所有女孩子都喜欢他，包括我。但这份喜欢，我一直埋在心底，生怕流露出来一丝一毫，惹得你不满。我自己问心无愧，从来没有像你说的那样一天到晚对他眉目传情！这封信，是他写给我的，我不觉得我有什么错。如果你因为这件事要结束我们十几年的友情，我不拦你。”敬婷哽咽着说完，便背着书包转身飞奔下楼，不争气的眼泪夺眶而出，一颗颗，飘散在祁实信里描述的最美的黄昏里。

那天回家，奚沐晓收到祁实的一条 QQ 留言：

“那封信没有称呼，本是给你的，你存包的时候我在柱子后边看着，塞信的时候把柜号记错了。”

看到屏幕上短短的两行字，倔强的奚沐晓反锁上房门，趴在电脑前号啕大哭，哭完，筋疲力尽地打回去几个字：“不要伤害我最好的姐妹。那封信就是给她的。”

她执拗地要求父母为她联系转学，尽管原本那所高中是许多学生梦寐以求的知名学府。不久，她如愿以偿，到了一所陌生的学校，那里没有钢琴课，也听不到萨克斯。挺好，耳根清净！她告诉自己。就这样不回头地往前走，那段过往，成了她不愿触及的回忆。她不再联系祁实和敬婷，也假装不再关心他们的相处和分离，她甚至不知道自己心里是否依然有恨，或者爱。从妈妈口中可人的芭比，到浑身长满盔甲的金刚，仿佛全在一夜之间。

司机老许很好奇，从前这个大小姐坐上车，要么发牢骚，要么开玩笑，甚至强迫他学两句意大利语，总归就是一个闹腾。今晚这一路，却只剩安静无语。

到家已是深夜。开门迎她进来的是在奚家工作了十来年的用人黄妈；爸爸奚伯明也刚应酬回来，在沙发上看白天漏掉的一场拳击赛；妈妈敷着面膜闭目养神，一旁的音响里播放着邓丽君的浅吟低唱；弟弟奚力关在视听室打网游，在国际学校住校一周后，总算迎来周末，这小子也是几近疯狂地补上他落后的游戏进度。

“小鬼头你总算回来了，吃顿饭要吃这么久？”庄芝敏拉掉面膜，边拍脸边问。

“我也很久没见加菲了，人家还专门带了男朋友来，可不得给点儿面子嘛。”奚沐晓懒懒地回应，只是“男朋友”三个字一出口就酒醒了大半，后悔不已，恨不得连连掌嘴。

“哦，是哇是哇？加菲也找到男朋友了？这倒蛮新鲜的。快点儿跟我讲讲看，是个什么样的男小歪（上海话：男孩子）？长相好看伐？是上海人伐？家里条件好伐？啥大学毕业的呀？”不出所料，妈妈在这个话题上绝对有接不完的话茬儿。

“妈——行了行了，别打听那么多了，你要感兴趣我把加菲的电话给你，你自己问她去！我困死了，让我赶紧睡觉。”奚沐晓打着哈欠，抬脚上了楼梯。

“小赤佬——”妈妈是上海女人里少有的神经大条，丝毫没有察觉女儿情绪上的细微变化，还一个劲儿地冲着楼梯方向喊，“我跟你讲清楚哦，加菲找什么样的我根本不关心，不过后边我给你安排认识的那些男小歪，你必须好好重视起来。在外边晃了那么多年，该认认真真考虑一下了。”

“砰！”一声闷响，是楼上房门的回应。

躺在床上，辗转反侧。

祁实一条接一条的微信问，到家了没有，难不难受，她选择不理睬。

若说这一晚，她唯一有所愧疚的，是敬姗——是的，那个跟敬婷长得一模一样的女孩子。跟相对好强的姐姐敬婷相比，敬姗似乎心态平和、安分许多，原本也是儿时最亲密的伙伴，因为敬婷的原因，两人也生疏不少，以至于刚刚在马勒别墅听说敬姗在外边等着，她也没有出去见一面。

思来想去，奚沐晓决定给敬姗发个微信，给她解释酒后微醺都忘了去跟她打招呼，也借机询问下敬家爸爸敬云弦的身体状况。

敬姗倒丝毫没有介意，只说回来就好，找时间再聚云云。老爸的胃病是老毛病，虽然一直不见好，但好在最近也没有加重。

奚沐晓放下手机，眼前一张张面孔渐次出现，而思绪愈发杂乱。她多想此刻脑海中一片空白，什么都不想，就安心画她的画。她喜欢光线、色彩、明暗，喜欢万物一动一静之间的关联和故事。她此刻既不想有一段轰轰烈烈的爱情，也不想去修复那段千疮百孔的友情，更不想去研究父亲口中关于船舶吨位、吃水深浅、航线走向以及营收支出的千头万绪的数字。

她开始怀疑选择回上海是不是个错误。随意惯了，再来纠结这些人情世故，简直是自讨苦吃，早知道去圣托里尼躲半年也好啊！

五

上海新天地向来是城中时尚的潮流圣地，老上海的石库门民居被修葺一新，与淮海路沿线鳞次栉比的高楼相映成趣，数不清的酒吧、西餐厅、咖啡馆，以及各大奢侈品厂牌专卖店散布其间。昼伏夜出的白领、南来北往的游人，在这里欢聚、买醉、踟蹰、别离。大隐于市或甚嚣尘上，文脉厚重并物欲横流，说的，都是它。

街的拐角，是一家名作“此刻戛纳”的西点屋，主营欧式西点、甜品，兼售手工咖啡。店面不大，却有着原汁原味的南法乡间朴拙的装修，店内安放了几张小小的圆形餐桌，供顾客小憩。

店老板老钱是个如假包换的温州人，原本在乐清经营皮鞋厂。没错，就是街头经常看到“老板娘跟人跑了，皮鞋三十一双抵工资”的那种人设。浙江人厉害，陪丈母娘来参观中共一大会址的空当，一眼相中了这个门脸。那会儿新天地刚开街不久，人气远不如现在旺盛。

买下铺面后，花钱搬了个凳子，在街对面坐了三天，观察这一拨拨来来往往的客流，最后一拍脑袋决定开个西点屋。全然不懂烘焙且从来没有去过国外的他，愣是让读初中的女儿取了个洋气的店名，又请亲戚的装修队来捯饬了两个月，把个法国风情倒也展现得七七八八。更绝的是，这位老兄守在上海老字号蛋糕店“红宝石”门口好久，总算挖来了一位资深西点师傅，于是这店风风光光地开张迎客，一晃也快十年了。

如今，“红宝石”来的老师傅早已退休，店里的年轻西点师靠着师傅留下来的厚厚几本配方册子做西点，品质倒也稳定。

店经理陈泽涛这两天有点郁郁寡欢，上个月的营收不佳，自春节后已是连续几个月下滑，老板老钱大为光火。本来老板每年只在年底跑来处理一下物业费等杂事，顺带给员工发个红包，对生意一直很好的西点屋向来只看每月营收，从不过问日常经营。然而这一年来，他在乐清的皮鞋厂、打火机厂相继出现经营困难，注意力这才转移到西点屋这头“现金奶牛”上来。

这不，昨天风尘仆仆开着他那辆快散架的破马六赶来了。这辆马六跟了老钱十年，以他现在的身家，要换个百万豪车不费吹灰之力，但老钱似乎从未动过这心思。在店里叉着腰中气十足地骂了两个小时后，这哥们儿又开着小马六赶回温州去了。陈泽涛很想告诉他，他走的那个点儿，上海高架是外牌限行的。不过，反正扣分罚钱也不是扣自己的，何况告诉他之后，他必然会在店里骂到晚上八点限行结束才离开。

陈泽涛三十来岁，外地二流大学酒店管理专业毕业，早先在一家四星级酒店做过好几年的餐厅主管。虽然对西点手艺不太懂，但凭借在酒店里练就的一张好嘴皮子和见风使舵的眼力见儿，做个店经理倒也不在话下。

生意变淡，自然就得找原因。陈泽涛一口咬定是宣传不够，以及服务意识还有待提升。说到宣传，温州人在做广告上是断然不会花一分钱的，甚至有一次，当红相亲节目《非诚勿扰》要录期外景，占用了门店四十多分钟，他还打电话给陈泽涛问能不能讨点儿场租费回来。所以真正能让店经理稍有点儿发言权的，就是店内服务意识的改进了。

这天傍晚，陈泽涛招呼店里的一众员工开会："思思，你是收银员，最需要微笑对待客人！我不是跟你说过吗？我们那会儿酒店都要求露八颗牙，你的笑还不够真诚啊！"

柳思思是江西景德镇来的姑娘，二十出头，小巧机灵。听了店经理的话，有点儿小情绪："经理啊，一天让你笑十个小时，僵得连脸都感觉不是自己的了，还要怎么真诚啊！"

"不要当成负担，我们服务行业的笑，需要发自内心，这是我对大家的要求。"陈泽涛不是不理解小姑娘，当年他在酒店受训时，也是下班就恨不得把脸扒下来。然而此刻，为了业绩，他也不得不强人所难。

"你呢，花姐？"陈泽涛转向被唤作"花姐"的郑泉花。花姐是河南人，四十多岁，是前店小工。别看是个女人，绝对力大如牛，店里五十斤一袋的面粉、黄油，死沉死沉的鸡蛋筐，她扛起来比几个小伙子还得劲儿。闲暇聊天时，她经常跟一帮小弟小妹回顾她当年如何教训她赌博成性的老公的光荣历史。除了"花姐"这个雅称，郑泉花还有一个如雷贯耳的霸气名字——"挣钱花"！

"俺？你让笑那俺就笑呗！"花姐说着就露出了两颗硕大的兔牙。她为人敦厚，是最最普通的劳动女性的一员。

陈泽涛瞬间就后悔问她了，不过想了想，话锋一转："花姐，你的主要任务是把店面整洁做好，当然看到客人实在没法回避，就闭嘴微笑打个招呼就行了，记住，闭嘴微笑。"

"闭嘴微笑？不是说露八颗牙吗？"花姐愣了一下。

“哪儿那么多废话？”陈泽涛明显不耐烦了。

“哎！中中中！”见经理面有愠色，花姐赶紧答应。

“轮到你们了，我的后厨精英们！”陈泽涛转向旁边站着的三个年轻小伙儿，“我们老板太会琢磨了，把操作间做成了透明的，让顾客看得清清楚楚明明白白真真切切，这是我们的一大制胜法宝。不过经常有顾客跟我反映啊，说你们有人冷若冰霜，客人站在橱窗前面看了好一阵，你们连个头也不抬。干吗呢？这是给谁甩脸色呢？”陈泽涛斜眼看着三人。

面容稚嫩的乔明宇用胳臂碰了碰旁边的植林，轻声说：“小林哥，好像说你呢。”

被唤作“小林哥”的西点师植林是操作间主管，冷峻沉稳的他，历来就不苟言笑。虽然只是一个普普通通的西点师，但面容俊朗颜值颇高，让他一不小心成了新天地一带小有名气的草根红人，被花痴女顾客围观也是家常便饭。陈泽涛说的那次，他正在橱窗后边聚精会神地给一个酒廊的开业庆典蛋糕做装饰，突然被橱窗外一个大妈的相机闪光灯狠狠晃了一下眼睛，手一抖，撒的可可粉多了不少，势必影响蛋糕出品的观感和口味。于是他向窗外投去了一个极为不满的眼神，结果内心受到一万点伤害的大妈就噔噔噔跑到前台，在留言簿上投诉了植林。

植林对店经理的这一套并不感冒，取悦别人，他不习惯。在他看来，店里的服务态度虽然比不上海底捞，但也算得上是毕恭毕敬。再说了，在上海虽然才待了三四年，但他深知上海本地人其实不喜欢套近乎的推销和贴身服务，留出一点点距离，让顾客游刃有余，这样的空间感，才是上海这座城市让人觉得舒服的地方。

“经理，近期的问题，出在产品上。”植林棱角分明的嘴唇，缓缓吐出了这么一句话，却像往柴火堆里泼了桶汽油。

“植林，信口开河有意思吗？我们店的原料、进货都是老板亲自把关挑选的，这方面他要求严格，你还有什么不放心吗？”听到有人质疑产品质量，陈泽涛矢口否认。

植林冷冷地看了一眼陈泽涛，不再言语。争论，向来不是他喜欢做的事。

乔明宇见状，赶紧插话：“经理，最近供应商送来的黄油，感觉做可颂的起酥效果不如以前了。还有，可可粉好像也不是用的加纳进口的一等品了，尝起来倒像是换成了马来西亚的普通可可。虽然口感差异不大，但常吃的顾客一定能慢慢察觉出品质下滑。我入行不久经验不足，反正是看不太出来，但是小林哥有经验，他的判断一般错不了，要不您跟供应商再核……”

快言快语的乔明宇说到一半，发现店经理表情僵硬，忙停住了口。

片刻，陈泽涛回过神来：“你给我打住！我们店现在的问题就是服务水准还太低，产品品质我们一直都是过硬的，你们这捕风捉影的鬼话传出去，我们还怎么做生意？植林，好好管好你的操作间，没事儿别瞎琢磨，别净胡说八道！”顿了顿，又说道，“你以后也少在上班时间翻你那些破外文书！还有，别以为自己上过电视，有几个人认识你了，就尾巴翘上天了！散会！”

陈泽涛说的上电视，也是前不久的事。每家电视台总有一两个美食栏目，主持人带着摄像师走街串巷，探访大雅之堂或者街头排档的美食，用色香味满足城市里如你我一般空虚的大胃口和寂寞的小灵魂。

“此刻戛纳”的芝士泡芙，是最近被网友火眼金睛发现的这样一款美食。电视台《食面八方》扛着长枪短炮到店里咔嚓咔嚓拍了一通，作为主理的植林也有幸对着镜头把这款西点的制作过程演绎了一遍。节目倒是播出了，只不过时段被放在了半夜，真正慕名而来的顾客实在寥寥无几。

会议在尴尬的气氛中结束，大家例行检查设备和电路后，关好店门，各自回家。陈泽涛连约好的顺风车客人也不接了，开着他那辆二手别克，赶回与上海一街之隔却属于江苏地界的昆山花桥，一路只觉背后都是冷汗。自己费尽心思串通老钱的指定供应商，把进口黄油换成次等，把加纳可可换成马来西亚产，甚至连面粉都从进口换成了国产的，以次充好，就是为了从中赚个差价捞上一笔。万万没想到，竟然在包装都跟以前一样的情况下，被植林这小子发现了蛛丝马迹！

想到自己在上海马上就要有买房资格了，还缺几十万首付就能把花桥的房子换到嘉定安亭，实现真正安家上海的梦，陈泽涛咬牙切齿，暗下决心，一定要把这小子搞走！

店门口，植林想起傍晚时分远在四川青城山的舅舅给他打过一个电话，当时陈泽涛正在训话，也就没顾上接。回拨过去，倒没什么新鲜事，只说让他有空儿到同在上海的表姐、表姐夫那里多走动。

舅舅家，是他的家，也不是他的家。

植林在一个叫蓉都的县城长大，父亲一度是他引以为豪的人生楷模。年幼时他曾无数次幻想，长大了要成为父亲那样正直、无畏、有担当的人。然而在他十七岁那年，一切的一切，都变了，父亲的光辉形象在一场事故中轰然崩塌。那场事故，同样带走了他的母亲，她的那些琐碎的唠叨，纵然千呼万唤，再不曾在耳边回响。

十七岁，他离开了那个熟悉的小城，那个带给他无数纯真、美好，而今只剩屈辱、诋毁、中伤的失乐园。青城山下，外婆的家成了自己的容身之所。舅舅、舅妈对自己视如己出，无微不至的关怀渐渐抚平了陈年的伤疤。他和那个小城，选择了互相遗忘，只是在偶尔不合时宜的梦里，植林恍若还站在那里，站在一片焦土之上。

“小林哥，你怎么还在这儿站着？”柳思思一语把植林从回忆中惊醒。

“哦，没有，给家里打个电话。”植林答道。

“对了，刚刚在店里，经理他净顾着发火，我也不好跟你说。电视台那边下午来电话了，说下个月要在正大广场搞一个厨神争霸，今年所有上过《食面八方》的主厨，都可以参加，前三名奖金超多的！”柳思思一脸兴奋。

“不去。最近生意不好，经理说得对，大家都应该反省一下，别在这种活动上浪费时间了，我也不喜欢抛头露面。”植林言语坚决。

“怎么你也帮他说起话来了？”柳思思一脸茫然，“我不管，反正我已经答应电视台了，到时候你一定要跟我一起去！”

植林头也不回地往弄堂深处走去，风过了无痕，只剩初夏的芳草地里，几许虫鸣。

六

“晓晓，快去吃早餐，黄妈一大早专程去城隍庙买了你最爱吃的粢饭团，还有小杨生煎，你念叨了一个多星期，黄妈一直记在心上呢！”妈妈对刚起床的奚沐晓说。

“太好了，在意大利有时候特别想吃上海的早餐，可惜又吃不到，那叫一个眼泪汪汪啊！”奚沐晓给黄妈送上一个大大的拥抱，“谢谢黄妈！你最好了！”

“哎，没事，晓晓要吃，我穿多少条弄堂，都要给你买回来的呀！”黄妈笑得腼腆，“只可惜啊，以前十六铺那边还蛮多本地早点摊的，现在都拆了，只能绕远路去城隍庙了。”十多年了，她已经记不得多少次为了奚沐晓姐弟俩突然冒出来的需求，走街串巷去买这买那。有钱人家的子弟，表面多少都有些任性桀骜，但她知道，这两个孩子，内心存着几分不为人知的单纯。

“囡囡快吃吧，吃完去趟你爸的办公室，他早上出门的时候特意关照我转告你。”庄芝敏提醒道。

听说要去老爸公司，奚沐晓放下筷子，脸上写着一百个不乐意：“妈，又要去听老头子讲他那套生意经啊？我每次去看他那些运营报表啊，损益分析啊，头都要炸了！还有，他们公司行政的那帮老女人一定又会围过来问我，裙子哪儿买的啊，鞋子啥牌子啊，墨镜哪个明星戴过啊。你信不信，我一会儿穿一件淘宝款去，她们照样装模作样睁眼说瞎话：‘啊，这件衣服是 FENDI 的吗？老上档次了，不要太衬你的白皮肤哦！’你说我吃得消吗？”

“这回不是啊，你爸好像说有人送了他一幅画，让你去帮他鉴赏一下。”妈妈说道。

“哦，是吗？这倒是新鲜事哦！”奚沐晓眼珠子骨碌一转，不明白老爸葫芦里卖的什么药。

奚伯明创办的“毕达船运”，是上海滩民营船运公司里的翘楚，迄今已有二十多年的历史。创业之前，奚伯明是上海沪东造船厂的一名普通技术工人，小平同志九二南方谈话之后，上海启动浦东开发。奚伯明就是那会儿跟随改革浪潮下海，从揽下一条旧船的喷漆业务起步，最终成功发展壮大到现在的如日中天。

毕达上个月刚重新装修了位于陆家嘴的办公室，从三十二楼望下去，一边是摩天大楼林立，一边是黄浦江水蜿蜒。奚伯明每每站在窗前，都会感慨当年辞职创业之初，这里还是一片耕地，不过二十多年，沧海变桑田，这就是上海的发展速度！

“爸，我妈说您让我来帮你看一幅画？”奚沐晓大摇大摆地走进老爸的办公室，“我怎么就那么不信呢？”

“怎么就不信了，跟我来！”说着，奚伯明带着女儿来到了办公楼最大的开放会客区。只见主墙上镶嵌着一幅巨大的油画，这是奚沐晓五岁就能准确无误地叫出名来的一幅画——俄国著名画家列宾的《伏尔加河上的纤夫》。

“哇，这幅画真够大！”奚沐晓凑上前去看细节，“画功也不错，这不像是一般人画的，应该是大家重新创作的。”

“侄女好眼力，果然是内行看门道！”正说着，叔叔奚仲清走过来，冲奚沐晓比画了个大拇指。

奚仲清是奚伯明同父异母的兄弟。奚伯明的生母在他出生时难产，那会儿上海刚解放没几年，医疗条件也很落后。红房子医院医生的一句“保大人还是保小孩”，让奚沐晓的爷爷奚祥德瞬间瘫坐在走廊上，抱头痛哭，而他的母亲、周庄来的小脚老太太毫不犹豫地对医生说：“要小囡，要小囡！”片刻，产房传来小孩一声凄厉的啼叫，仿佛在同他那个连初乳都未哺出的母亲依依惜别。

三年后的某个夏日傍晚，奚祥德从车间下工，回到狭窄的石库门格子间时，发现底楼灶间一个身形壮实的年轻女子正在烧饭。倚在门边的老太告诉奚祥德，这是刚从周庄远房亲戚家物色回来的新媳妇。

次年，奚仲清出世。小脚老太在家专心照顾两个孙子，续弦的媳妇后来也进了毛纺厂，日子就这么相安无事地过了多年。

这些事，奚祥德生前偶尔给孙女儿透露过只言片语。奚沐晓小时候，退休的爷爷回周庄老宅小住时常常带上她，却很少带小孙女，也就是二儿子奚仲清的女儿奚念。沐晓一度好奇爷爷是不是偏心，但看到每次回上海，爷爷都会给堂妹捎上大包小包的周庄特产，也就打消了无谓的猜疑。唯有一点，说起难产去世的奶奶时，爷爷嘴里的呢喃、眼里的光，都变得轻柔而安详，断不是谈起前些年患病去世的二奶奶时的木讷神情。

虽然不是一母所生，但奚沐晓知道，爸爸奚伯明对叔叔奚仲清也是一直亲厚。奚仲清读书的成绩总是不尽人意，中学毕业后早早进毛纺厂接了母亲的班。直到奚伯明的船运公司颇有些起色，他才辞了原来的工作，进去当了个部门小主管，并且一步步升到了副总。如今，奚伯明把运营事业部几条成熟航线的业务交给他来管理，奚仲清虽不是什么聪明人，倒也没有出过大的纰漏。

“阿叔，我哪儿懂什么门道啊，学了几年画就敢称内行，那专家就该烂大街了！”奚沐晓自嘲道。

“晓晓，你可别说，这幅画的来头还真是不小，是一个朋友专门飞了两趟北京，向清华美院的一位大师请来的。你猜猜看是哪位大师？”叔叔故弄玄虚。

“不会是范之岳吧？那也太厉害了，这位大师不轻易动笔的！哪位朋友这么神通广大？”奚沐晓对范大师太熟悉了，当年学画时，好几本专业教材都是范教授主编的，有次因为考试错过了他的讲座，还结结实实哭了一场。

“女儿啊，告诉你吧，这是祁实的爸爸祁国辉送的。他听你叔叔说我们搬新办公室了，专门辛苦了两趟去北京求画。”爸爸随即说出了实情。

奚沐晓愣了一下，迅即露出莞尔一笑：“祁叔跟我叔就是铁啊，同窗一场，果然关系不一般。不过，我有个疑问，人家送画都是要什么大展宏图啊、乘风破浪啊、旭日东升啊、八骏奔腾什么的主题，祁叔怎么请了这么一幅？虽然是名家临摹的名画，但毕竟还是衣服破破烂烂的纤夫拉着大船，是不是有那么一点儿不应景？”

“要么说你祁叔这人有品位呢，把你爸的良苦用心揣摩得那叫一个准！”叔叔笑答。

奚伯明接过话茬儿：“这幅画还真是特别对我的心思，一方面提醒我们时刻不忘过去的艰难成长历程，这么多人一路咬牙才把公司做成今天的局面；另一方面，也警示我们，商场的竞争，就像这伏尔加河的水，不进则退。”年近六十的奚伯明注视着画中那些衣衫褴褛的纤夫，纤绳嵌入的，仿佛是自己的肩膀。

奚沐晓几乎已经猜到后边老爹要说的话，暗自抚了抚胸口，喘了口气，洗耳恭听。

“现在公司正在发展扩张，但管理层出现了青黄不接的局面，虽然有你叔叔帮忙，但毕竟叔叔也是五十多的人了，没有你们年轻人接受新鲜事物快。我希望你能够多抽出些时间来公司，尽快熟悉业务，慢慢帮我们承担一些。”这样的意见，奚伯明从前也跟女儿提过，却从未像今日这般，充满仪式感地郑重提出。

没有像往常一样撒娇，奚沐晓也拿出了少有的严肃认真，“爸爸，我不是逃避责任。我真的不觉得我有这个能力来掌好毕达这艘大船的舵。我生性散漫，不是你们想象的那种一本正经的生意人。我只想画画，我学了这么多年，我爱我的画笔。就像当年您跟我妈，还有敬叔叔你们下乡那会儿，你们那么痴迷音乐，一把口琴、一支笛子，就能让你们回忆到如今。你们也年轻过，希望你们能理解我。”顿了顿，她指着油画中的纤绳说，“您的期望，于我而言，就像这绳索……”

看到父女俩的对话陷入僵局，叔叔赶紧来打圆场：“大哥啊，其实沐晓说得也对，现在的年轻人不像我们那会儿那么循规蹈矩啦，都有自己的追求，何况侄女学了那么多年的画，已经算是小有成就，现在放弃确实可惜。实在不行，还可以找职业经理人进来搭把手。”

奚伯明脸上流露出一丝不易察觉的无奈，本以为用列宾名画切入，女儿能明白自己的苦心，没想到最终还是这么个态度，实在不甘心的他用尽量平和的语气最后问了一遍：“要不，你再考虑考虑？”

奚沐晓转头看了一眼黄浦江面上穿梭的船只，沉默片刻：“这样吧，无论如何我需要把我的毕业作品还有论文完成。另外，我还有个心愿没有实现，我不知道我还需要多少时间，但希望至少接下来的半年，你们都不要再跟我提接班的事，可以吗？”奚沐晓抿嘴，对爸爸送出一个勉为其难的笑脸。

“好！好！”尽管只是个待定的答复，奚伯明依然像个孩子似的开心起来。他的这个宝贝女儿，从小就有主意，她要做的事，多半是要做成的。正是这点，让他打心眼儿里认为，女儿是毕达未来最好的接班人，他甚至从来没有想过十三岁的儿子奚力。

气氛总算缓和，奚仲清突然想起一事，正好提出：“大哥，前几天周庄有口信传过来，说咱家老宅可能在拆迁规划里。老爷子去世后，你让人把房子收拾得那么好，而且那也是老爷子终老的地方，到底怎么个处理办法，我们要好好商量一下。你看是不是下周端午我们回去一趟，晓晓应该也十几年没去了吧？”

奚沐晓心里咯噔了一下，面露难色。

周庄的老宅，爷爷睡在躺椅上离世的那个院子外，那条长满菱角和莲藕的小河浜，常常在奚沐晓的梦境里肆意流淌。但那所老宅，她已多年不愿踏足。爷爷于她而言，实在是个矛盾的存在。她知道爷爷疼爱她，疼爱得毫无保留。她也曾对老爷子敬重无比，那个并不算魁梧的身躯，在年幼的她心中，一度如山一样伟岸。但当有一天，她亲眼目睹这高山顷刻崩塌成泥沙俱下，如何再让人心存景仰，心生向往？

“晓晓，琢磨什么呢？你小时候多喜欢你爷爷的院子，那会儿每年都要吵着去几趟的。”见侄女突然发起愣来，叔叔只当她是长久没去，对乡下祖居多了几分生疏，“上小学了，功课一忙，突然就不爱去了。”

“是啊，你爷爷最后几年过得孤独，我和你叔叔那会儿刚创业也经常东奔西跑顾不上家，你跟念念也不愿意去陪陪他。这次一起去看看吧，看下黎爷爷是不是把院子收拾得跟你印象中一模一样。”奚伯明见状也发话了。

奚沐晓机械地点点头，不知道说服自己的，是父辈的声声叨念，还是河浜里那朵悄然入梦的睡莲。

七

周庄的奚家老宅静谧如初。

自从奚祥德几年前去世，这所清幽的宅子就一直空置着。奚伯明请当地的远房亲戚黎伯定期来打扫，当年父亲在庭院里种下的几棵月桂和玉兰也定期修剪，多年过去，竟比从前还要茂盛。墙脚的小河浜依旧清波荡漾，只是那些招摇的水草，早已没了影踪。

在堂屋挂着的一幅老相片前奚沐晓凝神伫立。照片上，爷爷目光深邃，穿戴整齐，一派老上海洋行里当学徒养成的作风，连领带几道褶子都有严格的讲究；瘦削笔挺的身子两侧，双臂垂下，而手上，是那双无论寒暑从未摘下的棕色羊皮手套。窗外一缕阳光照进来，斜斜映在相框上，像在努力述说彼时的岁月静好。

直到今日奚沐晓还记得二十年前的那一幕：顽皮的她，突然绕到爷爷的另一侧，眨眼间扯下了爷爷的一只手套，她彻底蒙了——爷爷的左手，五根手指几乎齐刷刷从根部断掉，只剩下手掌……年幼的奚沐晓，顿时吓得边哭边往回跑。她从未想过，慈祥的爷爷竟然长了一只如此异样、丑陋的手，如果姑且还能称作手的话。

此后，奚沐晓与爷爷的距离便渐渐疏远。虽然爷爷待她仍一如既往，教她画画，带她去周庄消夏，陪她走过阳光正好的淮海路，但在四五岁小姑娘的心中，总有一块疙瘩解不开。甚至上下学坐在爷爷自行车后座的时候她都会想：那只手，是怎么握住车把的？

爷爷的手为什么会那样，奚祥德从未对儿孙透露分毫。刚上小学的奚沐晓最后一次从周庄过完暑假回来，实在忍不住偷偷问了爸爸。

“大概是工伤吧，刚进工厂时，你爷爷一个洋行出来的小职员，对那些笨重机器怎么可能在行？”奚伯明给出了这样的猜测。其实这个推断也只是安慰女儿而已，因为他从来没看到过父亲的工伤证、残疾证。年幼的奚沐晓若有所思地点点头，紧接着又猛地摇摇头。她不知道是该相信父亲的话，还是相信在周庄集市上听到的那些让人寒到骨子里的流言。

炎炎夏日，正是第一批六月黄大闸蟹上市的时节。周庄得了紧邻淀山湖的地利，清晨水气氤氲的街头，总有蟹农挑着肥美的大闸蟹沿街叫卖。

奚祥德琢磨着，这一年孙女儿还没尝过大闸蟹，便随意择了一个农妇的蟹摊准备挑选几只。奚沐晓默默地站在一旁，看爷爷蹲在地上，用右手在挥舞着大螯的大闸蟹中细细物色挑拣。不知怎的，小姑娘捕捉到了女摊主的一丝异样。往常乡下摊贩看到衣着考究的上海退休老人光顾，总会笑逐颜开地接待，他们晓得，这些老人拿着不菲的退休金，出手总会比一般乡下人阔绰。而这个女摊贩，直勾勾盯着爷爷的眼神里，似乎盛满了不屑。

爷爷挑好了几只螃蟹，单手递到女人面前。女人径直接过螃蟹，用弹簧秤一称，眼皮也不抬地随口报了个数："六只，一斤半。加上上次在同里老街的八只两斤，总共三斤六两吧。十七块半，算你十七吧。"她边说边把螃蟹用网兜装好，塞到了奚祥德手上。

老爷子半天没回过神来："等等，这位小阿姨，什么同里买的两斤？侬记错了伐？我一直住在周庄，上次去同里，已经是六十年前的事了，怎么会前几天跑到同里去拿侬的螃蟹不给钞票？"

女摊贩一把夺过网兜，翻着白眼骂起来："老先生，侬帮帮忙——不要以为那天我生意忙没看到侬，我眼睛再瞎，会认错侬这只断手伐啦？这么热的天，还戴副皮手套遮遮掩掩，整个苏州除了侬还有谁会这样？侬的光荣历史阿拉老早打听过了，邻里八乡都晓得，侬是以前在上海滩抢东西被砍的，没错吧？老先生看上去斯斯文文，没想到这么厉害的狠角色，一只手比人家三只手还快！"

奚祥德气得浑身发抖，却被这个伶牙俐齿的农妇噎得一句话也说不出来。手上的网兜啪嗒掉落，六只从天而降的大闸蟹顺势与筐里的兄弟姐妹相拥而泣。

逃难时抢人东西被砍断了手？这对一旁呆立着的年仅七岁的奚沐晓而言，绝对是酷暑里突然浇下的一桶冰水。如果说那年初次看到爷爷的断掌只是惊悸，今日这个乡下女人嘴里冒出来的话，让她人生第一次感受到了世界的恶意。

"侬瞎讲！（上海话：你胡说！）"小姑娘不知从哪里冒出来一股勇气，上前把爷爷护在身后，尽管彼时她的个子尚不到爷爷的前胸。

女摊贩被这个倔强的小身影怔住了，她收起方才的得理不饶人，埋下头边整理蟹筐里抱成一团的大闸蟹，边嘀咕着："又不是我讲的咯，伊的手（吴语：他的手），同里老街上的人，都晓得的呀！"

周围有街坊路过，目光和耳语，都让奚沐晓觉得像千柄利剑袭来，无处可躲。奚沐晓抬头巴望着爷爷，期望他能做出澄清。然而，爷爷只轻轻摇摇头，一句话都不曾说，这不禁让她原本坚定的心开始动摇——虽然她确信爷爷整个夏天都没有去过几十里外的同里古镇，却无法揣测几十年前爷爷是否真的有那段不光彩的过去。

奚沐晓默默转身，朝那个小院走去。爷爷快步跟着，试图用仅剩的那只手牵起她，却被她几度推开。第二天一早，她便提前坐车回了上海。

或许就是从那时起，奚沐晓对别人的手产生了极为复杂的感受——好奇，又恐惧，想捧起来细看一番，却又想逃之夭夭，拒以千里。她不知道一双手能举起多少重量，却实实在在体会到它能摧毁多少荣光。她甚至很少正视自己的双手——二十多岁的妙龄，她未曾涂过一次指甲油；最严重时，一度连剪指甲都要请黄妈代劳，这让父母以为女儿的大小姐脾气又犯了。长大后，这样的情况稍有好转，但只要特别关注一双手，脑子就会像突然锈住的钟表瞬间停摆，这已然成为她人生挥之不去的阴影。

奚祥德很少回上海，就蜗居在这所他出生的院子里，终日绘画，极少出门。而奚沐晓也再未踏入院门半步。今时今日，重新站回这里，红漆太师椅已空空如也，墙上照片中的祖父，依旧沉默不语。

听说船运大亨奚伯明回了老宅子，当地拆迁办的人赶紧登门拜访。奚伯明客气地迎进来，并招呼宅子的管家，也就是黎伯帮忙倒茶。

在别的拆迁户家耀武扬威惯了的拆迁办主任此时却变得谨小慎微，向奚伯明细数这块地规划的文创产业园区，对于周庄的旅游和文化升级具有何等非凡意义。奚伯明微笑着，偶尔点头，却自始至终未吐一个字。

拆迁办主任看得丈二和尚摸不着头脑，旁边的奚仲清已经耐不住性子准备问补偿条件了，奚伯明这才开了尊口，表示这个文创产业园既然要体现周庄特色，为何不能在保留当地民居原本风貌的基础上兴建，而一定要夷平老宅？拆迁办主任哪能回答出这样的问题，只好告知这是国外建筑师做的规划，在国外得奖无数云云。

奚伯明最后向拆迁办表达了自己的态度：文创园可以建，但奚家老宅不能拆，这座老宅可以进行适当改造，变成文创园的一部分，日常运营可以统一归到园区管理处，奚家不收任何租金，但建筑物的归属权和处置权依然属于奚家。拆迁办主任点头哈腰地离开了宅子，这个方案对他而言闻所未闻，到底是好事儿还是坏事儿，凭他自己无法判断，只能向各级上司逐级请示。

“哥，你就这样决定啦？”奚仲清见大哥在打量老父亲种下的月桂树，脸上露出了一丝不悦，“这个宅子每年咱们请人打理、维护的钱就不少了，现在是产出效益的时候，你怎么还免费送给别人了？更何况……”奚仲清的语调明显放低，“念念在美国念书，现在也正是用钱的时候……”

“不是送，宅子还是咱们自己的。有专业物业公司来打理，不比我们自己照料得差。”奚伯明看来早已深思熟虑，“至于念念上学，等上海到青岛航线的船队扩容完成，我原来答应给你的业绩奖，翻一倍够了吧？”

“咳，说这些，我就随口那么一说，哥你别介意啊！”奚仲清脸上晴朗起来。

“叔叔，这是我的主意。”一直缄默的奚沐晓突然冒出的这句话，让奚仲清暗叹这个侄女人小鬼大，“这座祖宅，是爷爷出生和去世的地方。他退休后大部分时间都在这里，上海条件再好他都不愿意待着。我想，不管他过去经历了什么，这里终究是他心安之处。宅子，建议就别拆了，改造成文创园的一部分，把周庄的书画、剪纸、手工艺、蜡染等民间艺术作品都收到这儿来，做个小型展览馆，也是对本地文化的宣传。我想，他不会不同意的。”说罢，奚沐晓抬头望了望墙上的照片，即便得不到任何回应。

“不光是民间作品呢！伯明、仲清，我前些日子收拾屋子，又从厢房的柜子里整理出了几口大箱子，里边全是老哥过世前画的画儿，画功好得不得了。”黎伯也忍不住插话，“你们一会儿再仔细查一遍，看要不要装裱，这么多年了，再不处理，要是发霉就可惜了。”黎伯是庄稼人，自然不懂得欣赏画作，只是自幼跟奚祥德熟识的他，实在见不得老哥的作品就这么被糟蹋。

奚沐晓方才也看到了那几口箱子，里边叠起来的国画宣纸粗估得有几百张；还有一口颇为沧桑的大皮箱，上了锁却失了钥匙，一时也打不开，想来里头仍是画。奚沐晓犹豫了片刻，还是决定向老黎打听打听旧事：“黎爷爷，早些年我爷爷还住在上海的时候，我们也没见他经常画画，怎么在周庄住的那几年，就一口气画了这么多？”

“孙女，你可不知道，你爷爷少时是有几分画功的，小时候我跟他上学，私塾过年的门神都是先生让他画的。后来十几岁他去上海提篮桥的洋行里做事，说是那个犹太人老板也喜欢他，还出钱给他买西洋颜料，他们布店贴在橱窗里的广告画，好些也是出自他的手。

“在这儿独住的那几年，你们也很少来，他几乎是大门不出二门不迈，就顾着涂啊画啊，没日没夜的。他的手不方便，画得很艰难……”黎伯没往下说。

奚沐晓看了眼爸爸和叔叔，终于下定决心，转头问老黎：“他的手，到底是怎么回事？您知道吗？我曾经听到过一些传言，说得很难听……”

黎伯深叹了一口气：“我大约也知道你说的那些传言，说什么是因为早年兵荒马乱抢人东西，不能信的，他不是那种人。新中国成立前他在洋行当学徒那会儿，虽然薪水微薄，但总也好过我们在乡下种庄稼，遇到天旱歉收的年成，他还托人给我带过几次大米回来。我父亲病重急需的药，都是他走遍霞飞路的许多中西药铺，费尽周折帮我买到的。你说，这样的人，会下得了狠心去谋人钱财？”

“既是莫须有的罪名，为什么要忍气吞声这么多年？我隐约记得，传言中说的是同里的谁，但爷爷他，一直住在周庄……”这是奚沐晓心中存续多年的疑问，她不知道今天能否迎刃而解。

“我后来大概也是了解一些的。那阵传言之后，他让我陪他去过一次同里，说是要找一位叫阿昌的人。到了那儿发现老宅子大门紧锁，向旁人一打听，都说搬回上海治病去了，不在同里住了。”黎爷爷竭尽全力，搜罗着浑浊脑海中模糊的记忆碎片。

“回来的路上，我就问他，要找的这个人到底是谁。老哥他不愿细说，只提了一句：可惜啊，阿昌的手本来也是好好的。至于其他，就再不肯透露半分。”黎爷爷最后擦擦眼角，“老哥他大概跟这个阿昌也算得故交，知道阿昌这些年过得不太好，所以即便旁人把都是断手的他和阿昌认成了同一个人，他也不愿意多澄清什么。你们知道的，他话一直不多。”

奚伯明叹息着摇摇头，原来父亲还有这许多不为后人知晓的往事。

而奚沐晓也尚有无数个疑问待解，那个神秘的同里老人到底是谁？爷爷跟他有过怎样的恩怨？为他扛下旁人的诋毁，只是出于同情，还是真的做了什么对不起老友的事，心存愧疚？

无奈故人西辞，黎爷爷也只能讲出只言片语。罢了，就让过去的过去，让过不去的惦记。奚沐晓舒了一口气。

只有奚仲清，似乎惊讶中又带着些许狐疑。他不是在怀疑老黎所述的真实性，而是在琢磨更深的细节。如同他年幼时，家里丢了块肥皂，来自周庄乡下的母亲，都会在石库门房子的公共灶间，猫一样嗅上半天。

八

从周庄带回上海的，除了满腹的狐疑，还有爷爷的所有画作，以及那口打不开的旧皮箱。

奚沐晓内心隐约有种预感，或许自己孜孜以求的答案，就锁在那里面，她想把它解开，无论那对爷爷是毁是誉！

不管怎样，她需要前行。在佐佐木面前夸下的海口——那个只有手的画展，像只小怪兽偶尔出洞，然后狠狠践踏一下她凌乱的千头万绪。

她托朋友在上海四行仓库创意园区物色了一个工作室，简单拾掇后，把那些画作悉数搬了进来。这个苏州河边的画室也就成了她的一方小天地，她将它命名为“曲直之间”。

尽管外滩宽敞的家里就有她一间专门的创作室，但她以“太安逸，没灵感”为由，拒绝了妈妈和黄妈在家创作的提议。其实，她是为了尽量少和父母打照面，也就省得时刻听他们关于接班、相亲的唠叨。但她每天必须回家吃晚饭、睡觉，这是父母的底线，奚沐晓答应了。

画室门口安了一块铁艺的招牌，铁丝一半弯曲，一半平直，是为“曲直”，这是奚沐晓自认为这段时间的人生感悟：曲直相依，黑白相倚，善恶难分，是非难辨。凡人万物都无绝对，何必事事锱铢必较？心无旁骛走好自己的路，已是这世上最难做到的事。

这样的坦然，爷爷或许已经做到了，半辈子的沉默，早已化作笔下丹青的无穷内力。

这样的淡定，奚沐晓却做不到，心里藏着事，如何能举重若轻地笑着流泪释怀？

无法释怀的，当然还有祁实。

加菲煞有介事地号了号闺蜜的脉，然后发布了独家诊断报告。

奚沐晓俨然正常的外表之下，实则住着两个病人，一个得的是甲亢与失心疯，狂热起来像是凡·高与尼采；而另一个，得的是渐冻症——冷眼旁观这世间的情与爱！

“不用在我头上套那么多病理学名词，直接说精神分裂就是了。”奚沐晓没好气地对加菲说。

“精神分裂还不够，还得送你一个词：铁石心肠！”加菲凑上前来，“我说，祁少最近发射的信号，你倒是接收到没有啊？还不赶快回应一下？”

铁石心肠？奚沐晓苦笑一下，不置可否。在欧洲的几年，她一度觉得，自己这辈子，恐怕都不需要什么男欢女爱了。她认识好些老爸朋友圈子的商二代，在欧洲各国名校里混着日子，时常成群结队到地中海或加勒比海组织游艇会，外国的帅哥美女、国内的小明星小网红，都是座上宾朋，往往几杯洋酒下肚，很多男女就开始卿卿我我。这样声色犬马的派对，她并不排斥。她甚至熟练地和派对上心怀鬼胎的人推杯换盏，但酒过三巡，她总会巧妙地从愈发浓烈的酒精和荷尔蒙气息中清醒并逃脱。

她只是喜欢热闹本身，并不愿意触碰这国乔治那国约瑟夫的假意或真心。

可祁实始终在奚沐晓心中占据着一席之地，骨子里那个狂热的自己，似乎时不时就会来恳求那个冷若冰霜的渐冻症患者，央求她打开封闭了十年的心门，哪怕是一条缝儿，便足以让阳光照射进来。

回国前，罗莎夫人布置过一个任务——奚沐晓需要先去深入观察一百双手。教授的苦衷，她是明白的：与其说是观察这一双双手，不如说是强迫自己放下所有的戒备，努力做到心平气和。

怎么找到一百个人成了不大不小的一个问题，难道去老奚办公室，然后让员工排好队，等着叫号挨个儿进屋，伸出双手让大小姐观察五分钟？万万不可！如果画个画还要惊动毕达全公司，不正好让老奚同志和三美找到攻击点？再说了，罗莎夫人的本意，是让自己多接触形形色色的手，如此，自然应该是广撒网才对。

“跟你说多少遍了？有困难，找加菲。”加菲拍着胸脯，一副舍我其谁的样子。

奚沐晓想笑：“你是打算明天带我去你妈公司写生吗？”

“必须不能够！”加菲瞪了奚沐晓一眼，“砰”的一声关上了车门，成竹在胸地走了。

不日，加菲甩过来一份规规矩矩的清单，上边姓名、电话、职业、建议碰面时间一应俱全，编号从一到一百，刚好一百个联系人。

“哪儿搞来的？坦白从宽！”奚沐晓赞叹之余，实在好奇，单看这表格的工整程度，断断不是她认识的那个加菲所为。

“我说你怎么那么多为什么？乖乖去采访吧，保证都是有料有故事的手！”

第二天，奚沐晓就开始了“寻手之旅”。这一路，也满是新奇、刺激和欢乐。

原本想拖着放暑假的弟弟奚力一块儿去铜川路水产市场，结果忙着上直播网的奚力，头也不回地说了一句：“毕达集团继承人现身铜川路鱼市，米歇尔，你是想上热搜榜吗？”这让做姐姐的她无言以对。无奈之下，只能约上加菲，走街串巷，总算找到了鱼市上那个被称为“虾姑”的中年妇女。“虾姑”的徒手剥龙虾绝技，堪称铜川路一绝。硕大的小龙虾，挥舞着凶猛锋利的螯，虾姑只需要一秒钟，粗短却灵巧无比的手指就把一只虾剥得干干净净，连虾线都挑得干净。正当她得意扬扬地展示自己秒剥龙虾神功的时候，奚沐晓弱弱地说了一句“能不能慢点儿，我实在没看清楚”，让虾姑受到了一万点伤害：“你这个小姑娘奇怪哇？人家动作就是快，哪能好让人家慢下来呢？”好说歹说，摆拍了好几组照片之后，奚沐晓拎着七八斤剥好的虾仁回家了，一路上都面露难色：接下来的几天，黄妈都得烧各式小龙虾了吧？

后几日，奚沐晓要么只身一人，要么约上加菲，继续去寻找这个城市中，最有故事的那些手：田子坊一个连 yes 都不会说的老太太，靠精湛的剪纸手艺获得了联合国的邀请去瑞士表演，她的，是一双满是皱纹、青筋暴露的手；一个每天早上六点准时去虹口公园，用拖把在地上写书法大字的爷叔，把颜体、柳体、欧阳体样样写得让人拍案叫绝，他的，是一双枯瘦遒劲的手；还有静安寺的一个帅哥交警，自创了一套指挥手势，极大地提升了道路通行效率，成为繁忙的十字路口的一道靓丽风景……奚沐晓越走访越有感触，她心目中的那一百个空格，像填字游戏一样，一个个丰满起来。

这天的采访对象是个从医三十多年的产科大夫，她的手中接生过无数个新生儿。老大夫语重心长地对奚沐晓说："我这辈子，接生了三万多个婴儿；这些孩子从母体娩出后，与世界的第一次接触，都是我双手的抚摸。所以，手不单是我们拿取物品的工具，更是人和人传递情感的纽带。我很感谢，作为年轻的记者，你能找到这样特别的视角，来把这些故事传递给更多的人！"

老大夫的话自然让人欢欣鼓舞，但回程路上，奚沐晓却一直在琢磨其中的一个词："年轻的记者？"难道？幡然醒悟过后，她立刻停车，拨通了加菲的手机："我的采访名单，是敬婷给的，对不对？"

"呃，这都被你琢磨出来了……"加菲在电话那头顿了顿，"是我去找她帮忙的，她知道后，二话没说翻了过去两年采访过的所有人物清单，最后挑了这么一百位，说是最平凡也最闪光的一群人。怎么样，是不是已经闪瞎了你的双眼？"

奚沐晓有些无语凝噎，嘴上依旧还是要死犟两句："加菲啊加菲，你这不是平白无故让我欠了她一个人情吗？早知道……"

"早知道是她给的名单，你就一个都不去采访了，对不对？"加菲的语气有些不客气，"晓晓，大家都不是小孩子了，有些事，过去就过去了。再说，你只习惯关在画室里，对着石膏画上一百遍一千遍，而你想要的素材，敬婷那里有最直接、最鲜活的，她跑民生新闻，每天都在接触形形色色的人。你知道吗？她听说是你需要的，不仅连夜挑出了名单，而且还专门打电话跟这些人逐一说明情况获得支持并约好时间，这也是你采访这么多人都畅通无阻的原因。亲爱的，我看得出，她是有心修复你们的关系的，而且，她尽力了……"

挂了电话，奚沐晓翻看着单反相机里这半个多月来积累的一张又一张素材照片，就像产科老大夫最后说的，这一双双手，仿佛也成了她和敬婷传递情感的纽带。只是，多讽刺啊！十年前，她们不需要任何纽带，只需要手一牵，就能互相拥有全部的彼此。

采风接近尾声，为了赶时间，奚沐晓少有跟家人共进晚餐的机会。这天傍晚，庄芝敏特意把女儿叫了回来，吩咐黄妈摆了几盘精致的本帮小菜：酱鸭、油爆虾、鲍汁狮子头、香菇菜心，外加一罐腌笃鲜，恬淡富足的生活铺满餐桌。

开饭前，庄芝敏突然发现女儿这几日在外疯跑，竟然晒黑了不少，心疼地摸摸女儿的手臂。

奚沐晓安慰妈妈："没事儿啦，我在欧洲的时候，不也经常去西班牙、希腊晒太阳吗？这都不用出国，就能晒成健康小麦色，多好啊！"说着咯咯笑起来。

"你倒没心没肺，不行啊，最近有很多人要给你介绍男朋友，我要是挑到好的肯定马上要让你去见见的，皮肤还是要当心保护一下！"庄芝敏终究还是扯到了她最关心的话题上。

"干吗啦，三美这是要赶女儿出门的节奏嘛！"奚沐晓佯装不开心，嘴噘得老高，黄妈也忍不住笑起来。

"算了，我去看下您儿子怎么还不来吃饭，小鬼头搞什么名堂！"奚沐晓总算找了个说辞暂时躲开三美的猛攻。上楼进了奚力的房间，只见小子正在直播网上，跟一帮网友视频聊天，他挨个儿展示并介绍他从小收集的一百多组康达姆机器人，其中很多国内没有的限量款，引得一帮大开眼界的网友争相送礼物。

奚力被姐姐拖出了房间，拖回了现实中。

"我说你也是，吃饱了撑的？喜欢的东西自己看看玩玩就得了，干吗非要丢到网上去给别人看？要是网上那帮人知道你是毕达集团的公子，那还得了啊？”庄芝敏又开始数落起儿子来。

儿子是她四十岁才生的，有了奚沐晓庄芝敏原本就不打算再生了，当时政策也不允许。结果娘家父母或许因只生了三个女儿有些遗憾，一直怂恿小女儿再要一个，后来就有了小儿子。超生了个二宝，被罚了不少钱，公司又刚起步，家里一度经济吃紧。十二岁的奚沐晓，半开玩笑半认真地对父母说：“那么金贵，又罚了那么多钱，叫他奚奇（稀奇）得了。”没想到，这名儿还真被父母采纳了。转眼奚奇到了读幼儿园的年纪，一天哭着回来说小朋友叫他“奚奇古怪”，庄芝敏没办法，才又托人去派出所改成了现在的名字。

“妈咪，您也不能总拿老眼光来看问题，OK？你们年轻那会儿还男女授受不亲呢，现在年轻人，甭管男生女生，就是要敢秀敢分享。我现在是游戏圈里的红人，综合排名前十，我一开直播，好几千人等着围观，尤其是女粉丝，多到吓死您！这就是人气，You know？”在国际学校上初二的奚力，说起直播，似乎有一万个辩护的理由，完全无视家中权威。

“人气，你就气人吧！”庄芝敏实在搞不懂几千人围着电脑看一个毛头小子摆弄机器人有啥看头。

奚沐晓赶紧解围：“妈，小鬼头说的也不是完全没有道理。现在这些直播啊网红啊，确实火得不成样子，以后是啥趋势根本不是我们能预料的，让他接触点儿新鲜事物也不是什么坏事，随他去吧，走不上什么弯路的。再说了，您跟我爸上山下乡那会儿，一帮人好像也不务正业，经常偷偷摸摸去小河边山岗上唱歌跳舞啥的吧？怎么到我们这儿，就只许州官放火了？”说着转头向弟弟：“Leo，你刚说咱爸妈年轻那会儿授受不亲，错了，人家亲着呢！”说着两人开始捂嘴偷笑。

庄芝敏白了他们一眼，一声令下：“都给我住嘴！吃饭！”

九

梅雨季，雨水滴滴答答地打在窗棂上，不知疲倦。奚沐晓在画室整理这段时间拍的照片，她第一次如此细致地观察这一双双或纤细、或粗壮、或白皙、或黝黑的手。临摹容易，传神难。奚沐晓需要的不是依样画葫芦，而是重新解读和诠释，让这些手，即便在主人不露脸的情况下，也能生动地讲述一段段别样人生。

然而她很快发现，自己过往刻意回避的部分，确实成了她亟待弥补的一个软肋。她突然想起离开佛罗伦萨前，罗莎夫人在那栋小楼里对她说的话。是啊，找个手模加强练习，不同角度、不同力度、不同光线，只有先完成精细基本功的修炼，才有资格谈传神的再现啊！

我需要一个手模！奚沐晓自言自语。可是，找谁呢？脑子里瞬间迸出来的念想，竟然又是祁实。他那双在萨克斯管上蝴蝶般翩飞的修长光洁的手，穿越十多年的光景，依旧在眼前肆意招摇！虽然祁实也总是明里暗里在向自己靠拢，但从前那点儿说不清道不明的关系，让奚沐晓不得不心存畏惧。

算了，网上发帖招聘吧。奚沐晓开出了比市场价高出一半的价码，一时间，作为招募代理人的加菲，电话被一次次打爆。

“周末安排统一面试吧！特助我精挑细选了七八个手模，到时候陪小主您慢慢儿翻牌子！”加菲对此事的上心程度，貌似超过了雇主本人。

“等等！”奚沐晓翻看着“菲助”特别遴选的候选人清单，“我说，特助，您怎么全挑的男生？我啥时候跟您说了我只要男手模了？您这是别有用心啊！”

“啊，我，真没注意，那就加两个女的。哈，哈哈——”加菲眼睛滴溜溜转了几大圈，诡计被识破，只好赶紧说好话。

周末一大早，加菲抱着她养了多年的老猫“二饼”准时出现在画室。

“一会儿让二饼也投个票，它要冲谁叫了，你就重点考虑就是了，错不了。”加菲温柔地捋着“二饼”缎子一样的毛。

“咱是选模特呢，还是选耗子呢？”奚沐晓又好气又好笑。

“相信二饼的眼光，我当时跟警察叔叔表白之前，就问它：‘阿饼，你说警察叔叔会答应我吗？会的话，就叫两声。’你猜怎么着？人家叫了一下午！”加菲脸上满是认真的陶醉。

奚沐晓抿嘴一笑，俯下身子凑近“二饼”：“阿饼，你回忆一下，你菲姐问你的时候，是在饭点儿吗？她饿了你多久来着？”

模特陆续前来面试。第一个是简历上自称世界五百强御用广告片手模的，加菲爱吃的薯片、爱喝的饮料、爱买的比萨，都曾经被眼前这个自信满满的男人握在手中。看得出，若是终审权在自己，加菲一定毫不犹豫地把这个模特签下。只是，那双堪称帅气逼人的手，似乎并未打动奚小姐和“二饼”的芳心。

望着模特离去的身影，加菲实在按捺不住道："我说小主您也太难伺候了吧，这位大咖您都不满意啊？"

"是你说的啊，二饼不叫，我不能同意啊。"奚沐晓开了个玩笑，"跟你说实话吧，这双手确实漂亮，我也知道他出演过许多广告片，正是因为这一点，我好像闭着眼睛都能想象出这双手的样子。就像一个在所有电影里都会出现的男配角，每次出现，都是完美但是千篇一律的面孔，我要找的，不是这样一双手。"

加菲简直听蒙了，但是，这位固执小姐说得似乎也有几分道理。算了，反正二饼判官也没有表态，那就下一个吧。

然而后边的几位手模，依旧没有勾起奚沐晓的丝毫兴趣。模特们看来都很具专业度，偏偏是那有板有眼的专业度，让奚沐晓觉察到浓浓的带着粉饰的表演痕迹。而她内心，似乎是在等待一双原生的、会说话的、会传情达意的手。

上午安排的最后一位手模打电话说，堵车稍微晚十分钟。接电话的加菲不仅没生气，反而听得笑逐颜开："小沐沐，我觉得我们饼爷很快就要开尊口了！你不知道这个手模的声音有多好听，简直让人酥到骨子里！想来他的手一定也是极品！"

模特姗姗来迟，一个男生，画着眼线，打扮妖冶得简直让加菲羞愧自己枉为女人！小男生进屋环顾了一下四周，然后妩媚地摘下了自己的手套—— 一双宛若翠玉的小手顿时展现在两人眼前。

"我对我的手还是很有信心的，我给五十多个一线女明星做过'手替'。不瞒两位，每个星期我都要去给我的手做SPA，另外，我还给它们买了两千万的保险，所以我跟其他人比起来，自然是贵一点儿——你们，价钱能接受的话，就快点儿出合同吧，我的安排很满的，下午还有拍摄活动。"说着，小模特对着自己的小手孤芳自赏起来，嘴角浮现出无限傲娇与不容质疑。

加菲和奚沐晓面面相觑，在惊叹世间还有这样的奇男子之余，真心不知道该怎么回绝这位自觉胜券在握，似乎不签好合同不拿好定金就绝不罢休的朋友。

气氛一时尴尬无比。小模特青葱样的手指在沙发的金属扶手上轻叩，发出啄木鸟般的敲击声。说时迟，那时快，一道黑色闪电“腾”地从加菲怀里射出，径直扑向沙发上的小模特——是“二饼”大侠！它是饿坏了还是揣度出主人的为难尚不得而知，但这一跳着实吓得小男生花容失色。几乎同时响起的一声“喵呜”和一声“啊”交织成一首赞歌，唱给这生命中难得的际遇。

所幸，小模特身手敏捷，迅速把手缩了回去，“二饼”尖锐的爪子并没有伤到那双价值两千万的小手。小模特丢下一句“你们真是够了”，气咻咻地夺门而出，若要成天跟一个野蛮动物为伴，他宁愿舍弃那份高薪的合约。

画室里的两人总算回过神来，加菲幽幽地对奚沐晓说：“你看，我说了二饼见到这位小爷，肯定会开口的吧？”

奚沐晓看看一脸无辜的加菲，再看看立了大功的“二饼”，突然笑得灿烂如花：“挺好，我要谢谢你们！饼爷，晚上我们一起去买猫粮可好？”

加菲懊恼地离开了，带着看不出丝毫懊恼的“二饼”。

临走前，加菲告诉奚沐晓，其实适合做她手模的人选，倒是还有一个，那就是敬婷。十几年的钢琴童子功，外加这些年艰辛生活的历练，不就是她苦苦寻觅的，那双有气质、有故事、会说话的手吗？

可是，为什么偏偏是敬婷？

思绪混乱无序之际，桌上的手机响了，妈妈打来的。

“什么？见面？而且现在去？捣什么乱？我都没好好化妆！”奚沐晓惊讶得合不拢嘴。往常妈妈也不时提起要相亲啥的，她打打马虎眼就过去了，这次妈妈在电话里说得斩钉截铁。“什么人魔力这么大啊，还非得现在马上赶过去？”奚沐晓好奇地问。

“你二姨夫一个朋友介绍的，说是福建那边一个房地产开发公司老板的儿子，比你大两岁，虽然没有留过学，但也是国内正规大学毕业的，长得也还不错。本来介绍人想改天约个大饭局，你二姨一家和我也一起看看的，不巧那小伙儿马上要去东北拍一块地，可能要耽误十来天。今天正好在上海转机，晚上就走，现在人在陆家嘴，你简单收拾一下就行，我庄芝敏的女儿天生丽质，不化妆又怎样？先去看看，两人单聊一下吃个中饭，印象好后边再约。”

“哎，二美介绍的……妈，你也知道上次二美介绍了什么样的？山西开矿的，传说中的煤老板！能再靠谱点儿吗？”奚沐晓有点儿发怵了。

“开矿的怎么了？正好给你爸公司供应煤炭钢材！你上次给人家甩脸色，我还没找你算账呢！行了行了，这次不会错了，你二姨妈特别关照过，说人长得特别精神！赶紧去看看吧，人家还专门订了江景餐厅呢。”说着，妈妈微信发过来一个电话号码，一个位置分享——浦东香格里拉顶楼江景餐厅。

“唉，这都什么思维，这么个雨天，黄浦江上全是雾，我想问问这位骨骼清奇的小爷，顶楼倒是能看个啥啊……”抱怨归抱怨，想到估计也是二姨夫的客户这层关系，去见见无妨，正好出去透个气，手模的事让她情绪低落。

“记住，收敛一点儿，不要三句话不对就给人甩脸色！”庄芝敏再三叮嘱，她对女儿这些年的臭脾气还是隐隐有些担忧。

开着玛莎拉蒂，慢悠悠地穿过延安路隧道，却在陆家嘴狠狠堵上了。少年一样活力四射的上海，一到雨天就成了半身不遂的偏瘫病人。奚沐晓倒也不急，心里似乎还在暗喜，再堵一会儿，这顿莫名其妙的饭局就可以不用赴约了。

车窗外，正大广场外墙的巨幕显示屏上，正在直播一场美食达人秀。等等！画面上那双正有条不紊地制作西点的手，肤色柔和，比例协调，精致匀称，又不失力度和节奏——比起上午面试的那些手模，这双手，似乎散发着别样的光芒。

奚沐晓目不转睛地盯着大屏幕，注视着那双手的每一个动作、每一个细节。那一瞬间，她似乎已身临其境，与这双手的主人在这浩渺的人海萍水相逢。

“嘀——”身后排队的车子突然发出刺耳的鸣笛，原来前方拥堵解除，车流开始加速通行，奚沐晓赶紧把注意力集中到方向盘上。行进中再抬头张望时，镜头已经切换，勉强还能看到“来自戛纳”四个字。

哎，戛纳？原来是法国西点师。罢了，这一面之缘，想必也就到此为止了。

差点儿忘了那个福建公子还在餐厅候着！赶紧冲到香格里拉酒店，在地下停车场泊好车，坐上电梯，很快到了微信上提到的楼顶餐厅。

刚到门口，走过来四个威猛的服务员，向奚沐晓齐刷刷鞠了一躬，问：“奚小姐，对吧？这边请，我们蒋总已经在包间等您了！”

“你们蒋总？你们是？”

“哦，我们是蒋总的保镖。”

奚沐晓这才恍然大悟，原来不是服务员，转念一想：这人派头得多大啊，吃个饭带四个保镖！

包间门打开，果然是餐厅最豪华的一间，180 度弧形落地玻璃窗，直面黄浦江。当然，如奚沐晓所料，窗外除了隐约的几栋高楼塔尖，什么也看不见……

“奚小姐，雷（你）好！偶（我）是蒋凯，胡（福）建胡（福）州过来的。久仰久仰！”这个叫蒋凯的人，普通话里带着浓重的福建口音，看起来完全不像二十七八岁的样子；一身西装革履，略显圆润的脸，算得上端正的五官，头发用发蜡抹得丝丝分明。

“您好，蒋先生！幸会！”奚沐晓看了下包间里巨大的圆桌，不知道坐哪个位置合适。

蒋凯倒是很快明白了奚沐晓的心思，忙指了一下自己身边的一把椅子，示意奚沐晓坐下。

奚沐晓小心翼翼地把椅子往远处挪开一点儿，轻轻落坐。

“奚小姐真是名不虚传啊，偶拔拔（我爸爸）给偶（我）看雷（你）照片的时候，偶（我）就觉得好漂亮！今天看到本人，真是比照片还要漂亮，还要有气质啊！嗬嗬！”说着，蒋凯不由自主地放声大笑起来，颇有几分成竹在胸。

“蒋先生过奖了，我就是路人甲一个！”奚沐晓胡乱应付着。

“哇，奚小姐好谦虚哦！如果你是路人，那偶（我）情愿坐在马路边看一天路人！”蒋凯显然也是阅人无数，夸起女孩子来不遗余力。

奚沐晓实在不知道该怎么接下去，只好岔开话题扯些有的没的：“听说您这次只是路过上海，晚上还要飞东北？”

“是啊是啊，晚上的航班灰（飞）大连，正好白天有一点点空，来浦东看看偶们（我们）去年开花（开发）的一个项目的进度。”蒋凯貌似说到了开心处，双臂摊开搭在椅背上，脚也开始不停地抖起来。“介次（这次）去大连，偶们（我们）还准备拍一块地，投机（投资）要超过五十亿，拿下来的话就是大连数一数二的综合体。楞务（任务）重大啊！”

“辛苦辛苦，祝你们拿地成功！”奚沐晓言不由衷地回应着，突然发现几个保镖竟还站在桌子旁边，这是准备守着他们二人用餐的节奏吗？

“他们，能一起坐下来吃饭吗？”奚沐晓指着保镖问。

蒋凯愣了一下，貌似是头一次有人问他这个问题。保镖们连连摆手："不了不了，我们吃过了。"

真的也好，假的也罢，奚沐晓也不再过问，只是觉得一群彪形大汉看着自己吃饭着实难受。在家里，黄妈都是跟家人一样坐下来吃饭的，十多年，一向如此。她一直认为自己是平常人家成长起来的女儿，在待人接物上，从来没有那么多尊卑概念。

一顿饭，吃得心猿意马。虽然比起曾经见过的那些富二代，这位蒋先生确实从长相到才干都不像是草包，但为什么总觉得有点儿不舒服？

服务员端上来一客昂贵的清蒸野生东星斑，蒋凯尝了一口，就嫌味道淡。他让保镖叫来主厨，亲自交代："不好意西（思），介果（这个）味道太淡啦，撤掉，重新上一份吧！"

"这个，抱歉先生，我们的野生海鲜都是当天送达，限量供应的，今天已经没有多余的东星斑了。"主厨面露难色。

"辣（那）怎么行？偶（我）今天是要招待贵客的，没有这道主菜实在不像话嘛！"蒋凯不依不饶。

"不用麻烦了，蒋先生嫌淡，那就直接在这份上重新加工吧。"奚沐晓见两人僵持下去也不是个办法。

蒋凯愣了一下，似乎有些年头没见过如此体贴节俭的富家女了，连忙附和："那就按奚小姐说的办，介（这）条鱼请雷门（你们）重新加工一下下，多加蒜茸，多加葱发（葱花），多加洋葱，还有豆豉，搞出来才好吃！"

厨师点点头，默默退下。片刻，一份按照上帝的旨意重新出锅的蒜茸东星斑呈了上来。上帝看来很满意，连连招呼奚沐晓品评。

总算挨到了保镖去结账的那一刻。奚沐晓跟蒋凯说："蒋先生，谢谢您的款待！不知道您下午几点的航班飞大连，雨天堵车，您可能要提前出发。"

"奚小姐好贴心哦！没事的啦，偶们（我们）六点半才灰（飞），鹅且（而且）偶（我）有 VIP 绿色通道，时间不是问题啦。偶（我）说请你喝咖灰（咖啡），你又着急要肥去（回去），要不偶（我）亲自开车送雷（你）啊？偶（我）在这里有车的，只是不太好，保时捷鹅已（而已），不要见笑！”

“不用不用！您太客气了！我很近，坐地铁来的，很方便，地铁站就在楼下！”生怕在车库跟土豪再碰面，奚沐晓脑子飞快地转着。

“哦，那偶（我）送雷（你）去地铁站好啦！外边也在下雨，好大的哦！”

“真的不用，我有伞！谢谢您的招待，祝您一路顺利！”奚沐晓总算在电梯门关上的一刹那挤进去，她始终没有说“下次再见”这样的话。

本想去老爸的办公室晃一圈，又怕老头子争分夺秒对她洗脑，谈不上厌恶，只是决定先坐地铁回浦西的画室，下午再让老许来香格里拉把车开回去。打定主意后，奚沐晓小碎步走进地铁站。回想土豪中午的一举一动，谈不上厌恶，只是很想笑，找个人吐槽吧，想来想去，奚沐晓翻出了加菲的微信，跟她语音聊起来。

“嘀！嘀！嘀！”二号线车门一关，地铁像头脱缰的野马，从黄浦江下疾驰而过。奚沐晓坐在靠门的位置，继续跟加菲微信上小声嘀咕着：“这大哥倒是很作啊，让一堆保镖一直站着就算了，还专门叫来厨师训话，让多加蒜茸，多加葱花，多加洋葱！本来蛮好的一条鱼！”

“加蒜茸，加葱花，加洋葱……”奚沐晓隐约听到一个温柔的男声，不过，怎么在学自己说话呢？她以为是幻听，没想到很快又传来那句“加蒜茸，加葱花，加洋葱……”腾的一下，奚沐晓终于忍无可忍站了起来，冲着门边一个年轻男子颀长的背影大声质问：“什么意思啊？干吗学别人说话？”

同车厢乘客的目光瞬间聚焦过来，男子这才意识到是在说自己，不由得转身，见一个姑娘秀气精致的脸上，写满愤怒！奇怪的是，这张脸，分明素昧平生，为何总觉似曾相识？

片刻，他回过神来，指着手里的一本书，试图澄清："我，没学谁说话啊，我这在背食谱呢……"

话音未落，男子旁边个头娇小的马尾女生瞪大眼睛，拦在奚沐晓面前："我说小姐你有病吧！人家背菜谱，学你什么了？"

"思思，别这样。"小伙儿恢复了常态，镇定地指了指手中的《法式西点高阶教程》："我想，你可能误会了。我确实是在背菜谱，刚念叨的那些，都是一款法式蒜香包的配料，不知道怎么冒犯你了。"

奚沐晓定睛一看，果然是本西点菜谱，霎时羞得满脸通红。她通常不是一个无礼的人，只有自觉尊严受损时，才会偶有这样的爆发。那次被佐佐木冷嘲热讽，她也同样按捺不住与之针锋相对。

见对方一时语塞，马尾女生来了劲："有些人啊，就是自我感觉良好，以为是个男生就会跟她套近乎。"

原本心中存了些许歉意的奚沐晓，被小姑娘这句话瞬间激怒了："怎么说话的？走神打岔听错了，这是我的问题，你这儿上纲上线出言不逊，就有理了？"

马尾女生正准备继续迎战，被小伙子果断阻止。"嘀！嘀！嘀！"正好地铁到站，小伙子对奚沐晓留下一句"误会一场，抱歉"，便拉着余愠未消的马尾小姑娘大步踏出了车厢，徒留奚沐晓呆立在原地。

顾不得众人诧异的眼光，奚沐晓无力地重新坐下。这可算是奇遇的一天？早上那个被"二饼"吓得失魂落魄的小手模，中午迷之自信的富商蒋公子，以及地铁上莫名冲突的年轻男女，全都不是她期待的名单，却这么渐次出现在生命里，逐一过招。而脑海中挥之不去的，大屏幕上那双手的影子，却无从寻觅。

造化弄人。

十

“小沐沐，从正大广场官网上看，最近五年，他们并没有请过什么法国西点师！”加菲在电脑上搜索半天，给出了结论，“你确认是个法国人吗？”

“不确认，说实话看那双手，我并不觉得像老外。但是，屏幕上明明写得很清楚，是来自戛纳。”奚沐晓摇摆不定，“算了，别找了，我再想办法吧。”

“这么轻易就放弃了？这可不像你的性格啊，亲爱的！”加菲印象中的奚沐晓，断然不会遇到一点儿挫折就回头。

“加菲，我现在越来越觉得，人常常固执地咬牙坚持做一件事情，不愿意面对一个事实，那就是我们所坚持的事，可能原本就是错的。”最近的种种，让奚沐晓不禁感慨。

“比如，因为当年那件事，你即便内心已经原谅了某些人，面子上也还是不愿意承认？”加菲话中有话。

“我说，你怎么跟我妈一样？我妈是凡事都要扯到相亲上，你是凡事都要扯到他俩身上。”奚沐晓瞪了加菲一眼，“我没想那么多乱七八糟的，就问你，费尽心思找手模，找来找去又没个眉目，这事到底是该继续还是就此——”

“等等！”加菲突然打断奚沐晓，“你说，你确信在大屏幕上看到‘戛纳’两个字了？”

“对啊！怎么了？”奚沐晓疑惑不已。

“新天地有家西点屋，叫‘此刻戛纳’，会不会跟这家店有关系？”加菲从地图上搜索“戛纳”，跳出来的第一个选项就是“此刻戛纳”！

“此刻戛纳……”奚沐晓默念了两遍，突然一阵兴奋，“好像就是这个名字！加菲，你现在就跟我去！”

“行不行啊你！不是死活说你看到的是‘来自戛纳’吗？”加菲对闺蜜最近的小迷糊哭笑不得。

等西点出炉的空当，植林在操作间里走神，他还回想昨天那个在地铁上无端指责自己、态度蛮横的姑娘。当然，柳思思也不是省油的灯，要不是及时拉开，两个小姑娘不知道是不是要吵到终点站。

看植林在发愣，乔明宇开玩笑地说：“小林哥，还在想昨天那个要碰你瓷儿的美女呢？思思那醋坛子可打翻了一地哦！”

“你小子，别消遣我啊！”植林回过神来。乔明宇是上海崇明人，当然，那只是他现在身份证上的住址。往前数十几年，他刚上小学那会儿，因为三峡工程的关系，全家跟着全县几万人，从重庆云阳县移民到崇明岛，成了“新上海人”。他入行时间短，不过机灵得很，什么东西一学就会，植林在寻常工作中对他照拂有加。

“没骗你啊，昨天下午回来脸色就不好看，一问才知道好不容易跟你出去逛个街，竟然半路有人要夺她所爱……今天一早来，嘴还噘着，一会儿经理回来要看到她那个样子，肯定又要发飙，说她服务态度不好了！”乔明宇笑嘻嘻地对植林说。

“逛什么街！昨天她愣把我拖到正大广场去参加一个什么厨神争霸，本来不想去的，店里还这么忙，不过思思非说，多上节目也能提高点儿咱们店的名气，所以不得已才把活儿安排给你，去露了一小手。我跟她，不是你们想象的那样，以后别乱说了。”植林急忙解释。

“唉，自古多情女子负心那什么来着……”乔明宇也不怕植林生气。

说来植林确实是柳思思中意的那一款。她当时应聘这家店的收银员就是因为从橱窗里看到一个年轻男子在做西点。虽然戴着高高的白帽子，脸上也蒙个大口罩，但那直挺挺的鼻子和专注的眼神，让橱窗外的小姑娘心扑通扑通直跳。原本只是大专毕业后来上海玩几天的，就这么不管不顾地进店问有没有职位。陈泽涛正好发愁原来的一个收银员辞职生孩子去了，二话没说就把送上门来的这个机敏大方的小姑娘留了下来，当场开始试用。思思的爸爸在景德镇等了好几天也没见女儿回来，打女儿电话却说在上班，警惕性颇高的老柳心想，坏了，女儿这是被骗到传销窝点了！他二话不说，扔下手头工作，带着工厂的几个徒弟连夜开车几百里，到了上海，看到女儿果真安然无恙地上着班，总算放下悬了一路的心。其实老柳托人在老家的一个单位给女儿找了个会计的工作，结果五头牛也拉不走她，老柳只好带着一帮人悻悻而归。

思思加盟后，对植林时有暗示，但植林从来没有明确回应过，甚至一直避免跟她单独接触。

许是遭遇的那场家庭变故，击溃了他意气风发少年时的一切荣光。他从此变得谨小慎微，战战兢兢，别人想方设法出人头地，他却近乎执拗地忘掉梦想，舍弃天赋，磨平棱角，只想努力做个普通人。

大学里，无论学业的比拼，还是感情的角逐，他从来都不是主动出击的那一个。然而，爱神之箭，有时却会偏了方向。一次登山途中，他和同校一个法文系的女生走到了一起——陡峭的山崖上，他伸手拉她上坡，之后，女生的手再也没有松开。

她高他两届，两人成了校园里不多见的姐弟恋。在一起的日子，她像赤道的骄阳，时刻释放灼热的光芒；他也渐渐找回了些许自信，一度，他以为所有的阴郁，都已烟消云散。

女友毕业，他还在上大三。没多久，她突然从他的世界里彻底消失。后来得到消息，她跟成都一个大她二十多岁的老男人结婚了。据说对方是个连锁餐饮企业的老板，旗下火锅酒楼开遍各地，全国加起来少说也有上百家。

终究是自己输了。植林消沉了几个月，有一天，他突然醒悟了：是啊，在遇到她之前，天空也是这样乌云密布，与此时并无分别啊。

然而，到底有无分别，恐怕只有他自己知道。而手机里存着的那条短信“对不起”，也早被他在夜深人静的时候翻出来看了千遍。

一段情逝去，曾经爱得越投入，便成了日后越深的伤害。植林有时也在想，女人到底是怎样善变的一种动物？她甚至在发来分手短信的头一天，还趁他上课时间，到宿舍去为他细细整理了一遍床铺。植林后来扔掉了那套寝具，即便柔软如丝绒，他躺在上边的每一秒，都如卧针毡。

不觉中，他内心的壁垒又被加高一尺，生怕此时口中啖着的甘饴，将来又会变回夺命的砒霜。对思思如此，对其他人，也一样。

“你就不怕她老爸哪天再开着车从江西拉来一帮人，要把你捆走做压寨相公？”乔明宇在一旁插科打诨。

植林被明宇逗乐了：“哥对你这么好，真要那样，你必须帮我顶包啊！”

“帅哥帅哥，不好了，思思跟两个女孩子在店门口吵起来了！”正在植林和乔明宇有一搭没一搭说笑的时候，花姐火急火燎地跑进了操作间。

透过橱窗，果然远远看到思思堵在门口，气咻咻的样子，似乎不让别人进店。植林和明宇赶紧冲到店门口，定睛一看，发现被思思堵在门外的竟是昨天在地铁上碰到的那个女孩子，身边还站了一个打扮得花枝招展、身材却跟花姐神似的胖姑娘。

“你，怎么在这里？”见植林现身，奚沐晓当场怔住。

“小林哥，昨天纠缠你的那个变态，今天阴魂不散又来了，只见过男的骚扰女的，现在怎么都反过来了？真是林子大了什么鸟都有！”思思向来伶牙俐齿。

同来的胖姑娘气势如虹：“你嘴巴放干净点儿！什么叫变态？什么叫骚扰？什么叫阴魂不散？我们正大光明来找人谈事，跟你有什么关系？你快让开，别挡道儿！”

“怎么跟我没关系？他……”思思说到一半把话咽了下去。

“我昨天已经说过了，只是一场误会，怎么，还有其他事吗？”植林问奚沐晓。他未曾想到，一个小小的冲突，竟然还有续集上演。只是来者不善，今日登门，竟还带了外援。

奚沐晓总算有机会表达了，要说她也真是佩服这个叫思思的姑娘。加菲刚把她的Cooper Countryman停在街对面的马路边，两人下车还没过街，眼尖的小姑娘就噔噔噔跑到店门口堵着不让进。

“跟昨天的事没关系。我来找一个人。”奚沐晓道出了来访的目的：

“昨天中午我在正大广场的大屏幕上看到一段西点师的视频，屏幕上写着，主厨是你们‘此刻戛纳’的人。不知道他现在在吗？”

说话间，一种预感暗暗涌上奚沐晓心头。

“不在！他辞职了！”未等植林反应过来，柳思思脱口而出。

“你找他什么事？”植林问道。

“是这样的，我叫奚沐晓，是学画画的，因为近期有些作品涉及画手，所以需要一个手模。恕我直言，昨天在大屏幕上看到你同事在参加一个比赛，他的手，我认为是我见过最适合做手模的手，所以，还请给我一个他的联系方式。”奚沐晓开门见山道出来访目的，丝毫不怵柳思思。

思思一听，眉头紧蹙，斜睨了一眼植林。

植林犹豫了片刻，终于轻声回应：“我就是，昨天商场里有个比赛，我参加了。”

预感应验！奚沐晓叫苦不迭！不知所措之际，她也趁机观察了眼前这位年轻西点师的手——颀长，光洁，又满是张力！没错，就是他！

“昨天，昨天是我不对。”奚沐晓差点儿打了退堂鼓，但那股不期而至的熟悉的眩晕感告诉奚沐晓，必须硬着头皮上阵，“你能答应做我的手模吗？工作其实很简单，按照我指定的姿势摆放你的手，其他什么都不用做。我的画室在四行仓库，离这里非常近，地铁三站路。另外，我会按照业内行情，给你支付劳务费，绝不亏待。”

“啥？手摆在那儿不动，就能挣钱？这生意行啊！”花姐平生头一次听说这样的买卖，忍不住冒了一句。

“对不起，我工作很忙，晚上经常值班到关店，外边还在上培训班。”植林拿作息时间说事，这当然不假，但真实原因，恐怕是这个邀请来自一个萍水相逢的陌生女子，更何况这女子，显然是一株浑身带刺的玫瑰。

奚沐晓不再说话，对这个回复虽有预料，但失望依然溢于言表。

加菲见情况不妙，赶紧插话："哎呀，能有多忙呀？周末一天就够了，平时下班也可以啊。报酬的话，行价是一个小时五百块，我替我们画家做主了，双倍报酬，一个小时一千，能顶上你几天工资了吧？怎么样小哥？"在加菲的观念里，这世界上没有钱办不到的事。

"太中啦！"花姐简直不敢相信自己的耳朵，"小林，还愣着干啥呀，快答应啊！"说着，她在围裙上蹭了蹭，伸出满是皴裂和老茧的一双手，问奚沐晓："小姐，你看我的手中不？我不要一千，给我一百就成！"

"花姐，你干吗呢！"思思喝住花姐。这两个女人竟然准备拿钱收买人心，简直不能再忍："两位土豪，我不知道你们什么来历！不过，我告诉你们，钱是好东西，但不是你拿钱就能为所欲为，你们找错地方了！"

"你这个小姑娘嘴巴倒挺硬，你信不信我……"加菲突然眼睛一转，一把推开柳思思冲到店里，"谁都别拦我，我要买蛋糕，这是你负责，对吧？"

"这——"思思愣了一下，迅即又恢复镇定，没好气地对加菲说，"买就买呗！你要什么？"

"半熟芝士二十个，提拉米苏二十个，抹茶星星二十个，巧克力慕斯二十个，闪电泡芙二十个。总共一百个，全部分开打包，开始装吧！"加菲趾高气扬道。

奚沐晓迟疑了一下："加菲，你这是何苦？算了，别这样！"

加菲意犹未尽："我怎样了？我妈公司今天正好要过集体生日，我一会儿给他们送蛋糕过去！"说完转向一旁的思思，"哦，忘了告诉你，我今天没有带现金，就刷卡吧，每笔单刷，单开发票！"说着，从钱包里的一沓钞票里，掏出一张铂金信用卡，甩到了收银台上。

“你！”思思听得目瞪口呆，平时的泼辣荡然无存，然而倔强的泪花依然还在眼眶里打转不肯掉下来。片刻，她咬咬牙从柜台下掏出一摞蛋糕盒，“啪”一声扔在收银台上，然后转身从货架上一个个往盒子里装蛋糕。虽不是金枝玉叶，但从小也是最受爹妈宠爱的闺女，出来工作遇到刁蛮顾客也多的是，但这么奇葩的，还是头一次碰到。

“加菲，你别闹了！不行就不行，我再找就是了！”奚沐晓真的生气了，边训斥加菲，边想去拉思思，却被柳思思一胳膊肘推开——只听“哗啦”一声，奚沐晓手里的文件袋也被撞落到了地上，里边冲洗好的一沓照片顺势滑出，铺满一地。

店堂里一时鸦雀无声。植林缓缓蹲下，拾起一张，又一张。

他仔细翻看着每一张照片，问：“这些照片，哪儿来的？”

“之前采风搜集的，都是些普通人的手。我想做一个画展，就是以他们的手为主题。我找手模，也是想对此有更好的展现……”奚沐晓觉察到一丝异样。

植林的目光最后停在一张消防员满手瘢痕的照片上，许久，他抬起头来：“是不是我答应了，你们就不为难她了？”他指着思思问加菲。

加菲没正视植林，抄着手斜着身子哼了句：“嗯——”

“我答应你们！”植林嘴里轻轻冒出几个字。

思思原本紧绷的神经，突然一泻千里，她扔下手里正在装的蛋糕盒，冲进库房号啕大哭。既气恼植林的妥协退让，也感激植林的挺身而出，五味杂陈搅和在一起，她第一次觉得心都在绞痛。

店堂里，奚沐晓不知所措，她知道加菲的行为实在过分，但她今天登门的目的达到了，不是吗？

“小姐，一百个蛋糕请你买走。你们不是要过集体生日吗，别耽误了！明宇，帮忙一起装！”植林头也不抬地开始装蛋糕，一旁看呆的乔明宇连声应和："哎！哎！"

加菲没想到吃了这个她原本印象颇佳的高冷西点师一记闷棍，乖乖刷完卡，乔明宇帮忙把蛋糕拎到了车上。车子缓缓启动，随即消失在街角。

路上，奚沐晓问："你妈他们单位真的要过集体生日吗？"

"前几天刚过……算了，还是给他们送去吧，只能告诉他们今年闰月，过两次吧！"加菲悻悻地说。她不是心疼钱，而是觉得在外人面前尽失颜面，这一条名列她"人生十大不能忍"之首位！

"那你自找的！不过，我还得谢谢你！"副驾上的奚沐晓对这个大大咧咧的闺蜜，投去最真诚的一束目光。

"唉，小女子我阅人无数，怎料今日阴沟翻船啊！万万没想到你费尽周折找到的这小子如此心狠手辣！叫什么来着？植林？我看就是人面兽心！一开始多义正词严？听到我说酬劳翻倍，立马就同意了。我可提醒你，这个人你以后可得当心点儿，别犯傻一片痴心被狗吃了啊！"加菲握着方向盘咬牙切齿，后视镜里瞥见后座上堆成山的蛋糕盒，万箭穿心。

"说什么呢！只是请来当模特的，拜托小姐，你想太多了！"奚沐晓伸手戳了加菲脑门儿一下。

此刻戛纳，下午溜出去和供应商分钱的陈泽涛还没进店，就听大喇叭花姐跟他报告说思思忍辱负重卖了三千多块钱的蛋糕，简直笑得眉毛要掉地上了，连夸思思好样的。思思也没看他，继续默默低头整理收银台。

植林走过去，轻拍她的肩膀，耳语一句："别内疚，我是为了钱。"

"你胡说！"柳思思抬头瞪着植林，眼里燃烧的，是火。

十一

周六一大早，植林去了趟宝山。表姐和表姐夫住在那里。

表姐姓车名娜。车姓算是比较少见的姓氏，祖上传下来说是当年湖广填四川从外省搬过去的。舅舅的名字“车安全”更是名震一方——当年在青城山景区开游览车，下山途中为了避让一只拦路讨食的猴子，从十几米高的坡上连人带车摔了下去，所幸那趟车上并没有游客。舅舅摔折了腿，住了两个月的医院，游览车更是当场报废。当地记者把这个当成新鲜事给添油加醋报道了一番，“车安全”这个名字从此就被传开了。

车娜比植林大几岁，开朗随性，性格跟名字一样，像极了娱乐圈里那位著名的大笑姑婆。姐夫万青红是个上门女婿，外地人，勤快，也会耍点儿小聪明。万青红以前在青城山的一家度假酒店工作，车安全经常开着游览车送客人去酒店，一来二去就熟络了。一问年龄，跟女儿车娜还挺合适，两个年轻人见面后也互相看得上，于是就顺理成章结了婚。

两人之所以去年来上海找工作，大约是老家的日子过于安逸闲适了，所谓“少不入川”，说得没错。趁着还有力气折腾，两人合计了一番，下决心要到上海闯一闯。虽然上海居，大不易，但只要勤快肯干，赚点儿辛苦钱还是不难的。

车娜在老家的时候，做过医院的护工，如今在宝山一所幼儿园当生活老师，负责每天给小朋友配餐、打扫卫生、清洗衣物。这对家务一把好手的车娜而言，算得上小菜一碟。万青红的工找也好找，郊区到处都是工地塔吊，如火如荼的房地产开发像蚂蚁一样吞噬着长三角本是肥沃的土地。不过在工地干了几个月库管之后，他嫌工资低，前段时间看到街边小广告有快递公司在招快递员，一去问还真要他了。万青红是脑子活络的主儿，小时候要是能把掏鸟摸鱼的工夫花在书本上，考个大学根本不在话下。这不，来上海才一年，翻烂一张上海地图后，已经把所有地铁站和街道记得滚瓜烂熟。

和舅舅、舅妈对植林一样，车娜对这个表弟比亲弟弟还亲。她知道表弟藏着心事，所以隔三岔五见个面，关心关心。原想好好准备一顿中饭的，植林却说有事情，车娜只好由他去。

植林折回城里，他和奚沐晓约定的首次工作时间，正是这一天。

按照微信上发来的地址，他顺利找到了四行仓库深处的“曲直之间”画室。

门开了，奚沐晓和加菲都在，加菲怀里依旧抱着黑猫“二饼”。

见加菲跟奚沐晓时刻形影不离，植林好奇地问：“你，也是画家？”

加菲还在为那天被强售的一百个蛋糕耿耿于怀：“您抬举了，我何德何能啊！闲人一个，来凑个热闹而已。”

奚沐晓连忙出面解围："她是我好朋友，加菲。那天你也见识了，其实是刀子嘴豆腐心，没那么刁钻的啦！"

"别夸我！"加菲抚摸着"二饼"，没好气地小声嘟囔，"再夸也难以抚平我心头的创伤！"

植林望了一眼奚沐晓，四目相对，一时无言。

关键时刻，总有"二饼"的神助攻。它慵懒地打了个哈欠，从加菲怀里挣脱，随后小心翼翼凑上前，闻了闻植林的右手。

加菲和奚沐晓的心瞬间提到嗓子眼儿，想到那天面试时，"二饼"对小模特近乎粗暴的态度，两人生怕那一幕尴尬重演。

没想到，"二饼"抬头看了植林一眼，温柔地"喵"了两声。

植林伸手轻轻挠了挠"二饼"的头，老猫竟然趴在桌子上，双眼半闭，颇为享受。

加菲佯装生气："好你个二饼，矜持一点儿好不好？姐天天好吃好喝给你伺候着，也没见你跟我这么亲啊！"说着，她便起身把"二饼"抱了回来。

抱"二饼"的时候，加菲盯着植林那双时薪千元、指若葱根的手多看了两眼，暗自赞叹，怪不得奚沐晓会着了魔似的要找到这双手。

"模特先生，你呢，最好离我们二饼远一点，它表达喜欢的方式，没准儿就是伸出大爪子给你狠挠一把。"加菲依旧阴阳怪气，"顺便打听一下，手这么好看，怎么保养的？给透露透露！揉面揉的？"

"加菲——"奚沐晓嗔怪道，"你问人家这些干吗?！"

"她说得没错。"一直寡言的植林开口了，"面团、淘米水都是好东西，里边的蛋白质、维生素和钾元素，能去角质，滋润皮肤。"

"看来一会儿回家我得揉个面团去了。"加菲将信将疑。

"得了吧，你从小到大啥时候摸过面粉？"奚沐晓没好气地回了句。

女孩儿们的对话，让植林觉得，两人似乎没有预想的那般蛮横无礼，于是接过话茬儿："没那么轻松。揉面是西点师的基本功，有些西点甚至要连续揉一两个小时，力气都在手臂和手掌上。这是个体力活儿，你们恐怕不行。"

奚沐晓这才注意到这个西点师的上臂孔武有力，把POLO衫的两边袖子撑得饱满圆润。奚沐晓愣了一下，旋即切入正题："那天也提到了，我请你过来帮忙，是因为我有一组作品，是以手为主题，在正式画之前，我需要把人手的结构、力度、细节这些基本功再好好练练。所以，接下来的一段时间，对你而言可能比较无聊，你可能需要手里拿着不同的物体，比如鸡蛋，然后我会从不同角度揣摩练习，没问题吧？"

植林沉默片刻，问道："那天看到你的照片，就想问你，别人都看脸，而你怎么会想着去关注一双双手？"

"因为一个赌注。"奚沐晓一言略过。

"感谢小日本给你下的这个注吧！现在有人又可以看脸，又可以摸手了。"加菲丢过来一句酸话，"两位，我得走了。我们丘董还等着我去接呢。对了，我说模特先生，接下来有的是你跟我们奚沐晓小姐独处的时间，孤男寡女共处一室，稍微收敛一点点哦！"说着，她坏笑着指了指画室一角装的摄像头，而后抱着依依不舍的"二饼"离开了。

奚沐晓知道加菲借故离开在耍滑头，因为原本是说好三个人一起吃中饭的，但现在也不便多说什么，只好随她去了。

关于墙角的那个摄像头，是加菲听了敬姗的意见，坚持要安装的。敬姗在车管所监控中心上班养成的职业习惯，对眼前的一切都充满了怀疑。

画室只剩下两个人，一时屋内静得只听得见墙上挂钟的嘀嗒声。分针转过几圈后，奚沐晓首先打破了沉默："那天，真的抱歉，在地铁上误会你了，还冒昧冲到你们店里……”

“没事，不用纠结。”植林轻轻摆摆手，依旧惜字如金。

奚沐晓小时候并不是咋咋呼呼的女孩儿。只有一次，初中开学第一天，她被分到一个清秀的男生身边。班主任让大家自我介绍加才艺展示，男生从课桌下拿出了一支闪着耀眼光泽的萨克斯。一曲肯尼·基悠扬的《回家》，让同学和老师都沉醉其中，而奚沐晓双眼死死盯着的，是萨克斯上飞舞忙碌的那双纤细灵巧的手。表演完男生后回到座位用毛巾轻轻擦拭管身，奚沐晓的手却鬼使神差地伸出去，在指尖碰到男生手的瞬间，又触电般缩回来。男生一脸错愕之际，奚沐晓低头说了句：“不好意思，拿东西不小心……”这件事过去了十几年，那节班会课，她已记不清自己是如何坐立不安度过的，只知道老师叫她上台的时候，连喊奚沐晓三声都没反应过来。后来是这个男生轻轻碰了一下她的胳膊，问她：“你是叫奚沐晓吧？老师叫你呢。”

那个同桌，就是祁实。

奚沐晓跟植林讲了这段往事，也提到了爷爷的断掌带给她的惊悸，提到那些不分青红皂白的街头巷议，甚至连佐佐木在罗莎夫人课堂上对她的挑衅，她都和盘托出。讲这些的时候，她自己都纳闷，即便最亲近的朋友，她都不会如此事无巨细，而面对一个自己花钱雇来的手模，却说了这么多话，努力想证明自己不是个怪咖，生怕吓到对方，这到底是怎么了？

植林听完，沉思片刻。老实说在来之前，他也在暗自问自己，依自己长久以来的处事原则，他应当是对这个突然闯入自己生活的疑似富家女敬而远之才对，怎就如此乖乖就范？仅仅为了赚点儿劳务费吗？然而，一想到那天在地铁站拖着思思逃离，他回头看的刹那，那个长发女孩在缓缓关闭的车门后茕茕孑立的身影，他就有忍不住去探个究竟的冲动。她只是想看他的双手，他却想了解她的内心。这样说来，岂不是自己才是入侵者？

“你在想什么？”奚沐晓见植林始终一言不发，总觉得异样。

“哦，没什么。”植林这才回过神来，“你说的那种恐惧和委屈，我曾经，也有过。”

“你好像总是心事重重的样子。”奚沐晓抬头看了一眼植林，在那张波澜不惊的脸上寻找蛛丝马迹，“能告诉我为什么吗？”

植林走到窗前，双眼注视着窗外苏州河缓缓流过。十多年来，他守口如瓶，从未对旁人提起过自己过往的只言片语。但奚沐晓讲述的这些经历，似乎让他找到了几许共鸣：“说来话长。一个陌生人的故事，如果不感兴趣，随时打断。”

“我爸，是我们那座小城的警犬大队队长。从小，他就把我当小警犬一样严格训练，经常蒙着我的双眼，辨别各种气味。中学化学课，我不用做实验，仅靠鼻子，就能告诉老师反应物是什么。

“爸爸曾经是我的人生标杆，他驯出的警犬，防爆、缉毒、搜救，立下了很多大功。我从小就深信，长大了，我一定能成为和他一样，甚至比他还要出色的人。

“高二那年，我全身心地备战来年的高考。我的志向，是考上中国最好的化学系。那一年，我爸也退役了，离开了他心爱的警犬。等待转业安置的那两个月，可能是他人生最清闲安稳的日子，每天安心照顾我的起居。我妈在一家大型制粉企业工作，是负责安全生产的副厂长，总是早出晚归，忙得很。

“高二下学期期末考试，最后一场，我最擅长的化学，我爸跟我约好，他开车到学校门口接我，然后去接我妈下班，我们全家一起去饭店吃饭。我提前做完了所有题目，甚至最后一道大题，复杂的化学反应过程和分子式，我都确信我的答案是正确的。临交卷，外边传来一阵轰隆隆的巨响，整个教学大楼似乎都在晃荡，我们以为地震了，考卷都没来得及交，拔腿就往楼下跑。

“到了楼下，发现并不是地震，家长们开始把惊魂未定的同学接走。我在人群里找了一圈，始终没有发现我爸。突然听到有人在喊，附近工厂爆炸了。我才发现，学校西边浓烟四起，正好就是制粉厂的方向。

“可能你也猜到了，我爸在那场事故中，走了。他是为了救我妈，还有我妈的下属。只有下属救出来了，厂房钢梁坍塌了。那场事故是粉尘爆燃，狭小空间里的粉尘聚集到一定浓度，遇到可燃物引爆，破坏力比得上炸药，面粉厂是非常容易发生这类事故的。

“一个十七岁的孩子，就这么突然失去了父母。舅舅后来把我接到了青城山。我不知道我是怎么度过那个暑假的，只记得，看到馒头端上桌子，我会突然掉下眼泪来。它让我想起面粉，想起粉尘里，他们无助地挣扎和窒息。

“有时候，我会漫无目的地独自一人往青城山上走，那是一座道教名山。有一天，我无意走进了一座道观，看到香烛袅袅升起的青烟，又开始泪流满面。那里的一位老道长叫嵩明，他问我怎么了，我就跟他说了，我内心是如何恐惧粉尘、烟雾、一切的灰霾。老道长告诉我，畏惧解不了心结，终究还是需要直面。

“道长叫我闭上双眼伸手触摸一样东西。我照做了。他问我什么感受。我说，柔软，细腻，像睡梦中妈妈的抚摸。他让我睁眼，仔细一看，原来是一钵面粉。道长告诉我，或许这些我所憎恨的东西无处不在，反过来一想，父亲的苛责、母亲的慈爱、逝去的生命，何尝不是无处不在？”

“这是你学西点的原因？”奚沐晓未曾想到，这个看起来干净简单、白开水一般的男子，竟有这般坎坷的经历。

“是。自此之后，我迷恋上了触摸面粉的感受，最初只是和你一样，为了克服恐惧，渐渐发现，那感觉，竟像在触摸父母的脸庞，或者跟他们握手。后来我做任何一款西点，都觉得，这是我和他们在共同完成一件艺术品，我甚至忘记了，我原本还有个志向，是要成为一个化学家的。”植林脸上，平静中带着些许无奈与自嘲。

“说这些，是想告诉你，很多事情，机缘巧合。最初的动因可能并不美丽，但不妨碍我们去追寻一个好的结果。比如你画手，始于儿时对爷爷手的疑虑，发于对佐佐木挑衅的反击，盛于想向教授证明自己的能力，这些，都让你未来画展的目的不那么纯粹。

“试着战胜心魔，忘掉那些不愉快，换个角度，天地自然宽。单纯地想想，你的画展的确是因为这些手各自鲜活地讲着故事，值得你去记录和再现。做到这一点，我相信，你的画作，才是用心的作品，而不是赌气的筹码。”

奚沐晓听得入迷，一如当年青城山幽静的道观里，那个遭遇了人生第一次挫折的懵懂少年，洗耳倾听高人点拨。他说得没错，事实确实如此，自己过去是真的一直没想明白，还是揣着明白装糊涂?

“是不是我的话太多了？花钱雇了个人来训你，后悔了？”见奚沐晓一脸惊讶，植林问道。

“不，或许你说到了问题的根源。有些事，影响了我很多年，想忘掉并不容易，不过要正视它，我还是能做到。”

从窗外吹进来一股初夏的风，拨弄着窗口悬挂的那串风铃，叮当作响。

“对了，也想问下你，那天你答应加菲来做我的手模，是因为那个姑娘吗？”奚沐晓小心翼翼地试探。

“是，又不是。”植林答道，“思思性格要强，加菲那样做，太伤人。另外，你开的报酬确实很诱人，最近我在上法语课，正好需要一笔钱。”

“是吗？为什么要学法语？”奚沐晓好奇地问。

“为了看懂专业书。”植林含混应对。为什么学法语？这个问题，他问过自己无数遍。是为了所谓心中残存的那丝念想，还是单单为了逃离？他已经从那个小城逃往了青城山，又从青城山逃到了几千公里外的上海。难道，真的要走到天边，才能慰藉残生，忘得彻底？

“为了赚钱交学费？”奚沐晓还是有点儿将信将疑，“怎么听都像是借口！我怎么记得，那天你是看了我拍的照片之后，才临时改的主意呢？”

“你说是，就是吧。”植林顺水推舟，未置可否。

一晃窗外华灯初上，两人才意识到竟然一下午都没有动过画笔。奚沐晓提议一起吃晚饭，植林想起今天是乔明宇第一次单独负责操作间西点制作，稍有些不放心，他谢过奚沐晓的一番好意后，便起身离开，消失在渐浓的暮色中。

刚出地铁站，微信上来了一笔转账。植林打开一看，不多不少，一万块，底下附带着奚沐晓的留言：“法语不好学，加油！”

植林愣了一下，回复道：“活儿没干就拿钱，不怕人跑了？”

“你试试。”三个字里透出无限震慑力，植林忍俊不禁。

植林低着头正准备回消息，一头撞上了站在店门口抽烟的陈泽涛。这个点儿，是他每天来对账结算营业额的时间：“哟，这是挣大钱回来了，不是传说中根本不缺钱的主儿吗？怎么，摒不牢了？也帮咱们店想想招儿啊，要再这么卖下去，大家都快要喝西北风了。你这算是副业找到了，兄弟们咋办啊？”陈泽涛语气中充满了戏谑。

陈泽涛是这个店的老员工，干了四年有余，比植林早了一年多。当初，温州人老钱从“红宝石”挖来的崔师傅退休之前，到处托人物色找来了植林，看植林当面做了几样西点儿之后就当场拍板，跟老钱说，以后操作间就归他管了。陈泽涛当时就有点儿不高兴，好在植林从不插手他的门店经营，各司其职倒也相安无事。有时空闲，两人还能聊上几句，算不上走得近。唯独有一年春节两人都没回老家，陈泽涛凑了个饭局，也叫上了植林。一帮小伙儿喝得烂醉如泥，醒来后也不记得到底聊了什么。植林觉得，从此以后，两人的关系似乎就不比从前，最近生意下滑，更是无端生出这许多嫌隙。

“帮一个朋友忙而已，不是啥副业。店里最近遇到了状况，我也在想办法，一起面对吧。”植林说完，推门迈进店堂。收银台后边，思思头也不抬地对着小票飞快地摁着计算器，一脸冰霜上似乎刻着四个字“请勿打扰”。

操作间里，乔明宇正在仔细备着明天要用的原料和半成品。植林拿出仪器逐一检测验收：面团发得不错，冷冻的温度和硬度没有丝毫偏差；半成品可颂成形也相当标准；蛋糕坯子烤得稍微欠了一些火候，但比起几个月前的作品，已是判若云泥。植林拍拍明宇的肩膀，一个大拇指让崇明小伙儿孩子似的笑开了花。

做匠人，修匠心，能沉下心来学一门手艺的年轻人，这年头真的不多见了。植林很庆幸，还有这个小兄弟和他一起坚持。只是，这坚持，能到多久，谁人知晓？

十二

随后的日子，就这么波澜不兴地过着。这座城市再喧嚣，也无非是无数平凡人的平凡生活共同构筑的。

这天，趁操作间只剩两个人，乔明宇悄悄跟植林说：“小林哥，你记得上次你说原料好像不太对劲，店长很生气吗？”

植林似乎知道他要说什么：“别瞎猜了。来的时候包装袋都是密封好的，送货单上也看不出破绽，没有根据的话不要乱讲为好。再说了，这事儿他敢做，就说明他早有应对。”

明宇有点儿小泄气：“那咋办？等着看老主顾一天天都跑掉啊？你看，斜对面那个韩国西点屋生意最近就明显好了不少！”

植林沉思片刻：“老钱有时候脾气暴躁了一点，但其实对我们都不错。现在他的其他生意也不好做，这个店的生意再这么黄下去，对大家都不是好事情。我们得想点儿办法。你知道‘少女的酥胸’吗？”

明宇一下脸红了，随即一阵坏笑：“小林哥，你好污！说这话不像平时的你啊！”

“瞎琢磨什么呢！我是说马卡龙，法国人形容做得极好的马卡龙叫‘少女的酥胸’，我准备试验一下。”植林对明宇说。

明宇对马卡龙倒是不陌生，但从未亲手实操过，传说中十个上阵九个败，工艺极其复杂，加上价格昂贵，普通的西点屋是不做也不卖的。“好是好，可是听说这个东西特别难做，以前师傅也没教过啊。”明宇道出了自己的担忧。

“难是难，不过看我们是不是有心了。我最近上法语课，有一个外教，他自己什么厨艺也不会，但是他妈妈的烘焙技艺简直绝了，他的脸书上贴了些图，样样都是精品。我就请他跟他妈妈通话，说有问题要请教。后来，老太太发过来一个视频，是她自己亲手做马卡龙的全程，你看看。”说着，植林用手机播了一段视频给明宇。屏幕上，一个头发花白的法国老太太，有条不紊地边做马卡龙，边介绍配比和工艺。

“做得真好，不过我听不懂啊，小林哥，看来你花那么多钱学法语终于派上用场了。”明宇内心对植林的崇拜，或者依赖，又上升了一个档级。

“我也只是听得似懂非懂，好在操作过程和配方老太太都给了，我们依样画葫芦，你也一起做。同类产品在全上海也没有几家店在卖，我们做出特色来，或许能弥补其他产品下滑带来的影响。”植林看了明宇一眼，眼神中满是鼓励。

“都听你的，小林哥！”明宇笑答。

陈泽涛听说植林在研制马卡龙，倒没反对，他斜着眼看了看操作台上的一大堆原材料说：“不管你们能不能把这个产品攒出来，这些原料的浪费都要算你们操作间的成本，如果超标，抱歉，到月底是会扣你们部门钱的。”

植林继续用电子秤称着原料，头也没抬地回了一句：“没问题，我就一个条件，如果研发成功，这个产品最后的名字我来定。”

“嗯？不是叫‘少女的酥胸’吗？好啊，你要能取个更骚的名字那当然好。”陈泽涛阴阳怪气地丢下一句话，出了操作间。柳思思在背后冲他翻了个白眼。虽然植林“唯利是图”给奚沐晓当手模这事儿她还耿耿于怀，但听说他要做一款超高难度的产品，心里已经满怀期待。这不，样品还没看到，她就开始悄悄联络供应商给这款马卡龙做包装盒了。

明宇纳闷的是，依照法国老太的视频教学，他们好不容易做出来的马卡龙已经颇具水准，但是植林盯着样品看了闻了半天，却让明宇全倒掉了。后边连续几个晚上，植林都独自在操作间熬到很晚。

几天之后，植林端出来新一组样品——只见绯红、淡蓝、浅绿、鹅黄一套四个摆在一起，表面还别致地各烙印上一剪寒梅、一枝幽兰、一株修竹，以及一朵秋菊的图案，细细闻嗅，似乎还有梅兰竹菊的暗香浮动。整个感觉宁静清雅，充满浓郁的东方风情，而完全不似常见的马卡龙那般颜色浓烈妖艳。

只是，这也不是传统的马卡龙啊？明宇提出了自己的疑问。植林这才道出了原委：“传统马卡龙颜色过于鲜艳，色素和含糖量也高，其实对含蓄内敛、喜欢清淡的中国人而言，这样的卖相和口味真的不太适合。这个改良系列，用了玫瑰、蓝莓、明前茶和南瓜花四种天然植物汁液染色，同时降低了含糖量，口味会更温和自然。你尝一个！”植林拿出一块递给明宇。

“太好吃了！”明宇吃过不少上乘西点，极少发出这样的赞叹，“依然外酥内软，又带着天然的花果清香，味道不那么浓稠，但回口却细腻绵长。小林哥，我给你三十二个手工点赞！这配方可以定了！话说，你准备给它取个啥名儿啊，不叫‘少女的酥胸’太可惜了！”

植林一直紧锁的眉头，终于松开了些许。他很欣慰自己的作品得到了还算专业的明宇的认可。“虽然是我自己加了点儿想法，但灵感是我外教的妈妈埃玛阿姨给的。她在那次视频通话里特别提到，她在中国旅游的时候看到一幅画，叫‘四君子’，也就是我们的梅兰竹菊，觉得她印象中的中国女人就是那样的，典雅自然，不过分修饰。我就想到做个四君子系列，你看最后定的颜色，跟梅兰竹菊是不是很像？”

明宇豁然开朗，忙不迭地点头。

“这个系列，我准备命名为‘埃玛的中国印象’。”植林终于讲出了他在心中默念了无数遍的名字，这是对一个法国老太和中国文化的双重致敬。“你跟思思说，礼盒颜色和图案要跟这个名字搭配，干净素雅一点儿就好，类似青花瓷或者江南印染，包装盒用丝带绸缎扎花，或者中式盘扣。”

明宇爽快地推门出了操作间，前去服务台跟思思交代。隔着玻璃橱窗，植林看到思思爽快应承之后，投过来一束目光，阴霾了多日之后，这束目光显得那么清亮透彻。

新品很快就要上架，为了营造声势，植林想了许久，最终还是去找陈泽涛商量。

“什么？你做个上市发表会要申请一万块？不行不行，绝对不可能！”陈泽涛的反应早在植林意料之中。

“那这样，这一万我出，但你不能干涉我具体怎么操作！”植林咬咬牙，想到账户上还有奚沐晓前几天刚转过来的那笔钱。

“得，看你怎么折腾！”陈泽涛有一丝不屑。

过了两天，朋友圈里突然疯传一篇文章——《六月赏梅，我在新天地等你》，一时街头巷尾议论纷纷，点赞的、好奇的、质疑的，不绝于耳。

那个周末，“此刻戛纳”门口突然出现四位身材曼妙、面容姣好的少女——这是植林授意柳思思专程到音乐学院请来的女大学生。四位少女分别穿着与梅、兰、竹、菊颜色相符的传统旗袍，略施粉黛，便显仪态万方——吃瓜群众这才恍然大悟，原来之前网上传说的盛夏赏梅，虽是噱头一场，倒也的确秀色可餐。

见现场已聚拢了人气，柳思思一声令下，少女们开始抚着琵琶浅吟低唱。随后，她们端着马卡龙向过往顾客派赠，吸引了众多围观者纷纷排队索取。尤其是各国老外，先是被少女的精致装扮深深吸引，而后发现他们司空见惯的马卡龙竟然改头换面充溢着浓浓的中国风，着实让人耳目一新。

老外一买，写字楼里的白领、各地来的游客都纷纷效仿，店门口一度排队限量供应。陈泽涛望着店前多年未见的长队，一开始倒是美了一阵，不过很快就隐隐觉得后边还会发生什么。

果然，这款马卡龙火了一个星期之后，老钱竟然又闪电袭击，在没告诉任何人的情况下，开着他那辆快散架的马六从温州风尘仆仆赶来。进店他就拍着陈泽涛的肩膀，放声大笑：“哎呀，我就说你们可以的嘛！这个新产品很棒，一盒四个，我一下吃了三盒！”

“老板，您说笑了吧？刚进来，啥时候吃的呀？”陈泽涛满生怀疑。

“我女儿啦，前几天她跟同学一起从杭州来上海玩，看到店门口在排好长的队，她也排了半小时，总算买到了几盒。自己爱吃不说，还带回去让我尝，一尝不打紧，根本停不下来了！哈哈哈，不错不错！”老钱笑着露出两颗大金牙。

陈泽涛这才想起来，有天的确来了两个年轻女孩儿，其中一个长得甚是面熟。乔明宇还特意去瞅了一眼账单，签名栏里工工整整的三个字——钱一淼。等客人走了，乔明宇还跟柳思思打趣说，“后一秒”啥时候来？今日想来，那位面善的女孩儿，应该就是老钱的千金了吧？

老钱东张西望，到处找植林结果没看到人，一问，植林调休上课去了。他这才心有不甘地对陈泽涛说：“你回头跟小林说，他很好！让他好好干，年底我要给他包一个大红包！”

“老板，我也要！”柳思思在收银台后边喊了一声。她的年龄和老钱女儿相仿，有时候也小小撒娇一下，老钱并不介意。

“都有，大家都有！”老钱笑呵呵地冲思思点了个头，然后腆着小肚子傲娇地走出了店门，开着小马六一溜烟不见了。

老钱一走，陈泽涛收起脸上职业的笑容，踱出店门又开始暗自揣测起来：老钱驱车几百公里跑来，就为了对植林说声感谢？以往每次来，可都是来训话啊。老钱对植林的器重看来已经了不得了。植林啊植林，别以为你做火了一款产品就要鸡犬升天了！陈泽涛掐掉手中的烟，暗自下定决心：配方搞到手，让操作间每个人都学会制作工艺，然后嘛……

十三

“不会吧？这是你亲手做的？”奚沐晓细品着植林带过来的马卡龙，暗自叫绝。

“是要当着你的面做一遍吗？”植林问。

“啊，那倒不至于。”奚沐晓咽下口中的美妙，抿了一小口清茶，“你是上过电视的西点师，对你的手艺我当然没什么好质疑的。只是刚听你讲这个名字的来历，我才发现，你心思细腻，而且对美学的理解非常独到，让我很有压力啊！”

植林摇摇头：“只要用眼发现，有心理解，哪里都是美！就像你拍的那一双双手，每一双背后都能挖掘出一个美的视角，不管这是一双弹钢琴的手，还是一双挖煤的手。”

“这倒不假，其实我觉得现在的很多人，太用力去追求结果了，过程中的美也好、乐也好、笑也好，好像大家都不在乎，或者说麻木了。”奚沐晓想到了自己的爸爸，“我爸妈年轻的时候，在江西九江下乡插队。那会儿生活多苦，农忙的时候连着几天不睡觉地干活儿。即便那样，一群知青还知道稍有空闲就找找乐子。有一次，他们自己绑了只筏子撑到了河里的一个岛上，一群人点起篝火，烤着从河里捞上来的鱼。我爸有个朋友，姓敬，下乡前是学音乐的，吉他弹得很好，就弹《喀秋莎》，弹《桔梗谣》，其他人就围着火堆唱啊跳啊。我爸妈应该就是那会儿暗生情愫的。这些，都是我从我妈的日记本里翻出来的。”说到这里，奚沐晓露出一丝憧憬，仿佛当年她也在那群热血青年中间。

“越艰苦，越觉得那个画面浪漫，越觉得乐观向上的心态难能可贵。”植林说道。

“哈哈，不过后边的画风就大变了。等他们吃完烤鱼，唱完歌跳完舞，准备坐筏子回村里的时候，发现河水悄悄上涨，筏子早就不知道被冲哪儿去了。”奚沐晓笑着说起的这段往事，也是父母二人暗结同心的一刻。

那晚，水性并不太好的奚伯明托着完全是旱鸭子的庄芝敏，靠着意志和信念，游了两百米艰难返回。渡河时，紧张的庄芝敏死死掐着奚伯明的肩膀，上岸后竟发现奚伯明肩上的肉都被掐掉一块，而庄芝敏的膝盖也被河里的石头碰得淤青，最后两人是一瘸一拐互相搀扶着走回村里的。

就在那个晚上，奚伯明下定决心，他要为自己心爱的姑娘造一艘船，一艘足够结实牢靠，能让二人安然面对任何惊涛骇浪的船。他空闲时间捡起了扔掉许久的课本，几年后回城，他顺利考上了上海海运学校，毕业后进了造船厂工作。如今，他的爱人、他的儿女，再也不用担心没有筏子如何渡河。他们可以坐着想坐的任何一艘邮轮，去这地球上任何想去的地方。

植林是第一次得知，坐在自己面前的这个拿着画笔的姑娘，竟然是毕达船运董事长的女儿！他只是从她这个不小的画室猜测这是个富家千金，结果不出所料！

奚沐晓看出了自己讲出“毕达船运”四个字后，植林明显有点儿不自在，捏着鸡蛋的手也变得不听使唤，赶紧宽慰道：“你紧张什么？其实我很少跟别人提到我家的情况，也只有最亲近的一帮朋友知道。虽然加菲她们再三叮嘱让我不要暴露了身份以免招惹麻烦，但我看你也不像是什么坏人，所以告诉你也无妨！”

植林愣了一下，抬头看一眼奚沐晓，若有所思：“好人坏人，能一眼看出来吗？”

“这世上，从来没有绝对的好人坏人。”奚沐晓说得坚决，“就像我这个画室的名字一样‘曲直之间’。每个人，都是矛盾体，我爷爷是，我是，连你也是。但在某种意义上，矛盾体才是万事万物最真实的存在。水很纯粹，酒精也很纯粹，但一杯美酒，是水和酒精不纯粹的合体。”

的确，这就是她眼中的世界。

植林稍稍恢复常态：“你还真不像常人口中的富二代。”

奚沐晓撇撇嘴：“其实我自己也跟朋友们说，我是个‘非典型富二代’。我中学以前，家庭非常普通，爷爷是退休工人，妈妈在第一百货当营业员，爸爸也只是船厂的一线工人。那会儿生活跟其他同学没有任何区别。后来我爸的业务做大后，也只是物质上比以前丰富了，家里人的心态倒没有很大的转变。你看我妈，很多有钱人家的太太没事就飞去瑞士打羊胎素，她从来不，连她用的面膜都是我给她买的。只有我弟弟，算是含着金钥匙出生的，那是个怪咖，我不太跟得上他的节奏。”

“咳，我跟你说这些干吗？”奚沐晓暗自惊奇，这样深入的对话，发生在一个刚刚认识没几天的陌生人身上。似乎，她无意中找到了一个可以随心所欲倾诉的树洞，在那里，她可以存进所有的秘密。

植林再次仔细打量眼前的这个姑娘，最初以为的刁蛮任性，在她拍摄的照片里，在她讲述的过往里，在她阐述的哲学里，在她坚持的创作里，似乎都不见了影踪。若说夏娃有千面，那到底这个女孩儿的哪一面，才是真的她？

“说说你吧。我觉得你有些话，常常有让人恍然大悟的感觉。是因为看过很多书，还是跟你的家人有关？”奚沐晓问。

“感悟谈不上。经历复杂，难免想得多一些。有两个人对我影响很大，一个是我外婆，她很早就守了寡，一个人把我舅舅和我妈两个孩子抚养成人，还供我妈考上了大学。最艰苦的年代，吃饭都成问题，她也会变着法子把粗粮野菜窝头做出花样来。我给马卡龙染色用的是植物和水果色素，就是我外婆当年的秘方。后来她眼睛不太好使了，在黑灯瞎火的房间还能剪出漂亮的窗花来。我妈意外去世后，外婆她白发人送黑发人，即便悲伤满怀，她也没有哭哭啼啼，只一直牵着我的手，不肯放下。她让我知道，这世上有许多的难事，如果你避不开，就只能够想想怎么体面从容地面对。”植林说到外婆，脸上难得露出了一丝温柔的笑。

奚沐晓有些走神，眼角的余光偷偷扫过画室角落堆着的那几个箱子——周庄带回来的爷爷的画。植林言语中对外婆的依恋，与她曾经对爷爷的感情何其相似，只是今日植林可以用如此温暖的语句来表达，而她仍旧对爷爷存疑的过去无法释怀。

“第二个人，就是上次跟你提起过的那个老道士，嵩明道长。”植林并未留意到听众情绪的异样，说起嵩明，他眼里放出些许光来，“自从第一次跟他对话以后，我就隔三岔五去找他。那是一种莫名的依赖，就像海上漂流的船，总盼望看见一座灯塔；登山朝拜的信徒，总期待听到一缕钟声。现在看来，他就是我那时的心理医生，在我爸妈出事以后，支撑着我度过了那浑浑噩噩的一整年。

“从前，我以为轰轰烈烈一场，才不枉来这世上走一遭；平淡的生活，就是庸碌无为。但道长告诉我‘以道观之，物无贵贱’，这是庄子的思想。从他那里，我知道，无论怎样的人生，只要认真去过，便一样有价值，而凡事也不要用‘值得或不值得’去衡量。山上有一年摔死了个挑夫，老道士跟徒弟花了三年，徒手在山崖上凿出了一条栈道。有人问他，那条小道一年也没几个人通过，为什么还费那功夫？他说，有一个，就够了，不管他是挑夫、香客，还是一只蝼蚁。多年后的现在，那条栈道已经成了远近皆知的旅游景点。”植林承认，自己此后做很多事情，想好就做，看淡结果，与嵩明当年的传道授业不无关系。

奚沐晓的经历里，前半段是上海石库门的人间烟火，后半段是西方文化的浸淫洗礼，关于乡村的唯一记忆，是周庄的小院，那也只是些藕塘菱角小龙虾的零碎片段。而这个举止言谈都异常得体的西点师，带来与相貌截然不同的那股乡野拙朴气息，让她艺术家的好奇心蠢蠢欲动。“突然很想去看看那条栈道，拜访一下那位道长高人，我可有不少问题要请教他！”

“以后有机会去吧，其实我也好几年没有去过青城山了。如果没记错，道长今年应该快九十岁了。”植林轻吐了一口气。

边聊着，奚沐晓边临摹植林的这双手，她暗地里只能用“赏心悦目”来形容它。

“今天就画到这里，辛苦了，快活动一下！”奚沐晓放下画板，突然想起了什么，她指着墙角的那几口大箱子对植林说，“正好调剂一下，那几口大箱子，是从周庄我爷爷的老房子里搬回来的画，管家说都是他退休在那儿休养时画的。不过有一口老皮箱，上了锁却没了钥匙，要不，你试试怎么能打开？”

“我看看。”植林起身去拖出了大皮箱。这口棕色皮箱，历经几十年风霜洗礼，仍掩不住精良的材质和考究的做工。

“大户人家的物件。”植林判断。

“怎么会？我爷爷以前就是一普通工人，哪是什么大户人家。”奚沐晓递过去一把钳子，“小心点儿，别把手给伤了，破了相不能当手模，我可担当不起。”

“当不了手模，又不耽误做西点。”植林说着便使劲用钳子扭动小铜锁，锁上的铜绿窸窣落下，那是传说中，老去的旧时光吗？

铜锁总算打开了。奚沐晓上前翻看，发现百十张整齐码放的画稿，大同小异都是画的一条悠长的街巷，两边植满梧桐，街巷尽头是一个年轻女子的身影。每张画的差别仅仅在于雨天或者晴天、冬天抑或夏天。

植林轻轻翻动画稿，只见这些画稿像活了一样，竟看出树叶飘零、雨霁天青的效果，尤其是画中那个女子，似乎还在围着梧桐树转圈。“你爷爷还挺潮，几十年前就知道画分页动画片儿！”植林打趣道。

“奇怪，他其他的画都是些什么花鸟鱼虫，这种场景和题材我还真是第一次见到。”奚沐晓纳闷了，“还非得锁在这么个大箱子里。”

“画里的女子，是你奶奶？”

“我不知道。我奶奶在生我爸爸的时候就去世了，我们全家连她一张照片都没留下来，我也不知道长什么样儿。”奚沐晓暗自揣测：应该也不是二奶奶吧，画里的人穿的仿佛是民国时期的学生长裙，二奶奶是苏州乡下人啊……越想越不对劲，看来得回去问下董事长。

即便当下毫无头绪，潜意识里，她知道，自己离爷爷那段过往的真相揭秘，或许又进了一步！

奚沐晓开车把植林放到地铁站后，径直开回外滩的家。黄妈照例摆好了碗筷，一家人等着奚沐晓和奚伯明回来。两人前脚后脚，时间赶得正好。

饭桌上，庄芝敏又唠叨了女儿几句。她还对半个月前被女儿拉入黑名单的蒋公子念念不忘。二姐已经打了好几次电话过来，问侄女是不是下定决心了。在庄家姐妹看来，这绝对是一桩门当户对的婚事，不会吃亏。小伙子在富家子里边也算得上相貌出众，更重要的是，这个福建人家的实力，据说能轻松买下十个毕达集团。前两天已经在大连成功拍下中意的地块，蒋凯还特意打电话跟庄家二姐报喜，说回程要专门在上海逗留一晚，想请奚小姐全家吃个饭。

奚沐晓斜睨了母亲一下，面露不悦："妈，您别跟我再提那个'多加葱多加蒜'先生了。想把我嫁掉我也不反对，好歹问下我是不是真的喜欢啊！"

庄芝敏怔了一下，本想发作，她的家教里，女孩子是要绝对服从父母的。当年大姐在安徽插队出事后，还没过头七，父母就决定把小女儿也送去插队，因为这样，他们在单位才能永葆"光荣之家"的荣誉。当然，庄芝敏应该感谢父母这个近乎绝情的决定——如果不是去九江插队，她可能一辈子也碰不上奚伯明了。反观自己这个宝贝女儿，小时候还勉强依着妈妈，但越长大，就越难以驾驭。尤其在择业跟择偶这两件最重要的事上，完全不受父母控制。

"行行行，妈管不了你了。你自己也算算你伤妈妈心多少回了？小时候让你跟着老敬学琴，你不好好学，偷摸地去学画画。画就好好画，结果经常弄得一身的水彩，大冬天的夜里我给你洗几个小时都洗不掉。去国外念书也是，伦敦政经啊，这么出名的学校你不上，一个人自说自话飞意大利去当了个旁听生。毕业了该帮你爸爸做点儿事了，还紧攥着你那个画笔不放。现在该谈朋友了，自己不肯找就算了，亲戚朋友介绍的，哪个不是响当当的人家，你却要挨个儿给我得罪一遍……”庄芝敏说着便放下了碗筷，伤心地抹起了眼泪。二姐告诉她，女儿只有看到妈妈真的气得流眼泪了，才会服软，显然这是活学活用演上了。

“Mom, you are crying?（妈你哭啦？）”奚力习惯性地蹦出句英语，“米歇尔 ,what the hell you did！（奚沐晓，都是你干的好事！）”

奚沐晓白了弟弟一眼，小声说：“过几年就轮到你了！”回头看了眼妈妈，生无可恋地说：“好啦，三美，别装啦。我找不就行了吗？还扯到我小时候不肯学琴的事，改天我给拖个钢琴家回来！”

庄芝敏果断出戏：“好啊，我这辈子就恨不得嫁个钢琴家！”

“什么叫恨不得嫁个钢琴家？当我老奚不存在啦？”奚伯明半开玩笑地问道。

“我就那么一说！”庄芝敏拍了奚伯明大腿一下，嗔怪的眼神中，是几十年不变的柔情。她旋即转头跟女儿不依不饶：“晓晓，咱俩说好了啊，你就给我找个钢琴家回来，赶紧找，明天就去找！”

“没问题！找到钢琴家，你跟二美都别再跟我提‘多加葱’先生了啊！”奚沐晓随口应承，突然想起白天看到爷爷画稿的事，忙问正作壁上观的奚伯明：“爸爸，你说，你给三美做过什么特别有爱的事吗？”

“怎么突然问这个？当然做过，下乡那会儿，江西的冬天多潮湿啊。你妈脚老是长冻疮，我把自己的毛衣袖子给拆了，让我寄宿的老乡家的吴大娘教我一针一针地织了一双厚厚的毛袜子。”忆往昔，奚伯明心中都是暖意。

庄芝敏一脸幸福：“还说呢，你爸还骗我，说是吴大娘给织的。我一看他常穿的那件毛衣变成了坎肩儿，再瞧瞧那袜子的针脚都歪七扭八的，就猜准是你爸干的。不过，现在想起来确实暖和，比你外婆织的还——”

奚沐晓赶紧打断："好啦，您俩就别秀恩爱了。我告诉你们一件事儿，今天在我爷爷的一口大皮箱里，找到好厚的一沓画稿，都是画的同一个女人。得有多爱一个人，才会画那么厚的一沓？你们说，这个女人是谁？是我奶奶吗？还是二奶奶？"

奚伯明叹了口气："唉，我们都很少听你爷爷说起过你奶奶，而且家里就完全没有一丝一毫你奶奶的痕迹，照片啊，书信啊，证件啊，都没有。有时候我觉得这里是不是有什么蹊跷？至于你二奶奶嘛，你也知道你爷爷是因为听从你太奶奶才娶的远房亲戚家的闺女，两个人关系表面也算融洽，要说画她也不是不可能，到底是谁，说不好。"奚伯明给出了模棱两可的答案，内心却有不小的惊讶：不苟言笑的父亲，内心到底藏了多深的秘密，要锁在箱子里束之高阁？

奚沐晓不再言语，机械地吃着黄妈做的一桌好菜，却味同嚼蜡。

十四

晚上八点，忙碌了一天的柳思思正在专心盘点货架上的产品，店里走进来一位花白胡子的大高个儿老外。他进门后自顾自围着货架走了一圈，看来没找到自己中意的东西，不甘心，又走了一圈。柳思思上前问道："先生，您想要点儿什么？"

老外茫然地回头看看，表示没听懂。

难道不懂中文？柳思思又用英语问："What can I do for you, Sir?（需要帮忙吗？先生。）"

"Macaroon，where is it? I can't find it!（马卡龙在哪儿？没瞧见啊！）"老外语气里透着一丝焦急。

"Oh, Macaroon! Sorry Sir, you are too late, sold out already!（哦，你说马卡龙啊？对不起先生，您来得太晚了，马卡龙已经售罄了。）"思思无奈告知实情。

"What a pity! It's my little daughter's birthday today, she just called me asking for your Macaroon, she even refused my proposal of other expensive gifts!（遗憾！今天是我小女儿生日，她专门给我打电话说想要你们的马卡龙，我说给她买更贵的礼物她都不要。)"老外撇撇嘴，耸耸肩，眼睛还不甘地往货架上再次扫射。

正当思思发愁怎么打发这个执着的老外时，植林提着一个马卡龙礼盒从操作间走了出来："先生，您如果急需，我的这份就给您吧。"

"小林哥，这不是你明天给你外教带过去的吗？你给他了，你老师咋办？"柳思思疑惑地问。昨天植林告诉她，外教有朋友听说了这款新品，非常感兴趣，所以她今天特意挑选了一批外形最饱满的马卡龙亲自包好，连丝绸缎带的扎花都理得规规整整，心想，怎么也不能让植林在外教面前丢脸啊。

"没事，明天我早些来做，实在来不及就让他们等后天吧，他的朋友应该在上海要待好一阵，可以等。"植林道出了缘由。

见这位年轻的西点师微笑着递给自己包装精美绝伦的一个礼盒，老外感动得连连道谢。他告诉植林，今天是他小女儿的生日，因为暑假要结束了，她明天就要飞回巴黎。更有意思的是，他的小女儿，也叫埃玛！

天下真有如此巧的事！植林当场决定，这个礼盒，他个人送给那位不曾见面的小姑娘。大胡子老外一脸惊讶，忙拉过植林的手，用力握个不停。植林用法语问老外是不是法国人，老外说是。

他告诉植林，他叫保罗·萨特，刚来中国几个月，是外滩一家米其林三星餐厅的总经理。小女儿刚上中学，趁暑假来中国待了三周，简直对中国文化着迷到了极点，逛街行头都从破洞牛仔裤换成旗袍了！女儿是前几天听说上海流行这么一款中国风的马卡龙，于是央求老爹要尝尝。结果他一忙给忘了，今天女儿生日，她提出想在离开中国前吃到这款马卡龙，他才慌了神赶紧跑来碰碰运气。

不知道从哪里钻出来的陈泽涛，对柳思思小声说："你记得把这一盒账记到当事人头上。"这句话被耳尖的植林听到了，他回头对思思说："思思，不用提醒我也知道，刷我的卡吧，一会儿我去换衣间拿给你。"

保罗听不懂店员之间在说什么，不过陈泽涛的表情貌似也让他看出了些端倪。临走，他双手郑重地递给植林一张名片，然后用法语说："你的同事好像不太友好。我由衷感谢你今天的帮忙，有空儿联系我。我邀请你在我们餐厅用餐，那里有最好的厨子、最好的牛排、最好的红酒。当然，马卡龙没你做得好！"说完，保罗回头也冲陈泽涛和柳思思笑笑，推门离开。

"我说植林，我不知道你们在说些什么鸟语？"老外一走，陈泽涛有话说了，"但我告诉你，你可别玩什么猫腻，要是敢把配方卖给这个老外，等着我报警！"

植林听完笑了笑："放心经理，配方即便告诉别人了，他也不一定做得好。另外，我绝对不会干这种损公肥私的事的。"

"知道就好！"陈泽涛听到损公肥私四个字，自知有愧，赶紧结束对话。供应商上个月给他结算了一万五的回扣，他嫌少，琢磨着哪里还能狸猫换太子再捞一些。短期他也不敢得罪植林，现阶段最重要的是让操作间每个人都学会马卡龙，乔明宇肯定是会了，只是这小子太听植林的话，所以其他两个西点师得重点培养一下。

他心不在焉地看柳思思算完当天的账，也匆匆离去。嘉定的房价短短两个月"噌"地从二开头变成了三开头，再不出手真的就只能一辈子住花桥了。愁啊！

那天植林如约再去四行仓库，推门看到奚沐晓正对着爷爷的那沓画稿发呆。

“还在琢磨这些画啊？”植林问道。自从帮她打开了那口大皮箱，他已经不止一次看到奚沐晓这样凝神发呆。

“你来啦！”奚沐晓这才回过神来。她内心有一个念想，琢磨了多日，决定对植林说：“我想，我想做一件事。”

“去找到画里的那条街、那个人？”植林问道。

“你怎么知道？”奚沐晓吃惊不小。这个想法，此前她并未向植林提起过。

“不用说我也能猜到。”植林不以为然，“往常，我手捏着鸡蛋稍微动一下，你就会喊不要动不要动，影响你的视角。最近几次，我随便怎么动，你都没反应。前天，我悄悄把左手换成了右手，你都没发现。所以，一定是有心事。”

“对不起，最近临摹的时候，确实会偶尔恍惚。抱歉，这不太礼貌……”奚沐晓竟未察觉到，这个男人早就洞穿了她表面的镇静自若。

“你花钱雇我，不管是给你当手模也好，还是看你发呆也好，我都不能有怨言啊！”植林半认真半开玩笑。

“你……”奚沐晓被消遣，涨红了脸。

“开玩笑。我只是想问，确定要这么做吗？或许只是你爷爷的一时兴起虚构的也不一定。即便这条路真的存在，相信这也是几十年前的人和事了，找起来未必容易，真的想好了要去一探究竟？”植林问道。

植林的疑问也正是奚沐晓这几日纠结的，然而，她有她的理由：“我从记事起，就觉得爷爷这个人，很少提及过往。你从他脸上，从来看不到任何喜怒哀乐的变化。甚至，连外界诋毁他的风言风语，他都从来没想过要回应。他越是隐忍，我越觉得这后边可能有太多的惊涛骇浪。能让他念念不忘至此，要关在一个孤独的小院里画这么厚的一沓画稿来纪念或祭奠的，背后一定有什么隐情。也许是他经历的一段苦难，也许是让他悔恨的一个错误，也许是关系到我们整个家族的一段历史。”

长舒了一口气，奚沐晓摩挲着一张画稿，“所以，我不是好奇到底画里的马路是哪一条，我只是想，这可能是我真正了解他的唯一机会。”

“好吧。”植林点点头。奚沐晓的决心如此之大，竟让他产生了一丝佩服，固执也好，信念也罢，一切无妨。这或许是费力却无果的一件事情，但正如嵩明道长教诲的——“以道观之，物无贵贱”，试试吧。

“是不是觉得，你这个女客户的奇葩事迹又多了一条？”奚沐晓扬起头，杏眼含春。

“你等会儿，我拿个小本儿记一下。”植林一本正经地在工作台上找纸笔。

“讨厌！”奚沐晓把他一把推开。手触到他厚实胸膛的一瞬间，脑子“嗡”地一下就炸了，植林没被推开，她自己却趔趄了一下，整个人几乎瘫软了。植林似乎也感受到了那片刻的异样，没敢作声。

沉默只有几秒，但在两人看来，似乎过了千年般漫长。

最后，还是奚沐晓打破了沉默，微低着头，不愿看他：“其实，你要真记上我一条，‘奚沐晓是个好奇宝宝’，我也认了。从小就是这样，我妈告诉我不能做的事，我挨个儿都会偷着试一遍……家里买了一缸鱼，她说一天只能喂一次鱼食，我就想多喂几次有什么关系，半夜悄悄起来给鱼缸里撒满了鱼饲料。第二天一早，一半鱼翻了肚子漂在水上。”

植林没忍住，“扑哧”一声：“你这种性格，去当个科研人员不错，想不到你紫薇格格的优雅表象下，藏了一颗小燕子般躁动的心。”

“可不？初中生物课解剖青蛙，班上没有女生敢操刀，都是躲在男生后边看。只有我和加菲，组成了全班唯一的女生组，解剖得比所有男生都好。要不是我妈非逼着我考了财大的工商管理专业，我说不定真的去当一名兽医了。”奚沐晓说起这段往事，脸上浮现出大大的骄傲。

“好了，兽医小姐，说说你的计划吧，这次寻根究底，具体怎么行动？”植林问道。

奚沐晓似乎早有主意，指着画上那条悠长的巷子说："我想，先找到这条巷子。这条小街，看样子也不是我爷爷凭空想象的，或许还在原地。找到这条街，我们再看能不能找到更多关于人的线索。"眼里兴奋的光扫过，随后又泛出一丝愁容，"只是，几十年了，这条小巷即使还在那里等我们，我怕也认不出来了。况且，老爷子这画上，也没有什么特别的地标，单想找到就很难啊。"

植林端详了半天，深感任务艰巨："是啊，你看这路两边的房子，都是老上海很常见的洋房，路边的悬铃木也比比皆是，确实不好辨识。加菲说，你有个朋友在电视台当记者成天走街串巷，没想过问问她吗？或许比我们都熟悉这些犄角旮旯。"

"你说敬——"奚沐晓愣了一下，"她那么忙，不用麻烦她了。我，我还是自己找吧。"

"我陪你。"植林见她欲言又止，似有苦衷，便岔开了话题。突然，他好像想起了谁，"对了，有一个人或许可以帮上忙。这样，我挑几张画稿出来，拍照片给他看看。"植林说着，小心翼翼挑出几幅，用手机咔咔留了影。

奚沐晓好奇地问道："哪位神人？能不能透露一下？"

植林故弄玄虚："暂时保密，真找到了，你请他路边撸个串足够了。"

"好吧。"奚沐晓在心底突然有种小小的依赖感，似乎她已经越来越需要身边这个人的帮助。从前一个人留学，一个人逛街，一个人画画，一个人冷漠地看着富二代们声色犬马的狂欢，她是那么习惯一个人主宰人生的状态，像一个小小王国里，那个至高无上、毋庸置疑的女王。无须商量，不用纠结，没有纷争，不疾不徐，一切只需跟随自己那颗执拗的小心脏行事，淡定自若，洒脱无比。可是今天，这是怎么了？

空调突然猛吐了一阵冷气。盛夏的天气里，她打了个寒战。

十五

“看不出来，跟很多街道都很像，说不好具体是哪条路。”加菲昨天刚偷偷把奚爷爷的画稿拍照发给了敬婷，今天就忍不住打电话问结果了。本来满怀期待以为神通广大的敬婷总能给出一星半点儿的线索，没想到还是毫无头绪。

加菲挂了电话，冲奚沐晓两手一摊，一脸无奈。

奚沐晓狠瞪了加菲一眼：“我说让你别找她的吧！有用吗？”

敬婷算是几个姑娘中最能吃苦的一个。当年她爸爸出了事，终结了自己的音乐执教生涯，只能靠一个书报亭勉强度日并抚养两个女儿，只有十几岁的她，一夜长大。虽然她只比妹妹敬姗早五分钟来到这个世界上，但论懂事程度，她确实比妹妹早熟很多。书报亭早上接报纸要很早起床，她有时候跟她爸爸轮换，凌晨四五点就起床去报亭守着。当然妹妹也没闲着，起床后在家里煮好粥和鸡蛋，用保温桶拎着送到报亭跟姐姐一起吃好，等爸爸赶来后，两人才一起骑车上学。

守报摊的日子里，她几乎翻遍了送来的报纸杂志，突然有一天，她在心底果断对那个还守着钢琴不忍离开的小女孩说声“对不起”，从此立志要成为一个媒体工作者。大学如愿以偿进入复旦新闻系，大四进了电视台实习。一起实习的除了她，其他都是走关系进去的。皇天不负有心人，最后留下来的寥寥数人名单上，她的名字赫然在列。原本在新闻编辑室做编辑，两年后，她主动跟台领导提出想去做一线记者，领导诧异之余同意了。民生新闻比不得财经新闻、娱乐新闻那么光鲜亮丽，更多都是跟三教九流的市井生活打交道，鲜有女孩子愿意尝试。不过也好，从此新闻里多了一个端庄大方的出镜记者，倒也给这个充斥着火灾车祸事故的悲情节目带来了一股暖暖的春风。

“她说没戏，那就估计真没戏了。你跟我啊，走过的路还没她过的桥多。”奚沐晓一阵惋惜。虽说跟敬婷关系依旧紧张，但她对昔日闺蜜的过人之处心悦诚服。

加菲掏出一面小圆镜子，用手来回打理她花了大价钱在一家私人会所剪的头发。据说某一线女星来上海的御用发型师就来自同一家，当然奚沐晓根本没看出来剪之后跟之前有什么区别。

“怎么办啊?！”几近崩溃的奚沐晓突然伸手，试图弄乱加菲刚刚理好的头发。

“说话就说话，别动手动脚的！”加菲无比灵巧地躲开，“只要你确认你爷爷以前当学徒的地方就在提篮桥附近，那大不了就在苏州河北边一条条找咯。那会儿交通又不发达，他还能跑多远？虽然是个笨办法，但聊胜于无，总好过这么多人在这儿干着急吧？”加菲的思维显然更简单直接。

奚沐晓轻叹一口气：“也只能这样了。回头我就让植林陪我一起找。”

“哎呦喂，我说奚贵妃，行啊，您这出行都带上三陪小林子啦？”加菲扔下手中的镜子，努力克服重力从沙发上支起来，凑上前对奚沐晓坏笑，“怎么样？伺候得还让小主您满意吗？”

“你就贫吧！满意不满意怎么着，要不换你家丘董来陪？”奚沐晓也凑上前去，两人鼻子尖只差零点几毫米。

“嘿我说你，别这么赶尽杀绝好不好！这么多年好不容易遇见一个瞎眼的，你也要横刀夺爱啊！有这么当姐妹的吗？”加菲直起身子，撇撇嘴，斜睨了一下女闺蜜。

“你看看，每次一提小警察就紧张成这样。得了，留着慢慢享用您的东北小鲜肉吧。”奚沐晓轻轻捏捏加菲标准婴儿肥的脸蛋。

奚沐晓想起了那晚在衡山马勒别墅，丘野听敬婷和祁实合奏时的情形，略带呆萌的表情，笑容中没有一丝杂质，倒是个不错的小伙。只是加菲有时大小姐脾气，刁蛮任性，这东北男人还能忍，只能印证传说的铁律“一物降一物”。正想着，突然看到墙上的挂钟已经指向七点一刻了，奚沐晓赶紧提醒加菲：“咱别光顾着斗嘴了，好不容易订到的极品小龙虾不吃啦？让人家模特那么早去占座位等着，咱们赶紧出发吧！”

“人家模特？我看就要成模特家人了吧！”加菲翻着白眼。

“死女人！”奚沐晓又一阵狂躁。

寿宁路，上海市中心最负盛名的一条小吃街。街道狭窄逼仄，两旁的龙虾或者烧烤食肆比邻而居，赤膊上阵的年轻小工当街撬开堆成小山的生蚝，来往的三轮和电动车，完美呼应着老板娘们的响亮吆喝。店堂里的餐桌往往简陋到极点，即便这样，盈门的食客还是挤得背贴背。

活色生香的一条街市，无论你来自哪个阶层，都能在这里找到一丝人生最本初的满足。香车美女抑或富家子弟，也是这里的常客，即便明星大腕，也偶尔会来这里接接地气。

植林离得最近，所以按照奚沐晓说的时间，下午六点就在“华哥龙虾”排队拿号了，再晚半小时，脾气超火暴的老板娘华嫂就会抄着手堵在店门口，鼻孔朝天冲着人群“噶暗古来有啥好切啦？拿艾是回起噶班好勒！（这么晚来吃什么吃，你们还是回去加班好了！）”

关于这个龙虾局，貌似是加菲的主意。她最近一直都在减肥，不知道怎么突然要攒一个龙虾局，而且死活要把模特先生和警察叔叔给拖出来。奚沐晓也不是非要吃小龙虾不可，只是加菲这么一提，倒也有些怀念早些年跟朋友们这样的小聚，于是欣然同意。至于植林嘛……反正加菲有他微信，就让她自己去约咯。

植林最近几日都忙于培训操作间几个更年轻的西点师。乔明宇基础最好，一点就透，甚至还带些自我发挥，其余的人则只能按部就班。马卡龙这种难度，对他们而言简直就是西点界的珠穆朗玛峰了，植林此时断然不敢让他们完全自己操作，更多还是观察临摹。

乔明宇前两天在拆供应商送来的黄油时，偶然在包装袋里找到一张英文标签，其他地方的文字他吃不太准，最后一句看懂了：“Made in New Zealand（新西兰制造）”，而外包装上明显印着“A Product of Belgium（比利时出品）”。果然，陈泽涛把顶级的比利时黄油换成了便宜的新西兰黄油，两者价差近一倍！乔明宇午休的时候偷偷跟植林反馈了这一情况，植林若无其事地让他拍好照片留底后，把标签也收了起来。

正暗自琢磨着，远远听到加菲的招牌尖叫：“嗨，麻豆（模特）！”然后就是一团肉球扑过来的身影，奚沐晓赶紧上前从身后拽住她，引来加菲又一阵佯装不满：“你干吗啦！”

“不干吗，警察叔叔没在你就偷吃，而且吃相这么难看，奚妈必须严加管教一番。”奚沐晓面不改色，颇有“奚妈”风范。

不久，丘野也开着警车赶来了。说来好笑，街口摆摊头的小贩四散而逃，后来发现来的警察似乎还没有城管那般凶神恶煞，又迅速聚拢过来。

这是植林与丘野的第一次见面，谈不上一见如故，但植林的父亲早年曾是警犬大队的队长，这让两人有了共同话题。

几个人说笑着进了店，华嫂看到两个帅哥带着两个姑娘走进来，眯起眼睛对植林和丘野神秘兮兮地嘀咕：“小阿弟，听阿姐额，多点几只生蚝，今朝夜道头做事体伐吃力！（兄弟，听姐姐的，多点几只生蚝，今晚干活儿不吃力！）”能差不多听懂上海话的植林听得面红耳赤，赶紧侧着身子躲开。

小龙虾上桌，一盆麻辣，一盆十三香，外带一盆椒盐皮皮虾，油光锃亮，浓香四溢。加菲和奚沐晓迫不及待戴上塑料手套，再也顾不得淑女的矜持与傲娇。年轻人为什么这么钟情小龙虾？因为这已是所剩不多可以让朋友们放下手机，专心坐在桌前边吃边聊的活动。

比起植林，丘野性格明显开朗活跃不少，一口地道的东北腔，海阔天空的聊天内容，东北人天生的喜感，让饭桌上时时迸发出欢笑或惊呼。先是揭秘上周发生在中环的某当红小生酒驾撞桥墩的细节，那段监控录像据说经纪公司曾私下想花一百万买走；再是八卦上海的“跳楼圣地”港汇广场自开业以来，已经集齐十二生肖中除龙之外其余生肖的自杀者……

植林静静地听着你一言我一语，以及周围食客时而放声大笑时而觥筹交错，突然觉得一切都那么平淡、美好却弥足珍贵。有时，人生最大的幸福，无非一餐饭，有酒有肉，无虑无忧。即便这样看似平常的愿望，也不是每个人都能唾手可得。至少，植林许久没有过了。

奚沐晓吃得很少，剥小龙虾确实是个费劲的任务，一不小心就扎破手，她实在嫌麻烦。恍惚中，发现植林默默递过来一只剥好的虾，奚沐晓愣了一下，正准备接过，突然被加菲一把夺走。见奚沐晓瞪了她一眼，加菲赶紧赔笑脸："奚妈，不至于这么小气哈？人家看模特先生剥的虾子，就忍不住嘛！这么漂亮的一双手，怎么能用来剥虾呢！简直暴诊天物啊！"

"诊你个头！那念暴殄天物好吗！"奚沐晓被加菲给逗乐了，没想到十多年了，这姐姐念白字的功夫，还是一如既往的强悍。加菲闹的最经典的笑话是初中入学第一天，她神秘兮兮地对刚认识的奚沐晓说："你知道吗，我们的数学老师叫'斩大鬼'！"奚沐晓觉得哪里不对，直到后来上数学课，老师做自我介绍才知道，原来老师叫"靳大嵬"。

加菲的话倒是引起了丘野的同感，他毫不掩饰地说："哥们儿手确实好看啊，简直就像是钢琴家的手，哪像咱这双手，练得满是老茧。"说着，丘野摊开双手，自嘲了一下。

"钢琴家？"说者无心，听者有意。奚沐晓立刻想起前几天跟妈妈斗嘴时讲的气话，说什么要给她拖个钢琴家回去。要不，冒个险？奚沐晓在心底小小斗争了一下，没有结论。顺势抬头看看植林，只见他依旧埋头剥着虾壳，似乎并没有听到同伴们的交口称赞。

不觉间，夜幕逐渐深沉。奚沐晓正准备去买单，没想被植林轻轻按住手臂，原来他在点单的时候已经付过了账。加菲看到这一幕，又开始借题发挥："哇哦，爱死麻豆先生了！虽然我奚妈是视金钱为粪土的主儿，但我还是要替她感谢你请客哦！"

"请什么客！回头 AA 给我，我给人微信转过去！"奚沐晓又瞪了她一眼。

植林见状忙解围："这顿就算我请的吧。谢谢你们这段时间照顾我们店的生意，加菲光帮人带就带了几十盒马卡龙了吧？"

"拉倒吧，帮谁带呀，那些马卡龙，都是她一个人吃的……"丘野不屑地看了面带窘色的加菲一眼。

“咦，不是有些人说，最近都在减肥，不吃零食的吗？”奚沐晓故意挑衅。

“好了，你们俩别在这儿开批斗大会了，人家模特先生手艺好，能赖我吗？”加菲恢复了斗志，勇猛还击。

大家说笑着起身离开，老板娘华嫂正在店门口嗑瓜子，见两对年轻人走过来，又赶来调侃：“小阿弟，为啥不听姐姐的点两只生蚝？当心身体吃不消哦！”

虽觉尴尬，但植林知道这个老板娘并无恶意，仍旧礼貌地道别，向停车场走去。

半道上，植林突然叫住手挽手走在前面的两个女孩子：“奚沐晓，你看下这个。”说着，他递过去手机，指了指刚收到的微信。

奚沐晓一看：“啊，甜爱路？”

屏幕上两张照片，一张是爷爷的画作，另一张是植林姐夫万青红自己拍的。照片上，路两侧房子的造型一模一样。唯一不同的是，爷爷的画上，行道树是扭曲的悬铃木，而新拍的这张，则是笔挺的水杉。

加菲一把抓过手机，看了一眼，说：“单看房子样式和路的走向，可以确定就是甜爱路。可是路两边的树完全不一样是怎么回事？”

“我们队长提到过，有一年，110接到一个独居老太的求救电话，说自己呼吸不畅，辖区警队立刻派人把老太太送到了医院。医生说，罪魁祸首是悬铃木每年春天的飘絮，所以后来很多地方都更换过行道树。不知道是不是这个原因，悬铃木换成了水杉？”丘野看过照片后，给出了解释，“不过我敢说，画里边百分之一百是甜爱路了。你瞅瞅这房子，连窗子的朝向、大小、围墙的花砖图案都是一样的。老爷子倒也浪漫，画的竟然还是现在年轻人最爱去轧的一条马路。”

“麻豆先生，你怎么这么神通广大？上海大大小小有几千条街道吧？你是怎么找到的？”加菲借机发痴。

“是啊植林，前几天你告诉我说有个神人可以帮我，到底是谁？我必须当面好好感谢！”奚沐晓按捺住内心的激动，问植林。

“不是什么神人，是我表姐夫，在一家快递公司上班。他这个人别的本事没有，认路是绝对拿手。我跟他说了，大概在浦西苏州河以北之后，他就每天上下班的时候顺路在这一带转悠，拿着手机一条条马路地比对，总算找到了。”植林说着看了眼奚沐晓，深黑的眸子里，映射着路灯柔柔的光。

“太好了，周末我就要去甜爱路实地看一看。”好奇宝宝奚沐晓长舒了一口气，她不确信做这件事情到底会不会有结果，但是冥冥中的确有一股力量在指引着她，去揭开那个沉睡多年的秘密。

临睡，奚沐晓收到加菲的一条微信语音：“麻豆先生有毒，当心一点，不要越陷越深，别忘了有个人还在等你。”

“神经！”她回了两个字送给加菲，却又隐隐觉得，这是发给自己的。

十六

是夏天，也是阴天。

一条短短的甜爱路，却有着近百年的悠长历史。不似上海众多以省市命名的大马路，这条狭窄的小路有着温馨别致的名字，不知何时起，就被冠作上海的“浪漫之路”。两边矮墙上刻下的爱情诗句像一句句箴言，被无数路过的情侣默默诵读；路口的那个爱情邮筒，也见证了此间递往四面八方的真心。

奚沐晓不是第一次来甜爱路。小学时老师组织去甜爱路尽头的鲁迅公园参观鲁迅先生纪念馆和衣冠冢，后来搬家到外滩，就难得造访北区。没想到这一晃也有十几年了。她仔细审视着这条恬静小路上的一切，从道路两侧的老式洋房，到修葺一新的围墙，植林那神奇的快递姐夫果然没有看错，这里千真万确就是爷爷笔下的那条马路了。看那水杉，也不过碗口粗细，显然移植到此的时间并不久远。她小心踱步，找到爷爷当年的视角，那样看到的整条小路，仿佛都是几十年前老人家眼中的模样。

“奇怪，怎么没有看到那栋小楼？”奚沐晓看着手机，发现画中女子停留处那栋拥有洋红屋顶和米黄外墙、围墙上隐约嵌着“62号”门牌的犹太风格小楼，在眼前真实的甜爱路上，并没有出现。

植林显然也注意到了这一细节：“确实想不明白，比它更近或更远的房子，这全都有，唯独没有这62号。”植林来回张望了片刻，提议奚沐晓问下邻居，两人随即找到64号，一栋造型迥异但同样饱经沧桑的犹太风格洋楼。

楼下花园里，几个老太正扇着蒲扇、一口吴侬软语聊着天，话语貌似不是现而今年轻人讲的上海话。奚沐晓上前礼貌地询问：“阿娘（奶奶），晓得旁边哪能没有62号楼啊？”

“62号？不晓得呀。”一位耳朵稍灵敏的老太回答，“阿拉（我们）都是解放后搬过来的，政府那会儿分的房子就是这里。来的时候就没有62号的。”

奚沐晓略显失望，道谢后跟植林一起走出了小院。老太是无锡一带的口音，当年新中国成立后，很多在苏州河沿岸工厂做工的外来人口，就这么留在上海，奚沐晓的爷爷也是其中之一。话说上海市区的人口，多半都是这样的背景，祖籍宁波、苏州、无锡、苏北的居多，而真正土生土长的上海人，则世居郊区的川沙南汇一带。一百多年海纳百川，冲突与融合，早已让上海滩变得包容、多元、广阔，而又深不可测。

植林安慰道：“别泄气，还有66号没去看呢。”奚沐晓点点头。

然而66号院门紧锁，楼下花坛里的落叶早就堆得一层又一层，台阶上也长满了厚厚的青苔。种种迹象表明，这栋小楼应该长期无人居住了。看到此情此景，植林脸上的失望神情貌似更甚一筹。

“要不，找你那个电视台的同学吧，看能不能在电视上征集下线索？”植林一时也只能想到这么个方案。

奚沐晓愣了片刻，转而抬头对植林笑笑：“走了一上午，热坏了吧？快擦擦汗。”说着，她掏出纸巾递给植林，心里却还在琢磨植林的话。

“这不算什么，在烤箱边上等着西点出炉，热多了。”植林接过纸巾，顿了顿，对奚沐晓说，“我原以为，你就是一时兴起，找两天找不到就算了。”

“分什么事情吧。对一般的小事儿我是完全没兴趣花工夫的。这次不一样，我想弄清楚来龙去脉，也算是给我爷爷，也给我爸、我自己一个交代吧。”奚沐晓长舒一口气，“最近花了不少时间陪我，没有耽误你上法语课吧？”

“还好，没耽误。店里明宇也越来越上手，我也轻松不少。”

“哦。那，耽误你那么多时间，你那个思思小妹不会不高兴吧？她看起来比我还容易激动。”奚沐晓斜眼瞄了一眼植林，内心里那个向来骄傲的女王，不知何故有些惴惴不安。

“我跟她，就是普通同事。”植林轻声应道。在他的世界里，距离，是个好东西。

“哦哦。”奚沐晓低头应道，竟是一股莫名的如释重负，“对了，你最近陪我找路耽搁的时间，我都会折成工时算报酬给你。没意见吧？”

植林一听，停下了脚步：“其实，我不是因为钱才答应给你当手模的，甚至说，这是有违我的价值观的。你不用给我付薪水，就当朋友帮忙吧。”植林有一句话到嘴边，终究还是咽下去了。

那日在地铁站，他拉着思思匆匆离开时，回头看到奚沐晓呆立原地，长发被疾驰的地铁风吹起，那画面，像极了他与大学女友路曼的初见。大二那年的仲夏，学校户外社团组织去牛背山看星空云海。山风起，那个姑娘站在灯火阑珊处，亭亭玉立。

“那怎么行？白白占用别人时间，这也不符合我的价值观啊。”奚沐晓坚决不同意，“更何况，我还得求你帮个忙。”

“尽力而为。”

“你——”奚沐晓咬咬嘴唇，总算下了决心，“我要应付一下我妈给我安排的无休止地相亲，所以，能不能冒充一下我的男朋友？”说完，奚沐晓转过身去，两颊绯红。

“啊？这——”植林觉得玩笑开大了一点儿。

奚沐晓平复了一下心情，转身面向植林：“这么跟你说吧，其实我回国只有半年多时间准备我的毕业作品和论文，但我妈几乎每天都会跟我唠叨相亲的事，给我安排的不是商二代就是官二代，不是说这些人有什么不好，但我现在真的没心思去谈恋爱。再加上我爷爷的事还没有眉目，我不能再浪费时间了。”

“问题是，拿我当挡箭牌就能应付得了你妈那关吗？她会同意女儿跟一个非官非商的西点师在一起？”植林问道，虽然在他觉得，一个凭手艺吃饭的西点师，并不比什么官二代、商二代低一等。

奚沐晓和盘托出：“我妈她不能接受什么职业我不知道，但我非常清楚她会喜欢什么职业。她最喜欢搞音乐的，年轻的时候也是因为我爸唱歌好才跟我爸在一起的。我小时候她也逼我学钢琴，可惜孺子不可教，怎么都学不好。所以她内心啊，就有一个缺憾，要是有个钢琴家来弥补，就再完美不过了。”

这么一说，植林倒觉得这个“假丈母娘”有点执拗得可爱了，只是，完全不会弹钢琴的他，如何揽下这个重任？

奚沐晓看出了植林的疑虑：“哎呀，你就别担心啦，我会帮你掩护的，绝对不让她逼你上琴。”说完，小姑娘眼珠子一转，“记住了啊，你中文名还叫植林，英文名是 Alex，刚从法国马赛国家音乐学院学成归来，后边还要去维也纳进修。我们是在巴黎认识的。用上你的法语，我妈听不懂。”

“哦，好吧。法语倒是能应付一下，可是马赛、巴黎、维也纳，一个也没去过。”植林深感压力山大，法国是他心向往之的国度，而他的护照上，只有一个普吉岛的章。

“不碍事的，反正就应付这么几个月，当中见面应该不会超过两次。几个月后，我跟我妈说你飞奥地利了。她也就只能牵挂你这个远在天边的‘准女婿’了。完美！”奚沐晓越发觉得自己的计划天衣无缝。

植林从未想过自己会跟一个豪门有如此交集。坦白说，他对扮演这个“准女婿”万分不情愿，说不出为什么。但一想到只有这样才能顺利帮助奚沐晓完成她的画作和论文，也只有硬着头皮上阵了。“那么，约在哪里呢？”

“我家。”

轻轻的两个字，让植林如临大敌。奚沐晓无奈告知，原想找个咖啡厅让母亲大人过目一下得了，结果三美听说之后相当重视，考虑再三，决定在家宴请这个青年音乐才俊。不得已，只好恭敬不如从命了。“其实也还好，我妈她表面上强势，甚至有点儿小作，内心其实很小女人的，反正到时候见我眼色行事就好了。我爸最近在青岛张罗分公司开张，你也碰不到他的。”

逢场作戏，这对植林不是第一次。

大二那年，话剧社排演莎士比亚悲剧《李尔王》。同宿舍演反叛角色埃德蒙的哥们儿突然阑尾炎发作住了院，植林被赶鸭子上架练了一个通宵，竟也顶替了下来。周围人只当这个不多言的男生演技了得，植林却发现，要说内心的阴谋与罪恶，谁又没有一星半点儿呢？

再说了，又不是真的见丈母娘，何必太在意对方的感受？想到这里，植林似乎坦然了许多。

奚沐晓把车停在“此刻戛纳”门口，临下车，再次嘱咐植林：“下周二晚上六点，我来接你。记住，Alex！”

十七

庄芝敏那日听女儿说交了个学音乐的男友，多少还是有些诧异。印象中，这还是宝贝女儿头一回正儿八经地向家人宣告自己有男朋友了。当然，一个在法国学音乐，一个在意大利学美术，一对中国年轻人在世界上最浪漫的国度邂逅，怎么听都那么理所当然。只是，比起此前亲戚朋友们介绍的那些官商子弟，这个听起来是知识分子家庭出身的小伙子，终究还是输了一截。

晚上六点，女儿准时到家了，身后跟着一个穿着浅蓝修身衬衣的帅气小伙儿——身形并不十分魁梧但也算结实健壮，一张俊秀与硬朗兼备的脸上五官分明，尤其一双大眼睛清澈灵动像是会说话。庄芝敏转头看了一眼黄妈，两人眼神交会中，似乎已对这个小伙子打出了不低的分数。

“来啦！复旦过来路上不堵车吧？”庄芝敏迎上前去。

“阿姨您好！”奚沐晓让出身位，植林得以近距离直面庄芝敏，“路上还好，走的外滩隧道，不算太堵。”这也是奚沐晓提前设计好的台词，故事是植林在复旦有一堂讲座，课后从复旦赶到外滩。

“你好！欢迎欢迎，这边请！没有特别收拾，不要介意啊！”说着，庄芝敏抬手示意，植林这才细细打量这个宽敞到似乎说话都有回声的巨大客厅。窗外暮色尚未降临，远远看到黄浦江上的游艇和货船来来往往，以及对面高耸入云的陆家嘴天际线。这样的视角，他从未有过。从前在外滩的黄浦江岸边看对面的高楼林立，那是种让人卑微到骨子里的仰视与难以企及；而今日所见陆家嘴的摩天大楼，似乎寻常又亲近到伸手即可碰触。“欲穷千里目，更上一层楼”，说的不只是登高望远，更揭示了一个赤裸裸的社会现实：地位决定眼界，眼界决定胸怀。

见植林有点儿走神，奚沐晓灵机一动：“Alex 有一点点恐高，法国的房子都没这么高的啦。”

“也是，在整个欧洲转了一大圈，都没找到比上海高楼更多的城市。请坐请坐！”庄芝敏笑笑，又仔细看了植林两眼后，似乎愈发满意了。“Alex，你中文名叫什么？”

“阿姨，我姓植，叫植林，植树的植，树林的林。”

“哦？植树林？这名字蛮新鲜的……”庄芝敏用上海话小声嘀咕起来，全然不觉已经搞混了思路。

植林似乎听到了，气氛顿时无比尴尬。奚沐晓赶紧纠正：“妈，人家叫植林，就两个字！对了，奚力呢？他不是今天应该从那个日本足球夏令营回来了吗？”

说话间，一个少年从楼梯上风一般刮下来。在日本鹿岛的足球俱乐部封闭集训了两周，脸晒得黝黑。“Hello，Alex！我是 Leo！”少年扬起半个头冲植林笑着，手也大方地伸出。

植林击掌回应。这个奚沐晓口中的怪咖，目前看来一切正常，西式教育下塑造的开朗外向性格甚至让他十分喜欢。

奚力显然对这个下午才听妈妈第一次提及的姐姐男友颇具好感："Alex，很高兴认识你！你知道吗，你根本就不像钢琴老师——"少年顿了顿，奚沐晓心提到了嗓子眼儿，生怕这小子胡说八道。奚力故弄玄虚之后，道出一句："倒是超级像我在日本的足球教练，只是他比你黑多了！"

"其实我喜欢踢球也胜过弹琴啊！"植林笑笑，看了一眼奚沐晓。

正寒暄着，黄妈走过来招呼大家用晚餐。一桌子的本帮菜，黄妈准备了整整一个下午。庄芝敏甚至开了一瓶八二年的拉菲说要让法国归来的 Alex 品鉴，尽管奚沐晓一个劲儿暗示，本帮菜配红酒不合适。

"Alex 啊，你父母是做什么工作的？"庄芝敏客气地问道。

这是植林和奚沐晓没有彩排过的问题，一时间，饭桌上陷入了短暂的沉寂，只有窗外浦江夜景的流光溢彩，以及偶尔一声游轮的低鸣。

"他——"奚沐晓已经迅速编了一套说辞，正准备应付母上大人的询问，却被植林一个眼神压了回去。"我爸是个警官，我妈是个企业高管，他们现在，都在老家。"植林缓缓道来，脸上看不出一丝波澜。

庄芝敏明显来了兴致："哦，那不错啊，在你们那里也算得上是显赫人家了吧？"

"妈！"见三美一个问题接一个，奚沐晓连忙出面阻止。

这可能是植林吃过的最漫长的一顿饭，尽管他尽量表现得泰然自若，对奚沐晓母亲的问话也是回答得无懈可击，但内心的纠结与挣扎只有他自己知道。那感觉，就像一个人被扒光了扔在大街上还要假装衣冠齐整；若有所求，他只求过往路人的眼睛，此刻都是瞎的。

还好有奚力。这孩子对喜欢的人绝对是自来熟。性子直到心里想什么，嘴里就说什么，手上就做什么。小时候上幼儿园，他突然发现同桌一整天不洗手，就死活不愿意再跟这个小朋友坐在一起；发现中饭都是自己不爱吃的食物，他就宁愿饿一下午，也不肯动一下筷子。

奚力巧妙地化身猴子给奚沐晓和植林请来的救兵，每每庄芝敏再想打探点儿植林家的底细，准被奚力给带跑偏。话题那叫一个海阔天空、变幻莫测，从日本的足球教练松本迷上了 Pokemon Go，训练间隙一直在抓妖怪，到他收藏的每一款康达姆机器人的产地、年份、特征，再到有个网名叫“Cheese Pie”的大姐每天会在他网上直播时来送他“飞机”，听得庄芝敏插不上嘴干着急。

植林倒是也很能跟奚力搭上话，两人一顿饭吃下来，少年竟然已经一口一个“教练”地喊起来，甚至互相加了微信。加的时候植林还是长了个心眼儿，没有开放朋友圈。奚沐晓看得半是欢喜半是愁，欢喜的是这样下去应付掉今晚绰绰有余，愁的是已经投入“真心”的少年要是知道这个“姐夫”是个赝品，不知道要恼羞成怒到何地步。

夜幕降临。植林看时间不早了，起身告别。

庄芝敏总算逮着机会说了句想说的：“要不再坐会儿？今天都没来得及听你弹上一曲，晓晓应该也告诉过你，我是最最喜欢音乐的。我们家的琴也许久没有弹过了，要不也帮我看一下是不是该调调音了？”

“妈，咱家的琴，就是个摆设。早跟你说了买个国产货满足下你的虚荣心得了，非得花大价钱去买个德国原装的门德尔松。Alex 还要准备明天的课，他回来也待不了几周，人家也有很多朋友在上海要去应酬的，改天吧，乖！”奚沐晓赶紧解围。

植林接过话茬：“庄阿姨，那个，我虽然弹钢琴，不过调音还是不算在行。今天时间不早了，下次吧，我找个专业调音师朋友过来帮您调调。”

“好吧。”庄芝敏只好做罢，“我可是等着欣赏你的好琴艺哦！”吃饭的时候，庄芝敏也注意到植林一双修长的手，正是这双手，让她对这个不多言不多语的“钢琴家”坚信不疑。

奚沐晓家是外滩的高档住宅区，一梯一户大跃层。庄芝敏坚持自己把植林送到电梯间，等电梯的当儿，她趁机嘱咐了两句：“Alex 啊，我不知道你跟我家晓晓到底交往了多久，也不知道你们俩感情进展到哪一步了。晓晓她表面活泼开朗，实际上非常固执，坚持己见，所以我希望你能多体谅。”顿了顿，她补充道，“但有一点我需要告诉你的是，我们马上要让她接她爸爸班的，所以，我希望你们能长期在上海。法国那边，你可能需要重新考虑下未来的规划。对了，如果方便的话，我们想在你回法国前，邀请你父母来趟上海，我们也好跟他们认识一下。”

“好的，庄阿姨，关于未来规划，我会慎重考虑的，您不用多虑。”轻描淡写应付一声，恰好电梯来了，植林走进去，对庄芝敏挥手告别。

庄芝敏旋即走进家门，见黄妈在收拾厨房。一盒刚拆封的蝴蝶酥，被扔进了垃圾桶。“这不是你昨天才买的国际饭店的蝴蝶酥吗？那么难排队买到的，怎么舍得给扔了？”庄芝敏觉得纳闷，一向节俭的黄妈从来不这么浪费东西的。

“三妹啊，都怪我不好。这个不是国际饭店排队买来的，是我昨天去超市，门口摆着小摊儿有人在叫卖国际饭店的蝴蝶酥，我看东西一模一样，价钱便宜，还不用排队，我就买了两盒。”黄妈不好意思地解释道，“结果刚才晓晓那个朋友只闻了一下，就悄悄跟我说，这个不是国际饭店的东西，是黑作坊做的山寨货，让我快扔了。碰巧你送他出去的时候，广播里也在报道，说查获了几个仿冒国际饭店东西的黑商贩。我就想啊，这个年轻人，真是太厉害了，鼻子能这么灵。”

“是吗？他长期在法国，怎么还对国际饭店的糕点这么在行？”庄芝敏又开始习惯性嘀咕。

“这有什么稀奇的，人家在法国待久了，对西点自然是有了解的。再说了，前两天我还带他去国际饭店排队买过，没吃过猪肉，总见过猪跑吧。”奚沐晓恰好听到妈妈跟黄妈的对话，赶紧打圆场。

庄芝敏不再多说什么。生性多疑的她，对这个突然闯入奚家生活的年轻人，还是存了许多问号。只是平心而论，这个小伙子从长相到修养，都让她挑不出半点儿瑕疵。算了，只要女儿真心喜欢，就随她吧。

十八

奚沐晓呆坐在画室窗口，摩挲着手机，屏幕上是敬婷的电话号码。

正犹豫的时候，传来一阵“咚咚咚”的敲门声。奚沐晓习惯性地看一眼监控探头，来者不是别人，正是敬婷。

门开了，两人相视无语。

“遇到难题了？”敬婷首先打破僵局。

“你怎么来了？又是加菲那个死丫头？”奚沐晓并不正面回应。

“不是。”敬婷给的答案出乎意料，“你那个西点师模特，他通过认识的美食栏目的记者找到了我，跟我说了下情况。另外，你的朋友圈并没有屏蔽姗姗，不是吗？”

奚沐晓愕然片刻，不过，很快就恢复了常态：“别瞎操心了，我不需要谁帮忙……”这个拒绝，却并不像从前那般坚决。

敬婷笑笑，似乎这个反应她早有预料：“那，就当你帮我忙行吗？

一箱多年的画稿重见天日，而一栋房子却凭空消失——这是很好的题材，我准备做期节目，相信会有收视率的。你要是不反对的话，我现在就开始拍了？”说着，她指了指手里的5D MAX便携摄像机。

“那你随便吧。画稿在那口棕色皮箱里。甜爱路你自己找得到，我就不用陪你去了吧。”奚沐晓狐疑地退到一旁，一声不吭地看敬婷麻利地开始对那些画稿摄像。眼前这个忙碌着的姑娘，曾经和自己亲近得一同上厕所，一同在被窝里说着悄悄话。而因为祁实，十年来，两人成了半路遇上都要绕开的仇人。她此刻的一举手一投足，都那么熟悉又陌生，足以让奚沐晓内心那个渐冻症患者，慢慢苏醒。

拍摄完，正准备离开时，敬婷没太留心脚下，差点儿被地上横着的一个插座绊了一跤。她皱了皱眉头：“怎么还跟小时候一样不爱收拾？插座这些好好理理，别整出点儿什么事儿来。前几天杨浦一个老房子电路老化短路烧起来了，一位老阿婆没出来……”

这些唠叨，从前每天都会出现在两人的相处中。敬婷胆大心细，奚沐晓总犯迷糊，所以每每这时，奚沐晓就会跟敬婷撒娇，半开玩笑半认真地回应：“遵旨，婷妈！”

“节目这周会播，时间定了我会让姗姗告诉你。”敬婷临走扔下这么句话，惊醒了奚沐晓。望着她匆匆离去的背影，奚沐晓想起十年前她转身飞奔而去的场景：我们的爱和恨啊，不就这样在路上，狂奔十年，居无定所？

这天清晨，植林刚走进店里，思思就递给他一张体检卡，说是店经理交代的，区卫生局在排查所有餐饮和食品从业人员，需要去指定的医院体检之后，更换健康证。

操作间里，明宇和其他两位同事已经先到了。植林明显觉得，明宇干活儿越发上路了，对照生产单，逐项确认原料和设备，那一丝不苟的劲头，让植林似乎看到了自己几年前刚入行时的影子。

整个上午都是西点房的低峰时段。植林检查完几个下属的工作，本想停下来喘口气，突然想起了奚沐晓的弟弟奚力。这小子连着几天发来消息，问“教练”是否有空儿跟他一起去看康达姆四十五周年主题展。虽然很喜欢这个小兄弟，但他也冷静地想过，与奚沐晓的假戏一定要拿捏好分寸，和他接触越多，最后越可能脱不开身。所以，能不见面最好就别见。

想到这里，他只好回复说，最近都有课要上，不能一起前往。

只是，他那么喜欢康达姆，要不要送他个特别的礼物？植林灵机一动，用手机下载了几张康达姆机器人的不同造型，仔细琢磨片刻就动起手来。不一会儿，几个栩栩如生的面塑机器人从植林手中诞生，就着操作间做西点的食用色素，很快就给机器人上好了五彩缤纷的颜色。乔明宇看得直咋舌，凑上前来问：“小林哥，咱这是要出新系列吗？”

“捏来玩玩儿的。”植林没多解释，“一会儿等干透了，帮我递到一个朋友那儿。收件地址我等下微信发你。对了，寄件人写 Alex，寄件地址就不用留了。”

明宇爽快地应承下来。

“还有，刚刚思思说的去体检办健康证，你们都搞定了吗？这个证每年都要换一次，食药监局要检查的，可别忘了。”

“知道了小林哥，今儿店里不算忙，要不你现在就去办吧。咱们轮着去，操作间总要有人守着。”明宇提醒道。

“也行，那我赶紧去看看，也不知道现在去还能不能赶上验血的时间。”植林说着去衣帽间换了衣服，便出了店门。

体检出来，阳光正好。盛夏已到尾声，副热带高压威力渐弱，风穿过街道，偶尔裹挟三两片云朵，投下片刻阴凉，一切刚刚好。这个曾经狂躁不安的城市，此刻就像一头被驯服的野兽，把它的子民温柔地揽入怀中。

回店里的路上，敬婷来了个电话，告诉他昨晚电视台已经播出了名为《神秘失踪的62号》特别专题，面向全市征集知情人。结果今天一早，就有人联系电视台，说了解背后的隐情，只是这个老人现在行动不便，住在南汇的一个养老院。按照跟知情人的约定，这个周末就去拜访，所以，需要奚沐晓提前安排。

“真的？”奚沐晓内心那个渐冻人一跃而起。

“当然。”植林近期很少看到奚沐晓这么眉飞色舞，“你，不怪我私自联系敬婷吧？”

“这个账以后跟你算！”奚沐晓按捺住兴奋，又恢复成平常傲娇的神态。

“我不知道你们之前到底发生过什么，但我看得出来，你并不是真的讨厌她，她更不讨厌你。伪装自己，藏匿情绪，这些，都很累的。”植林若有所思。

“行了，打住！跟她的账，我也会算清楚。周末你请一天假，跟我一起去。”奚沐晓打断植林，似乎不想听他的唠叨。嘴上是那么硬顶着，心里却知道，她和她的账，或许，永远算不完。

很快到了周末，敬婷带着一个实习生开着采访车直奔南汇。奚沐晓则载着植林紧随其后，加菲不巧跟老妈一起去了新西兰，否则也必定要来见证这一刻的。奚沐晓很少来南汇，印象中，就小学春游学校组织同学一起来看过一次桃花。

电话里说的养老院倒是不难找，停好车后，敬婷和奚沐晓四目相望，并未打招呼。一群老人瞬间就围过来焦急地打探，大约都以为自己家的儿孙前来看望了。

“请问，朱阿绣阿婆是哪一位？”敬婷问围观的老人们。

“你问阿绣？从来没有人来看她的呀！”老人们显得有些诧异，随后热心地指了指二楼一个朝阳的小房间。

四个人立刻爬楼梯上到二楼，只见一位面容苍老，但精神尚显矍铄的八十多岁的老阿婆正斜倚在床上看电视。这位就是朱阿婆了，前几日看电视得知有人在打听甜爱路 62 号的情况，犹豫了半天，还是托院长拨通了电视台的热线电话。

“电视里说的有一些画，你们给我看看。”阿婆思路相当清楚，首先核实访客身份的真实性。

奚沐晓毕恭毕敬地递上了特意挑出来的几幅爷爷的画。

阿婆接过画来，戴上老花镜仔仔细细地看起来，毫无防备中，老人突然老泪纵横：“这个才是当时的甜爱路啊，两边的树都是悬铃木，不是现在的水杉。现在变样了，都变了……”

老人突然的激动，让几个年轻人不知所措，只有实习生手里的摄像机，在无声记录着这一切。

“还真是有点儿像，眉毛也像，嘴巴也像，眼睛也像……”阿婆抬起头，直愣愣地看着奚沐晓，喃喃自语。

奚沐晓回过神来，赶紧问道：“阿婆，那您知道这个 62 号到底存在过吗？为什么现在没有了，发生什么事情了？”

老人收拾了下心情，才缓缓讲述了关于甜爱路 62 号的陈年旧事。

新中国成立前，她在甜爱路 60 号一个大户人家当丫鬟。

隔壁的 62 号，也是一所豪华的大宅子。当年，能住这种两层独栋洋楼的人家，非富即贵。62 号住着的，是一户姓尤的知识分子家庭，听说男主人是从东洋留学回来的。那会儿上海还处于各国割占状态，甜爱路所在的虹口一带全是日本人的天下。尤家原本就跟东洋有往来，所以即便小鬼子作恶多端，尤家倒也一直相安无事。

尤家有两个女儿，大女儿尤知音国中毕业后去了香港念大学。小女儿唤作尤知画，在阿绣做用人的那个年代，刚念到高中，是个气质端庄的小姐。阿绣父母在南汇种地，由于实在养不起女儿，便托人卖到了城里做用人。怎想女主人性格乖张暴戾，经常因为一些小事对阿绣大打出手，饿饭更是常有的事。这些都被隔壁心地善良的尤家小姐看在眼里，许是年龄相仿的缘故，二小姐常常偷摸给阿绣送东西吃，有旧衣服啥的，也洗净了偷偷放在墙角。两人私下里就这么慢慢熟识起来。

有一天尤小姐告诉她，有个小伙子要送个包裹来，但实在不好让父母知道，只好请阿绣代收。那个小伙子在提篮桥的犹太人布店里做事，尤小姐跟着母亲去买过几次花布，大约是极为投缘，两人暗生了情愫。

这个小伙子后来常跟尤家小姐出现在甜爱路上，有时候还拿个画板来描上几笔。但是尤小姐完全不敢对父母透露分毫，一来自己年龄尚小，高中女校还未毕业；二来小伙子出身普通，与尤家的优越家境相差巨大。因此两人暗地里交往，有时需要传递书信或者包裹，都是通过阿绣来完成。

直到小日本战败前夕，有天半夜，62 号突然人声喧哗，原来是日本宪兵的搜查队突然上门，街坊四邻都听到一阵急促的枪声，随后就是火光冲天——日本人在抓走尤家上下好几口人之后，竟然丧心病狂地一把火烧了整栋房子！

睡在对面阁楼的阿绣惊恐地目睹了整个过程，她甚至看见一团烟雾中从侧门偷偷溜出来在甜爱路上狂奔的尤家二小姐！她想喊，却知道喊了二小姐就更没命了，只好捂紧自己的嘴巴，边捂边低声啜泣，心如刀割。

天亮了，曾经安详宁静的62号，变成了一片黢黑的焦土。坊间传说，原来男主人尤先生，真实身份是地下党，利用会说日语、与日本人有密切交往的便利，刺探了不少情报，却在即将举家迁往香港之时被人告发，因而日本人连夜抓人抄家。

更有人说，当晚跑掉的尤家二小姐知画，光着脚连夜跑了七八里地，躲到了提篮桥那个犹太人洋布店。只是后来不知怎的，竟又被日本鬼子追到行踪，抓走之后不幸被十几个日本兵侮辱。令人意想不到的是，尤家小姐后来再次逃脱魔爪，不知所踪。

再后来，就看到当初那个常常跟小姐出现在甜爱路的年轻人，失魂落魄地伫立在62号的废墟上，或立在街边，围着悬铃木一圈一圈地转。

“他的手，是不是伤到了？”奚沐晓忍不住插了一句。

“是的，有一只手，不记得左手右手了，被齐刷刷砍掉了手指。因为我认识伊（上海话：他），有次也走上前去问过伊。伊说尤小姐本来在布店的布匹后面躲得好好的，哪晓得店里一个学徒工担心连累店方，偷偷向正在挨家挨户搜查的日本宪兵告发了，于是日本人马上进店抓走了尤小姐。伊在奋力拽着小姐想救下她的时候，被凶残的日本兵一刀……”阿婆不想再说下去，那段刀凿般深刻的记忆，她宁愿淡忘一世。

“他是我的爷爷，他叫奚祥德。”奚沐晓两行热泪再也忍不住，决堤而出。上次去周庄，听黎爷爷说到爷爷的手时，尚未知晓背后真正的缘由。今时今日，经由一个耄耋老人之口揭开这个谜团，即便先辈的痛楚是在几十年前，也已经穿越时空被后人再次感知。

那只让年幼的孙女一度惊悸得连连做噩梦的手，那只被贩夫走卒肆意嘲讽的手，那只在羊皮手套的掩护中苟延残喘的手，原来有着这样光荣无畏的过往！奚沐晓不禁低头看了眼自己的手，突然觉得，它们竟也那么鲜活可爱，仿佛是个被误会了半生的老朋友，在沉冤得雪之后对自己浅浅微笑。

阿婆从回忆中苏醒，面容再次显得安详宁静，仿佛那些腥风血雨的洗礼，全都未曾有过："我晓得侬是伊的后人。虽然我眼睛花了，但我还是一眼就看出来了，侬身上既有奚先生，也有尤小姐的影子。"

"什么？您是说，那个尤家二小姐，是我阿娘（祖母）？"奚沐晓差点儿没从椅子上摔下来，瞪大眼睛，抬头与敬婷和植林面面相觑。

"对啊，你们都还不知道？二小姐失踪了好几年，奚先生也一直在找伊。怎奈那个兵荒马乱的年代，想找个人简直是大海捞针。更何况，二小姐可能是觉得自己身子不再干净，也就故意躲着侬爷爷。我还听我主人家提过，说在香港的大小姐后来也差人来找过，都没音讯。解放后，我进了棉纺厂做工。有一次在工会组织的劳动竞赛颁奖会上，发现一个人邪气（上海话：极其）面熟，等伊下了台我赶紧去寻伊，没想到真的是二小姐！"阿婆脸上露出一点儿笑容，"看到伊还活着，我高兴坏了。不过看上去，伊确实也没有做学生时那么秀气了。"

"我们俩抱着好好哭了一场，也没多问伊在失踪的那几年里，到底遭遇了什么，怕伊想起伤心事。伊只告诉我，后来，奚先生，就是侬爷爷，在庆祝上海解放的游行队伍里，发现了伊。伊一开始想逃掉的，但你爷爷始终拽着伊不放手，两人就这么重新在一起了。我想有情人终成眷属，小姐也算是有个好归宿了。我们俩因为都在纺织系统做工，只是工厂隔得很远，所以约定每年工会活动都参加，这样一年总能见上一面了。头两年还能碰到，相互也会聊些近况，伊说总不得生养，让婆婆大为不满，甚至背地里还戳伊旧年被日本兵糟蹋的伤疤。到第三年工会活动，我就再也找不到伊人了。我也托人打听过，只听人说总算养下了小孩，至于住哪儿，我是完全不晓得。后来又找人查职工名单，说是已经查无此人了。”

奚沐晓总算把所有的片断接上了。爷爷与奶奶重逢后，结了婚。抱孙子心切的太奶奶把婚后几年没有生养归咎为她姑娘时被日本人糟蹋过。再之后，奶奶总算有了身孕，却在红房子医院因太奶奶的一声令下，只保全了胎儿。想到这里，奚沐晓竟不知是该怨恨还是感恩这个从未见过的太奶奶。因为她，自己的祖母断送了性命；也是因为她，父亲和自己这一脉才得以传承下来。

有一点毋庸置疑，爷爷在奶奶难产去世之后承受了怎样的内心折磨。这折磨，让他此生再不踏上甜爱路一步，却在日里夜里魂牵梦绕；这折磨，化作忏悔与隐忍，化作长夜里用仅有的一只手，绘就了这一幅幅画作。知画，知画，未亡人的真心，就饱含在这笔墨之间，你是否真的看到、感知到了？

“阿娘她，不是故意不跟您相见的。她在生我爸爸的时候，难产，过世了。”奚沐晓告诉阿绣阿婆，她必须让老姐妹之间这个小小的嫌隙得以弥补。

“唉——”阿婆长叹一口气，凹陷的眼眶，平静得像万丈深渊。她原本也万分确信，尤小姐不会故意躲着不见她。

临别，奚沐晓从包里拿出一个大红信封，塞到阿婆怀里，里边是五千块钱。没想到，阿婆轻轻推开了：“囡囡，侬来看我我就很交关（上海话：特别）知足了。我有退休工资，快入土的人了，拿这些钱来干什么。家里儿孙都忙，他们很少过来，侬今天来，也算是了却了我老太婆一个几十年的心愿，我也不用带着这桩心事进棺材了。”老人脸上的各路皱纹，挤出一个温暖的笑，却让奚沐晓再次热泪涌出。

十九

走出养老院大门，太阳开始西沉。

上车的当口，敬婷突然叫住了实习生，让他把摄像机给她。只见她不假思索地从摄像机里掏出一盒录像带，直接递向奚沐晓，示意她接着。

所有人都愣了，尤其那个刚进电视台没几个月的实习生："婷婷姐，你这是？"

"我会告诉主任的，说是出发时我忘拿录像带了。"敬婷平静地说。

"那今晚节目？"实习生有点儿丈二和尚摸不着头脑。

"开不了天窗！赶紧上车，回资料库去找备播带。"敬婷一声令下，实习生麻利地把机器放好，也坐上了车。

"去找人转成光盘，存好，或者，一会儿过南浦大桥的时候，扔黄浦江里。"车窗里，敬婷甩出最后一句话，一脚油门，采访车冲了出去。

奚沐晓拿着这盘录像带，突然泪如泉涌。阿绣揭秘的内容，已经远远超过了能向媒体披露的程度。她知道，敬婷这么做，是为了帮她保护好家族几十年的辛酸往事。

情绪始终难以平复，奚沐晓让植林开车。一百多万的玛莎拉蒂Ghibli，植林还是头一次开这么好的车，开得那叫一个小心翼翼、如坐针毡。

车在夕阳中缓缓驶向市中心，奚沐晓无力地靠在后座上，俨然标准的"上海瘫"。谜底揭开，那团笼罩在心头许久的阴云总算消失得无影无踪。她逐渐缓过劲儿来，在车上迫不及待拨通了奚伯明的电话，把探访的结果一五一十告诉了远在青岛的父亲。末了，几乎没有犹豫，她对父亲说："爸，我那天在你的办公室说的，我有一个心愿，就是办一个画展，一个只画手的画展……我，要从爷爷的手画起……"

电话那头，片刻的沉寂之后，奚伯明方才回过神来，缓缓回应："画吧，好好画。"他此刻的记忆中，全是那个斯文瘦削、在工厂永远评不上先进、永远没有戴过大红花、永远没有上过光荣榜的男人。

回城已是黄昏。抵达植林住处，正准备下车，奚沐晓突然一把拉着植林的手，郑重其事地说："真的，特别感谢你，还有敬婷，还有你那个神奇的快递姐夫。"

奚沐晓的举动让他小小地惊了一下："说这些多见外啊！咱们不是朋友吗？"说"朋友"二字的时候，他尤其认真。

"嗯。我决定，我的毕业作品，就临摹我爷爷的作品，只是，那座消失不见的甜爱路62号，我要把它加上。"奚沐晓缓缓说出自己的决定。

"早就猜到了。"植林笑笑，然后下车挥挥手，头也不回地拐进了弄堂，身后的那双目光却如影随形。

次日上午，奚沐晓刚到画室。

"姗姗，怎么了？"突然接到敬姗的来电，奚沐晓一阵诧异。

“晓晓，我不知道这件事找你有没有用，但，我也只有跟你说了。”敬姗话语中，满是焦急，“我姐她，因为昨天采访没有交回去带子，被他们主任狠狠训了一通，还说要把她辞退……她好不容易在电视台站稳脚跟……她不让我告诉你的，是她那个实习生悄悄给我打的电话。”

电话里的敬姗似乎带着哭腔。跟倔强的姐姐比起来，她从来都是安分、老实，却也带着几分懦弱。

“她现在在电视台吗？我立刻过去！”奚沐晓果断挂掉电话。

“太无法无天了！甜爱路 62 号这么好的故事，这么值得深挖的主题，你不好好做，告诉我带子没拿走？我已经让资料库查过了，带子你出发前就借走了，怎么会没拿？你这是什么工作态度？不想干一会儿就给我走人！”隔着门，已经能听到新闻部主任的号叫。奚沐晓一把推开阻拦她的前台女孩儿，径直冲进主任办公室。

“你是谁？你要干什么？”几近谢顶的主任，面对突然闯进来的一个气势汹汹的年轻女子，一阵莫名惊慌。

“你的这个手下，帮你做了多少期节目？她调过来的两年，你节目的收视率是什么走势？去年台风那期，最高做到 7.5，这是你节目开播十年来，从来没有的数字。这些，我相信你比谁都清楚吧？”奚沐晓似乎早有准备。

“晓晓，你——”敬婷一脸茫然，她不知道，一度形同陌路的奚沐晓，怎么会对自己过往的工作业绩了如指掌？

“节目从来都是团队合作，我这里没有个人英雄！收视率高低是一码事，工作态度是另一码事！另外，你到底是谁？竟然跑来对我的部门指指点点！”主任似乎找回了一点儿节奏，开始最擅长的上纲上线。

“行，那我告诉你。这期节目，拍的是我的家事，作为当事人，我不同意这期节目播出，行了吧？”奚沐晓毫不示弱。

“家事？我管不了，在我这里只有新闻！”主任依旧斗志昂扬。

“行，你管不了，那节目收入总管得了吧？”奚沐晓掏出手机，径直打到毕达的前台，让前台转到了媒介部 Vivian 那里，“Vivian，我是奚董的女儿米歇尔，请帮我查一下，今年毕达在新闻台还有多少广告没有播？哦，680 万？好，那就先 hold 住不要投放了。对，我正在媒体这边做实地走访，等我调查完了再说。”

挂完电话，谢顶主任已经呆若木鸡。自从两年前电视台实行事业部制度以来，每个频道甚至每个节目都要自负盈亏。他没想到，这个来路不明的女子，竟是节目排名第三大广告主的女儿！虽然十分不甘向这位千金小姐低头，但想到自己的年终分红，以及窗外几十号人的业绩，只好收敛起刚刚的盛气凌人，委曲求全：“原来是毕达的奚小姐。误会！绝对误会！那个，我是因为十分器重小敬，所以才对她要求严格了些，她是我们的骨干，我怎么舍得让她走呢？”

“那样最好。敬婷是出于对新闻当事人的尊重，才放弃了拍摄素材，这是一个新闻记者的良知。您可以严格要求，但是绝对不能提无礼的要求。”奚沐晓义正词严。

“主任，这个事情我确实有问题，至少应该提前跟您说一声，征得您的许可。”敬婷从未见过一向颐指气使的主任居然被奚沐晓给镇住了，赶紧赔个不是，算是给主任一个台阶下。

“是的，流程还是要遵守的。你们俩是朋友吧？婷婷，赶紧带奚小姐到楼下咖啡厅去好好聊聊，点单挂我们部门账上。”主任打了个哈哈，巴不得这位财神爷的女儿赶紧走人，末了还不忘加一句，“对了，有空儿请奚总也来我们台坐坐。”

电梯里，是良久的沉默。“叮！”一声脆响，总算平稳着陆。

敬婷在前，奚沐晓在后，两人始终保持着五米的距离。

突然，敬婷停住脚步，转身问道：“你为什么要帮我？”

“那你为什么要帮我？”奚沐晓反问道。

两人面对面站着，时间仿佛静止。是啊，十年太快，我们都变了容颜，就让这一瞬多停留片刻，让我看清你的模样。

奚沐晓再也忍不住了，上前抱住敬婷，任由眼泪弄花妆容。

敬婷同样泪眼婆娑，她只紧紧靠着奚沐晓的头，手在她背后轻轻抚摸：“我们，注定是离不开彼此的。”

“嗯，再也不傻了，十年了，我发现，我真正需要的，早已不是他，而是你。”

“傻瓜，我一直知道，他喜欢的是你，我从来就不是应该收到那封信的人。原谅我，当时只图一时快意，竟满心想要跟你一争高下。”敬婷在奚沐晓耳边呢喃。

“都过去了，这些再也不重要了。”奚沐晓将头深埋在敬婷头发里，沁入鼻腔的，是青丝云鬓间散发的熟悉气息，一如当年两人在雾气氤氲的学校浴室里，用这样的气息，寻找彼此。

“不，或许并没有过去。那天在马勒别墅，他有多少个音符吹错，就是有多少次因为你走神。”敬婷隐隐有些内疚，多年了，她像障碍一样横亘在祁实和奚沐晓之间。

“不要不要，我不要，有你就够了。”奚沐晓依旧伏在敬婷肩上，在梦里，她已不知道多少次像这样，缱绻放纵。

两人就这么相拥了许久，直到敬婷突然笑着说：“好了，节目不能开天窗，但我人生的天窗，已经打开了。”大楼外边，夏末的骄阳慷慨照耀着整座城市。

“对了，你怎么连我节目的收视率都知道？谁告诉你的？”敬婷好奇地问。

“秘密。”奚沐晓傲娇地昂着头，像十五岁那年那个无忧无虑的少女。

二十

澳门葡京大酒店内，奚仲清被祁国辉和一众朋友簇拥着围坐牌桌上，叼着古巴雪茄，满面红光。

“清哥，这次我要叫您亲哥了，您可得帮老同学这个忙啊！”祁国辉略微发福的脸上堆满笑意，五官拧巴成一团，“再说了，按照咱们说的方案，您今后在毕达……”他没再说下去。

“我尽量！”奚仲清心情很好，当然手气也不错。很久不玩德州扑克，这不趁哥哥奚伯明在青岛盯新公司上马之际，被祁国辉一招呼，一行人就乌泱乌泱冲到了澳门。

祁国辉跟他并不是真正意义上的同学。初中毕业后，奚仲清为了接母亲的班，进了毛纺厂夜校参加岗前培训，在培训班里才认识了祁国辉。后来两人一同进了厂子，奚仲清被分到设备组，祁国辉则被分到仓库，两人原本没太多交集。心思活络的祁国辉没做几年就辞职不干了，听说后来下海倒腾过不少行当，跟人合伙做过建材生意，搞过旅行社，也自己开过装修公司。但多年都不曾来往。有天祁国辉突然找上门来，原来他听说奚仲清进了自己哥哥开的船运公司，当了一个部门主管，这才赶紧来联络下感情。奚仲清确实帮忙引荐过几次，当时毕达船运要在黄浦江边修一个货运码头，祁国辉费了九牛二虎之力卖进来几千吨水泥。再往后，毕达规模越做越大，采购流程越发规范，供应商管理也更为看中信誉和实力。祁国辉的公司资质一直都过不了关，再次合作也就遥遥无期了。

奚仲清也听旁人说，祁国辉前几年通过放高利贷赚了不少钱，为了能顺利洗白，他还盘下来一家典当行，丢给大学毕业没多久的儿子经营。这次花大价钱请奚仲清来澳门玩牌，当然是为了更大的目标。毕达年初拿下了青岛的海运基地，青岛到南方的航线亟待扩张，船队单五千吨以上的货轮，就要扩充十艘以上。这批船保守估计，每条造价都在三千万元以上，利润自然也是相当可观。祁国辉为了拿下这笔生意，跟韩国济州一家规模不小的造船厂接洽了好几回，并专门成立了一个合资公司。这么一捯饬，他们作为供应商的投标资质基本也就符合了。

祁国辉的儿子，正是奚沐晓的初中同学——祁实！祁国辉两口子早些年就认识奚伯明夫妇了，但捏准了奚仲清的那点儿小嗜好之后，就把主要精力花在维护跟“二东家”的关系上，有个内部接应，遇事处理起来往往更省心。

“放，放心吧，标书等我回，回上海之后就发给你们，开标条，条件定下来，我也第一时间告诉你们。”奚仲清多喝了些酒，说话舌头都快捋不直了。

“清哥够意思！事成之后我们按老规矩办事。”祁国辉相当清醒，顿了顿，他又想起了什么，凑上前对奚仲清耳语，“如果能把一半的标开给我，我中标当天就派人去旧金山，在硅谷湾区给我宝贝侄女买套大房子！”

祁国辉所说的侄女，便是奚仲清的独女奚念。她在旧金山大学念传播学，过完暑假就上大三了。这姑娘也是聪明用功的孩子，倒是比自己老爹读书时强不少。去美国念书，也是通过自己真本事申请上的。见祁国辉还这么关照自己闺女，奚仲清恍惚中更觉得这哥们儿够意思。

不久，奚仲清不胜酒力，倒头趴在牌桌上。祁国辉见状，忙给旁人使眼色。很快，两个衣着暴露、浓妆艳抹的女招待上来就把奚仲清搀扶进了楼上的房间。

话说，尽管是大哥让他摆脱了破产国企工人的清贫宿命，奚仲清内心深处对这个同父异母的哥哥还是颇有怨言。由于母亲与父亲的结合完全是老一辈的媒妁之言，父亲从他记事开始，就一直对母亲不冷不热。母亲于这个家庭，似乎就只是一个既要上工又要料理家务的纯劳力而已。而哥哥奚伯明，虽然从小对他也算不错，但父亲的天平里，老大的地位永远无可撼动。他甚至在某个瞬间，会着魔般地认为，这个有着一半相同血缘的哥哥，才是他今生最大的竞争对手！

这样的情绪在父亲把几十年的积蓄偷偷塞给奚伯明做创业启动资金时达到了爆发点。他透过窗户看到了那一幕，突然发了疯似的踹开门，一把夺过了父亲递给哥哥的信封，歇斯底里大叫："这是我的！都是我的！"喊叫的时候，另一个房间里，他的母亲在病床上泪如泉涌，那事之后没过多久，一生没有得到过真爱的老太也溘然长逝。

最后的妥协是，父亲把积蓄一分为二，两个儿子各一半。家里的一些金银首饰，老大统统没要，都留给了弟弟。两兄弟若无其事地又相处了几年，见面也会打个招呼，但两人之间似乎已有一道天与地般难以逾越的鸿沟。

奚伯明把毕达经营得风生水起，看弟弟还在濒临倒闭的毛纺厂开着小叉车艰难度日，实在于心不忍，跟他促膝长谈了一次。事后，奚仲清正式进入毕达。十几年了，从一个门外汉慢慢摸清了门道，奚伯明也逐渐放心把一些部门交给他来管理。

如果往事是束之高阁的旧皮箱，那么时间就是那封锁记忆的尘土，更是那把开启封印的密钥。奚仲清安之若泰在毕达的十多年，从未忘记那旧皮箱中，装着年幼时怎样的酸楚泪痕。

奚力前几天收到植林递给他的面塑康达姆机器人之后，简直爱不释手！他搜集的全套藏品中，金属、塑料、木头、石头制品应有尽有，而植林给的这套面塑，堪称开天辟地头一回的新鲜，全世界绝无仅有，再不会有第二个人拿着同样的东西了。那稀罕劲儿，让少年向来标新立异的小心思膨胀到了极点。

把玩了几天之后，他决定在网上直播这套新玩意儿。可是，比起这几个机器人，貌似姐姐这个男朋友更值得炫耀啊。打定主意后，发微信给植林问什么时候再来他家，却迟迟没有得到回复。打电话给奚沐晓，得到的答复也是 Alex 最近课很多，复旦那边都排到新学期开学了。

“再忙难道下课了也没时间？”少年的倔脾气说来就来了，跟庄芝敏和黄妈说了句要去跟同学踢球，就匆匆下楼了。通过优步叫来一辆特斯拉，方向复旦大学。

然而在复旦大学几个校区转了几大圈，少年压根儿没看到什么音乐讲座的海报，甚至问路人，都没人听过“植林”这个老师的名字。蒙圈之余，少年掏出手机质问姐姐什么情况。奚沐晓这才慌了神，随口编了个理由，说 Alex 今天临时去了杭州客串讲座。原本想提醒奚力不要告诉妈妈，但一想这样欲盖弥彰反而令人生疑，只好作罢。

少年的内心受到一万点伤害。进门就对妈妈说了这一下午的经历，说完便悻悻地去冲澡。

“你不是去跟你同学踢球了吗？说话能靠谱点儿吗？”庄芝敏习惯

性地训斥了儿子两句。转身却在琢磨儿子的话——那晚黄妈说了国际饭店蝴蝶酥这一细节，就让庄芝敏困惑不解。儿子这么一提醒，让她更加想弄明白这个 Alex 到底是什么来头。

思忖片刻，她果断拨通女儿的电话，声称爸爸回来了，想晚上见一见植林。奚沐晓好不容易清静几日，正在画室专心重塑爷爷笔下的甜爱路，想作为毕业作品过两个月提交给美院。母上大人的来电她有所预料，但也只好三言两语应付，说植林在复旦的讲座大受欢迎，杭州某大学也发出邀请，所以近几日都在浙江。如果要见，也只能稍候几日了。

"你不要骗我，妈妈最痛恨说谎的人，你知道的。"庄芝敏放下满腹狐疑，选择相信女儿一次。

撂下电话，奚沐晓总算体会到了"一个谎言要用千万个谎言去圆"是啥意思。无奈开弓没有回头箭，只能见机行事应付下去了。好在到十月，传说中的 Alex 就会飞到法国，而自己年底也要去意大利，曙光，应该就在不远处吧？以防万一，她也发微信简单跟植林统一了一下口径。天知道奚力这小子还要捅出什么大娄子来。

奚力的视频直播时间是晚上八点。按照上次直播跟网友们的预告，他会请到这套面塑康达姆的作者，最具偶像气质的留法音乐家加手工达人——Alex。可是嘉宾没请来，总要给网友们一个交代，少年灵机一动，打电话让 Alex 发了一段视频过来介绍这套康达姆机器人，理由是派对上播给同学们看。

视频很快发过来了，像素并不十分清楚，但足以看得见所谓达人高冷帅气的脸，听得清那磁性十足的嗓音。奚力心满意足地存好视频，早早吃好晚饭躲进屋里，连自己喜欢的棒球赛也不看了。

晚上直播，少年先是绘声绘色地把这套面塑机器人介绍了一遍，网友多半是卡通迷妹，对这种结合了中国传统手工技艺与国际卡通形象的手法赞不绝口，纷纷催主播赶紧请出嘉宾。少年这才抱歉地告知，主播因为名气太大，最近都不在上海。不过嘉宾非常在意各位网友的感受，因此特意从杭州发来了视频，向大家送上问候。

植林发来的视频，很快在直播间里引起了轰动。奚力的粉丝里，多半是十几二十岁的卡通迷和游戏迷，大家纷纷评论起这个颜值与才艺兼修的达人。甚至有些粉丝起哄，要奚力下次务必把达人给请来，并扬言要慷慨送上一百架飞机（虚拟礼品）的见面大礼把达人炸晕。

刷爆满屏的点赞和潮水般涌来的礼物中，有一行小字悄无声息地闪过："这人我好像见过，他不是新天地那边的一个西点师吗？还上过电视的，是我眼花了吗？"

就在所有人都没有注意的时候，每场直播必定给奚力送"飞机"的大姐大 Cheese Pie 打了两个字："什么？"随即跟来十几架"飞机"，闪得奚力眼睛都快花了："好开心！谢谢 Cheese Pie 姐姐，我代表 Alex 谢谢大家！今天的直播就到这里，大家晚安咯！"

夜深了，少年捧着那堆面塑的康达姆，乐此不疲。他从小衣食无忧，这个世界上很多人穷其一生孜孜以求的东西，对他而言，就像阳光、空气和水一样，与生俱来。当然这不代表富家子就没有一点儿梦想。他喜欢乐高，喜欢康达姆，喜欢那些单纯形象背后无穷无尽的想象空间。他想有朝一日成为一个动漫设计师，自己也能创造出一个全新的形象、一个迥异的空间。平心而论，这样毫无包袱的他们，是不是在追逐梦想的道路上，天生就比寻常人家的孩子更洒脱无畏一些呢？

客厅里，奚伯明出差了十几天风尘仆仆归来，原本心浮气躁的庄芝敏此刻也贴心地嘘寒问暖。两人不时耳语几句，亲密无间亦如年少时在江西的乡野、婚后在上海的老公房。那些美妙时光啊，仿佛从未走远。

二十一

“小林哥，最近咱们店排队买东西的人越来越多，而且总有人问是不是有个叫 Alex 的人在。”忙完中午的一个小高峰，明宇和植林摘下口罩，歇息一会儿。

“认错人了吧？”植林说这话的时候，自己也在琢磨。这几天确实有不少小姑娘在橱窗门口来回张望。只可惜植林戴着口罩和白帽，一张脸只剩下两只眼睛，让人认得不甚真切。植林不是第一次被人围观，只是这次有人指名道姓要找“Alex”，让他暗自猜测是不是跟奚家姐弟有啥关系。

那天下早班，他如约赶去画室。奚沐晓画画的当口，他把最近几天店里的怪事简单提了一遍。“准是臭小子干的！他嘚瑟起来真是不知分寸。”奚沐晓边画植林的手，边忿忿地说。

“算了，还好，反正他也快开学了，上学忙起来应该就不会那么穷追不舍了。”植林见奚沐晓有点儿闷闷不乐，忙让她宽心。

“嗯。他倒是没有什么坏心眼儿，或者说，是那种最没有心机的孩子。”奚沐晓说道，“对了，我爸回来了，我妈昨儿又跟我提要约你，说希望在你飞回法国之前，一定要请你去见我爸一次，而且，还希望你带上你父母……差点儿忘了，我爸是去过法国很多回的，对法国的了解并不像我妈只是去巴黎买包包。”

“如果需要，就硬着头皮再上一次吧。只是，带父母，这个的确办不到了。”植林脸上有些落寞的神情，旋即尴尬地笑笑，“至于法国，你放心吧，我的法语课也不是白上的。”其实在奚家上下几口人中，他现在觉得最难面对的，是奚力，他内心深处隐隐觉得有点儿对不住这个少年。

沉默片刻之后，奚沐晓告诉植林，爸爸回来后，也去了一趟南汇拜访朱阿婆，还有几次深夜开车去了甜爱路，每次都会在 62 号那片空地上站许久。

“他可能从小也是没有母爱的缘故，所以第一次这么认真地去找寻母亲的蛛丝马迹。二奶奶怎么对他，他没过多提起，不过我发现一个细节，就是家里的老相册里，连我奶奶的一张照片都没有。这只有两个可能，一个是我爷爷怕睹物思人都给销毁了，另一个可能更大，就是二奶奶想清除掉我奶奶存在过的痕迹。如果是这样，二奶奶对我爸，就不可能是真心相待。”奚沐晓头也不抬地继续画着。

“想到一个词——归宿。有时候情绪就像魂魄，需要一个安身立命之所。可能是一个人、一个物件、一个地方，甚至一个声音、一个气味、一道菜。你爸爸，他需要这样一个寄托。生意再成功，事业再发达，心要去的那个地方，可能方寸就够了。”植林想起来当年嵩明老道说过的一些话。

“是啊，归宿。不过我现在最愁的是我的画和论文的归宿在哪儿，我只求我妈再给我半年安安静静的时间，让我能不受打扰地完成它们！”奚沐晓苦笑一下，说完抬头看了眼植林。

四目相对后，两人目光又慌乱避开。奚沐晓内心好像有个卑微的女孩，用怯生生的声音向那个威严神圣的女王恳求：可以吗？然而女王依旧一脸冰霜，永远都是抄着手冷笑回应：你疯了?!

而植林，原本是个雇工的角色，与眼前这个富家女之间，理应只有金钱和劳务关系。但在探访甜爱路的几经波折中，他发现了她越来越多值得欣赏的特质：知性、坚韧、独立，以及飞扬跋扈的外表下，一颗柔软的心。未曾想，那么多原以为固若金汤的成见，其实不堪一击。

“啪嗒”一声，手里的鸡蛋突然掉在了地上，摔出一地狼藉。植林这才回过神来，连声道歉。看他低头清理的慌乱，她竟有种莫名的喜悦在心头。

万青红晚上打来电话，让植林周末去宝山聚聚，顺道报了个喜。入职才半年，他就拿到了片区业务冠军。快递公司老板当着几百个快递员宣布，他被晋升为片区主管，手下管辖好几十号人，创造了全公司有史以来最快的升职纪录。

植林打心眼儿里高兴。万青红老家条件并不好，在大西北有四个姐姐、一个哥哥，贫瘠的土地根本养不活那么一大家子人。万青红个子瘦小，按说舅舅车安全是根本看不上他的。好在事实证明，舅舅没有看走眼，这个小男人难能可贵的是有巧劲还实在肯干。

第二天上午，陈泽涛满脸春风地走进店里，挨个儿给员工发体检报告和健康证。一圈发下来，大伙儿都拿到了，只有植林一个人没有。所有人都一脸疑惑，陈泽涛笑笑，解释说可能体检中心不是一次性处理的，让再等等。

“不应该啊，我记得那天是你先去体检的啊。”明宇脑子飞转，提醒植林。

“等着吧，不急。”植林没事儿人一样，进了操作间。

中午时分，周围的上班族开始陆续从写字楼里外出觅食，游客也开始找落脚点打个尖儿。“此刻戛纳”迎来了一天中第一个高峰，店里围着许多选购西点和三明治的白领，橱窗外也开始有人排队等待网红马卡龙的新鲜出炉。

就在这时，一个五十多岁，戴着墨镜、打扮入时的妈妈桑气咻咻地冲开人群，径直冲进了操作间。乔明宇在门口试图阻拦，被毫不客气地一把推开。

“知道我是谁吗？”妈妈桑对植林大吼一声，脸已被怒火烧得扭曲。

植林定睛一看，此人与那日外滩豪宅里端庄慈祥的奚沐晓母亲庄芝敏长相颇为神似，只是年龄看起来略偏大几岁，想来，应该就是奚沐晓的姨妈，“彭浦三美”中的二美——庄慧敏了？

“您是沐晓的，姨妈？”植林问道。

“眼睛没瞎嘛，嘴巴为什么要瞎说呢？你不是叫 Alex 吗？不是在法国学音乐吗？不是在复旦讲课吗？怎么在这里做起糕点来了？”庄慧敏连珠炮一样，又一阵猛烈轰炸。

“阿姨，您听我解释。”电影一般的桥段就这么毫无防备地上演，植林蒙了，试图辩解，又觉得舌头完全不受控制。

“有什么好解释的，我告诉你，伪造身份跟我外甥女交往，你就是我见过的最下流无耻的人！”庄慧敏依旧咄咄逼人。

原来，那个每日在奚力直播时送“飞机”的大姐 Cheese Pie（芝心派），真实身份就是庄芝敏本人，网名里也精心地放进去个“芝”字，只是儿子从未察觉……她潜伏在儿子粉丝群里，原本只是想去监视下小子到底在干什么，对网络尚有一丝恐惧的她，万分担心儿子被居心叵测的网友带偏。在前几天的直播里，奚力播放了植林的视频之后，眼尖的她留意到有人竟评论说像新天地的西点师，万分震惊之余，她约上二姐庄慧敏在新天地来回转了好几圈，西点房一家一家地毯式扫荡，总算在这家法式饼屋，透过橱窗远远看到一个西点师十分眼熟。

庄芝敏碍于身份特殊，不愿在大庭广众之下抛头露面。所以遣了姐姐庄慧敏到店里细细观察，自己则在不远处的车里张望。

庄慧敏进店后，为保万无一失，还特意核对了店内公告牌的员工名单。当看到“植林”这个名字时，庄慧敏头“嗡”地就炸了，再也按捺不住心头的怒火，冲进了操作间。

“小伙子，做人要诚恳厚道！阿拉（我们）三妹本来对你印象挺好的，哪知道你竟然这么卑劣，这么不择手段！你想过自己的身份吗？一个小小的西点师，做什么白日梦！”庄慧敏言语中的尖锐与敌意让人不寒而栗。

见植林脸色惨白、一时失语，一旁的乔明宇忙冲上前去：“西点师怎么了？西点师不是人？用得着你这么羞辱？”

“西点师是人，可是那也得走正道才配做人！你自己问问你这位兄弟，他都干了什么好事儿！欺骗小姑娘感情啊！”庄慧敏说到这里，竟号啕大哭起来，半是真的生气，半是为福建那个她寄予厚望的蒋公子惋惜。

“什么欺骗你外甥女感情？谁稀罕她的感情！追小林哥的人能从新天地排到人民广场！”加入骂战的是思思，她见植林被这个老女人咄咄逼人的气势压得哑口无言，再也看不下去了，“你咋不回去问问你外甥女是怎么回事？是她自己贱、主动找上门来的好吗！”

“小瘪三，侬哈港啥！（上海话：小兔崽子，你瞎说什么！）”庄慧敏听到脏字，一个耳光扇了过去。思思捂着脸，像被冰封一般怔了片刻，突然疯了似的冲上前去抓庄慧敏的领子和鬈发，两人瞬间就扭打在一起，看热闹的人一会儿就围得里三层外三层。

植林一团乱的脑子突然清醒了，赶紧和乔明宇一起上前拉开了年龄悬殊的两位女选手，以及跃跃欲试随时准备参战的花姐。

“阿姨，我向您和沐晓妈妈道歉。思思刚刚冲动说错话，也请原谅。我不是故意编造身份接近沐晓，真相您可以回去问她。请相信，我并没有什么企图或者非分之想。”植林对着披头散发、气喘吁吁的庄慧敏说道。

“我不管你什么原因！我把话放在这儿，你从今天开始，不要跟我外甥女有任何来往，做她男朋友，想也不要想，你不配！”庄慧敏放完狠话，奋力拨开围观的众人，大步流星走出了店门，走到拐角处去与庄芝敏会合。

“此刻戛纳”破天荒在午市高峰时段挂出了暂停营业的牌子。店里被拥挤的人群搞得一片狼藉，几位当事人更是衣衫不整，形象狼狈。刚刚发生最激烈冲突的时候，陈泽涛远远站在人群外观望，心中竟有说不出的爽快——可算逮着机会了！

“看看你们都什么样子。”训话开始。

“这个店开了十年，从来没有的事情啊，被抄家了一样，像什么话?

“十年做一家店，口碑和信誉多重要，私下关系怎么混乱我不管，让人家找上门来指着鼻子破口大骂，然后还出言伤人，跟顾客扭打在一起！告诉我，这个店明天还开门吗？”

全店鸦雀无声，花姐庆幸自己最后一秒管住了手，她几乎要冲上前去施展她教训老公的铁拳了。还好，不然这个老女人一定会躺着被抬出去。

“本想汇报给钱总，但是按照店规，这已经是最严重地触犯了我们的员工准则，所以，作为店经理，我有权宣布，技术主任植林、技术员乔明宇、收银员柳思思，因为辱骂殴打顾客，造成我店经营秩序受到严重干扰，并且对门店声誉带来不可预估的损失，三人被正式开除，同时，扣除三人本月所有薪水、奖金！”陈泽涛包公附身，铁面无私地宣布了处罚结果。

店里氛围凝重到了极点，柳思思咬着嘴唇，似乎血都要渗出来。花姐一看不像开玩笑，惊慌失措地看看植林，又看看柳思思。

“陈泽涛，这个事跟明宇和思思没关系。因我而起，我来承担责任。你不是希望我早点儿消失吗？那行，我今天就离职，但他们两个，我希望你再慎重考虑。明宇技术现在是操作间最好的，两个收银员两班倒，思思一走一定会影响前店营业。你别意气用事，生意还要做下去。”植林一字一句地说出了自己刚刚做出的决定。

“小林哥，你——”明宇急了，正准备再辩解两句，看到植林一个嘘声的手势，好歹算是忍住了。而柳思思依然咬着嘴唇仰头看着天花板，泪眼婆娑。

“哦，是吗？你的确应该走了，你的体检报告在这里，即便今天没这个事儿，你的健康证也是下不来的。仔细看看吧。把工作交接清楚，我下午去见供应商。希望你，好运！”陈泽涛丢出一张体检报告，夹着嘴角一丝狡黠的笑意出了店门。

体检单上，验血结果一栏赫然写着：“乙肝大三阳！”所有人瞠目结舌，连植林自己都不相信，然而这是区体检中心的结果，还能有错吗？但看到陈泽涛那花枝乱颤离去的背影，他似乎又明白了什么。

植林默默收拾着自己的物件，乔明宇不知所措，思思闭眼流泪，花姐欲言又止，一个曾经其乐融融的小团队，就这么土崩瓦解了。

临出门，植林冲乔明宇微微一笑，眼神中千言万语。明宇狠狠点头回应。每个匠人，都有一个“师傅”，如兄如父。虽然植林并不是乔明宇真正意义上的启蒙师傅，但向来毫无保留地将自己的技术和心得传授给他，生活迷茫之时还能以一席促膝长谈点拨迷津，想来这样的际遇，人生也难再有了。

植林回宿舍简单收拾了下行李，给车娜打了个电话，说今晚要去她那里住。他没来得及告诉她到底发生了什么，只想，最近经历了太多，累了，那就让心和身，都暂时放下吧。

出租车上，他很想打个电话给那个女孩。从今天庄慧敏的态度看，庄氏姐妹应该还被蒙在鼓里，而奚沐晓对今天二美大闹新天地应该也并不知情。琢磨了片刻，他关掉了手机。她本属于阳光明媚的地面，只因误入人潮汹涌的地下铁，才有了那次或许错误的偶遇。她有显赫荣耀的家世，而自己，只有满腹的屈辱和卑微的隐忍，本就属于两个平行空间，何来的交集？

就像梦一样，画画时的专注，闲暇时的交心，甜爱路上走九遍，外滩夜色又一程，一幕幕电影般闪放在脑海。现在曲终人散了，孤独的剧场里，观众甚至都不能准确地辨别，到底哪一幕，才真真切切上演过。

车娜已经从幼儿园下班回家，备好了饭菜等待弟弟的到来。当她看到表弟拎来几个大箱子时，已经觉察到事出有因。问了几句，植林始终三缄其口，车娜不再勉强。

草草吃过饭，植林倒头就睡。此刻的他，觉得无比轻松，就像他第一次来上海时，站在陆家嘴的天桥上，努力仰望周遭直插云霄的摩天大楼，时间久了，脖子总会酸痛，阳光也总那么刺眼。这时低头，看看地面的一花一木，才发现，原来平视的感觉，竟是那般平等、自由、呼吸畅快。

顾城说：为了避免结束，你避免了一切开始。

如果当初，没有回头看地铁的人海中，那伫立的身影秀发飘飘，会不会今天的自己，依旧那么心无旁骛、简单地活着，绝然不识愁滋味？

二十二

放下所有杂念，换来婴儿般的一觉。有多久，没有这样安稳地睡过了？醒来时早已日上三竿，车娜买好了早点放在餐桌上，一直等着表弟醒来。虽然知道表弟不至于做出什么过激举动，但始终还是有点放心不下，于是一大早跟幼儿园园长请了半天假。

边吃早点，植林边看手机。关了一晚上机，这刚一开，微信就跟堰塞湖决堤般倾泻而来：乔明宇的，柳思思的，甚至连打字都不太利索的花姐都发了消息来问候；当然，这些加起来也比不上奚家姐弟俩发过来的消息，以及从昨天下午打到半夜的未接来电提醒。

从微信留言看，两人估计跟自己老娘已经有过一次核爆般的争吵。奚沐晓告诉植林，她已经跟妈妈解释过了整个事情的来龙去脉，所有的主意，都是她自己一个人的点子。而奚力，貌似对植林的真实身份一点儿都不介意，一如既往的“教练”叫得植林似乎忘掉了噩梦般的昨天。

知道他们俩很急，可是，对不起……

他知道，即便庄芝敏不再追究此事，他和奚沐晓的继续来往，也会让这个做娘的心怀芥蒂——两个年龄合适、长相般配的年轻人，时常独处一室，这是毫无疑问的高危行为。何况，一个外地来的年轻人内心到底有何企图，绝非表面所能探究。

犹豫了半天，他从微信好友列表里，删掉了那个再熟悉不过的名字"小木溪"。多少次，他曾经捧着手机等一个回复，哪怕只是一个笑脸。原来，茫茫人海中，我们遇到一个人，往往难比登天，而想忘掉的时候，只需要触碰一下屏幕而已。

而那个"CALL ME LEO"的名字，他最终还是留下了。是真的怕少年伤透了，还是为她留了一扇半掩的门，他不知道。

车娜下午还得去幼儿园上班，得趁上午有点儿空儿去趟菜市场。植林见状，自告奋勇要一起，两人就这么手牵手出了门。

植林已经记不得，多久没有这样牵着表姐的手了。虽然在城里长大，但青城山下的那个古朴的小镇，依旧是他童年的一片乐土。车娜就这样，无数次牵着他稚嫩的小手，走过芳草萋萋的田埂，走过流水潺潺的河边，走过嘈杂喧嚣的乡场。如今，表姐的手，已经明显粗糙，似乎还长了一层茧子。时光，有人说如水，有人说似箭，无论是什么，终究敌不过它……

傍晚，植林独自在家做了一桌子菜。他拿手的是西点，中餐手艺谈不上精湛，却也透着十足的家常川味。万青红特意早些赶了回来，自从当了片区主管以后，明显比之前回来得晚了。饭桌上，他提起片区内快递员接二连三地离职，让他调配人手捉襟见肘，一脸的忧心忡忡。

“姐夫，你哪片儿缺人？”植林一个激灵，问道。

“好几条线儿都缺，七浦路、新客站、足球场，怎么着，想来客串两天啊？”万青红打趣地问。

“串啥子串！你送你的快递就行了，别把小树拉你那坑里，他可不干你那粗活儿！”车娜瞪了万青红一眼。

植林笑笑：“姐，分啥粗活儿细活儿，我闲着也是闲着，就一周两堂法语课，其他时候也没事儿干，要不明儿真去帮姐夫顶一阵？路我还是认识的。”

新学期开学前的最后几天，上海人传说中“收骨头”的日子，似乎整个城市的父母都商量过了，开始告诫自己的子女赶紧收收那颗被一个悠长假期放野的心。然而，奚力同学怎么也没有心思回到他原有的轨迹上。书不爱看了，足球课不想上了，棒球赛也不追了，甚至一度热情高涨的康达姆机器人直播，也全无兴趣。

他被老妈唠叨了一下午，实在忍不住，趁庄芝敏给二姨庄慧敏打电话唠家常的当口，蹑手蹑脚溜出了家门，街边随便拦了辆出租车，去了姐姐的画室打发时间。

“米歇尔，你不想去找他吗？”他问。

奚沐晓愣了一下，没有回答。

“可是我想。”少年一如既往地倔强着，在他眼里，肚子饿了要吃东西，下雨了要打伞，天冷了要加衣服，人不见了，要找回来。万事根本无须拐弯抹角。

“奚力，你要知道，姨妈那天的所作所为，对常人而言已经大大触碰底线了。他在那样的场合下，都没有对姨妈发火，你可以想象他做了怎样的忍耐。只是，他越忍耐，越冷静，我就越担心他已经心如死灰，就像爷爷过去几十年的沉默寡言一样。可是我真的不希望，他因为我的过失，背负千斤重担。”奚沐晓的这番话，与其是讲给懵懂的弟弟听，不如说是讲给自己。

“那你更应该去告诉他你的真实想法啊，他是因为我们才变得意志消沉，对他这不公平！ Absolutely unfair！”小少年振振有词。

“其实我比你更想找到他，只是我怕，我怕他再也不会原谅。我给他发的微信，他都没有回复……”奚沐晓说着，一股无力感毫无防备地袭来，甚至连自己都惊讶，这个战战兢兢患得患失的小女人，怎么会是自己？

“Alex 不会的。”少年判断人的标准，只有一个，那就是直觉。

两人再次陷入沉默。

奚力百无聊赖地在奚沐晓工作室的电脑上，打开、关闭各种程序。一个监控软件引起了他的注意，这款软件可以控制工作室内外四五个探头，按照始作俑者敬姗的话，连只苍蝇飞进窗户，都能看清楚是公的母的。

“米歇尔，你看！”突然，奚力发现新大陆般，指着其中一个探头的录像回放喊道。

奚沐晓凑上前去，这个摄像头装在窗外的墙壁上，对准唯一的一个进出通道。画面最远处的路口，一辆快递三轮摩托缓缓停下，隐约还能看到骑手在往画室这方张望，时间是晚上八点。

再往回倒，此前几天的晚八点前后，也总有这辆三轮的身影，每次就在那里呆呆地立上三五分钟，就悄悄离去了。可惜这个点天已黑透，路口的灯光也是暗淡无比，所以人和车都看得不太真切。

“不会是什么坏人吧？”奚力问道。

“不像啊，你看这个人都没下车，也没有东张西望。”奚沐晓嘴上给自己打气，心里却开始微微发毛。以往在画室待得再晚，总有植林在身边，屋里唱片浅吟低唱，屋外摇曳万家灯火，那时的她，脑海中从来没有恐惧两个字出现。“算了，明天开始不要待这么晚了，每天画到六点收工，天黑之前准时回家。”

“米歇尔，你电源没关。”姐弟俩关门的刹那，奚力提醒道。

“不用，那两条鱼，晚上需要加点儿氧气。”奚沐晓回头看看缸里一红一黑两条金鱼，那是刚回国张罗画室，加菲陪她去花鸟市场买绿植时，顺手捎回来的。原本奚沐晓给黑的取名“伯虎”，给红的取名“秋香”，后来植林仔细辨别后告诉她，黑的是条雌鱼，红的才是雄鱼。那天奚沐晓还打趣地说：“现在的社会啊，对女生充满恶意！看看满世界的男人啊，都妖娆成这样了。”

“Alex，你知道吗？我们从探头发现每天晚上都有一个人在路口朝画室观望，米歇尔嘴上说不怕，其实心里怕死了。她需要你。”奚力趁姐姐不备，偷偷扔出一条微信。只是他知道，这条消息，多半又是石沉大海的命运。

乔明宇实在忍无可忍了。供应商新送来一批巧克力酱竟然已经结块儿，鸡蛋里也发现混进去大量变质的！从来都是唯唯诺诺的他，把一盆子散发着刺鼻腥味儿的鸡蛋端到陈泽涛面前。陈泽涛一脸的不以为然：“坏了几个怎么了？再合格的供应商也有次品率，让他们补过来就是了！”说着，捋捋头发，美滋滋儿地出了店门。花桥的房子总算出手了，嘉定这边的房子要赶紧看起来，不然钱放在手里过几天就变纸了。下午中介约了两处房源，叫他赶紧去看看。

第二天一早，陈泽涛吹着口哨进了门店，转经筒般呼啦啦甩着车钥匙。刚进门，便觉不妙，愣了万分之一秒，立刻满脸堆笑地凑上前去：“老板，您怎么来啦？也不提前打个招呼？”

店里老钱面带愠色，脸黑过包公：“再不来，这个店就快关门了！”

“老板您可别这么说，我知道这两个星期营业状况有点下滑，但从利润上并没有减少。你看咱们操作间不是就削减了人员，节省了一大笔开销吗？”陈泽涛巧舌如簧。植林离开一事，除了被他渲染如何与女顾客发生激烈冲突，他还巧妙地拿捏了老钱一直希望开源节流的心思。

“小林离职的事情一会儿再说。我问你，这个是怎么回事？”老钱指着桌上一盆长满了绿斑点的鸡蛋质问。

“意外意外！我们把关不严，让这种次品蒙混过关了！”陈泽涛赔着训练有素的笑脸，眼睛的余光狠狠扫了一眼墙角站着的乔明宇。

“你不要以为我一个温州乡下人，就什么都不懂！十年前我开这店起，就决定用最好的料、最好的东西，卖该卖的价钱！我给你们安排的货源，不是进口的也都是国内知名的牌子，这种品质的原料，你也好意思放进来！”老钱越说越气。在上海最繁华的街区开店十年，他有着朴素的经营哲学。

“一定改进，这真的是无心之过！”陈泽涛对这一天的到来似乎早有预料，只是没想到这么快。植林走后，他靠乔明宇勉强支撑全店的产品质量，也暗示乔明宇如果够聪明，操作间主管的职位，或许就在不远处。谁知，这小子竟然不声不吭把自己给卖了！

“无心？那这个又怎么说？老钱从办公桌底下拉出一包还没拆封的黄油，外包装还标着“比利时出品”，内包装上的“新西兰制造”标签却赫然在目。那是乔明宇早前发现端倪后，精心包个严严实实，压在冰柜的最底下一层，等待某个时刻的大白天下。

陈泽涛瞬时蒙了——他以为供应商手脚动得天衣无缝，没想到竟留了天大的一个窟窿。

“这这这，这怎么回事？小乔，你们怎么把二等黄油装进去了？”陈泽涛临死不忘拉个垫背的，竟然一竿子打到乔明宇身上去。

“你放什么狗屁！”老钱一巴掌重重地拍在桌子上，那块黄油颤了颤，仿佛在喜迎自己验明正身。“我已经给供应商的张姐打过电话了，她已经跟我交代了全部经过！人家本来供货供得好好的，你又给压账期，又不给下单，还莫名其妙地退人家货，逼着人家照你说的办！”

“老板，我向天发誓绝对不可能！供应商出了次品一定是要找替罪羊的，我在这儿做了四五年，您这么不相信我吗？”鳄鱼眼泪几乎要飙出来，所谓人生如戏，全靠演技，陈泽涛这根老油条深谙其道并且技艺高超。

“还嘴硬？来听听！”老钱掏出手机，播了一条录音，那是陈泽涛当日打电话谈条件时，被供应商偷偷录下来的。他原以为人们因为利益可以成为朋友，却忘了这世上本没有永远的朋友。

陈泽涛像泄了气的皮球，脸色刷白。顾不得颜面，他在一众店员的睽睽目光下，竟猛扇了自己一个耳光：“老板我错了，我利欲熏心，愧对您的信任！请看在过去这四五年跟您一起同甘共苦打拼的分儿上，饶过我这一回吧，我一定加倍努力把损失挣回来！”那声泪俱下的情状，不知这忏悔是发自肺腑，还是缓兵之计。

老钱态度稍许有些缓和。坦白说，陈泽涛在头两年里确实还是帮了他不小的忙。星级酒店里的那套经验，让店容店貌和服务水准确有明显改观。只是这大半年来，不知怎的就钻到钱眼儿里了，干出许多有违职业道德的蠢事来。

“你走吧，我不追究你什么了。”这句话从向来暴脾气的老钱嘴里冒出来，不仅让陈泽涛惊诧万分，更让店员们丈二和尚摸不着头脑。

“去年春节前全店聚餐，大家都喝多了些。我问你今年的愿望是什么，你说就想换个房子，真正在上海落下脚来。”老钱谈起往事，脸上竟是少有的平静。“你说完就跟他们喝酒去了，而我却一直记在心里。我知道，大家都是外地来的，要在这片陌生的土地上立足，谈何容易？其实我那会儿心底就在琢磨，如果业绩达标，到今年年底，除了照例的红包，我还要多给你发半年奖金。后来回温州我就单独帮你办了一张卡，钱都存进来了。”老钱说着从裤兜里掏出一张银行卡，露出一丝扭曲的苦笑，“现在看来，你也用不着我这多此一举了。”

陈泽涛懊恼无比，他没想到一直以葛朗台形象示人的老钱，曾经在那个冬夜的小酒馆，在觥筹交错的半醉半醒之余，竟悄悄萌生这份暖暖的善意。只可惜，颜面扫地之后，他再也没有机会接纳这份善意。

最后一次走出这个店门，天还是那么晴朗，一如四五年前，他西装革履走进来的那一天。那时的自己，以为都市的每一栋楼房都向阳，每一条大路都朝天，只要自己坚定地走下去，他想要的一切，都会信手拈来。可是到头来，发现再宽的马路要前行，都像是走钢丝，心无旁骛或许才能安抵下个终点，而他在左顾右盼之余，从钢丝坠落，摔成自己曾经厌恶的模样。

“你们几个，我不想多说什么。就一句：老钱不是瞎子，我不经常来，但每个人是怎样的，我心里清楚得很。你们都还年轻，敢想敢做是好事情，长本事了要离开我的这个小庙，我只会为你们高兴。但是在离开前，问一下自己，是不是真的翅膀长硬了。”老钱少有的语重心长。

“这次我会在上海多待几天，他一走，群龙无首也不是个办法。小林他，唉，怎么就查出来得了乙肝！”老钱轻叹一口气。

“钱，钱老板，俺这儿有个东西，不知道中用不中用？”花姐不安地摩挲双手。

“啥东西？”

花姐走进衣帽间，从自己脱胶的印满 LV、GUCCI、CHANEL 十几种标识的挎包中，取出了一张体检报告单——上边贴着的照片上，微笑的植林红唇皓齿，眉目传情。

“这不是所有指标都正常吗？怎么回事？”老钱惊得目瞪口呆。

“钱老板，俺去体检那天，护士台子上放着这么张单子，俺一看是小林的，就寻思给他带回来。回来才听说体检报告是后边统一送过来的，俺因为是偷拿人家一张纸，也就没好意思说。怎么后来就听陈经理说，小林得了肝炎。俺后来还偷偷核对过，也没见写着肝炎啊……不过陈经理最近几个月脾气可不好了，俺也就不敢拿这个顶撞他。”花姐一五一十地讲完事情经过，最后红着眼擦了擦眼角，“其实俺们都挺喜欢小林的……他才适合当咱们经理！”

“知道了，你应该早点儿告诉我的。唉，怪我……”老钱深感自己这半年精力不济，才造成今日局面，“明宇，你应该知道小林住哪儿的吧？带我去找他！”老钱一声令下。

“好嘞！”乔明宇喜出望外！

“我也去！”柳思思从收银台后边蹦了出来。

“去什么去，店里不收钱啦？给我老实待着，年底红包不想要了?！”老钱总算恢复了刻薄的常态，不甚客气的语气却让柳思思觉得暖心无比！

那辆快散架的马六，左奔右突冲锋在早高峰的上海高架上。乔明宇也没告诉老钱，这个钟点外牌限制还未解除。只是，比起对植林的封印解除，这已经是最微不足道的事了。

二十三

马六很快就到了宝山。

这个暂时藏身的小院，原本植林并没有告诉西点屋的任何人。只一日，乔明宇放假回崇明，在一个车站等公交车时，看到一辆快递三轮摩托的骑手似曾相识，于是趁前面红灯车流停驻的十几秒，三步并两步走过去一看，才认出来是植林。

后来，乔明宇也索性不回崇明了。植林带他到附近的大排档去撸了一晚上的串。两个人从夜幕降临聊到深夜大排档收摊，就着几瓶寡淡的啤酒，把一肚子话说给风听。

老钱赶到时，植林正在院子里的水龙头前刷牙。这几天替的晚班，他都是临近中午才起来。见到老钱和乔明宇进了院门，他倒没有十分意外。

“小林啊，你受苦了。”老钱用力拍拍植林的肩膀。

植林看来只是比在西点屋工作时稍微晒黑了些，原本显得文弱的形象，被麦色皮肤和短短的胡楂儿切换成了硬朗画风。“老板，真不辛苦。我就是前段时间没事去给我表姐夫顶下班儿，他们新快递员已经招好，下周来了我就不干这个了。”

“小林，怪我对你们关心不够，你上次离开的事，我只听了陈泽涛的一面之词，都没有亲自来问过你。”老钱说的是真心话，对他而言，一个技术中坚被迫离开，等于让他少了一根主心骨。“陈泽涛今天早上已经被我开除了。你看看这个，希望你不计前嫌！”说着，老钱递过去一个文件袋，里边除了植林的体检合格报告单，还有一份手写的合同，只有短短几行字：“聘书——本人钱加才特聘请植林先生为此刻戛纳餐饮有限公司上海新天地店门店经理……”

这是老钱在车上让乔明宇写的，月薪处还空着。写好后，乔明宇念给老钱听了两遍，确认无误，老钱又让乔明宇从后座上拽来一个旧得可以扔掉的公文包，腾出一只手在包里随手一捞，竟从十几个章里准确无误地摸出了西点房的公章，哈了口气盖上了鲜红的大印。

对体检报告，植林丝毫不觉得诧异，他每年定期体检，从来没有查出过乙肝这种传染疾病。虽然不信陈泽涛的欲加之罪，植林离职后还是专门去了区人民医院抽了个血，结果当然是完全健康的指标。

植林诧异资深守财奴老钱这次竟如此诚意满满，恰如陈泽涛也未曾想到一样。然而，他的回复可能要让老钱失望了：“老板，谢谢您看得起。只是，我可能暂时不能回去工作了。”

“为什么？条件你自己开啊，只要我钱某付得起，绝对不砍你一分钱！”老钱急了。

“不不，老板，不是钱的问题。”植林急于澄清，“我不能回去，是因为，我刚刚答应了一个人。”植林说出了实情。

保罗！一定是那个保罗·萨特，外滩那个米其林餐厅的总管！乔明宇顿时反应过来。前几日，老外走进店里，左顾右盼没有看到想找的人，就去前台跟柳思思说，最近的马卡龙没有以前好吃了，问那个高个子西点师在哪里。柳思思只好告知其实情，老外听后悻悻地走出了店门。

可是，他是怎么联系上植林的？乔明宇一时想不明白。

“老板，我应该感谢过去三年你对我的信任跟关心。这三年，也是我作为一个专业西点师提升修炼的过程。可是我几天前答应了一个西餐厅的总管保罗去他那里做西点主厨，说实话不是嫌咱们店规模小，主要是那边我还能再学到一些新的东西。另外那边跟法国的交流很紧密，您应该也知道的，我一直想去法国。”植林的话印证了乔明宇的猜测，也让老钱脸上流露出巨大的失望，自己家种了几年的花刚刚盛放，却要去装点别人的花瓶，个中滋味，老钱百感交集。

“小林啊，一点儿商量余地都没有了吗？”老钱不甘地最后一次尝试。

“老板，我恳请您的谅解。不过我之前就跟陈泽涛说过，我不会带走此刻戛纳的任何一个独家配方，尤其是中国印象马卡龙，虽然最后是我锁定的配方，但当初试验的时候，同事们都帮了不少忙，尤其明宇，陪我熬了好多个晚上调配方。还有思思，她找的供应商设计定做的包装盒，让这款马卡龙从内到外都让顾客觉得爽心悦目。”植林说着，看了一眼乔明宇。

“我下个星期一会去保罗那里报到。保罗那天也提到，现在的马卡龙味道不如从前。如果您不介意，我会在去那边入职之前，再在咱们店义务盯几天，把质量稳定下来。明宇应该对配方还是很拿手的，其他两位西点师需要再提升一下。”

植林的提议，让老钱脸上的阴云逐渐消散，他甚至有点儿孩子般的小开心，花会不见，可是留下的一阵馨香，足以久久铭记。

奚沐晓最近心烦意乱，加菲知道。

让奚沐晓心烦意乱的事，加菲却不知道。

“什么？祁实约你去徒步？”得知祁实最近频频向奚沐晓发出邀请，加菲激动地克服地球引力从画室的沙发上弹起来，“小沐沐，多少年前我就跟你说过有今天的吧？婷婷这个心结你已经解开了，还有什么好犹豫的呢？赶紧去赴约啊！”

奚沐晓噘着嘴巴，一脸不情愿：“我看你倒挺感兴趣的嘛！要不，我跟他说，周末的徒步我不去了，你去？”

“拉倒吧，我现在逛街都懒得逛，还徒步！”加菲没好气地说，“再说了，王子与公主幽会，我这么大块头晃来晃去的，你不嫌碍眼吗？”

“别闹了加菲，跟你说正经的。你知道吗？我在意大利的时候，他有时半夜发条微信过来问我在干吗。佛罗伦萨的夜空里，星星眨着眼，我都觉得好像他在跟我说话。可是，这次不知道为什么，总觉得我跟他距离越来越远，以至于这个本来我还挺感兴趣的徒步，都迟迟不敢答应他。他好像变了。”奚沐晓说道，话语中满是迟疑。

“另外找个借口好吗？你这种冠冕堂皇的理由我听得多了。”加菲白了奚沐晓一眼，“这才多久，就开始嫌弃别人了？”

奚沐晓沉默不语。

“亲爱的，作为资深电灯泡我有必要来给你指点下迷津。你呢，说一千道一万，就是心里有鬼！我告诉你，就不要为了那个 Alex 假男友内疚自责了，他的确是个不错的男人，你可能也有点儿喜欢他，但你比我更清楚，他是进不了你家大门的。相反，祁实可以。当年你对他怎么痴迷的，要我帮你回忆一下吗？问问内心那个自己，是不是还在点头说 Yes？”加菲切换到知心姐姐频道。

奚沐晓不自觉地点点头，突然警醒后又拨浪鼓似的猛摇头否认。

“祁实这个人，这些年是变得世俗功利了些，不像你印象中那个仙气十足的爱豆（偶像）了。可是你不能指望每个人都跟你一样，一条白纱裙，头上顶着天使的光环吧？他是男人，他需要事业，需要符合所有人对一个成功男士的评判标准，所以他必须变得世俗。是，他之前跟什么网红小模特暧昧过，也经常晒什么酒局派对，也不谈风花雪月只剩满嘴的生意经了，这些，想通了，有什么大不了的？

“也不光是他，你看敬婷，她原来不也想成为钢琴家吗？现在为了家里的生计，日晒雨淋去跑现场，连弹琴都是为了赚外快，更不会写那些你侬我侬的小诗歌了。还有姗姗在车管所，准点上班准点下班，盯着几十个摄像头看一天，连他们单位的食堂，一年四季的菜式都是一个样。那些才是人间烟火，你体验过吗？”奚沐晓没想到加菲竟然有如此深刻的思考，全然不像那个成天游手好闲只关注护肤、美甲、发型和身材的物质女孩。

“还有我，原以为，家里条件还行，不愁吃不愁穿，甚至都不用正经工作，做个胖女孩儿也挺开心，找个男朋友有什么难的？后来，从每个接近我的男生身上，我都能闻到一股腥味，那是对物质的欲望！我觉得自己好可怜，你们每个人都有寻常的爱情，而我可能只会有一个妥协的婚配。所以，第一次跟丘野相遇，我用一杯冰水浇醒他，他睁眼看我的一刹那，我心动了，因为我没有闻到那股腥味。他是在我们交往之后，才知道我的家庭情况的，在此之前，他一直以为我是外地来的实习生。”说到甜蜜往事，加菲脸上却没有露出一丝笑意，“可是，即便他真的不介意，我也会渐渐在乎他周围人的眼神，我们手挽手走在街上，我甚至都能感受到背后的目光里，满是敌意。”

“后来你知道我做了什么吗？两年里，我去了十三趟韩国，去抽脂，去减肥，去拉双眼皮。我也不是原来的自己了，我也想去取悦别人，去符合大众的眼光，连我也世俗了，不是吗？”加菲一阵苦笑，“所以，对祁实来说，我觉得他身上的变化并不代表什么。反而需要从童话里醒醒的是你，奚沐晓同学！”

加菲的话，奚沐晓倒不是不同意。这世上唯一不会改变的，兴许就是变化本身了。时移世易固然是天理，然而仅仅几个星期，她的生活，怎么就像一版错乱的拼图，被改头换面成了这般模样?

“那，祁实他，对我到底是……”奚沐晓总算道出了最后一丝疑虑。

“是不是真心的？菲妈送你九字真言：放宽心，不纠结，向前看！时间会告诉你答案！赶紧画画，画完准备周末去跟你的情郎约会吧！”

奚沐晓不再言语，她自己也不知道是不是就这么被说服了。只是隐隐地，仿佛感觉自己的心，又长出一根新的肉刺，根在肆意深扎，刺在急速蔓延。算了，不久，那阵剧烈的疼痛消失，就再也感觉不到了吧，或许。

“加菲，周末徒步，你跟我一块儿去吧，把你家丘董叫上。”加菲出门前，奚沐晓果断下令。

“哈哈，您这是想通了还是想通了？行，舍命陪女子！”加菲撂下话，噔噔噔冲下楼梯，突然灵巧得像只蝴蝶，不，幺蛾子。

二十四

植林重返“此刻戛纳”，虽然只有短短几天，却让这个城市一角的小店重新焕发了生机。抓紧最后的时间，植林把店里所有产品的配方再次梳理了一遍，最重要的几款，还手把手教会了操作间里其他的西点师。看到连两个新手的技能都一步步提升，植林备感欣慰。而破天荒在上海待了一整周的老钱，也背着手咧嘴笑着围观，兴趣来了，还帮忙磕几个鸡蛋，递一下工具。柳思思的情绪并不太高，她突然问自己：当初来这家店工作的理由已经不在了，还需要坚守吗？没答案。

花姐一门心思以为自己的坦白帮助植林回来当经理了，后来植林告诉她只是在这边培训交接一下，她又变得郁郁寡欢。好在听说植林新单位不远，能经常回来看大家，她才又开心起来。

奚沐晓全身心投入绘画中，重新创作爷爷的画作，似乎成了她全部的精神寄托。即便自己的心不时冰凉，她也要再现战火纷飞的年代里，那条保留了一丝温存的小路。

只画了一半，她脑海中突然冒出个名字，对，这幅作品的名字，就叫《那年经过甜爱路》！这是对祖父祖母当年恋情的纪念，同时也是怕某一天忘了，曾经也有人陪她走过那条街，一次，又一次。

明天就要去赶赴祁实组织的户外徒步营，还有些装备没有买，她早早收拾好画板，准备去趟运动商店。自从奚力从监控里发现每天晚上八点都有个快递员在弄堂口张望，她就改变了自己的作息，六点之前一定要离开。奇怪的是，后来再查监控，这个人却再也没有出现过了。

奚沐晓在意大利的时候，是只不折不扣的户外动物。周末若不在意大利，就准是溜去了法国、瑞士，去希腊、冰岛、土耳其也不是一次两次。滑雪、海钓、潜水，边旅行边运动边写生，一路邂逅新鲜面孔，一路问候欧陆风景。而这次再回上海，倒没有多少冲动要背包出去走一走了。关门前，她回头看了看鱼缸里两条欢快吐着泡泡的“伯虎”与“秋香”，还不忘检查了一下氧气泵，看一切运转正常，她才放心离开。

在商店看速干衣的时候，不知怎的，又想到了敬婷。两人高中同级不同班，常常默契到神同步。有次运动会奚沐晓专门挑了身紫色的运动服，回头远远看到隔壁班女生堆里，婷婷也穿着一模一样的紫色运动服冲她微笑。想了想，她发了条微信出去：“亲爱的，明天祁实组织了一个徒步营，我和加菲都去。你和姗姗要一块儿吗？”

片刻，敬婷的消息回来了：“你们去吧，注意安全。我周六有个采访要做，另外我爸爸最近老是胃疼吃不好东西，周日我们想陪陪他，给他好好做顿饭。”

“好，那多保重。我就去周末两天，回来就去看叔叔，给他找个专家好好瞧瞧。”

“没事儿，老毛病了，胃病慢性病也不好治，不用担心！”

奚沐晓放下手机，也放下了那一丝丝残存的纠结，继续采购她的装备。

两天一晚的徒步，选在离上海三小时车程之外的一个浙西峡谷。林翠风清，溪流潺潺，还有一大片茂密竹海要穿越。

这样的行程对丘野而言，简直就是散步，平时随便哪天的操练，都比这运动强度高上几十倍，所以他自告奋勇背上了一行人露营的吃食。即便这样，他也得走一段，停下来回头找找加菲在哪里。

加菲总算气喘吁吁地赶了上来，顺势瘫倒在丘野怀里。“我说奚沐晓，要不是为了陪你，姐姐我可不来遭这老罪！”加菲边喘气边抱怨。

“得了，这次正好让我来考察一下你，看你平时在朋友圈发的那些个跑步里程啊，是不是把手机放在洗衣机里转出来的！”奚沐晓笑着递上一瓶水，被加菲不客气地一把拽过去。

这是高中毕业后的第一次集体出游，已经七年了。

一路上，祁实对奚沐晓照拂有加，其实凭奚沐晓在欧洲两三年独立求学练就的生存能力，别说跟着十来个人一起徒步，就是把她一个人扔在峡谷最深处，她也能毫发无损地走出来。

“沐晓，这些年过得好吗？”趁加菲和丘野在前面吊桥上自拍，祁实停下来问。

“没什么不好的。”奚沐晓似在回避祁实灼热的眼神。

“一直，一个人吗？”

“是，我挺习惯这样的状态……”奚沐晓看着吊桥上打闹的两个人，竟有些佩服加菲，至少在感情这个问题上，人家心里怎么想，就怎么做了。祁实也抬头望向吊桥的方向：“如果不是那个意外，或许我们……”

“不用提那件事情了，我想一开始你也没料到，婷婷也绝不会料到。要说，都是天意吧。”奚沐晓抬头望着他大大的眼睛，和一丝被汗粘在额上微卷的发。

初中三年里两人做了两年的同桌，彼此心照不宣却似乎总有些许默契。升入同一所高中后，两人不在一个班，距离远了，也总会在下课经过对方教室时，匆匆往里张望，以期能在人群中，哪怕瞥见对方一秒。如果哪天看到对方在远远冲自己微笑，定如风乍起，吹皱一池春水，接下来的一天，都是阳光明媚。无奈那封错投的信，将这一切的美好撕扯成了异度空间。后来，她再不会在人群中搜寻那熟悉的目光。即便偶尔四目相对，她也是马上扭头看向一旁，顾不上祁实急于澄清什么的眼神，直到奚沐晓后来转学，最终彻底眼不见心不烦。

或许是奚沐晓那句“不要伤害我最好的姐妹”起了作用，或许是在众人面前抛出的绣球覆水难收，后来，祁实似乎对才艺出众的敬婷也产生了一丝爱意。高中的恋爱，其实更多是柏拉图式的宣告，即便学生观念已经开放到见多不怪，学校和家长依然视早恋为洪水猛兽。所以，只知道两人在学校里还是跟往常一样，私下里的短暂接触，也只是交换个书、小零食之类的。敬婷的确没有做错什么，奚沐晓失魂落魄之余难免自嘲：为什么总觉得自己像丢了玩具的小孩那般可怜？自己原本就不曾拥有那个玩具啊。

“你说天意，可天意不是又让我们相遇了吗？从几万里，到这么近。”祁实把奚沐晓从回忆中拉出来。

奚沐晓无言以对，却听到吊桥上加菲一阵不合时宜的大喊划破天际：“在一起，在一起！”说实在，换作这世上任何人，对一份曾经渴求了十余年的感情，都不会熟视无睹。面前的这个男人，已不再是那个带着稚嫩童音的少年。只是，她可以不计前嫌忘掉十年前的那根肉刺，但新生的那一根，虽然刚刚种下，奈何痛得如此刻骨铭心？

“祁实，你依然是我最亲近的朋友，那个深藏在心底、我会经常跟他对话的人。只是，我这段时间不想谈感情的事。你知道的，我的作品还有论文，让我无暇顾及其他。”奚沐晓按捺住一丝动摇，抬眼看看祁实，像是请求。她怕自己现在不说出口，最终一定会败给那该死的温柔。

“不是因为，那个西点师吧？”话音未落，祁实就从奚沐晓发白的脸上看到了些许尴尬，于是赶紧道歉，“对不起，不该提这些的。那么，等你完成作品和论文，是不是，我们可以再好好谈谈？”

“到时候再说吧。”这个话题让奚沐晓压抑，脑子里赶紧想怎么转换话题，“对了，家里的生意还好吧？上次见面，你说你家还要买个贸易公司，有进展吗？”

“哦，你还记得这事儿呢？我爸和他的合伙人收购了一家韩国的商贸公司，叫博洋，专做从济州岛进口船舶的业务。听我爸说，还要参加毕达新航线的船舶采购招标，到时候可要帮忙在伯父面前多美言几句！”祁实明显来了一丝兴致，毕业后在商场几年的浸淫，确实给了他越发成熟的生意头脑。

“是吗？好像有次我叔叔也提起过，说祁家公司生意越做越大，他还跟我爸推荐说你家公司已经今非昔比了。虽然我完全不想参与毕达的事情，但是，依然希望你们能跟毕达建立合作。”奚沐晓轻描淡写，转头看见吊桥上两个人在招手，忙说：“加菲在叫我们了，边走边聊吧。”说完，两人加快步子，往吊桥方向走去。

傍晚抵达露营地，祁实帮奚沐晓扎好了帐篷，就在他的帐篷旁边。奚沐晓忘了带充电宝，问祁实借。祁实在登山包里翻了半天，黑灯瞎火怎么也找不见。也好，没电了，也就了无牵挂了，此刻索性让全身心，都真正属于这片纯净的山野吧。点起一团篝火，火星跳跃着奔向上海见不到的如水夜空。大家架上酒精炉烧水涮肉，摆出零食啤酒，举杯邀明月，对影好多人。祁实竟然还神秘兮兮地带了萨克斯，悠扬的旋律回荡在寂静的山谷，伴随着年轻人的欢声笑语，回应着遥远村庄偶尔传来的鸡鸣犬吠，镌刻出如此醉人的一个长夜。

二十五

周日的下午，“此刻戛纳”一如往常。这是植林最后一次在这里值守了。他把操作间的所有器皿和设备都擦得干干净净，甚至连店堂里原本已经被花姐擦拭得锃亮的货架，都重新擦了一遍。这是他脱胎换骨的地方，他爱这里的每一个角落。但是为了心里尚存的那一点点念想，他需要离开这里。前方或许暗流汹涌，或许大浪滔天，但那里终究是条河，或许某一天，他还能有一丝丝希望，沿着这条河奔腾到海。

老钱临时闭店，把全店员工聚集在一起开会。感谢的话说了千遍之后，他宣布了两件事情：第一，他当晚就会赶回温州，离开之后，店里的一切事务由乔明宇作为代理店长全权负责；第二，那张原本为陈泽涛准备的银行卡，他要送给植林。这两件事，让乔明宇和植林深感意外。

其实，让乔明宇代理店长，是植林私下里跟老钱建议的。可能是早年陈泽涛和植林的光环过于耀眼，老钱只知道乔明宇是个机灵肯干、技术出众的小伙儿，但经过揭发陈泽涛一事，老钱意识到小伙子三观端正，值得培养。而把卡转送给植林，则是老钱琢磨了一晚上的决定。他想明白了，不提植林过去几年的兢兢业业，单是今年研发的这款中国印象马卡龙，就已经成为毫无争议的销售冠军，让全店一度濒临亏损的业绩来了个乾坤大扭转。更何况，比起陈泽涛，植林的职业操守，难道不更值得嘉奖一番吗？

植林推辞不过，收下了卡。他对老钱说，就当他暂时保管了，里边的钱，他不会动用一分。什么时候需要了，一个电话，他马上送过来。

不似第一次被陈泽涛算计离店，此刻的植林，像个光荣的退伍战士。与战友们一一拥抱惜别之后，他大步走出店门。新天地的华灯初上，簇拥着夹道欢送，而战士的双眼，早已模糊成泪海一片。

原本应该直接进地铁站回宝山的，自从奚力在微信上告诉他，那个晚八点准时出现的快递员身影吓坏了奚沐晓之后，他就再没有去过画室那边守望。终究要忘记，多看一眼又有何意义？

然而今天怎么鬼使神差又走到了四行仓库？依然是那个路口，看到画室灯光忽隐忽现，他想，她此刻应该还在里边，为甜爱路的某一片砖着色吧？

就那么呆呆地站了半个小时，正想离开，他突然闻到了一股塑料燃烧散发的焦臭——这是他最灵敏的鼻子反馈的讯号，断然不会错！焦臭越发浓烈，画室的窗口也开始冒出一股浓烟！原来奚沐晓养着的两条金鱼在相互追逐中，溅出一大片水花，刚好落在鱼缸氧气泵的插线板上，造成了短路，并瞬间引燃了电线！

植林立刻反应过来，迅疾冲上楼梯“咣咣咣”拍门：“奚沐晓，你在里边吗？在吗？在吗？”喊了几声没有回复，他赶紧打奚沐晓电话，竟然也不通！见门又紧锁，怎么拉都拉不开。植林想到里边的画稿如果烧毁，不仅奚沐晓这几个月的功夫全白费，连她爷爷留下来的几箱画都会片纸不留！他不假思索，连忙拿手机打了119报了火警，转念一想：弄堂太窄估计消防车也开不进来，而且高压水枪往屋里一通猛扫，画稿还是得毁！

那扇冒着浓烟的窗子，奚沐晓常常是不落插销的，试试看！事不宜迟，植林再顾不得其他，脚使劲一砸窗子，果然开了，随之而来的是更大的一股浓烟！他深吸一口气，跃身翻入了屋内……

黑暗里，他有刹那的恍惚。浓烟，那挥之不去的浓烟，曾是这世间自己最恐惧的存在！无数次，他闭上眼，似乎都能看到浓烟弥漫里，父母的摸索、挣扎、呐喊、诀别。然而此刻，容不得他有分毫的犹豫，他所能做的，就是快一点，再快一点！

接到物业电话时，奚沐晓刚刚在回程的车上给手机充好电。画室失火？这简直像个晴天霹雳！画！爷爷的画！她几乎尖叫着，让祁实赶紧把车拐向画室的方向！周日的返程晚高峰，上海的许多道路寸步难行，祁实在一众司机的破口大骂中，左奔右突，总算杀出一条血路！

还没到路口，就看到消防车和救护车呜呜闪着灯，空气中弥漫着还未散去的焦臭味。她冲下祁实的越野车，飞奔到弄堂口，发现路边整齐地摆放着一排箱子，爷爷的画稿、自己的毕业作品，全都毫发无损！连她的电脑也被抢了出来，甚至那个鱼缸也都安然无恙！那两条闯祸的金鱼，吓呆似的一动不动，注视着眼前的一切。

奚沐晓喜极而泣，赶紧上前拉着消防员的手连声道谢！消防队长笑着告诉她，多亏了见义勇为的路人，现在正躺在救护车上吸氧。

奚沐晓连忙绕到救护车边，却发现车上正在大口吸氧的，竟然是那个她竭尽全力要忘记，却怎么也忘不彻底的人！

见她总算出现了，植林努力挤出一丝疲惫的笑，他努力抬手示意：

“大部分，都抱出来了，有一些，实在来不及……”

“嗯嗯，不要紧，我看到了！你怎么会在这里？”泪眼婆娑的奚沐晓，忍不住伸手摸了摸植林满是灰土的脸。

“他现在有点儿虚弱，还需要观察恢复一下，你别让他说那么多话。”小护士有点不耐烦地提醒奚沐晓，“他没什么大事儿，有点儿吸入性损伤，调养几天就好了。还好火情发现得早，大火还没全烧起来，东西都抢救出来了，人也没烧着。要是再耽搁会儿，估计这张脸废了不说，人能不能出来还成问题！”说着，小护士回头看了一眼植林那张万分狼狈却不掩英气的脸。“对了，他的手被烫伤了，我刚刚已经做过清创了，要敷几天药。唉，可惜了，这么好看的一双手，以后要落下瘢痕了……”小护士边给植林的手缠纱布，边摇头叹息。

“抱歉，不能给你当手模了……”植林力不从心的微笑，看得奚沐晓越发心疼。她颤抖的双手缓缓触碰到植林刚缠好的纱布，嘴里不住地呢喃：“对不起，对不起，都怪我！”

“你不用，内疚——”植林咳嗽了两声，安慰道，“原本这双手，在别人那里，也没什么特别，只有在你眼里，才如此与众不同。”

奚伯明和庄芝敏闻讯火急火燎赶来，听旁人细说了经过后，两人悲喜交加。庄芝敏默默站在一旁听着女儿与植林的对话，心里翻江倒海，既有一丝不快，也有些开始怀疑自己是不是真的做错了。倒是奚伯明没想到，第一次见植林，竟是在救护车上。莫名地，他居然对这个小伙子产生了些许好感。这，难道不像当年那个湍急的水流中，托着心爱的姑娘艰难渡河，全然不顾自己其实水性并不好，随时可能被无情吞噬的莽撞少年吗？

不远的黑暗处，祁实呆若木鸡。原本经过两天的徒步旅行，已经将他和奚沐晓略显生疏的关系拉近不少，现在看来，真正的革命成功，还遥若星辰。

二十六

因为在医院调养的缘故，植林去保罗那里上班的日子自然往后拖了。虽然保罗求贤若渴，但这个年轻人的义举，还是让他颇为感动。趁下班，他甚至亲自送了一束花来探病，并叮嘱植林安心休养。

那日保罗去西饼店得知植林已经离职的消息，当即决定三顾茅庐也要请到这个才华横溢的年轻西点师。从柳思思那里问到手机号后，几经周折总算跟植林见上了一面。两人只谈了半小时就一拍即合，保罗最打动植林的一句话是：在法国，厨师是属于艺术家的范畴，我来找你，不是因为我的餐厅需要一个西点主厨，而是我需要一个艺术家帮我完成一件件精美的作品。法国人浪漫至此，举世难以望其项背。

植林住院的日子，奚沐晓放掉一切杂事，安心守候。这或许也是她从小到大以来，为别人所做的最大限度的付出。张爱玲对胡兰成说，见了他，自己就低到尘埃里，内心却开出花朵来。奚沐晓不知道那颗埋藏在心底的肉刺是否会化作种子，某年某月真的迎来花开半夏，但此刻，她的确是把自己放在地面，仰望星空。

似乎对被姨妈庄慧敏辱骂一事心存默契，两人对这个话题缄口不提。奚沐晓也不问为什么“失踪”的日子里，他不接她的电话、微信，他也不问女孩是否遭遇了来自母亲的狂风暴雨。不说话，不代表没有交流。一颦一笑间，一股暖流就在两人之间流淌，那温热的感觉，竟似月下小酌，不胜酒力，欲醉还醒。

星期六天刚亮，奚力就早早起了床，周末才回家一趟的他，急着要去医院看他的“Alex 教练”。这在往常，几乎是不可能的事。植林再次出现，虽然因抢救画稿而负伤，但对少年而言，实在是兴奋多过担忧。比起失踪，他宁愿看到无精打采穿着病号服的植林。

吃过黄妈准备的丰盛早点，正准备出门，他突然又想起什么，噔噔噔上楼，进自己房间拿上了植林送的那套面塑康达姆机器人。在植林消失的这段时间里，这几个机器人几乎成了他唯一的生活乐趣。

经过父母房门时，只听得屋内传来妈妈庄芝敏打电话的声音，隐约听到了言谈中提到了“植林”的名字。少年不由得放轻脚步，猫在门口屏气倾听。

“阿姐，如果真是侬讲的这种情况，这小子也太阴险了！”庄芝敏显然是在跟二姐庄慧敏聊天。

“有什么好稀奇的？现在外地来的年轻人，不这么有心机哪能在上海立足啊？”这句话奚力听得不甚真切，大意如此，姨妈的嗓门向来很大，更何况庄芝敏为了腾出手来打理头发，手机开了免提。

“哎呀，先翻墙进去把东西抱出来，再自己偷偷点一把火？要真这样，那简直就是一出苦肉计啊！”庄芝敏细思极恐。

“不然哪有那么巧，早不烧，晚不烧，刚好等晓晓他们快到家的时候烧起来？”庄慧敏言之凿凿。

门外的少年再也按捺不住，当即推门进屋，从庄芝敏的梳妆台上一把抓过手机，对电话那头的庄慧敏毫不客气地说：“Auntie, 为什么要这样说 Alex？他绝不是你们想象的那样！”说完，他把电话扔在庄芝敏的梳妆台上，头也不回地冲出了家门。

奚力的出现，让植林开心不已。之前还担心一直狠心不回奚力的微信，让少年记恨在心，现在看来，太阳照常升起。

“原来那个每天晚上八点准时出现在街口的人就是你！”奚力恍然大悟！

“傻瓜，不然怎么那么凑巧，就能发现电线冒烟了？”植林笑笑。

“妈咪跟 Auntie 她们……”少年几乎已经把他偷听到的庄氏姐妹的对话公之于众，突然警醒过来，把话咽了下去。以前一直都是口无遮拦，绝无这样的计较和担忧，而今天，他开始顾虑好言三冬暖、恶语六月寒。

“妈妈跟姨妈她们怎么了？”奚沐晓十分警觉。

“她们，她们……”少年给奚沐晓使了个眼色，却未得到理睬，心想完了，真要把那些难听的话都说出来吗？

“她们说，植林那天受累了，需要补补。”就在少年纠结之际，黄妈突然推门进了病房，而且手里拎了一个保温壶，“这是你两个庄阿姨特别吩咐我给你煲的汤，沙参百合老鸭汤，润肺顺气最好了！”说完，黄妈微笑着把汤放到了床头。

少年自然是惊得目瞪口呆，奚沐晓也仿佛看到太阳打西边出来了。植林冒火相救之后，她一直能感觉到妈妈似乎还有大大的心结。如果真如黄妈所说，这汤是在妈妈的授意下煲的，那想必融化坚冰也就指日可待了！

植林谢过黄妈，奚沐晓帮他盛出一碗来凉凉。面对这份突如其来的热情，他也需要一点儿时间冷静下来，慢慢适应。

然而这份汤，从头到尾只是黄妈一个人的心意。庄芝敏对她念叨过这个小伙子多么有心机，黄妈虽然不以为然，但碍于自己的身份，自然不会多说什么，只是告诉她，是不是有心机，需要深入观察再做判断，路遥才知马力，日久方见人心。

短暂的调养之后，植林一切恢复正常。除了手上留下一片烫伤的疤痕，身体其他部位倒也没有大碍。他很快走上了新的工作岗位，到外滩一家名唤“勃朗峰”的米其林餐厅，做了西点部的见习主厨。勃朗峰是全法乃至西欧的最高峰，位于法国和意大利交界的阿尔卑斯山深处。这家餐厅的法国投资方取这个名字，包含要将法式大餐推向登峰造极之寓意。

保罗是餐厅的总经理，由法国总部从巴黎直派过来。除了他，餐厅还有好几个法国大厨，分管不同类的菜品。植林是同级别职位中，唯一的中国人，而且年纪最轻。想想大学毕业后的五年，他从一个食品公司的质检员成长为宾客云集的高档餐厅西点主厨，这期间必定是经历了无数艰辛方换得华丽蜕变，说实话，植林从未觉得苦。正如保罗对他说的，厨艺是技能，更是艺术！对于从小对做菜就怀有浓厚兴趣的他而言，食材是他的笔墨，餐盘是他的画布，奚沐晓可以将眼中的世界绘作丹青，他同样可以将奇思妙想呈现出美的模样。从这个角度来看，他和她，又能分出什么高下？

外滩离宝山太远，每日上下班颇为不便，植林便从表姐那里搬了出来。他几乎未经任何思考，直接租到了甜爱路上的一间老房子。房东是位退休的大学教授，因为身患哮喘，常年在三亚休养。他只通过视频跟植林聊了几分钟，就爽快同意了植林的入住。地段不同，房租自然是不便宜的，但相对在老钱的西点房做事的收入，在勃朗峰的月薪足以让他轻松负担这间房子的租金。车娜特意花了一整天给表弟整理屋子，还买了几盆茉莉放在窗台上，老旧而整洁的屋子悄然焕发了生机。

植林到外滩上班，让奚沐晓内心一阵莫名的暗喜。这个餐厅离她家的直线距离不到两公里，她甚至在琢磨，以后是不是可以把这家餐厅当成自家食堂了。话虽如此，但她并没有常常去餐厅找植林。她深知勃朗峰这家餐厅在业内口碑是极好的，员工的专业度、餐厅的规范度都是首屈一指，她并不想让人因为她的频频私访而对植林这个新晋西点主厨有任何另类看法。

只一日，奚沐晓带加菲前来用晚餐，事先却并未告诉植林。饭后，两人特意点了一道最近在微信上被资深吃货奉为“十大网红甜点”的“夏日勃朗峰”。这是植林的灵光乍现之作：抹茶芝士蛋糕坐底，顶上随意地淋上一圈法国白巧克力，加上榛子碎，竟把夏日里山腰苍翠欲滴、山顶依旧白雪皑皑的勃朗峰展现得栩栩如生。

按照惯例，大堂经理请出了这道甜品的监制出场，为顾客介绍其特色及创意。只见植林一身白色制服出现，头上是一顶高高的主厨帽。见到熟悉的面孔，植林略显吃惊，很快恢复常态，然后当作不认识的客人，毕恭毕敬地对甜点进行了标准的介绍。加菲见奚沐晓一脸陶醉的模样，无奈地摇摇头，撂下一句：“情人眼里出西施，西施眼里是厨师……”即兴编的顺口溜，引得奚沐晓一阵咯咯笑。

“亲爱的，上周末徒步的时候，我一直在观察祁实，从上山到下山，小跟班儿似的鞍前马后。我感觉他对你，还从来没有这么用心过。你怎么会舍得放掉他？”加菲望着植林远去的方向，再一次苦口婆心。

“放掉？我从来也没有拽在手里过啊。”奚沐晓轻叹一口气，“或许一直存在心里，保持它本真的模样，对于我们三个，都是好事情。”

“你少来！说得正义凛然，我看就是喜新厌旧！”加菲瞅着奚沐晓坏笑。

“好啦好啦，就算是吧！”奚沐晓拗不过加菲，脸颊一片绯红。

“总算承认了！你这点儿小心思能逃得过姐姐的法眼？”加菲有些许得意，或者说，大部分女生，对自己掌握了第一手八卦，都心存得意。

“行，法眼你快告诉我，难道两个人交往，一定要门当户对、半斤八两吗？你们警察叔叔家也不是什么豪门，你俩交往就全无障碍？”奚沐晓试探着问。

“别提了！我现在愁的就是这事儿呢！”说到痛处，加菲一脸懊丧，“我跟我妈提了，说我明年要跟警察叔叔结婚。她就跟吃错药似的，训了我一晚上，骂我昏头了，怎么想嫁给一个外地人，还是个北方的，听说北方人大男子主义，怕结婚后女方一定会被欺负。”

“你妈多虑了，想欺负你也不是太容易吧？”奚沐晓捏了捏加菲粗壮的胳膊。

“又损我！”加菲拨开奚沐晓的手，“实际上我都知道，她就是担心家庭条件差距太大，所谓欺负，说白了就是怕家产被人侵占。你知道吗？有次丘董特认真地跟我说，如果结婚，他会让我先去做财产公证。唉，虽然我很谢谢他，但真的不想一开始就让他带着这样的心理负担跟我在一起，多累啊。”

那他呢？奚沐晓在心底问自己。

丘野老家在哈尔滨下属的一个县级市，老爸是林业局的小干部，老妈是当地中学的数学老师。这样的条件在哈尔滨算是非常不错了，即便如此，加菲父母还试图阻止两人的进一步发展。而植林，父母在那场事故中亡故，随后寄人篱下多年，境况远不及丘野。可想而知，在面对堪称豪门的奚家时，他内心的阴影究竟大到怎样骇人的程度。而自己的妈妈，又如何才能认可这样一个毫无资本的年轻人？

她不愿想。难道，自己才是打破僵局的那个人？可是感情的天平里，向来都有“先动情即认输”的金科玉律，更何况，她早就输过一次。

二十七

忽而仲秋，上海就此迎来一年中最曼妙的一段时光。

金风送爽，也送给了奚沐晓一个大大的好消息——她以爷爷画稿为原型重新创作的油画《那年经过甜爱路》初稿，受到了佛罗伦萨美院专家组的一致好评，作品在全部完稿后，将被列入学校历年优秀毕业作品名人墙。这也是美院成立几百年来，第一个亚裔学生获得如此殊荣。学校学术委员会经过谨慎讨论，作为嘉奖，奚沐晓只要通过来年年初的论文答辩，就将破格被学校授予艺术硕士学位！

这个好消息，当然要分享给植林。

两人约在外滩。夜未央，游人多数散去，浦江两岸的灯火依旧阑珊。两人在江边凭栏远眺，微凉的风吹过，佳人裙角飞舞。奚沐晓说着她的开心事，植林一如往常，静静听着不言语。

远处几个夜游的中学生，嬉笑打闹中吹出一串串泡泡，随着江风四处游荡，又逐一幻灭。唯有一个最为坚韧，径直飘到了植林和奚沐晓中间，悬浮不前。两人不约而同伸出手去捕捉，泡泡突然调皮地升腾到高处，只留两人的指尖在空中轻触出一股细微的电流。

植林愣了一瞬，不自觉地用力握紧对方的手，将毫无防备的女孩拽到了自己胸前。奚沐晓只觉两腿发软，顺势瘫倒在他结实的怀里，似乎是头脑一热，她竟主动环住了他的腰，没有丝毫犹豫。

从打开一箱旧画稿开始，生活就像为她开启了一方魔盒。他们一起找到了画中的甜爱路，一起步步探寻发现了老一辈的秘密，过去的那些日子，虽然波澜不断，但总那样生机勃勃。更何况，若不是植林的奋不顾身，这所有的一切都将付之一炬。这个男人，谜一般，与她所接触过的家世显赫、挥金如土的官贾巨擘子弟相比，是那么不同，虽是肉体凡胎，却在两人指尖轻触的一瞬间，让她看到一缕别样的光，遥远、微弱，却久不消散。

不知何时起，这世界上大部分的感情，都开始像标准的超市购物，明码标价，过磅称斤两。你情我愿，看起来何其公平？但对奚沐晓而言，这样循规蹈矩风险可控的交易，似乎在第一秒就会厌倦。生命从来就是一场冒险，就像当年从伦敦一次次飞往佛罗伦萨，她早已准备好，衣锦凯旋，或者折戟沉沙。

植林被奚沐晓的大胆回应镇住，一动不动地呆立许久。她给的这个拥抱，此前从未有过，而现在又那么熟悉，仿佛在梦中早已演练过千百回。片刻，在证实这个拥抱真实存在后，他张开双臂，用力迎合。俯下头，闭上眼，用鼻尖轻触她的头顶，她发丝间隐约散发的暗香，都是似曾相识的味道。

相拥的十分钟，其修远绵长，超越一个世纪。

“我们，在一起吧。”奚沐晓从他的胸膛前扬起头，夜色中，他的冷峻依旧，怀抱却滚烫无比。

“嗯。”植林犹豫了片刻，然后用这世间最寻常的一个字回应，那声音轻柔得不似来自喉咙，而是来自心底。

就像两块磁铁，远远眺望彼此时，隐隐相吸，一旦距离靠得足够近，顷刻电光石火，穿越重重隔阂，奋不顾身地相拥在一起。直到对面陆家嘴的最后一栋高楼熄了灯，两人才惊觉风已微凉夜已深。奚沐晓赶紧掏出手机一看，果然，妈妈已经发来无数条微信催问人在哪里。

“阿姨她——”植林问得忧心忡忡。

“怎么？怕我妈？后悔了？”奚沐晓调侃道，言语中，竟发现自己也有几分后怕，虽然不当乖宝宝好多年，但这样大的事自己擅作主张，脑海中不禁浮现出三美和二美双双指着自己鼻子大骂不孝女的凄惨场面。

“不，不是怕她。只是，担心你——”植林欲言又止。

“放心吧，有个向来不走寻常路的女儿，我妈应该有免疫能力的。”奚沐晓强装信心满满。植林看着眼前这个倔强的女孩，突然心疼无比。

奚沐晓没有开车。植林执意要送她回去，奚沐晓并未拒绝，更准确地说，是欣然笑纳。两人就这么手牵着手，在醉人的秋风中，沿着外滩古旧的石墙缓缓向奚沐晓家所在的住宅区走去。一路沉默屏息，却胜过千言万语。距奚沐晓家仅剩咫尺之遥，一辆轿车开着远光灯疾驰而来，晃得两人难以睁眼，只好在路边等候。没想到那辆车着了魔似的，丝毫没有减速，反而径直冲向两人。千钧一发之际，植林猛地将奚沐晓护在怀里，自己的后背几乎与车身擦身而过……

“没事吧？哪个神经病，开车这么不长眼？！”奚沐晓吓得不轻，面对扬长而去的车影破口大骂。

“没事。司机喝过酒，车里还喷过古龙水，车窗没关严。”交错的刹那，植林的鼻息似乎已经搜集到了蛛丝马迹，“或许，刚从夜店出来吧。”

无暇判断植林是言笑还是认真，奚沐晓只觉心头一热，为他方才的挺身而出。

见女孩安全走进住宅区大门，植林转身回家，是的，徒步八公里，走回去！这一夜的心情，他想告诉外滩，告诉苏州河，告诉甜爱路。

半道上，奚沐晓发来一条消息："我跟我爸妈说了。"

植林的心，一路扑通。那心跳，十年来第一次那样有力，也是直到今天，他才听到心底竟然还有一个声音在鼓励。因为一个人，自己，便不再是自己！那一刹那，他甚至有些鄙视，鄙视自己这些年来，竟然一直如此习惯于那个卑微渺小的存在！

回家打开房门，车娜种下的茉莉正在竞相吐蕊，暗香浮动。

奚沐晓那边，家里意见分成泾渭分明的两派——奚力势单力薄的"点赞派"对植林表示了极大的支持，而庄芝敏及外援庄慧敏还是旗帜分明的"拍砖派"。奚伯明和黄妈表面上骑墙，两边都不得罪，实际上已经早早地将天平往"点赞派"倾斜。

女大不由人，庄芝敏算是真切领会到了。在她内心的"未来女婿综合打分体系"中，她也一直纠结这个西点师小伙的得分：论外貌，俊朗标致，过得去；论性格，沉稳不沉闷，也实属难得；论品行，跟女儿接触三四个月没有听到任何一句差评，如果舍身取画一事没有任何蓄意安排的成分，那更是加分项。唯一的弱点，也是致命的短板，这门不当户不对。先不论奚家二十年苦心经营的硕果是否会一朝被狼子野心觊觎，单说人生理念、生活习惯能否绝对吻合，她就存有大大的疑问，更何况，她和老奚在圈子里的颜面，恐怕也难保了。

她的担忧并非完全杞人忧天。身边最近的例子，就是二姐庄慧敏的第一段婚姻。庄慧敏在"彭浦三美"中，是唯一没有上山下乡的，一直留在上海父母身边，高中毕业后就在电车公司当了售票员，晚上还用功去夜校攻读大专课程。她与前夫的相识，完全是出于偶然。她好几次注意到车上有个长相清秀的外地小伙子，带着老人去华山医院看病，一路上嘘寒问暖，无微不至，心想，难得还有这么孝顺的年轻人，于是每次都会特意帮忙给他们找座儿。一来二去，就跟这个徐州来的小伙认识，并迅速坠入了爱河。

后来的发展完全出乎意料。婚后，海面下隐藏的巨大冰川才慢慢浮出水面。原来小伙子带去看病的并不是他的亲爹，而是小有积蓄但膝下无子的二伯。取得了二伯的信任，他很快将老人的棺材本儿洗劫一空，在牌桌上潇洒了半年之后，灰头土脸地回了家，回来第一件事就是问庄慧敏要钱。可怜庄慧敏大着肚子一天在电车上晃十来个钟头，晃得吃什么吐什么，辛辛苦苦攒的钱也很快被花瓶老公挥霍一空。为了挣足工资，她带着好几个月的身孕坚守一线岗位舍不得休假，后来在一次急刹车中摔倒流产，在鬼门关上抢回来一条命。痛定思痛，她跟那人离了婚。二婚找了个上海本地的个体小老板，虽然长相比不得前夫的细皮嫩肉，还有点儿谢顶，但对庄慧敏那叫一个俯首帖耳、惟命是从，她也算是苦尽甘来。

有了亲姐姐血的教训，庄芝敏对这个突然出现在自己生活中的年轻人怀有巨大的警惕。在她心目中，知根知底永远好过来路不明。找到习性相仿、观念趋同、家境匹配的上海人，才是一桩稳妥婚事的前提。她妥协的结果便是，可以先接触，但是结婚另当别论。

“妈，别人家妈妈都说，不以婚姻为目的的恋爱就是耍流氓，您倒好，偏要我耍流氓！”奚沐晓知道妈妈做出这样的让步实属格外开恩，但也忍不住要调侃两句。

“别跟我提别人家，别人家还没你这种不知天高地厚的小姑娘呢！自己小心一点儿，别流氓没耍成，反被别人耍流氓了！”庄芝敏佯装还在生气。

奚沐晓立刻送上一个大大的拥抱。两个小时以前，她的拥抱送给了那个让她莫名心动的男人，此刻，同样的拥抱送给妈妈。嘴上再得理不饶人，妈妈也永远像宠公主一样宠着自己，如今女儿已渐渐长大，妈妈却慢慢变成了那个时时需要呵护的小公主。

有没有这样一个理论：恋爱是最高生产力？有了一份不掺入任何杂质的感情，奚沐晓的每一天似乎都在打开一听新鲜的氧气，足以让她直面任何挑战。来自意大利的喜讯让她兴奋，然而论文的选题也带来了新的压力。在意大利的最后一年，欧洲外来移民问题日益成为全世界的焦点。正统欧洲文化在承受外来文化冲击的同时，是否能从外来文化中汲取充足的养分反哺自己？这个问题，奚沐晓思考了无数次。在寻访甜爱路和爷爷旧事的过程中，她也越来越深地了解到，许多犹太人“二战”期间在上海避难，其建筑、美术、工艺品、服装设计等众多艺术形式从那时起便渗入了上海的文化血脉。

《“二战”期间在沪犹太人对中国艺术的影响考证》——当这个研究生毕业论文题目跃然纸上时，奚沐晓似乎又看到一盏明灯在召唤。

而植林那头，由于“夏日勃朗峰”的初战告捷，保罗毫不吝啬地表达了自己的赞赏和嘉许，他同样带来了植林入职以来一个最好的消息。明年春天的新一届全球西点师大会，他将向国际烘焙协会举荐植林代表亚太区参与在法国里昂举行的角逐，与全球最顶级的西点师共赴盛会！植林心底那个埋藏了许久的梦，像一粒种子，就这么被保罗的几句话，瞬间浇灌成参天大树！

明年春天？

在这个不日就将到来的春天，她在佛罗伦萨从容答辩，他在里昂崭露头角；随后他们可以在某个欧洲小镇的街头牵手，或者一起去趟阿尔卑斯山滑雪？想想都是让人兴奋的画面。从前我们各自平庸，却在某一天蓦然发现——遇见你，我会变成更好的自己；为了你，风雨亦是爱的洗礼。

四行仓库的画室失火后，原本奚沐晓已经让物业请人把熏黑的墙壁重新粉刷了一遍，同时对画室的电线走线重新进行了布局，准备过段时间就再次启用。没想到这个计划遭到了庄芝敏的强烈反对，明面上说是担心女儿的安全问题，真实的原因奚沐晓也能猜到：妈妈就是试图不让自己和植林有所谓的“幽会”场地。

看在妈妈已经勉强默认两人交往的分儿上，奚沐晓只好同意了将画室搬回家里的提议。做人不能太得寸进尺啊。

这天晚餐的饭桌上，奚伯明一声不吭地扔了一份文档出来。奚沐晓迟疑了片刻，接过文件袋，从里边抽出了一份装订完好的标书。

“《甜爱路 62 号地块土地竞拍计划书》？”奚沐晓一字一顿地把文件名念出来，这才猛地醒悟过来，“爸，您要把这块地买下来？”

“是的，买下来，把 62 号重新修缮好，那是你奶奶的故居，我没有见过她，但希望能为她做点儿什么。到时候收拾出来，给你做个大大的画室，够用了吧？”奚伯明微笑望着女儿。

“爸爸！”奚沐晓顷刻无语凝噎，好久这才缓过劲来，“谢谢老爸！别说当画室，就是做个画展展厅也绰绰有余了。”

“那咱们就做画展展厅！”

“爸爸，这么说来，您不反对我画画了？”

“爸爸从来就没有反对过你画画。只是我年轻的时候见过你爷爷画画，太辛苦，又很闷，常常一坐一整天，连句话也不说。”奚伯明望着自己最疼爱的女儿，一阵释然，“可是发现我的女儿这么钟爱绘画，并且这么有才华，连意大利的教授都认可了你的作品，我和你妈还有什么好阻拦的呢？”

“谢谢爸爸！”奚沐晓几乎热泪盈眶，回头看见妈妈也别过头去抹眼泪，“谢谢妈妈！”

“别谢我！只是允许你继续画画，公司那边迟早还是需要你的。你爸现在身体还算不错，但顶多再干个十年，你早晚还是要接毕达的，这点请你时刻给我记清楚！”妈妈老生常谈，三句话里有两句话总能扯到接班的事。

“十年？爸爸的身体，再干二十年都没问题！对吧爸爸！”奚沐晓冲爸爸甜甜一笑。

“别啊，别让我七八十岁还在单位里批文件啊，那会儿我该要陪孙子孙女儿画画，练字，学游泳了！”奚伯明少有的风趣幽默，原也是个隐藏本性的老顽童。

“好了，买地也好，造房子也好，接班也好，带孙子也好，再重要的事情都先搁一边儿，先把晚饭给我吃了，菜都凉了！”庄芝敏不耐烦地提醒谈笑正酣的父女俩。

那一刻，奚沐晓深深觉得自己何其幸运！优渥的家庭环境，让她有条件摆脱同龄人身上沉重的生活压力，别人都在为下月房租或一部心仪的手机节衣缩食的时候，自己可以毫无顾忌地去追逐自己的所学所好。开明的父亲给予她最大的理解与支持，将一个家族的所有重担扛在自己肩上；妈妈有时候虽然不近人情，但其出发点无疑也是为了保护她心中永远是个小姑娘的女儿。她还遇到了一个有着独立人格的他，在两人的相处中，没有谁依附谁、谁仰视谁，那一丝淡泊如兰的牵连，便足以将两人牢牢维系在一起，笑对凡尘云烟、风雷虹霓。

多少春华逝去，方得这世间的秋实累累？除了感恩，何须更多言语？

二十八

得知奚沐晓与植林正式交往后，祁实着实消沉了一阵。

从小就生得一副奶油小生的好皮囊，又机缘巧合学会了潇洒的萨克斯，他从来都是女生喜欢的那一款。祁家三代单传，在早年发家之前，长辈对这个宝贝儿子就已宠爱得不得了，想要星星月亮都会摘下来。自从父母开始折腾做生意，家里条件越发好了，虽未到呼风唤雨的程度，但向来不缺钱花，不缺车开，甚至，不缺妞泡。

本以为借着年少时的好印象能与奚沐晓再续往日情缘，怎料半路杀出的程咬金完全打乱了自己的计划。在一场原本稳操胜券的角逐中，竟然输得如此彻头彻尾，这简直成了自己人生的最大败笔！想到这里，一张俊俏的脸，竟浮现出一丝狰狞。

知道加菲跟奚沐晓关系近，祁实私下也单独约加菲聊过一次。加菲把两人如何地铁偶遇，如何画手生情，如何揭开甜爱路秘密，甚至庄家二姐如何大闹西点房，植林如何被店长算计等她所知道的一切，无论道听途说还是主观臆断，都眉飞色舞地讲了一遍。中学同窗数年，祁实和奚沐晓一直是她心中最匹配的，以至后来听说敬婷收到了祁实的情书，她扼腕痛惜的程度甚至远超奚沐晓本人。今时今日，两人缘分看来真的已到尽头，虽依然觉得祁实才是奚家女婿的最佳人选，但对奚沐晓十多年的了解，加菲深知，这位小姐认定的事，八头牛都拉不回来。唯愿她与植林能够最终战胜宽过黄浦江的现实鸿沟从而修得正果，否则若有朝一日铩羽而归才发现祁实才是真正合适的，只怕彼时人走茶凉空余恨。

“祁实，我真的觉得你那年投错了那封情书，是你这辈子干过的最傻的事！”加菲看着略显沮丧的祁实，“上帝本来为你开了一扇门，结果你偏跑去翻窗户，拦都拦不住。没办法，上帝只好把你从窗口一把推了下去！”

“怪我不好。谢谢你告诉我这些，加菲！”祁实强颜欢笑，心中却是一阵酸楚。

当然，上天并没有对祁家那么差。情场失意时，往往传来意外的喜讯，似乎已是颠扑不破的定律。

毕达船运青岛基地船舶供货业务招标中，祁实的爸爸祁国辉与韩方合资成立的博洋商贸从一众实力不俗的竞争者中脱颖而出，正式中标。双方很快签署了一份框架协议，并约定首批交付两艘五千吨级货轮，后续毕达船队扩张时，还将从博洋订购货船。

博洋的“意外中标”其实与奚仲清颇有关联。奚仲清除了把标书评估标准私下透露给祁国辉，连其他公司的竞标报价也悉数告知。知己知彼的祁国辉召集博洋项目组，花了两个星期，通宵达旦地赶出了一份从逻辑到报价到时间节点到售后维护都堪称完美的标书，和韩方代表一起在截稿前一个小时亲自送到了毕达。

评标会上，奚伯明高薪聘请的专家组对这份投标书赞不绝口，直夸韩国人的专业度和性价比。当哥的倒是知道自家兄弟跟祁国辉有过短暂的同窗之谊，但单从标书质量而言，这家公司确实准备得无懈可击。按照流程，奚伯明还专程受邀飞到博洋在济州岛的造船基地实地走访，也算是亲见了博洋的超群实力。本着“举贤不避亲仇”的观念，开明的他再三斟酌之后，总算亲自签发了中标通知。

为了论文的资料整理，奚沐晓在上海图书馆泡了两天，而结果让人大失所望。上海虽然留下了众多犹太人的生活痕迹，却罕有人系统整理过保存下来的艺术作品。巧妇难为无米之炊，奚沐晓顿觉陷入了进退维谷之境。踏着渐浓的暮色，她悻悻走出了图书馆的大门。

图书馆门口，一位卖花老奶奶提着小竹篮，吴侬软语轻声叫卖：“栀子花、白兰花……”奚沐晓见天色已晚，上前将篮中的几朵白兰全部买走，好让老太尽快回家。

正好植林在微信上问晚上是不是有空儿，说突然想去吃“阿娘面馆”了。

这家面馆位于幽静的思南路上，距离上海繁华街区淮海路仅咫尺之遥。阿娘，在宁波话里就是“奶奶”的意思。小店正是多年前一位宁波来的老奶奶潜心经营的，其中最负盛名的当属招牌黄鱼面，汤色鲜美，黄鱼细嫩，深受周围居民垂青。小时候奚沐晓也曾跟爷爷一起来过多次，那时阿娘还健在，爷爷还能跟阿娘聊上几句。如今，老人家已驾鹤西去，只留下这碗鲜美的黄鱼面，共飨慕名而来的八方食客，一年又一年。

“你怎么也知道这家店？”奚沐晓用汤匙盛出一勺汤，朱唇微启，舌尖便开始拥抱那似乎从未改变的浓醇厚味。

“我上大学那会儿，暑假来上海旅游时就吃过了。别人来上海都是往外滩东方明珠跑，我偏偏喜欢在这些浓荫蔽日的小街道上慢慢走，慢慢发现一座城不为人知的美，还有她独一无二的味道。这家面馆就是在逛街时遇见的。”植林讲起数年前的际遇，独独没有提到当年坐在他对面吃着同样一碗招牌黄鱼面的女友路曼，身上同样散发着一缕白兰花的幽暗芬芳。

“说不定我们那时就见过呢！”奚沐晓抿下一口汤，一脸陶醉。碗中的热气氤氲，植林一时竟有些恍惚。

“一碗面就能吃得这么心满意足，我竟然遇到了全天下最好养活的富二代！”植林回过神来，开了个玩笑。

“养不活了，富二代论文写不下去了，求解脱！”奚沐晓放下汤匙，想起一整天在图书馆一无所获，嘟起嘴发了个牢骚。

“我给你讲个真实的故事。”植林脑子里突然闪过一个人的影子，“我的发小，前些年考上了一所理工大学的硕博连读。读了三年后，教授告诉他还是转研究方向吧，否则照他那个进度怕是研究到八十多岁都不会有结果的。我发小听了后偏不信邪，悬梁刺股，几乎是天天住在实验室的节奏，几天才洗一次脸。你猜后来怎么着？”植林故弄玄虚。

“这还用问？肯定是闻鸡起舞废寝忘食，最终取得了突破性成果，让教授刮目相看，一举登上人生巅峰呗！”

“就知道你这么回答。事实是，他在第四年实在走投无路，终于灰头土脸地跟导师缴械投降，转了个专业重新来过，所以直到现在，他还没有毕业。”说完，植林哈哈大笑起来。

“你！”奚沐晓哭笑不得，“我发现你最近不像以前那么闷了，倒是骚劲上来了！”

“好啦，不逗你啦！”植林收起笑容，“只是让你调剂一下。我想，这世上万事万物都是有传承的。咱们吃的这碗面，从几十年前的阿娘那里，传到了她的后人手中，让无数人得以细品当下滋味，或忆及当初甘苦。三万犹太人‘二战’期间来中国避难，在上海住了那么多年，留下了许多建筑、绘画、雕塑和文字，虽然不是主流的文明，但前人总归会留下一些研究成果。你去继承衣钵，再结合当下现状思潮，找到你的视角就好了。怎么就活不下去了？”

奚沐晓微皱眉头：“道理呢都对，可是这个领域所留下来的学术资料真是寥寥无几。我是不是也要像你发小那样，苦海无边回头是岸，赶紧重新选个主题来写？”

“读完这两本书再决定吧！”植林微笑着从包里掏出两本书，递到奚沐晓眼前——《犹太人的诺亚方舟》《犹太艺术简史》，“方舟这本是保罗送给我的，他的母亲就是当年曾在上海避难的犹太人，那时还是个小姑娘。他听我说起你在找这方面的资料，就联系了身在法国的老妈妈找出了这本珍藏的书，刚刚托朋友捎过来。”

“太好了，简直是雪中送炭啊！”奚沐晓摩挲着封面，爱不释手，“那这本《犹太艺术简史》——不会吧？清华美院，范之岳！还是范教授亲笔签名的书？我怎么不知道还有这本书？”第二本书的出现，简直让她深感意外。

“说来巧了，范教授当年也去我们大学做过一次演讲。其实那天我并不是专门去听他讲座的，只是因为自习的时候忘了一本书在课桌里，我想取回来，结果发现教室里很快就挤满了前来听课的学生。全场鸦雀无声，我也不太方便再溜出教室了，只好坐下来等讲座结束。一开始如坐针毡，后来却越听越有味道。我现在还记得那堂课他讲的主题是欧洲美术史，还特别提到了犹太艺术这个边缘的欧洲艺术流派。”植林想起那堂误打误撞的讲座，仍历历在目。

“他说他对犹太民族的苦难与光荣深深敬佩，也只有这样的土壤，才会诞生那么精彩的独立文化！因此，他年轻时专门花了两个月在以色列游历，拜访了很多犹太人，在上海也探寻过许多犹太人遗迹，最终写成了《犹太艺术简史》这本著作。但出版社对当年名不见经传的范之岳并不看好，加上这个题材实在太过生僻，所以最终还是没有接这个作品。后来范教授自费出版，只印了不到一千册，也没有在公开市场上销售，都是趁着讲座或者访问时，送给有缘人的。我那天有幸得到了一本！”

“原来如此！真没想到，不明真相的围观群众还帮了我大忙！快张嘴，有惊喜！”奚沐晓难以抑制心头的喜悦，用筷子将一条肥嫩多汁的小黄鱼送到了植林嘴里。

“我千里迢迢来上海时也没带啥东西，只有喜欢的几本书从来舍不得扔掉，这也是其中一本。原来冥冥之中，它是为了新主人来的！”植林咽下小黄鱼，由衷感慨。缘，妙不可言！

“所以，现在能活下去了吧？”

“还不够。”奚沐晓不知道又想到了什么鬼点子，“我想先去趟北京，亲自拜访下范教授。”

“亲自拜访？你认识范教授吗？”植林嘴上是疑问，内心却知道这个姑娘或许已有主意。

“小瞧我了。”奚沐晓果然成竹在胸。

那个周末，奚沐晓只身去了北京。范教授的联系方式，当然是托叔叔从祁家要来的。祁实听说她要去北京，原本毛遂自荐要专程陪同，大学在北京上的，他对帝都熟得不能再熟。奚沐晓斟酌片刻，还是婉言谢绝了。她提前给范教授打了电话，说明了拜访的目的。范教授也没想到，多年前全凭一时兴趣所写的一本未正式发行的书，竟对一个青年画家产生了如此深远的影响。对奚沐晓的来访，他欣然应允。

周六要接待一个重要的外宾政要团，保罗再三叮嘱各部门主管务必在场监督质量，甚至亲自操刀，所以植林没有陪奚沐晓一同前往。大家紧锣密鼓地筹备换来了应有的回报，贵宾们一致对勃朗峰的世界级水准赞不绝口。植林潜心设计的西点作品，更是一行人交口称赞的对象。保罗对这个结果甚是满意，再次鼓励植林好好准备明年的西点师大会，争取有所斩获，他甚至用“西点界的奥斯卡”来形容比赛的高规格。

周日偷得浮生半日闲，植林想来许久未到“此刻戛纳”与老友们重聚了。微信群里，老同事们再三邀约，植林盛情难却，正好上法语课顺路，便特意赶到新天地停驻片刻。

一个多月的时光，植林也看出好些变化。店堂整洁，货品齐全，品相已恢复到了最好的状态，新换的橱窗广告提醒过往的行人，天凉了，该尝尝可口的应季新品了。看来自己走后，担起重任的乔明宇在老钱的指挥下已渐入佳境。思思正在培训新来的收银员，她现在负责整个店堂区的管理，也算是升职。

老友相见，分外亲热，就着店内角落的那张小桌子，大家围坐一起，谈起各自近况。思思说，自己有天花了大价钱去植林所在的餐厅吃了一顿饭，就是为了亲身体验传说中的米其林餐厅是如何高大上的。明宇在一旁应和：“小林哥，你那个甜品夏日勃朗峰太牛了，名字传神，外观漂亮，味道更是没得说！”思思在一旁欲言又止，表情尴尬。

植林望了望窘迫的思思，又看了看还在眉飞色舞演说的明宇，瞬间明白了什么。这小子！他笑而不语。

思思赶紧转移话题：“算了算了，不说你们那个餐厅了。吃一顿已经花掉半个月工资了，以后我可不去了。”

“下次提前打我电话，给你们预留位子，还有友情价。”植林笑答，

“前段时间，有一天我发现陈泽涛也出现在我们餐厅，不知道是真的碰巧去吃饭还是他有什么别的目的。我在暗处，没去打招呼，真见了面我跟他也没什么好说的。”

“他为了买房子恨不得一分钱掰两半花，怎么会舍得自己掏钱去你们那里吃饭？绝对有鬼！小林哥，防人之心不可无，当心点儿比较好。”思思向来心直口快。

“对了，我想起个事来，也是跟陈泽涛有关的。”乔明宇猛地想起，前几日，一个衣冠楚楚看起来像富家公子的男人曾进店打听陈泽涛的下落。

“说是陈泽涛远房表弟。”花姐忍不住插话，当时她也在现场，“还是开着奔驰小车过来的，俺就寻思，这不大可能吧？要是陈泽涛真有这么个有钱亲戚，之前尾巴不早翘起来了？就他那巴结功夫，别说表弟，就是表弟的七大姑八大姨，他都早扑上去了。你们说，俺说的是不是在理儿？”花姐的话语中，透出对陈泽涛的极大鄙视。

“后来呢？”植林觉得这事儿似乎没那么简单，时间上，跟陈泽涛去勃朗峰也基本吻合，越发怀疑什么。

“也没啥，他就要了陈泽涛的电话，我们给他了，万一人家真是亲戚呢？”乔明宇如实告知。

“我知道了。时间不早了，我得去上法语课了。”植林轻舒一口气，跟大家道别。临行，他冲思思和明宇别有深意地笑了笑，思思窘得赶紧转身装作收拾货架。

上完法语课，微信上收到北京发来的消息，是奚沐晓与范之岳的两张合影，那灿烂的笑容已经说明，这趟北京之行必是收获满满。

二十九

两个月见习期一过，保罗就在周例会上迫不及待地宣布，植林正式成为勃朗峰的西点部主厨。他还透露，近期餐厅发展势头良好，业界声名鹊起，吸引了众多投资机构的关注。其中一位神秘投资人甚至抛出绣球，要拿出自己名下的一座苏州园林宅子作为餐厅经营场所，变相入股换取勃朗峰苏州分店的入驻。

土豪如此大手笔，引得众人纷纷交头接耳，保罗则一脸的踌躇满志。这也是他入主勃朗峰中国区以来，第一次遇到如此优厚的招商条件，此时若能再下一城，对于他的职业生涯而言，绝对是浓墨重彩的一笔。

拜访完业界大咖，奚沐晓感觉上天为她打开了另一扇窗。她过往的绘画经历中，对于技能的习得算是得心应手，但对艺术与人文的思考，一直停留在肤浅的层面。而与范之岳一个下午的畅谈，她开始领悟，所有的艺术，都是对生活的再现与升华，都是一个特定族群人生观和世界观的表达。因此，看似花开万朵的表象之下，正本清源必能厘清其内在规律。就拿上海现存的犹太文化遗迹来看，无不是犹太人在坚持了固有宗教性、民族性之外，兼容并蓄东方世界的美学理念的结果，而这一切，都是在那个战火纷飞、民族深受迫害的岁月里发生的奇迹。

有了范教授的鼓励，奚沐晓再次坚定了自己完成论文的决心，这片近乎荒原的研究领域，总算有人斗胆涉足。她似乎在用这样一种艺术家特有的好奇与执拗，努力拨开眼前的层层迷雾，回到祖父曾经生活的那个年代。当年未曾与祖父有过的交集，此刻，却在一篇篇文献、一张张照片和一行行笔记中跃然纸上，灿烂如漫天飞舞的萤火，鲜活如遍山啼叫的杜鹃。

这样埋头写写画画、偶尔沉思片刻的日子，她再欢喜不过。每到肚子咕咕叫的时候，黄妈一定准时敲门提醒她用餐。有时她总情不自禁想约植林去外边吃饭，无奈每个饭点儿总是植林最忙的时候，所以虽然近在咫尺，但两人能一起共进午餐或晚餐的时间并不多，有时候甚至只能一起约着去港式餐厅吃早茶。倒是姐妹淘们始终不离不弃，尤其是加菲，几乎是招之即来，来之能吃，让奚沐晓深感小确幸无处不在。

这天，两人在外解决完一顿西班牙饭之后，加菲边揉肚子边刷朋友圈："最近婷婷都不更新朋友圈了，每天不看看她发的天灾人祸，就感觉这一天白过了。"

"看热闹不嫌事儿大啊！"奚沐晓嘴上奚落了一句，"没灾没难的多好，就你见不得太平盛世！"

"人家只是习惯了嘛！"加菲嘟着嘴开始撒娇。

“去去去，我又不是你家丘董！”奚沐晓嫌弃地一手推开加菲，另一手按住了微信语音通话键，“婷婷，好久没见你了，想死你了！最近都没看你发朋友圈，怎么了？”

微信上并没有收到像之前那样秒速的回复，奚沐晓感觉不对劲，赶紧拨敬婷的电话。响了好一阵，电话总算接通了，是敬姗低低的声音：“晓晓，我姐在睡觉。她熬了一天一夜了，我爸这两天很不舒服，她请假三天在家陪着呢。”

得知敬叔叔身体抱恙，奚沐晓内心袭来一阵焦灼。敬婷向来敬业，能让她连请三天假陪着，说明老敬病得绝对不轻。她决定第二天一早便去探望，而这一面，已是十年之后的再见了。

思来想去，她还是叫上了植林。而另一路，加菲也带着丘野从古北出发，奔向同一个终点。

早高峰，玛莎拉蒂在高架上被堵得严严实实，走三步停两步尚不及蜗牛蠕动，还有无数加塞儿变道及违法上路的外牌车，慢慢磨掉了奚沐晓最后一丝沉着。她开始焦躁地狂按喇叭，引得周遭司机对这辆豪车纷纷侧目，好奇谁家小姐脾气这么大。

“晓晓，你今天看来心情很不好，到底怎么了？堵车而已，不至于这样吧？”植林关切地问道。

“我——唉！”奚沐晓欲言又止，心情平复片刻，才跟植林讲述了她所知道的敬家的一切。

敬家姐妹的父亲敬云弦是音乐世家子弟，常见的乐器那是样样精通。年轻时曾和奚沐晓的父母一起到江西九江插队，是生产队的文艺骨干。回城后参加高考，如愿考进了一所知名音乐学院，并凭借优异的成绩留校任教。本来前途大好的他，陷入了一场师生恋不可自拔，女生甚至怀孕并因此辍学。那个年代，这是万万不为社会所接受的不伦之恋，敬云弦也因败坏社会风气等罪名被学院开除。后来，女友为敬家诞下一对双胞胎女儿，但不知怎的，原本开明的敬云弦父母却拒绝认领这对孙女，拂袖而去后，连儿子的家门都不再踏足半步。此事让这对老知识分子深深蒙羞，在亲戚、同事面前都难以抬起头来，一气之下做出这样的决定也实属正常。

女友在生完孩子后不久便不辞而别，这对双胞胎女儿，也就是现在的敬婷、敬姗，一直由赋闲在家的敬云弦独自抚养。虽度日艰难，但凭借出众的音乐才华，敬云弦愣是通过在公园教老大妈唱歌、在社区教小朋友弹电子琴赚到足够的奶粉钱。后来，在街坊间名气越来越大，他租下小区的老年活动中心开了个钢琴培训班，两个女儿也跟着他学了一手好琴艺，尤其是敬婷，在音乐方面的悟性，更胜妹妹敬姗。

原本这样的日子过得也不算太差，谁知福无双至、祸不单行，有天敬云弦在教一个刚上初中的小姑娘弹琴的时候，小姑娘突然就捂着脸哭叫着跑出了活动中心。片刻，一众怒发冲冠的暴徒就冲了进来，见什么砸什么，嘴里叫嚣着最难听的话，骂敬云弦是衣冠禽兽，师德沦丧。

彼时，奚沐晓刚刚与敬婷闹掰，她原本应该每周按时去上的钢琴课，再也无心前往。只是为了不让妈妈生疑，她还像往常一样，假装去培训班上课，实际上悄悄躲到培训班对面的麦当劳里，点上一个草莓圣代，写一下午作业。

时至今日，她还记得那个阴云密布的下午，透过麦当劳明亮的玻璃橱窗，她看到对面气焰嚣张的打砸人群，吓得尖叫着四散而逃的男娃女娃，被几个男人猛揍得蜷缩在屋子角落的敬云弦，甚至听到了那架最贵的施特劳斯钢琴破碎的声音……她的泪，和融化的圣代一起，湿掉了整个作业本。

这件事后，敬云弦就像人偶抽掉了提线，再也没有站起来的力气。

因为小姑娘告的一状，所有家长都不敢把小孩送来给敬云弦辅导。连自己的父亲奚伯明都在问奚沐晓，是否还愿意去上钢琴课，奚沐晓没有点头，也没有摇头。

她只告诉父亲，那个告状的小姑娘刚来上课没几次；却没告诉父亲，几天前，她走在街上，偶然听到这个小姑娘在跟同伴窃窃私语，说帮了培训学校一个大忙，除掉了竞争者，得到了免费学一年钢琴的奖励。奚沐晓快步上前，毫不犹豫地扇了小姑娘一个耳光。

奚伯明后来大概也明白了敬云弦被同行陷害的真相，那时他刚下海不久，经济条件尚不如现今这么宽裕，但比起一般的工薪阶层，已经好太多。事发后，他专门去探访这个曾经一同下乡劳动的兄弟。没想敬云弦竟还像惊弓之鸟，不仅拒绝了奚伯明资助扶持的好意，甚至连查明事情真相这一提议都不愿理会，只重重地关上了房门。那一刻，奚伯明知道，那个朝气蓬勃的音乐才子，永远地走了，他把自己冰封在一片纯净剔透的世界，任凭外面狂风呼啸，雨雪交加。

再后来，听说敬云弦有所振作，毕竟有两个女儿要养——他搬离原来的街区，避开街坊四邻的飞短流长，承包了一个书报亭，每天起早贪黑接报纸卖杂志。他的书报亭每每要被城管整治的时候，总有人出来保全，所以即便市中心书报亭越来越少，他的那方小天地也能苟延残喘。敬云弦不知道，甚至奚沐晓也不知道，这一切，都是奚伯明在背后默默操控。

女儿们的琴艺也不再是敬云弦关注的重点，甚至，他看到敬婷要去揭开家里积满灰尘的钢琴盖布，都会勃然大怒。

说到这里，奚沐晓眼泪忍不住滑下，植林忙用纸巾为她轻轻拭去。

“很多人都以为，有钱人成天就知道吃喝玩乐，他们不知道，我们父辈吃过的苦，包括我们曾经经历的人和事，有多少不为人知的辛酸。”奚沐晓感慨一句。

“事情总会过去，你看，敬婷姐妹俩不是已经熬过来了吗？”植林安慰道。

“那只是表面上。我知道婷婷的内心特别想当一个钢琴家，现在的她，不过是为了生计在奔忙罢了。虽然之前跟她有些过节儿，但我最心疼的就是她了。”

奚沐晓眼泪依旧止不住：“还有敬叔叔，我从小就不是学琴的料儿，别人弹两遍就会的曲子，我弹五遍十遍都不一定会。他就给我开小灶，还让婷婷陪着我练，琴房里只剩我们两个的时候，他就消失了，隔一会儿，他总会端来一碗大排面。都怪我，这么多年，就为了跟婷婷赌气，都没有再去看望过他。”

“好了好了，安心开车，等下你是要去看病人的，眼睛哭肿让人家看到也不好吧？”植林的话总算让奚沐晓些许收敛。前方路况转好，她一脚油门杀出重围，把那团烦心的拥挤嘈杂甩在身后，越来越远。

到达时，敬婷敬姗两姐妹已在小区门口等待多时，加菲和丘野也很快赶到。植林和丘野不是第一次见了，只点点头，未多寒暄。

年迈的保安估计是从未见过玛莎拉蒂这样的豪车，从门卫室里探出脑袋张望许久。这里是前些年敬家市区老房子拆迁后分到的安置房，虽然地段不好，环境一般，建筑密度更是高得吓人，楼道里密密麻麻贴满通马桶改水电的小广告，但比起早年市区一室户老公房的狭窄逼仄，也算是升级换代了。

电梯上到十二楼，房门还没打开，就听得房间里传来一阵略感凄凉的琴声，曲子是《城南旧事》的主题曲《送别》——“长亭外，古道边，芳草碧连天……”三个姑娘面面相觑，似乎都猜到了，屋内是久未触碰琴键的敬云弦在弹奏。只是，钢琴许久没有调音，一些音准已经明显有了偏差。

“爸爸，你怎么起来了？快看谁来了？”敬姗对着那个陶醉的背影轻语。

敬云弦这才停下双手，回过头来，扶了扶深度近视眼镜，愣了片刻，艰难地露出一个微笑：“晓晓啊，是你啊？十年没见了，大姑娘了！”

“叔叔，是我。”与十年前相比，敬云弦越发苍老，瘦削的身躯藏在一身发旧的棉服里，双手已经枯瘦如柴。奚沐晓鼻子一酸，强忍眼泪，送回一个牵强的笑，“叔叔，您瘦了！”说着，把几枝包装精美的上好人参递到了敬云弦手里。那是昨晚她和黄妈连夜去药房精挑细选的。

“晓晓啊，我没事，不用你们破费了。”敬云弦努力推辞，但无力的双手被奚沐晓轻轻按下，他只好尴尬地笑笑。

“敬叔叔好，我是佳卉，还记得我吗？”加菲也上前递上一早买好的保健品。她只见过敬云弦一次，还是多年前学校秋游回来时，老敬开着一辆三轮摩托到学校附近的一个街角，远远等着两个女儿，那会儿有过短暂的交集。事隔多年，想来老爷子应该早就淡忘了吧？

“记得记得，佳卉比读书时瘦了些。”敬云弦说话有些吃力，记性倒是出奇地好。只是，人有时记得太多过往，不见得是好事，比如屈辱、辛酸、苦难、幻灭的希望、死去的抱负。

加菲有些脸红，十多年前的一面之缘就能让人牢记，可见那会儿的自己是胖得多么让人过目不忘。

“爸爸，我介绍一下，这是植林，晓晓的男朋友。这是丘野，卉卉的男朋友。”敬婷注意到，植林和丘野一直被冷落在一旁，忙插话介绍。

“敬叔好！初次见面多关照！”植林上前对敬云弦半鞠了个躬行礼。

“叔叔您好！”丘野也上前问好。

“好，好，你们好！”敬云弦仔细打量了一下植林和丘野，微微点头，随即又转头看看两个女儿，脸上挂满慈爱，“晓晓有男朋友了，佳卉也有了，我们婷婷和姗姗也要加紧啊，老爸怕是快等不起了。”

“爸，怎么又这么说！有病咱们治，卖房子也得治，怎么就等不起了！”敬姗似乎有些生气，想来，老敬已不是头一次说这样的话。

“敬叔，听说您许久不弹琴，今天怎么——”奚沐晓见两人话不投机，忙话锋一转。大家的视线随即转向屋角的钢琴，窗外的阳光斜斜照在黑白琴键上，空间里，几粒灰尘也在舞蹈。

敬云弦看看奚沐晓，又看看同样一脸疑惑的女儿，释然一笑：“你们也知道，当年那件事对我打击有多大，简直就是强行剥夺了我最后一丝尊严。尊严都没有了，要这一身才艺何用？”提及最痛心的往事，老敬没有丝毫愤懑，平静如水，像在说着别人的故事。

“我很感谢你，晓晓，还有你爸爸。”敬云弦喘了一口气，右手不自主地摁着上腹，“在我颜面扫地的第二天，全班十七个孩子的家长都气势汹汹地来要退学费，只有你爸爸，专程赶来给我信任和关切。惭愧啊，只怪那时我太要面子，没有把你爸爸的鼓励化成动力。现在想来，真是脆弱到了极点。”

“爸爸，您很坚强，真的！”敬婷已经有些不能自已，走上前去轻拍父亲的肩膀，“我们，不是挺过来了吗？”

“是的，挺过来了，只是，你们应该有更好的未来。爸爸对不住你们。”敬云弦取下眼镜，揉了揉湿润的眼眶。

“爸爸，我们不要什么前途，只希望我们三个健健康康、平平安安地过日子。”敬姗见状也走上前，轻轻搂着父亲的肩。

那一刻，奚沐晓心中，仿佛看见荒原上一团火苗跳动着倔强燃烧，微弱的热量，竟让铺满荒原的坚冰都慢慢消融。她的右手不由得抓紧植林的左手，十指相扣，在向这团顽强的火苗致敬！

敬云弦继续弹奏他的《送别》，这首曲子，正是当年他被同行诬陷猥亵幼女的那堂课上，他最后教授的曲子。花开花落，云聚云散，人这一世，总有许多事要送别。送别上山下乡年代的苦中作乐，送别校园恋情的白璧无瑕，送别父母拂袖离去的负屈衔冤，送别同行羞辱的地陷天塌。我们向这一切的一切道别，却又迎来了什么呢？

“一壶浊酒尽余欢，今宵别——”琴声戛然而止，敬云弦手死死摁住上腹，头上渗出豆大的汗珠，身子摇晃了几下，似乎已坐不稳。植林慌忙上前扶住老敬，四个女孩儿都被眼前突发的一幕吓呆了，片刻，奚沐晓反应过来，大呼一声：“不行，现在就送叔叔去医院。植林、丘野，你们扶好敬叔，婷婷快打 120，姗姗快收拾东西！我打电话给施以礼！”

不一会儿，120 急救车的声音逼近，医护人员迅速上楼将已经昏厥的敬云弦用担架抬出房门。没想到电梯太小，实在不能横放担架，正当大伙儿急成一团之际，丘野一个箭步上前抱起敬云弦，连电梯都不进了，直接走楼梯间，往楼下的救护车冲去。其他人这才回过神来，跟着跑下了楼。

生命就像一条大河，时而宁静，时而疯狂。敬云弦把他的疯狂都留在了青春张扬的岁月，现在，是要一切都归于宁静了吗？

三十

施以礼是奚沐晓的高中同学里唯一学医的，在复旦大学医学院本硕连读，毕业后进华山医院做住院医生。奚沐晓在电话里跟他说了情况如何紧急，他竭尽一个新晋医生的全力，找到全院最好的内科专家守在急诊室。

基于敬家姐妹提供的病人平日症状描述，专家初步判定胃部或消化道有问题，很快胃镜检查结果出来了，证实了专家的猜测——胃癌中期!

听到这个结果，敬姗瞬间瘫软，情绪几近崩溃，奚沐晓立刻冲上前拉住她。敬婷心里似乎对这个结论有所准备，显得比妹妹清醒许多，她抓紧时间向专家询问应该如何治疗。

奚沐晓已然顾不得许多，短暂的无助之后，她给正在高尔夫球场挥杆的爸爸奚伯明打了个电话。一听老朋友罹患重疾，奚伯明扔下球杆就让司机直接开车到了华山医院。

奚伯明先去病房看了一眼正在输液的老友，病床上眼睛紧闭的老敬，似乎好久没有这样安详地休息过了。奚伯明一阵喟然唏嘘，随后，他快步走进会诊室，只听到冷静下来的女孩儿们正你一言我一语地商量对策。敬婷说她要立刻跟电视台领导申请调去跑医疗口，这样可以尽快给老爸找到最好的医生和治疗方案。奚伯明一听，忙厉声喝道："换什么换？病急乱投医，哪有那么好找？华山医院已经是上海顶级的医院了，还要换到哪里？"

一句话声如洪钟，大家回头一看，原来是船运大亨出现了，人群自动闪开了一条路。

"爸，您——"奚沐晓正想跟父亲打招呼，被奚伯明一个眼神止住了。

"我进来之前已经去过病房，医生已经把情况跟我说明了，现在是什么状况我很清楚，中期不是没救，先别乱了阵脚。婷婷和姗姗，我不知道你爸爸有没有买医疗保险，不过就算没有，你们也不用担心医疗费的问题，我出。"奚伯明的慷慨表态，让敬家姐妹一时泪如泉涌。

"你爸爸当初和我一起下乡插队，原本就是一起吃苦的好兄弟。只是他自尊心太强，后来遇到事情也不愿意接受我和其他朋友的帮助，情愿自己一个人扛下所有的压力。过去帮不了他，今天，你们一定不能再拒绝我！"说到动情处，奚伯明抬起头，这个时候绝不能让年轻人看到他眼中噙满的泪花。

奚沐晓早前还在担心，当年敬云弦对父亲伸出的援手毫不领情，会不会让父亲有所埋怨，现在看来，一切都是多虑了。她拉起敬家姐妹的手，用鼓励的眼神望着她们，希望她们不要再拒绝父亲的一片好意。

敬婷和敬姗虽然也被敬云弦调教得自尊心极强，但在这样一个生死攸关的时刻，已经由不得她们再做任何推辞，只能含泪点头。

很快，医院的专家组给出了会诊意见：即日起住院治疗，如情况稳定尽快手术根治切除，后续看恢复情况加必要的化疗及中药治疗。奚伯明雷厉风行，将一切安排得妥妥当当，让敬家姐妹感激不已。

敬姗说想跟车管所请个长假，亲自照料父亲到康复。在她看来，自己的父亲，必定是自家女儿照顾才更贴心，特别是父亲的一切特殊饮食习惯，也只有姐妹俩才更清楚。这话也非全无根据，在一家人为书报亭的生计奔忙的岁月里，她和姐姐一个主内负责家务和饮食，一个主外负责帮父亲搭把手，辛酸之外，父女三人的确也形成了常人难以企及的默契。

奚伯明考虑片刻，还是摇了摇头："虽然你照顾你爸爸是最稳妥，但年轻人请那么长时间的假对工作不是好事情。我还是建议请护工，然后你们姐妹俩要是下班早就尽量赶来陪陪他。请护工的费用问题，你们也不用操心。"

"以礼，你这边认识靠谱的护工吗？"奚沐晓问一旁的施以礼。

"照顾重症患者最靠谱的两个，一个回老家了，一个刚刚被其他患者家属抢走了。我来找找看吧，问下其他科室有没有人手。"施以礼回道。

奚沐晓突然想到一个人，忙转头问植林："植林，之前你告诉过我，你表姐以前做过护工，她现在不是在幼儿园当生活老师吗？能不能让她跟园长请段时间的假，来这里照顾敬叔叔？报酬肯定比在幼儿园强。等这边找到更合适的护工，再替她。"

奚伯明也投来一束如炬的目光。女儿的男朋友看来是相当靠谱的一个人，想必他的表姐也不会差到哪里。

植林愣了一下，显出些许犹豫，不过最后还是点了点头。要说表姐车娜料理病人的能力那是没得说，但是之前在老家医院没干太久的原因，就是性子太直而且口无遮拦，让很多病人家属都有意见。这次是女友亲自点将，只得一会儿好好跟表姐关照几句注意事项，省得到时候又生出什么事端来。

时间紧迫，车娜跟园长请了假，当天晚上就赶到了华山医院的特护病房。

奚沐晓也是第一次亲见车娜，虽然之前在微信上也看过植林发的照片。男友的这个表姐，三十多岁的年纪，身形在女人中并不算娇小，若不是略微发胖，倒也称得上眉清目秀。打扮嘛，没有特意修饰，只是看得出头发染过，可能许久没有打理的原因，烫过的鬈发已经略略平直了。

第一印象不赖，至少不像很多人传说中的外地女人那般粗蛮。唯一的问题，嗓门儿太大。车娜解释说，在幼儿园里，一个班三十多个孩子成天打闹嬉笑，如果声音不大，小孩儿完全不听她的。

“姐，你说话声音放小一点儿，这是病房，病人需要好好休息的。”植林还是不忘叮嘱几句。

“好嘛，晓得了。”车娜的普通话带着些四川口音，说话间还毫不怯场地抬眼直视表弟的这个女友，只是她并不知道这个姑娘背后竟是那样显赫的家庭。

敬婷和敬姗对车娜看来也是一致认可，看着车娜娴熟的动作，甚至对药品、吊瓶、注射器的使用都驾轻就熟，两人总算舒了一口气。

车娜盯着病床上的敬云弦，又扭头看看一旁站着的敬家姐妹，微皱了下眉头嘀咕着：“都说女儿长得像爸爸，我看咋一点儿也不像呢？”

敬婷敬姗听完，相视无语，奚沐晓有些小小的不悦，场面一时十分尴尬。

植林知道车娜又说错话了，赶紧打圆场：“哪有不像的道理？敬叔卧床久了，瘦得厉害，等康复了你再看看。”

车娜自嘲地笑笑，不再多言什么。

随后一段日子，敬云弦与病魔做着最后的斗争，敬家姐妹每天坚持下班到病房探望父亲，陪他说说话。奚沐晓继续她的论文，并隔三岔五去趟华山医院看看。奚伯明工作忙自然无法经常过来，但也不时通过助理及奚沐晓了解老友的状况。

谋事在人，成事在天。所有人都清楚这是一场无声的战役，对手很强大，胜算并不多，但在众人的齐心协力之下，万一赢了呢?

这天，保罗把植林叫到了办公室，桌上放着一册图文并茂的投资计划书，中法双语，装帧精美。保罗笑着示意植林看看，植林迅速翻了翻，被前几页的一个苏州园林介绍给深深打动了。看资料，这是一个清代苏州商人的宅子，大约是家境殷实，请了知名的工匠前来营造，打造了一个面积不大，但亭台楼阁一应俱全的苏州园林。虽比不得拙政园大气磅礴，也比不得狮子林奇石云集，但精巧别致，静谧清雅，更胜在所处地段寸土寸金。早几年被一个私人老板买下，现在准备以场地入股的形式，诚邀勃朗峰前去开设分店，而且看时间表，近期就要启动!

上次只是在大会上听保罗提过这么一句，没想到未来的苏州分店竟然会坐落在如此别具一格的古典中式园林中，植林一阵兴奋。

“所以，您已经决定了吗？”植林问保罗。

“我已经向法国董事会那边汇报过此事，原本按照董事会的战略部署，我们这两年是只关注一线城市市场，不会有太多拓展计划的，但这个投资人开出的条件太过优厚，三年免场租！你知道的，我们做饭店的，最大的投资就是房租！再加上苏州这个城市，紧邻上海，经济实力无比雄厚，高端餐饮需求也是一直旺盛，所以，董事会已经初步同意可以提前布局了。”

保罗掩饰不住兴奋："周末，我要去实地考察一下场地，你跟我一起去趟苏州，就你一个人，因为——"

"因为什么？"植林纳闷了。

"因为投资人说了，业务分成这些条款都不重要，他们最看中的，除了勃朗峰的品牌号召力，就是你的实力。"保罗笑着摊开手，表示"非你莫属"了。

"我？"植林更加困惑了。此时他唯一能想到的就是会不会奚沐晓撺掇她多金的老爸在背后搞什么花样？不然这大手笔一挥，一座苏州园林都无偿丢过来开分店？天下哪有这样的好事情？

"不要疑神疑鬼了，你在业界人气渐旺，对方对你感兴趣很正常。而且，对方的资质我都请人去工商局核验过了，一千万的资本，这绝对不是一个玩笑。"保罗的脸上，满是春风得意。

植林虽然内心一万个不相信，但这半年来，见过的怪事太多。别说在勃朗峰供职的这两三个月遇到的各种奇葩金主，就是在老钱的店上班的时候，都曾有外地的煤老板跑进来跟陈泽涛说，要掏五百万买下"此刻戛纳"，陈泽涛还兴冲冲地打电话问老钱卖不卖，电话里老钱就扔回来两个字："有病！"想到这里，植林无奈地笑了，他的鼻子在西点师里算是异常灵敏的了，可是要跟这世间最厉害的角色——资本比，仍然相形见绌。

周末，公司的商务别克载着保罗和植林，向姑苏城进发。尽管城市已经蔓延到郊区，上海和苏州几乎连成一片，但经过阳澄湖的时候，水天一片的江南秋色依然让保罗兴奋不已，一路上不停地拍照，还和植林自拍了两张，说要传回法国，给小女儿埃玛看看，她最爱的"马卡龙艺术家"已经成为他的同事了。

下车后，一个身材曼妙、穿着旗袍的迎宾小姐候在那座园林门口。

门口由两头威武的大石狮子镇守，宅门牌匾上，遒劲洒脱的三个书法大字“鸿鹄楼”赫然在目！这可巧了，大学时参加的户外登山社团就叫“鸿鹄社”啊！那一瞬间，植林开始对这所宅院产生了莫名的亲近感。

保罗问植林“鸿鹄”是什么意思，植林解释道，是大雁和天鹅的意思，都是飞得最高的鸟类，表示志存高远。保罗想了想，点点头表示赞许：“我们勃朗峰也是欧洲最高峰，两个意思不谋而合，是很好的预兆。”植林暗笑，原来老外也讲风水的？

穿过小桥流水，迎宾小姐把二人引入客堂，大约就是会客厅了。一水儿的红木家具，厅里的墙壁上挂着一幅画，同样是鸿鹄展翅高飞，可见这个神秘投资人对鸿鹄主题爱得深沉。

“请稍等，我们老总马上就到。”迎宾小姐奉上两盏花茶后，悄然退下，不远处传来一阵阵江南丝竹，不甚真切。保罗很享受这种纯中国的格调，一方面是他的家庭、他的女儿对此都深深着迷；另一方面，勃朗峰餐饮集团在全球各大都市的几十家餐厅中，还没有这样结合了当地传统文化的先例。他甚至已经能想到明年集团全球年会上的最佳商业案例，他一定能角逐 Gold Montaintop（金顶奖）。抿一口清茶，安心等待投资方的出现，植林也顿觉身心舒畅。

“Hello，Gentlemen! Welcome to my little humble garden！（两位绅士好，欢迎光临寒舍！）”一个悦耳的女音传来，声音竟是似曾相识。保罗笑着起身回应，植林抬头一看，却像电击般浑身颤抖了一下。这个同样身着旗袍、略施粉黛、酒窝醉人、头发随意盘起的女人，不正是当年那个在牛背山上，让他深陷情网，两年热恋后，又狠心抛下他，嫁给火锅连锁店老板的初恋女友路曼吗？

看到路曼笑意盈盈地盯着植林，保罗似乎觉察到什么，忙问道：“路曼小姐，你跟 Alex 认识吗？”

“Alex？我跟他认识的时候，他还不叫 Alex。”路曼大大的眼睛像扫描仪一样上下扫过植林，似乎在细细分辨与七年前分手时的区别。见保罗一脸茫然，路曼嫣然一笑，介绍道：“是的，我们认识，很多年前，我们在大学的时候一起参加过一个登山社团，名字就叫鸿鹄。你看这所园林，我在去年买下时，就请人改称为鸿鹄楼，也是想纪念那个为了梦想勇敢攀登、不怕任何挑战的最年轻浪漫的年代！”

这一切来得太突然！路曼当年不辞而别，只留下一条可能古往今来最简短的分手短信“对不起”，让还在读大三的他一度大受打击。她嫁给那个腰缠万贯却大她二十来岁的火锅店老板，婚礼没有邀请任何一个熟悉的同学和朋友。植林最初也完全不知情，直到后来，一个在五星级酒店上班的远房亲戚悄悄打来电话，说酒店里的一个婚礼上，新娘子好像是他原来的女朋友。

说话间，植林渐渐回过神来：“是的，路曼小姐当年虽然是法文系的女生，但在运动上表现出很高的天分。我们登山社团里有不少女孩子，但最后能坚持和男生一起爬到山顶的，只有她一个人。”植林甩出这么一句话，并留意观察路曼的表情。路曼看来面不改色心不跳，当然，植林说的也是事实。这个女生，心气之高，毅力之韧，绝对不是表面弱不禁风的模样。

“太酷了！我们需要这样的合伙人！作为法国人，我真诚邀请您去法国，我们一起去攀登勃朗峰，那是欧洲最难攀登的山，就像我们的餐厅，誓做全球最好的法式餐厅！”保罗的公关辞令非常得体，夸赞别人的同时，把自家餐厅也狠狠捧了一把。

“没有问题！我也很期待！很久没有登山了，如果有机会，我想和保罗先生，还有植林先生，哦不，Alex 先生一起，攀登勃朗峰！”路曼对保罗的提议欣然接受。

寒暄之后，保罗和路曼把投资意向书里的所有条款挨个儿过了一遍，有分歧，有共识，整体这桩合作应该是铁板钉钉了。路曼特别提到了西点工艺难、利润高，这部分是她关注的重点，苏州分店希望未来三年，都能得到Alex每周的亲临指导，这一点希望写进合同里。说到这里，她抬头意味深长地看了植林一眼。

保罗欢喜地检查合约条款的同时，植林脑子开始飞转：不知道路曼过去七年里到底发生了什么？为什么从一个清纯的女大学毕业生变成了一个能买下价值数千万苏州园林的女商人？而她这个时候出现到底是唱的哪一出？是真想投资勃朗峰，还是别有企图？一切的谜团，他不能问，只好故作镇定，以免保罗看出什么不对劲。

原定也是要在园林住一晚的，以体验这个古老宅子的如水月色。

晚宴之后，路曼请了两位知名的苏州评弹艺人在一汪碧池边，弹奏了几曲。清越的三弦混杂吴侬软语，保罗听得如痴如醉，还特意录了视频发给远在巴黎的女儿埃玛。而植林的微信上，奚沐晓关切地问询谈判进行得如何。植林只好敷衍地举起手机，拍了一张评弹艺人犹抱琵琶的照片发了回去。奚沐晓回复了白居易《琵琶行》里的两句：“别有幽愁暗恨生，此时无声胜有声。”

清凉月色中，路曼偶尔投来的目光，亦是无声胜有声。

三十一

那晚，保罗住在园林一隅的客房，酣然入睡。

园林更为幽静的后院里，路曼差人摆了一盏茶、一盘苏式点心，约植林小坐。

四周没有人，只有秋后仅剩的蟋蟀不时传来几声有气无力的微鸣，以及塘中的鲤鱼偶尔跃起溅出的水声。

植林没喝茶，也没有用点心，只是看着眼前这个静谧却让人疑窦丛生的园林。

“喝点儿茶，吃点儿点心吧。”路曼沉默许久，开口了。

“不习惯这么晚喝茶吃东西。”植林并没有回头看她。

路曼笑笑，不再坚持。她轻掖了一下披在肩上的方巾，这个季节的深夜，已经颇有些凉意：“我知道你有一万个疑问。说吧，想先问什么？”

“对不起，我没有疑问。”植林脸上没有任何表情变化，而内心那头被压抑了七年的猛兽在试图奋力挣脱枷锁。

路曼显然对植林的态度有所预料：“哦，是吗？那行，如果不介意，就让我自己说吧，你听听就好了。”

植林没有吭声。

“首先，跟保罗谈的合作，放心，没有你，我一样会跟他谈，这个生意我的确很感兴趣。我已经打听过了，他是因为跟勃朗峰总部的人内斗失败而被排挤出来的，所以中国市场的扩张对他而言至关重要，而且这个开在园林里的米其林餐厅，一定会帮他拿回面对总部的话语权。当然，如果不是你，合作条件不会那么优厚罢了，我会收他不低的场租费。”路曼娓娓道来，言谈中，那个带着些许天真的女大学生的影子荡然无存，只剩下一个女商人清晰的口齿和缜密的逻辑。

“第二，你想知道，我们分开的七年里，我都干了什么。”路曼抿了一口茶，杯盖轻触茶盏，是上好景德镇瓷器的清脆回响。植林抬头看她，不再回避。

“你知道的，我嫁给了那个姓刘的老男人。准确地说，不是嫁，因为我跟他根本没有一纸婚约。他是无锡人，年轻的时候去了四川，在那边跟一个火锅店老板干，因为勤快聪明，被店老板招成了上门女婿，还得了他岳父的秘方真传，然后把火锅店开遍了全国，生意做得很大。

“他跟他老婆后来感情不好，但是因为有两个孩子的关系，他老婆始终不肯离婚，甚至默许他在外边跟其他女人来往。我在大学毕业后进了一家翻译公司，你知道的那家——万国翻译。有次公司接了他的业务，派我陪他去上海参加一个国际餐饮展会。回来的飞机上，他说喜欢我。”

植林突然觉得一阵恶心，心里那头猛兽稍许安静之后，再次开始蠢蠢欲动，他有点儿不耐烦地打断路曼：“你说这些，跟我有关系吗？”

“有关系。你先听着。”路曼一点儿也不恼，继续讲述，“我不喜欢他，但后来我还是答应跟他在一起了，而且半年后，他还在成都一个五星级酒店办了喜酒。那会儿他根本没有离婚，但他不怕，即便成都餐饮界的人都认识他，他也那么明目张胆地办了五十桌。那以后，他就跟我住在一起，再也不回他老婆那儿了。他老婆约过我一次，说了，只要不撺掇他离婚，为她保全一个表面完整的家庭，她答应我的一切条件。

“我说好，我也不需要婚姻，更不需要孩子，我需要钱，要是答应我的条件，我可以去安节育环。于是他老婆给了我一百万，不是一次，是每年。现在我跟她关系很好，她去美国买包，不会说英语，都是我陪着她。这些老刘都知道，妻妾关系融洽堪称和谐社会，二奶还能帮他管理公司挣钱，让他在朋友圈子里从来不丢面子。呵呵，很奇葩，对吧？”路曼摇摇头笑笑。

路曼的话像一颗颗子弹，射得植林猝不及防——他几乎是闭着眼睛听完的，却怎么也想不到，那个爬山总冲在最前面，到了山顶上还要高唱几句“连绵的青山百里长”的清纯女生，那时他心中的女神，怎么会蜕变成这样庸俗、肮脏，浑身每个毛孔都散发着铜臭的拜金女？

“去年，我问他老婆，希望我离开吗？他老婆想了想，点了头。我说，把苏州的那座园子给我，我不仅会离开，还会让他从此不再喜欢我。这个园子是老刘多年前买的，名字落的是他老婆，那会儿才几百万，现在应该值两千多万了吧。我从不觉得亏欠他们什么，这是我应得的，我在刘家的六年多，他的店新开了四十家，一年帮他多赚的，都不止这所园子的价值。”路曼抿了口茶，环顾了一下整座园子，双眼拂过一砖一瓦，就像当年，老刘贪婪的目光饿狼般扫过她的胴体，只是，砖那么硬，而她，却那么软。

“产权变更手续一做完，我约了一帮混场子的男男女女，包了一个会所，让他们准备了东西来溜冰（吸食冰毒）。当然，我没吸，我只是混在他们当中，他们怎么发疯，我就怎么疯。我还自己打了110，趁警察来之前，把其他女人的尿存下来冒充自己的。后来，所有人都被关了起来。他来探望，勃然大怒。我接着装疯，跟他说我空虚，我不是个好女人，我已经没救了。还有，我从来没有爱过他，而他的老婆，才是真正爱他的那个。”

“后来他就回到了他老婆身边，一来可能真的是良心发现，结发妻子给的宽容，对他的好，确实不是谁都能比的，而且孩子也大了，老大去年在美国读完了大学，人老了玩性也就渐渐消退。二来可能也是怕我再那么胡闹下去，把他的家业败完不算，他最看中的在圈子里的脸面，也会丢得干干净净。你知道，他最初找我，也是因为面子。”路曼说到这里，脸上笑容尽失，有些淡淡的凄凉。

“我在戒毒所里住了三个月。你可能觉得我神经病吧，没吸毒怎么还自己跑去受罪。我就是想让他彻底对我死心。三个月里，我花钱买戒毒所里其他女人的尿，为的就是每次尿检，都能确保还是阳性，好被继续关着。当然，我也觉得自己这六七年干的荒唐事，哪怕再关我半年反省，都不足以洗清。直到有一天放风的时候，我看到天上一只大雁飞过，就像我们从前在牛背山上看到的那只，飞得孤独，却那么高、那么稳。那天，我送去检测的尿，终于换成了自己的。”

植林突然听得一阵心酸，他和路曼在一起时就知道她一定不是等闲之辈，有次溜进女生宿舍，还发现她床头上放着一本名人传记，讲得正是一位平凡女性多年来如何一步步脱胎换骨，功成名就。

那时只把这当作她一心向上的表象，怎知她的心性和手段，竟真的与传记中的女主人公不差分毫！只是，这头破血流的一路，最初的动因是什么？她自己也并不是穷人家出来的姑娘啊！

“你现在想的，应该是我想说的第三点，为了钱，至于吗？还有第四点，我到底为什么离开你？”路曼恢复了精神，深夜里，神采奕奕，像一朵恣意盛放的玫瑰。

植林不置可否。

“我原来也觉得当个小白领就可以了，家里在县城的老家也有不止一套房子，安安心心过些小日子，有空儿打打麻将旅旅游也没什么不好的。直到有一天，我爸给我打电话，问我能不能给他买张澳门回成都的机票。我不明白为什么，你知道的，他在那边也做点儿小生意，我妈是镇上的妇联主任，根本不缺张机票钱。再三追问下，我爸才告诉我，他去澳门赌钱，被人设局骗光了所有现金，甚至押掉仓库里的货，还倒欠下一百万，限期一个月还清，否则一只手肯定会被吊在我们县城的老城门上。我听完，什么都没说，给他订好了回程的机票。”这一段，路曼说得艰难，完全不似她刚刚描述如何攫取情夫家财产时的扬扬自得。

“你还记得那个周末，你来找我，在我租的房子里，我们一起看的电影吗？莫泊桑的《俊友》。平时我看电影都会边看边骂边笑，那天我一声不吭，你大概也没注意。电影里，杜洛瓦是怎么飞黄腾达的？凭借一张脸，一步步踩在别人头上，往上爬，根本不顾被他利用的那些权贵的下场是如何惨烈不堪。”

植林当然记得那个午后，四川盆地闷热的天气里，老式空调嗡嗡作响，植林倒是注意到了女友的反常，只当是因为姐弟恋又被父母给训斥了，也未多问。未曾想，那个窗外蝉声不断的午后，路曼一家原来遇到了那么大的坎儿，无法逾越。

“你专心看电影的时候，我一直在偷偷看你。我不知道该不该把我爸的事情告诉你，我知道你对我很好，但是凭我家、凭你家，就算把所有家产卖了，也是凑不上那一百万的，而且还是一个月之内。你那会儿才大三，那么年轻，世界才刚刚向你张开怀抱，我凭什么把我爸带来的这块千斤巨石压在你的身上？所以，电影放完，我也有了最后的决定，我必须尽快离开你，而且，为了让你彻底死心，我要做得更加决绝一点儿，就像为了离开老刘，我装疯卖傻，在戒毒所关了三个月。第二天，我去你的宿舍帮你整理好床铺之后，就悄悄把我租的房子退掉，然后搬到了城市的另一端。你可能不知道吧？你那个在五星级酒店工作的亲戚，是婚礼后我主动借机跟她说话的。”说完，路曼长舒了一口气，七年了，假如别人只是痒一痒，对她而言，却是如同在野兽撕咬中度日如年熬过来的。

“你应该告诉我的。”植林迟迟不知该如何回应，他翻出手机里存了七年的那条短信——“对不起”三个字，递给路曼，“你这条短信，我一直存在手机里，为了保存它，我到上海四年了，用的还是从前那个手机号。”

路曼接过手机，两颗泪滴在屏幕上：“你最初应该以为这是世界上最没有诚意的分手吧？”

“曼曼——”这是植林一整天，第一次叫起原本专属她的昵称，即便只这两个字，也已经让路曼的心情瞬间好起来。

“我差点儿误会你一辈子！”植林的心开始绞痛，“如果那天，你告诉我实情，我或许是可以帮到你的。十七岁那年，我得到一笔钱，是我爸妈的死亡抚恤金，我从来没有告诉过任何人。这笔钱，我让我舅舅帮我保管，他从来没有动用过。”

路曼瞪大了眼睛，植林缓缓说出的每个字，都像千钧铁锤在狠狠击打自己那颗曾以为铜墙铁壁的心。是啊，如果当初对植林坦白，如果当初接受他的帮助，今天的自己，会不会不那么面目可憎？然而，这世上没有如果，只有宿命——在它导演的每出戏里，常常以为是主宰的我们，却总在不经意间沦为任由它摆布的提线木偶。

“不，即便我知道你有能力帮我，我也不能要，那是你爸妈的生命换来的。”路曼从方才的天旋地转中稍许平复。

“他们的命已经没了，可是你父亲的命还能挽回。”植林不敢看她，只将头埋在双手间。

路曼轻触他的肩膀：“谢谢你，植林，他的命还在，只是我用了另一种方式去挽回而已。过去的，无法改变，我现在，只希望你能原谅我所做的一切。我们，可以和从前一样。”

植林许久没有作声。从前是什么样？他记得太深，所以早已忘却。

一秒、两秒……一分、两分……路曼始终没有等到一个答案。

“不用为难。我知道，你在跟一个画画的姑娘交往，家境应该相当不错。”路曼笑得无比释然，那个未曾相见的对手的底细，她已经掌握得一清二楚。

“你怎么知道她？还有，你怎么知道我在上海，在勃朗峰？”植林丈二和尚摸不着头脑。

“这你就甭管了，你别以为我跟着老刘混就只挣了些钱。他是怎么把老丈人的产业搞到手，又是怎么一步步做到餐饮行业会长的，我都学到了。情场、商场，都是一样啊，知己知彼，百战不殆！”路曼卖个关子，对自己的油滑手段倒是不避讳。

“是的，是个画家，也是个富二代。她很单纯，像当年我眼中的你一样。但她也很坚韧，很有个性。我还在试着跟她相处。”植林轻描淡写。

路曼想了想，只说了一句：“朱门从无太平地，回首依旧芳草洲。”

植林不敢回应。老实说，他与奚沐晓的恋情，尽管前途未卜，但在路曼重新出现之前，他却从未想过“退路”二字。他甚至告诉自己，比起奚沐晓冲破世俗藩篱的勇气，他遇到的挑战其实并不算什么，所以无论怎样，自己都必须咬牙坚持下去！但此刻，为何有了那么一丝松懈？难道在得知路曼离开的真实原因之后，已经不自觉地把她当成了一条退路，而且这退路，更是一条宽广的坦途？

园林幽幽的灯光里，路曼把盘起的头发解下，微卷的头发，瀑布般流淌。夜风吹过，几丝头发迎风起舞，轻柔的披肩也被卷起一个角。这个风情万种的身影，还是那么陌生。植林闭上眼睛，脑海中，牛背山的灯火阑珊中那个青春健美的身影，以及地下铁的人潮中，那个孤立无援的身影来回切换，最后竟重叠为一人，分不清她，或她。

不谙世事少年时，以为人生总能活得洒脱——往往到最后才发现，人这一生，同草芥、浮萍、蝼蚁、燕雀竟无半点分别，趋利、避害、苟且、偷生，哪怕一个小小的念想，一次看似无谓的抉择，或许都会让人生轨迹永久改变，再无法回到原点。所以为什么鸿鹄也好，鲲鹏也罢，总是人们歆羡的对象，因为它们远离人间烟火，方得保全那振翅高飞的洒脱，或遨游海底的自由。

三十二

次日清晨，深秋的暖阳慷慨洒入园林，一切又恢复了生机。

路曼早早起床，拾掇得异常干练靓丽，看不出丝毫疲倦。

植林也起床了，和保罗一起，在园子里闲逛。管家已经备好了正宗的苏式汤包和奥灶面，请两位前往用餐。

的确是个很好的园子，虽然面积不算太大，但格局规整，玲珑通透，非常适合做高端餐饮。

上午保罗和路曼正式签署了合作协议。植林没说什么，对于他需要每周来一趟苏州的要求，保罗倒是明确征询过他的意见，能说什么呢？于公，这是一桩划算的生意，他没有理由拒绝保罗，勃朗峰在中国发展得好，保罗跟法国的话语权加大，对所有中国员工都不是坏事。于私，与路曼的误会冰雪消融，即便已经无法再续前缘，怎么说也是个老朋友，她用六七年的屈辱换来的今日破茧重生，他同样没有理由不帮衬她从黑暗转入阳光下的生意。

心中唯一的不安，来自那个正在画室聚精会神改稿、两耳不闻窗外事的女孩。

敬云弦的病变部位很快被手术切除，术后在监护室观察了两天，暂时脱离了生命危险，被送回了康复病房。

这天，植林又陪奚沐晓去了华山医院。老敬在熟睡，脸色已经比手术前好了许多，只是嘴唇依旧发白，看来术后贫血的状况还需要改善。

“医生前两天让输血，问直系家属有没有愿意直接献血的。结果敬老师是O型，两个女儿都是B型，没法用，所以只有用血库的血了。”车娜小声向植林和奚沐晓汇报最近两天的治疗进度，当然，她的小声已经算是高分贝了。

“嗯，婷婷和姗姗都是B型，我也是，以前体检我们一起查过，都一样。”奚沐晓解释道。

“医生也说了，可能婷婷她们妈妈的血型是B型，只有这种可能了。”车娜自言自语。

“姐，跟你说了不要管人家的家事。”植林压低嗓子，生怕吵醒睡在病床上的老敬，“一会儿婷婷她们下班就来了，晓得人家没有妈，再提不是又惹得人家伤心吗？”

车娜撇撇嘴：“你莫要光说我，这个事有点儿蹊跷。”说着，车娜把弟弟和奚沐晓从病房拉到了走廊上，一脸神秘兮兮，“我跟你们说，绝对有情况。最近几天，有时候我去打饭，或者洗衣服的时候，只要离开时间超过二十分钟，回来就会发现一些怪事。”

“比如说？”植林和奚沐晓脱口而出，神同步让两人都面面相觑。

“比如，我走的时候，床头柜上是空的，回来的时候，就放满了水果。有一天，床头居然放着一个保温壶，里边装着煲好的汤。我也问过婷婷，她说不是她跟姗姗送来的！”车娜说得有根有据。

植林和奚沐晓深觉不可思议，因为水果可能是哪个朋友匆匆探访拎来的，但专程煲汤送来就未免有些离奇了！

“有两次我走进病房的时候，总觉得过道里有个女的在回头看我。你们不觉得奇怪吗？哪个会跑来看敬老师？你们不是说他的家人都不跟他来往——”车娜突然打住了，她远远看到敬婷已经从电梯里出来，正往病房这边走。

植林小声跟车娜交代：“再关注两天，一会儿什么都别说了。”

几天后的傍晚，植林刚从苏州回上海，车娜一个电话着急地把植林和奚沐晓又叫到了医院，自己早早等在大门口。

见两人赶来，车娜发现新大陆似的跟两人耳语：“中午真的有人来过！我去打水，那个人估计以为我去洗衣服了，就进了病房。没想到我很快回来了，刚到门口就听到那个女人坐在病床边跟敬老师说话。他们两个声音很小很小，我竖起耳朵听了半天，别的听不大清楚，但‘女儿们’三个字我是听得千真万确！”说到激动处，车娜的分贝不由得又提高了八度。

“你是说，那是婷婷和姗姗的妈妈，那个生下双胞胎女儿就不辞而别的狠心女人？”奚沐晓目瞪口呆。

“有可能！那个女人本来是拉着敬老师手的，后来我走了进去，她就马上松开，跟我点了下头，也不说话，慌慌张张拎包往外走。她年纪看起来不算大，四十几岁，穿得清清爽爽，应该还是个文化人。”车娜竭尽全力地描述，“她走后，我就问敬老师这个人是谁啊，但他始终闭着眼睛装睡，不说话。”

“你俩先别乱猜。姐，你回忆一下时间。晓晓，你能不能拜托你那个同学施以礼去保安处调一下监控录像，咱们先看看这个女人长什么样。”植林开始运筹帷幄。

“我去打水的时间应该在十二点一刻，前后就十分钟时间，你就让他们好好查下那前后半小时的录像就行了。我凭直觉告诉你们，错不了，婷婷和姗姗，跟这个女的长得绝对是一个模子刻出来的。”车娜脸上满是自信。当年她在老家医院做护工时，一个女病人的老公带了几个同事来探病，结果她坐在旁边瞅了一会儿，便看出了一个女同事跟女病人的老公有私情，私下忍不住告诉了女病人，结果第二天就被恼羞成怒的男雇主给赶走了。对于家长里短这点儿事儿，有的女人天生就像猎犬，而车娜就是敏锐度最高的那一类。

“好，姐、植林，我们一起去安保室。”奚沐晓已经迅速联系好了施以礼，三人下楼跟以礼会合。

“就是她，就是她！”车娜指着过道上一个匆匆离去的女人叫起来。保安把镜头放大，一个中年女人不甚清晰的脸出现在屏幕上。即便有些许模糊，脸部轮廓和身形也足以让一群“名侦探”断定，这必定是敬家姐妹的亲生母亲无疑！

现在摆在侦探们面前的问题是：这个事情要不要告诉姗姗和婷婷。

大家有了不同意见。植林和以礼作为男士，认为父亲病重，姐妹俩已经够心力交瘁了，再扯进来这个曾经抛夫弃子的妈，该有多闹心。而奚沐晓和车娜则坚定认为，两个二十多岁的女孩儿，面临这么大的家庭变故，实在是常人难以想象的艰难。而这个母亲既然决定重新出现，想必已经回心转意，而且敬云弦看来也并不排斥，若果真如此，她或许能帮姐妹俩分担一些。万一父亲真的不在了，找到母亲多少算个安慰。

作为一起长大的闺蜜，奚沐晓真真切切感受到，姐妹俩坚硬的外壳之内，藏着怎样一颗脆弱的心。她清晰地记得，学校开家长会、运动会，姐妹俩看着其他同学的妈妈打扮得漂漂亮亮出现时，那副极度落寞沮丧的神情。还有一次，奚沐晓和婷婷参加一个校外活动，路遇中山公园草坪上正在举行一场露天婚礼。婷婷也曾幽幽地说，以后结婚，都没有人帮自己梳头发。所以，无论对那个曾经抛弃她们的女人如何怨恨，她始终是带她们来到这个世界的妈妈！

主意打定，几人把监控录像用手机翻拍了下来，静候两姐妹下班后的探望。

结果与之前的猜测完全一致：敬家姐妹对这个消息先是表现出了极大的抵触，但在朋友们动之以情晓之以理后，还是决定要去找到这个女人。姐妹俩当然明白父亲知道所有的实情，但他既然忍了这么多年，想来现在问他也是问不出什么的，何况此刻他躺在床上，形容枯槁，气若游丝。

然而在被车娜当场撞见之后，那个女人就再也没有出现过。姐妹俩甚至请了两天假专门候在医院守株待兔，也都一无所获。焦急之余，车娜想起来那天偶遇的时候，女人走得匆忙，也许会留下些什么东西，于是去病房的储物柜里翻找，很快从一个超市购物袋里找到了一张小票——杨浦大润发，上边竟然还有会员卡号！

几个人如获至宝，捧着这张小票，由奚沐晓开车当即冲到了杨浦大润发。因为涉及会员隐私，超市起初并不肯帮忙查会员信息。带着哭腔的敬婷便打电话跟丘野说明了缘由，丘野很快开着警车出现在超市。见有警察叔叔作保，超市二话不说，马上输入会员卡号，查到了会员登记时所用的身份证。

“不会吧？林香莲，七十岁？”屏幕上出现的信息，让所有人惊愣不已。

“难道是搞错了？”奚沐晓反复琢磨那张小票，购买的的确是牛奶和保健品，显然是那个神秘女人使用过这张会员卡。

“没事，我把地址抄下来，一定要登门去看看这位林香莲是谁！”敬婷记者刨根问底的劲儿上来了。

“行，那你们抄一下吧，鞍山路 218 弄 29 号。”超市方把登记留下的地址念了出来，敬婷姐妹俩仔细抄好，还来回核对了好几遍。

鞍山路是杨浦老工业区一条热闹的干道，住在这一带的，多半是早年在杨浦各大工厂做工的工人和家属。一路上，大家都沉默不语，只有敬姗说了一句：“看来，住的条件也不太好，不过，应该是上海人。”

按图索骥，找到了藏在一栋老公房中的门牌号，敲了半天门，总算传来居家鞋嗒嗒拖地的声音，以及一个不算太苍老的老妇人的询问：“啥宁啊（谁啊）？”

“阿拉来寻林阿婆（我们来找林阿婆）！”奚沐晓高声回应。

门锁轻轻扭动之后，传来“吱呀”一声，门开了一条口子，门内站着一个头发花白、戴着老花镜的半老太太。

“您就是林阿婆吧？”奚沐晓堵在门缝处问。

“对额。”老太有些迟疑地回应：“哪寻吾啥体？（你们找我什么事？）居委会不是说，下午才安排人来量血压吗？怎么上午就来了？”

奚沐晓没吭声，她知道自己一身素色的穿着打扮，一定让老太误认为是社区医院的小护士了。

老太小心翼翼把门开大了一些，就在那一瞬间，她看到两个长相几乎一模一样的年轻女孩儿站在“小护士”后边，突然脸一拉，并用力把门往回扣，准备关上门！

说时迟，那时快，植林和丘野伸手挡着门不让老太关上，而奚沐晓已经猫一样钻进了门缝。

老太不再坚持什么，转身折回昏暗的客厅，跌坐在一张旧沙发上，号啕大哭。

这一幕，已经说明了一切。

年轻人也顾不得老太是否允许，跟着进了屋。奚沐晓开始安慰老太，丘野找了半天，总算找到了一个电灯开关，摁下后，客厅才明亮起来。

敬家姐妹隐隐觉得自己跟这个老太一定有什么瓜葛，身世之谜即将揭晓，两人显得异常局促不安。

老太号了十分钟，总算平静下来。奚沐晓赶紧递上纸巾，老太竟也顺从地接过，但擦了一下，便又泪流满面。她努力睁开眼，看着敬婷和敬姗，缓缓地说了一句："囡囡啊，你们受苦了……"

之后便是三人抱头痛哭、让人肝肠寸断的场面。奚沐晓见不得这些，独自走出客厅，到阳台上擦眼泪，只剩植林和丘野两个大老爷们儿不知所措。

心情平复之后，老太缓缓讲述了这两个女孩的出生遇到的磨难。

在超市调出身份信息的那一刹那，大家心底都在猜测，这个老太不可能是敬家姐妹的妈妈，应是两人的亲外婆。两人的妈妈，并不住在鞍山路的老房子里，而是住在离这里三公里的五角场新楼房。那里，有她自己的家庭。

外婆是个退休小学教师，有个独生女儿，大名叫曲一丹，夫妇俩宝贝得很。小时候乖巧可爱，对音乐领悟力超强，后来如愿考上了音乐学院，没想到在大三那年，与老师传出绯闻，未婚先孕。父母自然是暴跳如雷，已经分分钟准备抄家伙冲到学校去揍人。

然而，老太太随后讲出的来龙去脉，竟让所有人始料未及。原来，敬云弦根本就不是当年的绯闻男主角！回城执教的几年里，他眼光很高，一般人家的姑娘他根本看不上，一拖就拖到三十多了还未婚配。直到一年新生入学，遇到了落落大方的曲一丹。两人年龄差了十几岁，且是师生关系，依然在眉来眼去中看出彼此互有好感。虽然血气方刚，但两人一直控制交往的尺度，并相约在曲一丹毕业后再公开恋情。

大三时，曲一丹参加了一个高干子弟同学组织的舞会，全班同学悉数到场。喝了点饮料的她不知怎的竟然昏睡过去，醒来时就已在高干家的卧室里。她被这个早就垂涎其美色的同学占有了，而且很快怀了孕！她慌了神，去问当事人怎么办，没想到对方根本不认账。曲一丹异常气愤，甩了对方一巴掌后，决定去报案。

然而，父母出来阻拦，他们都是小知识分子，骨子里就胆小怕事。何况对方放了话，倒想看看哪个公安局敢接案。林香莲夫妇此前也听过这样的先例，曾有受害女方家属不信邪去告状，不仅没有告倒对方，反而被有钱有势的男方倒打一耙，诬陷了个通奸罪，真正的犯罪分子没进去，受害者却被关了起来！这听起来匪夷所思，但在那个特定的历史年代，却是不争的事实！

悲愤难忍的曲一丹甚至想到了一死了之，却被敬云弦拉了回来。他陪心爱的姑娘去外地医院准备引产，结果B超照出来是双胞胎。医生摇摇头，不敢接这个危险的堕胎任务，而且告诫两个年轻人，双胞胎引产不仅危险重重，堕胎后女方能不能重新受孕还是个大大的疑问。敬云弦望着恋人哭红的双眼，心一横，对她说，这个黑锅，就让他来背吧！后果不用猜，整个学校立刻炸开了锅，两个人被双双开除。

敬云弦倒也想得开，在自己独住的地方，好好伺候起了孕妇的起居，但这件事很快传到了在外地支边的父母耳朵里，两人坐了两天两夜的火车从青海赶回上海。对儿子竟然因为一个作风不正的女学生自毁前程，夫妻俩极为愤慨，当面大骂曲一丹让她滚。在儿子发疯似的号叫中，老夫妇摔门而去，直接奔赴上海火车站，登上了回青海的列车，从此再未踏足上海的土地半步。

那，这样两人总能在一起了吧？女方家长林香莲夫妇，却又使出了一个大昏招。身为教师的他们，满脑子想的都是女儿的清誉和自己在教育界的名声，后来私下找到敬云弦，一哭二闹三上吊，竟然强迫他同意了这样一个协议：名义上敬云弦是孩子的父亲，曲一丹在敬云弦这里养胎直到生产，之后孩子放在上海，请人代养一段时间，过几年风声过去再送回外公外婆身边。曲一丹则需要在孩子满月后去外地休养，林香莲夫妇已经托外地的朋友帮忙，在当地给女儿上了户口，摇身变成了另外一个叫李素梅的人！

为了所谓的面子啊，原本应该安然吮吸母亲乳汁的婴儿，就这样被扔在毫无血缘的敬云弦那里，而林香莲夫妇则马不停蹄带女儿去外地洗白了身份，之后曲一丹就再没在上海出现过。熟人有时问起，老林夫妇也都讳莫如深，只说是女儿去外地的学校任教了。整个故事看起来天衣无缝，唯一多余的角色，似乎就是寄养在敬家的那两个小婴儿了。最初林香莲还隔三岔五避开熟人悄悄给敬云弦送些奶粉。到后来，去的次数越来越少，直到有一天，夫妇俩似乎下定了决心，这种惊弓之鸟的日子，再也不想过了。

几年后曲一丹回上海，三番五次想去找孩子，每次总会被父母以死相逼。偷偷去原来的地址找人，却发现敬云弦早已搬家离开，费尽周折打探到女儿们的下落后，她曾在街角远远张望过她们。敬婷她们守报摊的那两年，她还专门去过，却在接过女儿递来的报纸的一瞬间，泪流满面。善良的敬婷，以为这个阿姨眼睛飞进了虫子，还好心地递上纸巾。

曲一丹现在的婚姻并不幸福。十几年前从外地回来后，她就在父母安排下草草结了婚，目的只是为了通过婚姻再次获得上海户口。婚后一直没有生育，原因只有她自己知道——每次跟那个不爱的丈夫行房前，她都会偷偷躲进厕所吃一颗避孕药。无数次想过离婚，都被父母劝回来。夫家前几年拆迁了几套房子，公公婆婆因为儿媳妇是“外地人”还没有生养，多少心怀芥蒂，一直没有同意在房产证上加李素梅的名字，再忍个几年或许就加上了。四十好几的人了，工作不算太稳定，万一真离婚了，生活想来也不易。而这么多年无辜承担了他们一家所有屈辱和负担的敬云弦，如今断然也是不会跟她重修旧好的。与其老了搞得竹篮打水一场空，不如把这段凑合的婚姻继续将就下去。

老太说到动情处，抱着外孙女又是一场痛哭流涕。其实他们也不是铁石心肠，也曾经伪装成路人经过外孙女的学校。操场外，两个老人踩着花坛踮着脚往围墙里反复张望，望着望着就湿了眼眶。后来，在电视上老看到有个叫敬婷的记者，长得像极了年轻时的女儿，他们也猜测这会不会就是自己的外孙女？

狂风、骤雨、冰雹、雷电，总有停歇的时候。哪怕天空没有出现彩虹，至少路上的行人，也得以喘息休憩片刻，停下来整理行囊。那些被风雨打得皮开肉绽，却依然忍辱负重步步前行的行者啊，你一路兼程，纵然被全世界误会，也请相信，你走过的每一步，都是丰碑！

三十三

后来的故事，意料之中，也在意料之外。

曲一丹的夫家得知这个原以为不会生养的媳妇竟然在多年前就曾产下一对双胞胎后，彻底爆发了，一场无爱的婚姻终于走到了尽头。当然，作为婚姻过错方，她没有得到任何物质补偿，家产争夺战几乎是对方大获全胜，但曲一丹完全不觉得自己是个输家。她如愿以偿地从那个向来只视为房子、不当成家的地方搬出来的一刻，抬头挺胸，这是她二十多年前受辱后，从未有过的畅快。

两个女儿，最终也无条件地原谅了她。毕竟，这世界充满了机缘巧合。那个高干子弟犯了错，但她们得到了这个虽无血缘关系，却对两个女儿视如己出的父亲的疼惜，也终于得到了这苦尽甘来的母亲迟到的爱！

曲一丹毅然决然地搬去了敬家，病榻前自然也用不上车娜忙前忙后了，她这次又在照顾病人不到一个月的时候被“解雇”了，却是笑逐颜开地离开。车娜拎着包离开华山医院回宝山的时候，敬婷和敬姗两个人围着她抱了好久，看得一旁的奚沐晓都有些吃醋。

不过，植林这个姐姐跟姐夫确实一人帮了一个大忙。

植林轻舒一口气，又开始老生常谈：“‘以道观之，物无贵贱’，人当然也没有。”

奚沐晓点点头：“有时真的觉得，你总提起的那个老道长，字字珠玑啊！我们找时间去趟青城山，拜访一下他吧？”

植林愣了一下，面露难色：“最近忙得很，苏州店的装修还没结束，得盯着装修公司把设备安装妥当，再好好调试一遍。到时候看能跟保罗请几天假吧。”植林提了下苏州那边的进度。

“不着急，这个月确实排不开了。这边敬叔的病情还不到彻底乐观的时候，我的论文也只写到一半，另外我爸他们青岛航线的交船仪式很快就要举行了，这是他们公司一年最重要的事，爸爸希望我们都参加观摩一下，你也把时间预留一下吧。”奚沐晓掐指一算，好几件大事件即将接踵而至，备感分身乏术。

“行。”植林应道。出席交船仪式？这倒是头一次听说的新鲜事儿。这举步维艰的融入豪门之旅，也只能瞎子摸象一步步往前了吧？

路曼那边，静如止水。一开始，他也有种细思恐极的莫名焦虑。路曼越是按兵不动，他就越担心她哪天会来个先声夺人。就像传说中的猎豹捕食，常常在草丛中潜伏一整天，一动不动，只为找到最佳出击时间。

他当然知道，路曼掺和勃朗峰的生意，一定是为了搭上这家餐厅如日中天的势头赚足银两。只是，那天重逢时，她言语中还是对这份逝去七年的感情念念不忘，而且那该死的合同还写明了要让他每周去苏州出差一趟……

不过后来，他发现好像一切都多虑了。即便他在苏州，路曼跟他之间的话题，也很少触及个人情感，几乎都是围绕餐厅装修、设备采购等专业问题。

这个女人，可能真的成长了。他告诉自己。

他始终不敢把苏州店的大股东曾是自己初恋女友一事，告诉奚沐晓。只是有次轻描淡写地提过两句，说无意中发现自己跟苏州店的合作人是校友，但是差了好几届，女强人太厉害云云。

“朱门从无太平地，回首依旧芳草洲。”他在心中默念那日路曼的话。

说实在的，他内心已经不厌恶路曼了，但要重燃起旧情的火焰，目前看来，没有这个可能性。即便豪门那高过千仞山的门槛，他最终没有迈过去。

可能因为消失了接近二十五年的曲一丹重新回到身边的缘故，老敬在手术后，逐渐表现出康复的迹象。对于很多重症患者来说，心情，才是疗效最佳的一剂良药，敬婷姐妹对此看在眼里，喜在心上。当父亲能够下地走动的时候，姐妹俩甚至撺掇父母去把结婚证领了。父亲听了，笑笑，告诉女儿们，还用得着领证吗？他们早已是二十五年的夫妻，要说，已经是银婚了。

敬婷有次采访中，一个比妈妈年龄稍大的中年妇女拉着她，问她是不是以前音乐学院曲一丹的女儿？敬婷说是，那女人便眼泪汪汪地跟她说，她叫康耀华，说曲一丹应该认识她，请曲一丹务必给她打电话，她有话说。

回家后，敬婷把这事儿跟妈妈一说，曲一丹沉默片刻，告诉女儿们，那个女人，就是当年侵犯自己的高干子弟康耀宗的姐姐。当初她拿着怀孕报告单去找康耀宗说理的时候，就是这个康耀华泼妇一样叉着腰，骂她小贱人滚蛋。

后来，曲一丹当着两个女儿的面，心平气和地拨了一个电话给康耀华。电话里，康耀华哭得梨花带雨，告诉曲一丹，她弟弟，也就是康耀宗前些年酒驾出车祸去世了，没有为家里留下一儿半女，而年迈的老父母已经八十多岁，知道曲一丹当年为儿子生了一对双胞胎女儿，日思夜想念叨着要看孙女，整个人都要崩溃了。老人的房产价值多达千万之巨，可以悉数让这两个孙女继承，只求两个孙女认祖归宗。

曲一丹抬眼看了两个女儿，女儿们捂着嘴，边流泪边不停地摇头。

于是，她依旧平心静气地告诉康耀华，当年可能是有些误会，这两个孩子，不是康耀宗的。她们的爸爸，叫敬云弦。

毕达这一季的交船仪式定在月底28号，日子当然要选最吉利的。虽然是现代化的大型船舶下水，但航运人始终都会遵循祖宗定下来的那点儿老规矩，日子和时辰都得提前算好，不能有丝毫马虎。

这批交的船，其中有两艘大船是来自祁实父亲祁国辉参股的博洋公司。早些时候，几千万的订单到手，祁国辉就亲自飞到济州岛的造船基地，盯着韩方保质保量保进度地完成了船舶制造，甚至他自己还深入船舶内部，提出了许多改进意见，让船的内部布局更合理，细节更人性化。

这绝对是祁家做生意这么多年来最谨慎的一次。从前的业务都是打一枪换一炮，来回折腾不说，还没有做大做强。这次，祁国辉暗下决心，一定要背靠毕达这棵大树，让自家这棵小树也快快茁壮成长……

祁实的妈妈史明霞，对这个仪式的重视程度丝毫不亚于自己老公。当然，她盘算的事情跟老公截然不同。为了让儿子在仪式上出尽风头，在老公飞到济州岛盯船的同时，她飞了一趟首尔，拜访朋友介绍的明洞一带最有名的私人裁缝。她带着事先量好的儿子的身材尺码和儿子各角度的照片，跟裁缝研究了整整两天，最后定下来两套手工裁剪的西装。当然，她自己也没落下，除了让裁缝量体裁衣，还选购了一大堆高档成衣，护肤品更是拖回来满满一个行李箱。

植林也在琢磨这个交船仪式。按理说女友家的大事，在礼节上，自己应该有所表示。可是，对方那样的豪门，还稀罕这世上的寻常之物吗？猛地想到当时给奚力做的那套面塑康达姆就让少年喜欢得不得了，要不就发挥自己的专业特长，还是做点儿西点方面的创意？

他把主意最终锁定在仪式蛋糕上：一般的私家喜事、开业庆典、酒会派对，哪个没有蛋糕撑场的？虽然不吃，也要造型精美。在推翻了无数个方案之后，他给乔明宇打了个电话，让他帮忙提前准备个蛋糕坯子，他明天会过去自己装裱做造型。

托付乔明宇，是因为两人之间够熟够默契，另外，现在的勃朗峰餐厅，西点部做庆典蛋糕的确不是强项。明宇接到这个任务，当然也开心不已，本来跟柳思思约好第二天去看辆车的，也只好改日了。两人之前人品爆发，在摇号中成功斩获了有全宇宙最贵铁皮之称的上海牌照。虽然要花掉八万多，但想想以后不用像老钱每次进城那样躲着早晚高峰，也算值了。

而景德镇那边早就豪气地放话了，车他们买！

三十四

交船仪式前一个星期，史明霞攒了一个饭局，约了奚沐晓的母亲庄芝敏、姨妈庄慧敏、奚仲清的老婆金招娣，在思南公馆。平时她们就有一个太太微信群，群名不知道被哪个姐妹自说自话改成了“空巢美人”，倒也贴切得很。这群阔太太的日常，就是老公在外边玩儿命地挣钱，以及更加玩儿命地应酬，而她们则守着空房，独坐寒窗体味寂寞沙洲冷。

当然，这也就是表面上的无病呻吟罢了。实际上她们常常上半月去美国拉动“鸡的屁”，下半月坐邮轮去趟日本、韩国，中间还能抽出时间去香港扫个货；至于什么饭局、酒会和麻将派对，那更是家常便饭了。腐朽堕落的生活状态啊，让多少工薪阶层的女士发自肺腑地羡慕嫉妒恨。

庄家姐妹跟史明霞和金招娣比起来，并没那么喜欢在外晃荡享受。庄家三个女儿，小时候家教相当严格，所以一直以来都还是行得正走得直。今日之约，只是礼节性地回应女儿好友的母亲外加生意伙伴而已。

史明霞给其他三位各送上了一份最新的奢侈化妆品，庄芝敏姐妹轻声言谢之后就收了起来，金招娣却兴致勃勃地当场拆开看了看，恨不得马上就挖一坨抹在脸上。

饭后，四人坐在初冬的暖阳下，摆了桌麻将饶有兴致地打起来。

和史明霞递了个眼色之后，金招娣有意无意地提了句："老史啊，你家小祁跟那个模特还在交往吗？"

"嗨，别提了，我儿子早就跟那小姑娘断了来往，觉得太肤浅。你说好笑吧，小姑娘前一阵子居然跑到我家别墅楼下，隔着围墙喊了一晚上，求复合！我就气不打一处来，之前在一起，根本就是我儿子不了解她的性格为人。"史明霞端起下午茶，喝了一口，"后来我问我儿子，这个姑娘哪儿不好。他告诉我，去听个音乐会，她居然睡着了！你们说，这种素质，哪能做我的儿媳妇呢？"史明霞说完，余光瞄了庄家姐妹一眼。庄芝敏笑而不语，二姐庄慧敏注意力好像完全在牌上，眉头紧凑在算计着。她在四人中最年长，看来精力也是最不济的。

金招娣接过话茬儿："那是当然咯，你们家小祁音乐素养那么高，萨克斯吹得伐要太好哦！这种小伙子，肯定要找个懂艺术的人呀，我大嫂家的晓晓，还有我家念念最懂了，好不好！不过我女儿还小，还是晓晓跟祁实比较登对！大嫂侬说对伐？"金招娣声线很高，说话尖声尖气，老远就能听见。

两人相声似的一捧一逗，其目的是什么，庄芝敏当然清楚得很："是啊，我也觉得小祁这孩子特别好，我也算是看着他从中学开始一步步成长的，人长得精神不说，还是个音乐才子，真是太让我喜欢了。"

"四条！"庄慧敏总算用龟速打出了一张牌，"哎，我说三妹啊，你喜欢没用啊，得说服你家囡囡啊！"庄慧敏上次参与了对西点师的正面围剿战役，尽管后来听妹妹说了这是场误会，她个人依然对植林怀有成见。她内心自然是不赞成奚沐晓继续跟植林交往的，祁实呢，她也见过，当然觉得不错。不过祁实这个妈史明霞，实在是让她喜欢不起来，只是不便表露罢了。

史明霞见状，准备硬攻："不瞒几位姐姐妹妹，有天我帮我儿子收拾房间的时候，还从他原来的相册里搜出来一张晓晓的相片，相片背后啊，还写着一堆英文呢，其他我也看不懂，但 I love you 我还是懂的呀！也不知道是哪一年写的了，后来他发现我动了他的相片，还很生气地抢回去。我还逗他，说一个人对着相片单相思有什么用啊，有本事自己去追啊！他还害臊，把我推出了房间。"

"呵呵！"金招娣尖锐的招牌笑声又来了，"看不出来，这小子还挺痴情的。嫂子，我看啊，真的该跟晓晓谈一谈。"

"唉，你们以为我不想吗？但这孩子就是钻进去了，认定了那个植林，就再也不肯跟其他男孩子有交往。"庄芝敏叹了口气，虽然知道祁实妈妈带着极强的目的性来请的这顿饭，但内心也实在觉得祁实这孩子，比植林合适不少。别的不说，家庭条件就好太多，再加上还会点儿乐器，以后家里应酬招待个贵客啥的，来段萨克斯总比端上来一碟马卡龙像样吧？

"说起那个烤面包的呀，真的觉得晓晓一朵鲜花插在牛粪上了。"史明霞愤愤地说，"外地人，爷娘啊西特了（爹妈也没了），这种出身，哪能有资格来做毕达集团千金的男朋友！"

"这话我不爱听啊！"正觑着眼睛看牌的庄慧敏实在忍不住了，诚然，她也不喜欢植林，不过话说回来，万一奚沐晓以后死活要跟这男孩子在一起，今日这番话传出去，始终还是有辱外甥女颜面的。

"出身什么的，你也不用说得那么难听，我们四个，谁祖上是大富大贵的？当年你老公不是也在工厂做事吗？处对象那会儿，你从松江坐了大半天的车到上海来，为了见人家，带的青团都被班车上的人挤成月饼了吧？谁没点儿过去？我不是看不起植林这孩子，我也无所谓他爷娘是不是还活着，我只是不知道他是不是真心对我外甥女好。”

一席话，直戳史明霞脊梁骨，灰溜溜不再言语。其实这世上，很多人在自己处于相对弱势阶层的时候，努力拼搏，甚至卑躬屈膝，委曲求全，只为削尖脑袋获得向上晋升到更高阶层的机会。而有朝一日如愿以偿，就开始对原来的自己讥讽、排斥，甚至打击！就像挤地铁，前面的人好不容易挤上去了，就恨不得车门瞬间关掉，列车立马启动，好把站台上还没上车的人远远甩开！

关于这个话题的讨论就此打住，四个女人的关注点重新回到牌局上来。虽然没有达到原定目标，但史明霞深信，她至少已经动摇了整个奚家最关键人物——庄芝敏的军心。那么，儿子在抄小道的路上，就能赢得一线生机。

交船仪式在那个周末如期举行，地点是宝山吴淞码头，位于长江入海口的一个重要船舶基地。港口的一处草坪上，布置了一个简洁大气的活动现场，毕达船运公关部的员工甚至放出了空飘气球，远远就能看到。

现场除了邀请到所有中标企业、沪上众多知名媒体，也请到了亲朋好友中有头有脸的人物出席，奚沐晓将加菲、丘野、敬婷、敬姗等一众好友也邀请到了现场，当然，一定少不了植林和祁实。植林穿着深色的西装，祁实则是一身高定白西装，不差分毫，极其贴身。奚沐晓介绍了他们认识，两人客气地握手问好。虽然久仰祁实大名，但植林还是第一次与这位高富帅碰面。祁实则不然，上次徒步回来，画室失火，奚沐晓在救护车上守在植林身边时，他就在暗处默默注视，妒火中烧。

植林惊叹这世间还有长相如此精致的男人。对自己的相貌，他已不觉遗憾，但看到祁实，他心悦诚服，感慨上天像是潜心揉捏了一个剔透的男版瓷娃娃。只是刚刚跟这个帅哥握手时，明显觉得对方特别用力，而且握手的一刹那，加菲和敬婷几个女生都在不远处窃窃私语，这一切，都让他觉得这个瓷娃娃，或许并不像他表面看起来那般阳光友善。一丝直觉告诉他，这个男人身上散发出来的古龙水气息，总有一些似曾相识——那是花般清甜的前调下，隐藏得刚刚好的荷尔蒙与血的味道，一定在哪里闻到过！

离正式的交船仪式还有半小时，嘉宾已经基本到齐，奚沐晓在嘉宾区拍了拍手，热情地招呼大家聚拢过来，说植林要给今天的仪式送上一个特别的礼物。说完，植林掀开了长条桌上事先用布盖起来的一个巨大纸盒——原来，他和乔明宇花了两天，精心为仪式准备的一个庆典蛋糕就藏在其中。

“快打开看看！”加菲带头起哄，旁人也纷纷催促快点儿揭晓谜底。史明霞混在人群中抄着手，不屑一顾。

植林见气氛已经足够热烈，便小心翼翼地开启了纸盒。呈现在众人面前的，是一个高达一米、颜色绚丽、栩栩如生的帆船造型翻糖蛋糕，巨大的风帆鼓起，寓意新船交付，顺风顺水！这个大吉大利的寓意引得围观人群热烈鼓掌，纷纷称赞植林的创意别出心裁，加菲甚至手舞足蹈地吼起来：“厉害厉害！欧巴，萨拉黑！（哥哥，爱死你了！）”引得众人又一阵哄笑。

突然，史明霞拨开人群，快步走到摆放蛋糕的长条桌前，指着蛋糕高声质问植林：“你谁啊？这么重要的仪式，你安的什么好心？做的这个什么破蛋糕？帆船帆船，这不是诅咒我们新船下水就翻船吗？！还有你这蛋糕，竟然还叫翻糖蛋糕，这到底是要翻多少遍？懂不懂规矩啊？我看你真是没救了！”史明霞看起来相当激动，但言之凿凿，已经让围观嘉宾开始交头接耳，议论纷纷。

“阿姨，我们的寓意不是您说的那样……”植林一时语塞，他的确知道新船下水是有诸多禁忌的，因此跟乔明宇他们讨论了许久才定下了这个造型，没想到因为谐音被视作了不祥之兆，一时难受到了极点。

庄芝敏本来不在蛋糕附近，被突然陷入喧哗的人群吸引过来，刚好听到史明霞慷慨陈词那一段。还算开明的她，虽然不是特别讲究这些民间传统的风俗禁忌，但经史明霞这么一说，自己心里多少还是有点儿不舒服。庄芝敏很快冷静下来，好在这儿围观的只是亲友，要是再闹大一点，一会儿远处正在采访奚伯明的记者跑过来，就要让全上海人民看笑话了。于是，她示意金招娣赶紧把仍在气头上的史明霞拉开，又给奚沐晓使了个眼色，让她把植林拉到另一旁。那个花费了西点师们两天功夫精心制作的帆船蛋糕，就只能无情地被重新装回了纸盒，等待它的，显然是被迅速处理掉的凄惨命运。

望着植林近乎落荒而逃的狼狈背影，白西装里骄傲的王子嘴角浮现出了一丝若隐若现的笑意。见一旁的庄芝敏情绪甚为低落，祁实忙上前说了许多宽心的话，还不失时机地取出金晃晃的萨克斯，站上小舞台，大大方方吹了一曲《昨日重现》(*Yesterday Once More*)，迅速化解了方才宾主皆愕然的尴尬场面。庄芝敏的脸上，也总算多云转晴了。

植林被拉到远处后，沮丧万分。若说上一次被庄慧敏在“此刻戛纳”羞辱还是因为别人的原因，这次当众出糗却绝对是自己的过失，而且是在这么重大的场合。自己颜面无存事小，要是因此让宾主双方不欢而散，这个罪过可就太大了。而且从庄芝敏的态度来看，她对自己的不满许是又加了一分。

奚沐晓的再三宽慰，看来都不起作用。他不顾劝阻，执意要离开会场，奚沐晓一阵小跑都无法追上。这时，丘野跑了过来，对奚沐晓说，让他去追，奚沐晓只好作罢，看着两人身影一前一后走远，她只好拖着沉重的步子悻悻返回会场，毕竟那里还有一众宾朋需要招呼。

丘野追上植林后，两人埋着头一声不吭地沿着长江江堤走了许久，直到完全走出了码头区，两人在江边的防洪墙上坐下。丘野伸手拍拍植林的肩膀，那是男人之间的问候，无论新知，还是旧友。

“哥们儿，真不用往心里去，那老娘儿们是存心找你茬儿的。”丘野的一口东北话满是大楂子味儿，“她是祁实的妈，就是跟你握手的穿白西服那小子。”

“她为什么要这么做？”植林问道。

“这还用问吗？借题发挥呗！那个祁实是奚沐晓的中学同学，他家应该是一门心思想跟奚家结亲家，所以对你的存在耿耿于怀！”丘野提供的这些信息，自然都是平日里加菲灌输的。

“太累了。”植林说出了心头憋了许久的一句话。

丘野掏出一支烟，递给植林。

烟对植林而言，从来都是洪水猛兽。此刻不知怎的，他却径直接过烟，不由得凑上前去，迎接丘野送来的打火机火苗。

“喀！”烟雾刺激着植林整个胸腔，一阵难受。只是这难受，倒好过刚才被质问时的憋屈。

“之前没抽过烟是不？你现在再吸一口，就会感觉好一点儿了。其实跟他们打交道，就跟这抽烟一样一样的，如果不那么敏感，麻木了、习惯了，就好了。”丘野说着，自己嘴里悠然地吐出了几个浑圆的烟圈。

“也怪不得人家，祁实的妈妈说得也对，是我自己没做好功课。”植林还是有些自责。

“别瞎琢磨了，我刚来追你之前，专门去问了码头上的老师傅。人家说这是几十年前出海打鱼时的那些小船的老规矩，现在一般都不讲究这些的。”丘野试图让植林放宽心，“而且他们只是外人，明显是借机来给你个下马威的。倒是你应该多琢磨下怎么跟你女朋友的家人相处，怎么搞定未来的丈母娘。”

“呵呵，我原以为，两个人只要真心相爱，够真诚，够努力，一切障碍都是可以克服的。现在看来，这一切都太可笑了。”植林苦笑着，丢掉了剩下的半支烟。

“愿意听下我跟加菲的故事吗？”丘野沉默了片刻，问他。

植林点点头。

“当初我跟加菲认识的时候，根本不知道她家里的背景，她自己跟我说，她是浙江来的实习生。我觉得挺好，虽然胖点儿，但性格直爽，对我口味。一开始没觉得有什么不对劲，只是每次提出送她回出租屋，她都只让我送到那个老小区门口，不让我进去。有次我跟她分开之后，去附近的商店买烟耽误了一会儿，回头竟然看见她从小区里开出来一辆 MINI COOPER，我悄悄打了个车跟着她，最后发现她开进了一栋大洋房。那时我才知道她是个富家女。”丘野说着笑了笑，脸上依旧是他大男孩般的腼腆酒窝。

“后来她约我，我一天没接电话，也没回微信。之后消停了两天，我以为她不会再找我了。没想到一天晚上，她开着车到我们警队宿舍的楼下，扯着嗓子喊我名字，骂我懦夫。”

“那会儿我就在想，啥门第，啥家庭，连人家姑娘都不在乎，咱一大老爷们儿怕啥呢？更何况，说到底，咱哪儿也不差！”说完，丘野拍拍植林的肩膀，挤一个温暖的笑，但发自内心。

植林神思飘荡。不是说“以道观之，物无贵贱”吗？然而在水果店里，色泽饱满、个大圆润的一等水果总被顾客优先挑选，成色稍差的水果总是摆在打折区，乏人问津。人从生下来的那天起，就被不停地加上各色标签，划入不同档级：足月生、早产儿，暂住证、上海户口，双语幼儿园、民工子弟校，野鸡大学、国外深造，铁皮硬座、头等舱……这世上原本就有许多不公平，物竞天择、优胜劣汰本是大自然的规律，谁也不能唯心地奢望世界大同。或许我们所要做的，就是让自己努力长成一等水果，或者，我们不介意被放入打折区的篮子……

三十五

帆船风波当晚，奚沐晓发了条微信过来，依旧是让他放宽心，白天的事不要放在心上。少年随后也来了一条语音："哈罗，教练，如果我有一天当了毕达的董事长，交船的时候，你帮我做一百个帆船蛋糕吧！"

植林轻叹一口气，熄灯睡下。

第二天，植林依例去了苏州，高铁没票了，他开了公司的车。

鸿鹄楼并没有大规模地改造，只是重新设计了灯光，添置了设备，尤其是厨房部分。这文物级别的宅子，真要大兴土木，路曼还不干呢。今天植林来，就是进行最后的检查和调试。

看来各项工作进展都很顺利，植林忙了一上午，总算可以倚在园子的回廊木柱上歇息一下了。

路曼袅袅走近，手上夹着一支烟。她只看了一眼植林，就扑哧笑出声，还没等植林反应过来，她柔软纤细的手指已经轻轻撩开了植林前额垂下的刘海儿，那熟悉的触感，让植林浑身不禁颤抖了一下。

“紧张什么？额头上的这道擦伤怎么回事？”路曼问道。

“哦，刚下高速的时候，车子爆胎，还好控制住了，头碰了个口子。”植林突然有点儿手足无措。

“就门口停的那辆？那不是保罗刚买的吗？怎么就爆胎了？”路曼有些不解。

“没事，已经修好了。司机说了，扎到刀片了。”植林应道。高速路上那魂飞魄散的十秒钟，被他轻描淡写地带过，“还有烟吗？”他指着路曼手里的烟。

路曼觉得新鲜，不过还是递给他一支：“记得你是极度反感抽烟的，不是吗？以前我偶尔偷着抽一支，你还很生气地给我掐了。”

“人总会变的。”点燃烟，植林猛吸一口，依然是一阵惨烈地咳嗽。

“你太用力了。”路曼温柔地拍拍他的背，“很多事情不需要那么用力的。你用力，抓不住一把沙，握不住一阵风，甚至享受不了一支烟。”

“还有，不能吸就不要勉强。这世上很多事情都一样，越刻意，越难受。”路曼说着，上前轻轻把他手指中夹着的那支烟，抽了出来。

那么，自己这算是在勉强吗？一株不起眼的蒲草，原本的去处是编凉席，现在要去竖一根桅杆，承担风帆的千钧之重，这算异想天开、不自量力吗？

忙完园林前期装修这档子事，就静待苏州店的营业执照批下来了。植林跟路曼说，等正式开业前，招聘员工的时候再来。路曼有些小失望，但仅仅在脸上停留了一秒，之后就抿嘴一笑，表示无妨。

临出门，路曼多叮嘱了几句植林，法国方面还是很重视这个店的开张的，有可能在正式开业前，法国会请保罗和她一起去趟巴黎，估计保罗也会叫上他，建议他先办个签证。还有，以后出门前，一定要仔细查看车况。

“知道了。”植林回应路曼的眼光，不再躲闪。

从鸿鹄楼离开时，植林收到奚沐晓发来的一条微信：“今晚来我家一趟吧，我爸想请你吃顿饭。”

犹豫了一路，直到下了高速，他才回了一个字：“好。”

黄妈热情地迎他进了屋，这是植林第二次来到外滩奚沐晓的家中。比起第一次来的忐忑不安，他这次理应毫无负担，可是在真正踏进那个巨大客厅的一刻，为何感觉比第一次还沉重？

饭桌上依旧好饭好菜，气氛却有几分压抑。奚伯明的表情看不出任何异样，庄芝敏脸上却难掩一丝愠怒。

“植林，我也不是第一次见你了，对你印象不错，一直都觉得，你是个好小伙儿。”奚伯明总算开了口，不紧不慢，“之前也少有机会跟你单独聊聊，就今天吧，你能不能介绍下你家里的情况啊？”

“爸！你们不是说，请植林来是安慰一下他，让他不要纠结交船的事吗？怎么突然问这些？他家里的情况，我不是都告诉过你吗？翻来覆去地问，是不相信我还是不相信他啊？！”奚沐晓对父母的出尔反尔表示不可理喻，她知道，家事或许是植林最不愿触及的部分。

“晓晓，不要这样跟伯父说话，问问也是应该的。”植林让奚沐晓不要激动，随即转头规规矩矩地回奚伯明的问话，“伯父，我爸爸早前是部队转业干部，妈妈是当地一家制粉企业的副总，他们在我高二那年的一次粉尘爆燃事故中，过世了。”

这块尚未干透的伤疤，植林多希望永不再揭开，但今时今日，他不得不咬紧牙关，鼓足勇气再猛撕一道口子，让模糊的血肉暴露无疑。顿了顿，植林补充道：“我爸他，是为了救人，救我妈和她的下属。”

“后来还被评为见义勇为英模，追认为烈士，还上过你们那里的报纸头条，是这样吗？”庄芝敏突然插了一句嘴，言语中，似乎带着奚落和质疑。

“伯母，您怎么知道？”植林霎时僵住了。这可是他这十年来从未对任何人谈及过的最高隐私！

奚沐晓也蒙了，一瞬间，脑海中涌现出不祥的预感。

“植林啊植林，你太让我们失望了！事到如今你还不肯交代实情！你睁大眼睛看看，这是什么！”庄芝敏腾地站起来，把两张旧报纸扔在桌上。

2006年7月15日，《蓉都晚报》头版头条：《一个英雄形象的坍塌——“6·30爆燃事故”伤者还原真相！》

“作为主管生产的副厂长，车安静不仅利用职权，在工厂安防设施的采购上以次充好获得非法利益，更在上班时间违反安全生产条例，允许丈夫植正义随意进入制粉车间，甚至纵容植正义掏出打火机点烟的高危行为！正是因为这个举动，导致了车间内的粉尘爆燃！事故发生后，植正义为了抢夺唯一的逃生出入口，将受害者孙某推搡在地，未想自己却正好被倒塌的车间钢梁砸中。令人最为气愤的是，植、车家属操纵舆论，不仅将植正义粉饰成为舍己救人的英模，更是从政府、企业、保险公司和社会大众那里，骗得赔偿金及捐款达百万元之巨！”

2006年7月25日，《蓉都晚报》头版二条：《“6·30爆燃事故”追踪报道——子不教，父之过？》

“福无双至，祸不单行。‘6·30爆燃事故’中受伤的孙某未曾想到，旧伤还未痊愈，7月20日，他就遭遇了第二个噩梦——植正义的儿子植树，在他前往医院换药的途中蓄意拦截，残忍地对他进行了长达半小时的持续殴打残害，致其本已烧伤的手部、臂部多处严重骨折，据医生初步诊断，这些损伤可能是永久性伤害。而行凶者因尚未成年，潜逃外县亲戚家至今逍遥法外！蓉都各界群众对这起恶劣事件纷纷表示谴责。”

庄芝敏用极快的语速复述着那些早已被她画上颜色标记的重点段落，奚沐晓只觉得五雷轰顶；她心中，也有一个形象在慢慢坍塌，却不甘地心存残念：“告诉我，那个植树，不是你。”

“这还用得着问吗？骗好钱，改了个名字，叫植林，然后躲到娘舅家去，继续上学。不然，上过头版了，还怎么高考上大学？还是说，他根本就没上过大学！”庄芝敏语调提高了八度，却又隐隐有些胆怯，第二张报纸上，那个心狠手辣的小子，此刻，就活生生站在她面前，不过咫尺。

死一般的寂静，静得似乎只能听到在场人狂乱的心跳。

“咣当！”躲在厨房的黄妈手里，掉下来一只盘子，打破了僵局。她蹲下收拾的刹那，两行热泪竟扑簌簌掉了下来。黄妈没有生养，除了照顾奚家姐弟尽心尽力，植林这个见面不多的年轻人，她也颇为喜欢。可是，如果奚太太所言属实，一切认知推翻后，她该如何保有原本朴素的世界观？

“不，这些都不是真的！”奚沐晓突然反应过来！她猛力摇晃植林的手臂，希望他立刻澄清。

植林轻轻拨开她的手。他知道，此刻再多的解释，都于事无补。或许这所豪华至极的大宅，已是他最后一次驻足。

“伯父、阿姨、晓晓！事情已经过去十多年了，在我都快忘记的时候，这两份报纸帮我重拾了一些记忆。人的确是我打残的，那时年少无知，只图一时之快；今天，我觉得很对不起他。我父母去世的真相，并不是报纸刊登的那样，但我没有办法证明给你们看。至于改名字，木秀于林，风必摧之，我希望终有一天，我不是孤独的一个人。”

说完这段话，植林转头冲奚沐晓微微一笑：“晓晓，真的很羡慕你。保重！”

“咔嗒”一声，门锁了。植林沿着楼梯往下走。

奚沐晓并未追赶，她已失魂落魄，哪里还有力气？她默默转身，艰难地倚着扶梯，缓缓上楼进了自己的房间。

两个人就这么在同一栋楼里，你上，我下，分开，却未曾告别。

客厅里，奚伯明久坐不起：“我还是觉得，有些不对劲。这报纸，可靠吗？”

“哪能不可靠？”庄芝敏振振有词，“白纸黑字印着的，你还疑神疑鬼的！未免你自家兄弟还能骗你不成？他听到线索后，叫金招娣跑了趟蓉都，托关系在档案馆里翻了一天才给翻出来的老报纸。这么多年了，他俩总算是出了一把力。”

奚伯明一声叹息：“算了，你去劝劝女儿，长痛不如短痛。”

庄芝敏噔噔噔跑上了楼梯。片刻，又回到了老奚的身边，摇摇头。奚伯明知道，自己那个倔强的女儿，此刻断然不会开门。

庄芝敏看了看还在擦眼角的黄妈，朝楼梯努了努嘴。黄妈心领神会，立刻搬了个小凳子，守在了奚沐晓闺房的门口。

这是一间带卫生间的宽敞套房，一应摆设都是粉粉的色调，处处透着未泯的童真。

奚沐晓穿得像只不修边幅的慵懒布袋熊，站在书架前，头发有气无力地垂下来几缕，大黑框眼镜掩不住一丝落寞与憔悴。

书架上摆满了照片，有奚沐晓小时候练琴、画画的照片，也有她在各处旅游时留下的倩影，还有从前的一张全家福：一岁的奚力被面容安详的爷爷抱在怀里，十多岁的奚沐晓站在爷爷旁边，父母则站在爷爷身后。一家人脸上，都带着平和幸福的笑。奚沐晓漂移的目光，最终落在了一张照片上，这是她和植林为数不多的合影。照片上的他，还是那样板着面孔不苟言笑，却时时让她觉得无比温暖，这与昨天、前天、每一天见到的他，并无二致。怎么会，到今天，就变成了另一副狰狞凶残的面孔？不不不，这一定是在梦里！

为防奚沐晓出意外，黄妈竟在大小姐门口蹲守了一晚上。天亮了，黄妈打着哈欠“笃笃笃”敲门，边敲边冲里边喊：“晓晓，早饭想吃什么，黄妈给你做！”然而半天没有回应。

黄妈一时倦意全无，赶紧奔去找庄芝敏。庄芝敏立马从备用钥匙里找出了奚沐晓的房门钥匙，三下两下打开之后，发现屋里竟空空如也！

惊慌失措的庄芝敏扑向窗户，推开窗子向下反复探望，并未发现异样，这才稍稍放心。“黄姐，你不是说你在门口守了一晚上吗？这样人还能从你眼皮子底下跑掉？”庄芝敏有些生黄妈的气。

“三妹啊，确实是我不好，上半夜还熬得住，下半夜就眼皮子直打架。老了，不中用了。”黄妈颇为自责，“不过，我刚刚仔细看过房间了，少了一口她最喜欢的粉红色行李箱，衣橱里的衣服也少了几件。我看啊，是偷偷……咦，床头柜上有张字条，快看看是晓晓留的吗？”黄妈像发现新大陆一样喊起来。

庄芝敏像抢救命稻草一样从黄妈手里夺过了那张字条，的确是女儿熟悉的字迹。

“小赤佬！真是不撞南墙心不死！脑子坏掉了？要跑去蓉都亲自打探个究竟！”庄芝敏愤愤地说道，心中却在感慨，龙生龙，凤生凤，老鼠生儿会打洞。这个倔强的姑娘，跟当年那个为了追随爱情，不管不顾嫁给船厂工人奚伯明的自己，何其相似？

“三妹，现在怎么办？”黄妈依旧有些焦虑。

从方才的短暂恍惚中回过神来，庄芝敏说得异常坚决：“你赶紧跟管家说派个人跟着，能拦在机场最好。如果已经起飞了，就立刻赶最早一班飞机飞过去。三天之内，务必把人给我带回来！”

三十六

植林登上早班飞机，一夜无眠的他，倦意袭来，很快酣然入睡。

这次回蓉，他没有告知任何人，对保罗，也只说最近装修苏州店太累，想调休几天。

那两份突然出现的老报纸，就像被解除封印的魔咒，让他一瞬间明白，过去十年竭尽全力的逃离、藏匿与伪装，不过是徒劳无功罢了。他走得再远，也走不出孙悟空在唐三藏脚下画下的那个小小禁区。

如此，那里便不再是禁区。此心安处，倦鸟归林，或许，是时候回去看看了。

两个背包客小姑娘简直不敢相信自己的耳朵，竟然有人要用头等舱座位换她俩的经济舱位置。直到空姐也过来帮助游说后，她俩才确认踩了狗屎运。

一阵窸窸窣窣的换位完毕，植林被身边一种颇为熟悉的气味唤醒。他睁开双眼，惊呆了：自己座位右侧，竟然坐的是奚力，而再过去一个位置，是戴着眼罩、面无表情正靠在椅背上的奚沐晓！

“你们，你们怎么？”植林丈二和尚摸不着头脑。

“Alex，你不声不响就跑掉，这样很不好哦！”少年一本正经地摆起了道理。

“对，对不起。”植林一时语塞，眼睛却偷偷越过少年，望向奚沐晓。

“奚力的网友里，有个航空公司的票务，他把你的名字告诉网友了。”奚沐晓依旧面无表情地半靠着。

“哦，这样。”植林不安地说道，“我以为，昨天……”

“Alex，来的路上，米歇尔说了，昨天的事，她选择相信你！”少年坐在两人中间，也乐于享受传话的角色。

“谢谢。”植林有一丝哽咽，“可是伯父伯母他们……”

“他们是他们，我是我。”奚沐晓插话了，“无论如何，你不应该自说自话就走了，这也太不爷们儿了。算了，不提昨晚的事了。接下来几天，我要去几个地方，你给我带路。”

植林没有应声，心底却泛出一股暖意。隔壁的隔壁，眼罩罩住了她的眼，他却分明感受到一缕明媚的光。

植林的发小开了一辆车到机场，临走，把车钥匙扔给植林。他看了奚沐晓一眼，然后留下一个意味深长的坏笑：“不是什么好车，不过，不怕震啊！”惹得奚沐晓一阵面红耳赤。

一路上，奚沐晓与植林并无过多言语，却跟奚力说说笑笑。蓉都的天气，习惯性的阴沉，看来并未妨碍奚家姐弟的心情。

这座城像锅大杂烩，沸腾了三千年，它从不是高大上的代名词，却像冬天的小太阳，温暖着每一颗扑通跳动的小心脏。

玉林小店吃串串，辣，却痛快淋漓；宽窄巷子转一圈，挤，却活色生香。

川剧院里，艺人在台上随时切换的脸谱令人眼花缭乱。那一刻，奚沐晓也在心里问自己：到底哪一张，才是真的？

第二天一早，奚沐晓差少年传话，要去青城山，拜访嵩明。

植林照办。车启动的那一刻，他从后视镜里瞥见了什么：“有人跟着我们。”

奚沐晓回头看时，少年已经跳下车子，冲到了后车跟前。

原来是大块头保镖阿铁。这个人并不经常出现在奚家的生活里，偶有特别任务时，管家才会安排。比如夏天奚力去日本集训，这个大块头也是全程陪同。

奚沐晓松了口气，一个鬼点子立刻涌现：“来，我们合张影。”说着，拽过来奚力和阿铁，三个人来了一组夸张的九连拍。

“好了，照片发给我妈吧，就说我在这里游山玩水，你随时都跟我们在一起，让她别瞎操心了！”顿了顿，奚沐晓警告阿铁，“不过，后边这几天都别跟着我们了。”

阿铁为难地看了看奚沐晓，又异常警惕地看了眼植林。他知道千金命难违，冲植林凶神恶煞地抖了抖广阔无垠的胸大肌。

去青城山的车上，奚力偷偷告诉奚沐晓，说阿铁关照他，让他跟姐姐必须睡一个房间，好保护姐姐。

奚沐晓莞尔一笑：“哦，那你愿意跟我睡一个房间吗？”

“不愿意！”奚力完全不给面子，“我要跟 Alex 睡一个房间！”

奚沐晓轻轻敲了奚力脑袋一下：“小赤佬！”

“我带你们去趟我舅舅家吧，就在青城山脚下。”植林对奚沐晓说。

奚沐晓没有回应。她当然知道，除了那里，植林已无家可归。

“晚上可以住青城山的酒店，有五星级的，条件很好。”植林以为奚沐晓有所顾忌。

“不，就住你舅舅家。”奚沐晓转头看向窗外，远处如黛的巍巍青山，似在夹道欢迎。

车子停在一栋二层带院儿的小楼前，黑瓦白墙，墙角几丛秋菊跟毛竹，倒也极富传统川西民居的质朴美感。

舅舅车安全和舅妈毛秀云临时听说外甥的女朋友要来小住，趁人还没到，赶紧拾掇了一下。两人并不知道女方家的底细，只听说是上海城里人，要是知道这姑娘家的资产能买下半个镇子，估计毛秀云高血压都要上来了。

一桌川味家常菜，为了照顾两个孩子的上海口味，贴心地少放了辣。外婆八十有余，还算硬朗，只是眼神不太好，也听不懂普通话，所以一直笑眯眯地坐在竹椅上，乐呵呵地看着许久未见的外孙植林，以及两个异乡来的年轻人。

表姐车娜的儿子，刚上小学一年级的圆果，稍显贪玩儿，对两个客人的到来并没有什么特别的反应，自顾自在院子里跑来跑去。他刚被剃了个小和尚头，奚力老去捉弄他，不时趁小孩儿不备，冲上去拽下圆果的帽子摸摸人家的头。直到后来，他发现这个“小和尚”竟然也喜欢康达姆，两个年龄差了六七岁的孩子竟然找到了共同话题。圆果大方地搬出了自己的玩具箱，里边都是毛秀云平常给圆果买的各种地摊玩具，其中有不少康达姆机器人。奚力顾不得这些玩具质量低劣，甚至沾满尘土，挨个儿给圆果介绍每个机器人的诞生年份、主要特征、战斗能力。圆果被深深吸引，瞪大了眼睛听得如痴如醉。

“Leo，你现在知道你的粉丝群主要是哪个年龄段了吧？”奚沐晓逗了下弟弟。

当晚，奚力既没有跟姐姐睡，也没有跟植林一个屋。他最后选了圆果，两人在被窝里还在摆弄康达姆，直到半夜。

奚沐晓睡的房间在二楼，植林为她选的。他告诉她，这个房间，面朝山边，仔细听，能听到山上道观里传来的晨钟暮鼓。那声音，有时会直入心底。

第二天，上山探访嵩明道长的路上。两人似乎不像昨天那般暗中较劲，话也渐渐多起来。

“睡得怎么样？”植林问奚沐晓。

“挺好，安静，而且半夜我真的听到了钟声。”奚沐晓说。

“幻觉！道观半夜不会敲钟的，只有一早一晚才有。”

“真的听到了！”奚沐晓停下脚步，瞪大眼睛。

“行行行，听到了。前面这段路当心，都是石级小道，不太好走。我看今天天色阴沉，估计山上会很冷！我们早去早回，省得奚力无聊。”植林说着，把奚沐晓往自己身边揽了一下，奚沐晓也顺势靠了过去。

“他才不无聊呢，这么大人了，还跟小学一年级孩子玩儿在一起！”奚沐晓理了理身上的羽绒服和头上戴着的绒线帽。

台阶很多步，两人边聊边攀爬，倒也不觉得累。下午时分，两人总算抵达了山顶的目的地。双脚踏入“上清观”大门，但见整个道观庭院深深，殿宇巍峨，庄严肃穆，安静到似乎咳嗽一声，都会惊起参天林木上栖息的飞禽。许是冬日下午，香客三三两两并不算多，只是大殿前依旧烟雾缭绕，几炷香烛跳跃着虔诚的火苗。

让人深感遗憾的是，嵩明的徒弟告诉两人，道长已经在半年前溘然长辞，享年九十一岁。走的时候，道长异常安详，未曾留下只言片语。

“道长一向话很少，他只会用行动来表明他的态度。”沉默片刻，植林对奚沐晓说，“你跟我来。”

植林随即带着奚沐晓辗转绕到了后山，指着陡峭山崖上的一条羊肠小道："你看，这就是早些年道长和徒弟们一点点凿出来的那条栈道。山那边的挑夫和香客原本要绕很远的路才能过来，后来走这条栈道只需要一小会儿工夫，方便了很多人。"

奚沐晓看着这条从陡峭山崖的磐石中肩挑手刨修出来的栈道，一时唏嘘。虽然专业学的不是建筑，但她每每看到金字塔、古罗马剧场或者长城这样的恢宏所在，都会心生敬意。其实，学画，跟这样的工程比，并无本质差别，都是一笔一笔、谨小慎微地，在白纸抑或大自然这幅更大的画布上细琢细磨刻画出来的。

"栈道入口处，'无言自成蹊'几个大字，是世人送给道长的吗？"奚沐晓问。

"几年前，还没这些字。可能是道长去世后，人们借此表达哀思吧。他确实默默做了许多事，在他心目中，这些付出，都是值得的。尽己所能，终得心安。"

小道逼仄，胸怀无垠。奚沐晓不言不语，从包里拿出速写本。她用自己的画笔，向那位无缘相见的老智者顶礼膜拜。

三十七

由于去栈道探访加奚沐晓写生耽误了不少时间，两人下山时，天色已经渐晚。下到不到一半路程，山风四起，乌云盖顶，很快竟飘起了鹅毛般的大雪，两人深一脚浅一脚行进得异常艰难。

“怎么办？”奚沐晓有些慌了神，上山容易下山难，积了雪的石级变得异常湿滑，两人的视线也被大雪严重阻挡。

看到天黑的速度远远超过预期，植林告诉奚沐晓，今晚赶回去已经不太可能。他很快想到附近应该有一座小茅亭，也是当年嵩明为赶路人修建的。现在看来，一时也没有更好的办法，当务之急是赶紧找到这座茅亭，躲过这场突如其来的暴风雪。

幸运的是，茅亭不仅还在，而且还被修缮一新，四壁也不再是茅草，而换成了木头，防风防雨不在话下。植林打开手机电筒，四处摸索了半天，总算找到了打火机和蜡烛。烛光亮起的那一刻，这个小小的所在似乎立刻就被温暖充盈。

奚沐晓没带手机，因为老妈一天要发几十个“在干什么”。她上山前，特意叮嘱奚力好好帮她看着手机。

植林打电话向舅舅报告，山上突降暴雪，但他们已经找到了安全的庇护所，明天天亮了再下山。说完，他赶紧关机。气温骤降，手机电量也岌岌可危。存着点电，明天应急用。

嵩明修建的茅亭，在整座山上还有好几处，里边存放了火种、蜡烛、油、水、米等基本物资。人们已经形成了默契，离开时必将茅亭收拾得干净整洁，如使用过屋内物资，也必定尽快专程补上，确保不断供。

植林在火盆里放了几根木柴，很快，小屋里就暖意融融。肚子也不能饿着，就着屋角存放的一些大米和土豆，植林淘好米，把锅子吊在火盆上加热。土豆就直接放在火盆里烤起来，不一会儿，小小的亭子里就弥漫着米饭和烤土豆的香味。

“为什么要跟过来？我在你们全家心中已经那么不堪。”植林问道。

“记得刚认识没多久，我说，我画室的摄像头基本白装了，因为我觉得你不是坏人。”奚沐晓望着那团跳动的火苗。

“永远不会有人在脸上写上‘我是坏人’。”植林应道。

“那又怎样？即便是坏透顶，只要对我是真心的，我也认了！”奚沐晓似有不甘，“况且，我也不觉得自己是什么好人。”

是否每个人内心都有一个奇怪的自己？或口无遮拦，或行为乖张，或面目可憎，或嫉恶如仇，没有一个固定的模样，却那么真实地住在每个人的灵魂里。光天化日下，他往往被压抑得无处可遁；夜深人静时，他却蠢蠢欲动、得意忘形。人们实在不知道该叫他什么，所以给了他最简单直白的命名，便是——“我”。

“你也问过我，答应做你的手模，到底是因为什么？”忽明忽暗的火光里，植林冷峻的脸上，似乎有了一丝笑意，“最初相见时，我就觉得，你的表面嚣张跋扈，似乎不是你真实的样子。后来思思撞翻了你的照片，我看到那一双双手，才知道，你也有心软的时候。那双消防员手的照片，让我想起了我爸爸。我狂奔到事故现场看到了他的遗体，他的手，就那样紧握着。旁人说，他是握着孙建云，也就是我妈的下属的手腕，从火场里冲出来的。”

“所以，既不是为了思思，也不是为了钱？”一个长久的谜团似乎就要解开，奚沐晓心里一阵悸动。

“嗯。事故后三天，我父亲就被评为了烈士。报纸上说的，我家得了一百多万奖励和抚恤金，这是真的。可是没几天，一切被逆转——孙建云突然站出来对各家媒体爆料，于是很快舆论导向就成了那天你看到的报纸上的版本。我妈也被莫名牵连，说她允许我爸私自进入车间并掏出打火机点烟，而且现场也发现了我爸抽过的烟头。事实上，我爸从来不抽烟。奖励被悉数收回，甚至当时安葬我爸妈的墓地，原本说是免费特批的，后来也来了一群人，找到我舅舅，说必须掏一笔钱买了才行，否则就要强行迁走。

“再后来，我爸原来部队的一个老战友何叔辗转找到我，说相信我爸的为人。他告诉我，当年一次部队演习，正是我爸在最后一秒把他不慎拉开引线的手榴弹一把抢下，又猛掷了出去——手榴弹随即在空中爆炸。魂飞魄散的几秒之后，他们两个在战壕里扭打成一团，却也打成了生死之交。转业后，何叔去深圳闯荡，后来开了一家电子器件厂，赚了不少钱。他几次盛情邀请我爸去跟他一起干，都被我爸以孩子还小需要陪伴为由婉拒。这些，都是我爸在世时，从未提及的。

“眼见挚友的独子成了无依无靠的一个人，何叔实在于心不忍。他很快筹措了一百来万，临走时把一张银行卡交到我手里，让我一定把书念下去，以后去深圳找他。我和舅舅百般推辞无果，只好收下——但在我心里，赠与和奖励，这是两个概念。所以，那笔钱我请舅舅一直放着，他家手头再紧，哪怕表姐两口子在外工作薪水并不丰厚，他都没想过要动用。倒是我舅妈早些年说过，想支出来给我和我表姐一人买套房子。但舅舅始终不肯告诉她密码，后来她也就不提了。”植林心静如水。

奚沐晓伸手摸摸他已被火光烤得发烫的脸庞：“所以，后来你忍无可忍，去拦截了孙建云，把他打了。想过去找到真相，澄清什么吗？”

植林只轻声回应：“我在少管所被关了一个月，出来后，来了青城山舅舅家。他给我改成了现在的名字，就像那天告诉你爸妈的，舅舅说，小树孤零零一棵太可怜了，改成林吧，好歹有个依靠。在这里，我还遇到了道长，他给我讲‘以道观之，物无贵贱’，让我尝试忘却屈辱和荣耀；他给我讲‘见素抱朴，少私寡欲’，让我开始放掉杂念，心机单纯。所以你问是不是想澄清，那我告诉你，‘大白若辱，大方无隅’，就这样吧。”

奚沐晓却暗自思量，即便有嵩明当年点化，植林心中，终有一丝遗憾的。或许他早已将这荣辱看得无足轻重，但对他故去的父母，是否应有一个更公平的交代？

“再稍等片刻，我们的豪华晚餐就要出炉了！”植林拿木棍拨了拨火盆里的木柴。

奚沐晓看着植林有条不紊张罗着这顿特殊的晚餐，突然有种“有情饮水饱”的莫名幸福：“小学经常读到红军过草地那种文章，什么炖小鱼汤啊，挖野菜啊，我都觉得神奇极了。有次回家跟我妈说，妈，我们今晚吃野菜吧。她诧异半天，摸摸我的额头，以为我发烧了。”

“你妈要是知道我把你带到这荒山野岭来，过这种食不果腹的原始人生活，一定会把我活剥了的。”植林抬头笑笑。

“她——”奚沐晓愣了一下，不再言语。

植林拍了拍手上的灰，把奚沐晓轻轻搂在怀里。他不知道自己还有多少次这样与她相拥的机会。奚家父母的态度，他从推门而出的那一秒起，就不再在乎。此刻心中，只存有一丝感恩，为了姐弟俩的千里追随与信任。

那碗稍显夹生的白米饭，和烤得发焦的土豆，没有花费一分钱，奚沐晓却觉得，胜过全世界任何昂贵的米其林餐厅。或许不是最可口，但必然最可心。

简单应付过晚餐，两人就那么静静靠在一起。知道今日要参拜道观，奚沐晓出门时连她最喜欢的毕扬香水都没有喷，却让植林闻到一股来自人体最本真的醇香，他开始贪婪地吮吸着这股香气。两人越靠越近，四片嘴唇最终紧贴在一起，他的舌也强行探入，蛇一样努力前行，而她也情不自禁回应，两条小蛇从轻触，到纠缠，到最终无分你我……

他的手也不听话地游走在她的酥胸与腰间。她的身体，他渴望了多久？他不记得。只知道，这样的场景无数次闯进过他的梦中。而此刻，再无他人的闲言碎语，再无世俗的条框限制，他们，即将坦然拥有彼此的全部身体！

“当——当——当——”意乱情迷中，耳畔似乎传来一阵悠长的钟声。

“怎么了？”奚沐晓问突然停下所有动作的植林。

“我似乎，听到了一阵钟声……原来你说得没错，半夜里真的是有钟声的……”植林这才知道，奚沐晓说的昨晚听到的钟声，并非幻觉。他帮奚沐晓整理几乎已被褪下的衣裤，又捋了捋她凌乱的发，碰到她脸的那一刻，是发烧般的滚烫：“对不起，曼曼……”

“曼曼？谁是曼曼？”奚沐晓一阵警觉。

植林讶异于自己如何会在此刻脱口而出路曼的名字……脑中空白了一刹那，才吞吞吐吐地解释：“我是说，我们不应该这么着急……那阵钟声告诉我，我应该停下来。”

“是啊，慢慢来，一切都会好的。”奚沐晓凑上前去，冲他的额头轻吻了一下。其实在整个过程中，她并没有丝毫的抵抗。内心那个曾经抄着双手冷眼旁观的自己，早已彻底失去防线。在走进这座空寂山谷中的小茅亭之前，她就已经做好了准备，此生无悔。

植林再次把奚沐晓搂在怀中，任由一颗心狂热跳动。而她滚烫的脸，就那么零距离地紧贴着他宽阔的胸腔，听那心跳掷地有声。

次日一早，雪霁天青，两人搀扶着一步步下山，总算抵达了山底。家里的老人见两人平安返回，悬了一夜的心总算放了下来。

奚力见两人手牵手过来，姐姐脸上还一片绯红，似懂非懂地一阵坏笑。他把奚沐晓拉到一边，阴阳怪气地耳语：“米歇尔，你违反了规定，需要我告诉阿铁和妈咪吗？”

“你试试！”奚沐晓睁大眼睛，狠狠掐了弟弟一下。

“Ouch（痛）！”奚力号叫着跑进了客厅。他见茶几上有一碟花生豆，抓起一把就往嘴里塞，边嚼边冲奚沐晓吼：“饿死了，都怨你，等你们吃早饭等到现在。”

圆果瞪大双眼不解地看着奚力，片刻，他从茶几下掏出了一袋巧克力裹花生豆递给奚力：“你吃这个吧，那盘是太姥姥吃过的，她没有牙，只能吃外边那层巧克力。”

奚力嘴巴停止了咀嚼，袋子里的巧克力花生豆也哗啦泻下，片刻，他边呕边冲向墙角的水龙头……

只剩奚沐晓笑得前仰后合。

吃完饭，圆果不见了。家里人一通好找，最后发现他躲在房间里，玩儿奚沐晓的手机。原来他见奚力在手机上玩游戏玩得不亦乐乎，也吵着要玩。奚力哪里肯放下自己的手机，于是想也没想就把姐姐昨天交给自己的手机扔给了圆果。

没想到奚沐晓的手机里根本没装游戏。圆果找了半天，只发现一个微信图标是认识的，就打开了微信。他平时老用外公的手机跟远在上海的爸妈视频聊天，微信这些基本功能那是门儿清！

手机被植林果断收走还给奚沐晓的时候，屏幕上是祁实跟庄芝敏在奚家面朝黄浦江的大露台上的合影，两人笑得灿烂如花。

原来在奚沐晓不在上海的这几天，祁家“擒贼先擒王”，对庄芝敏展开了全方位的猛攻，频频登门拜访。庄芝敏见女儿在蓉都反正也玩得不亦乐乎，自己也落得清闲，正好让祁实投其所好集结了一帮音乐达人，在奚家搞了个音乐派对。派对上，祁实再次用一曲萨克斯征服了一众宾客。那张照片，就是在演奏完毕后，庄芝敏主动找祁实拍的。兴奋之余，她首先发给了女儿，也算是对还在外边野放的女儿的一个提醒。

还手机的时候，植林没有说什么。奚沐晓看到屏幕的那一刹那，慌乱地点了退回键，却怎么也退不回去，只好强行关掉屏幕。她抬头看植林，他正若无其事地训斥小外甥：“怎么可以随便看阿姨的手机呢？多不礼貌啊！”

蒙圈的圆果觉得甚为委屈，因为并不是他自己偷拿别人手机来看的啊。更觉委屈的是植林，那幅照片他看得清清楚楚——祁实脸上的春风得意，庄芝敏婿复何求的心满意足，似乎透过屏幕都在释放挑衅。可是，自己还有资格如此介意吗？

唯一的芥蒂，或许只是那个雪夜温暖的火堆边，他克制住内心人性的洪荒为她保全的清白之躯，难道是在冥冥之中，为那些轻视甚至仇恨自己的人做嫁衣？

三十八

从青城山回上海后，植林与奚沐晓各自忙于手头事务，每日发发微信联络，只是语气上，奚沐晓感觉植林多少有些刻意疏远。有天约植林逛街，他也以苏州店开张在即，正在安排员工招募与培训为由，未能赴约。

奚沐晓心里清楚，大概是那日妈妈举着报纸当面质问太过伤人，又或许是自己手机上妈妈跟祁实的亲密合影刺激到了植林。也好，想来，这是他吃醋的表现之一，之前相处中，两人太过相敬如宾，有这么点儿小浪花，未尝不是好事。至少，她知道他是在意自己的！

祁家与妈妈频频套近乎，她不知道该以何种理由阻止。既是旧年同窗，又是新晋商业伙伴，这样的社交活动也无可厚非。可她唯一能做的，就是提醒妈妈，别太招摇，还是多少顾及一下植林的感受才好。

然而庄芝敏似乎对植家已经谈虎色变，奚沐晓只好扔出了另一份旧报纸。

2006年7月5日，《蓉都晚报》头版头条：《昔年训犬标兵，今日浴火凤凰——记“6·30爆燃事故”英模植正义》。

那是在青城山小住的两日，她从卧室的书架上翻出来的。

庄芝敏成见难消，只气鼓鼓地瞪了女儿一眼：“你就是鬼迷心窍了！”

这天晚上，奚伯明回家，面容透着倦意。

奚沐晓写论文间隙出来，见状忙问父亲怎么了。

奚伯明无力地告诉女儿，本来准备竞买的甜爱路62号地块，竟然在一个星期前被另一家公司捷足先登了。最近土地市场的火热，出乎意料。

“囡囡，如果没有拿下来62号，你会怪爸爸吗？”奚伯明轻声问女儿。

“不会。那栋房子，已经永远在爷爷和我的画中，我们才是它永远的主人。”奚沐晓内心虽觉怅然，但的确，她能从画中无数次重温那栋房子，已是最大的意足。

“那你的画展？”奚伯明想到上次跟女儿对话时，两人提到要把62号变成一个巨大的展览厅。

“我们还有爷爷的周庄啊！黎爷爷不是来过电话，说那边已经开始翻修了吗？爷爷的老宅子，很快就会变成一座文创纪念馆，我真要开画展，去那里再合适不过了！”奚沐晓强作兴奋，不能再让爸爸操心了，她提醒自己。

“毕达之前做的生意，都在水上。搞土地开发，确实还不是强项。唉，这次疏忽了。”奚伯明轻叹一口气，“我会再托人去找竞拍的那家公司，看有没有回旋的余地。如果可能，加价也要买回来，实在不行，就合资联合开发！”奚伯明毅然决然地说。

不久，祁实父子突然出现在陆家嘴，奚伯明的办公室。

“伯父，您看看这个！”坐定后，祁实从公文包里掏出了一份文件——《甜爱路 62 号地块土地权益转让协议》。奚伯明惊得目瞪口呆。

祁国辉赶紧说明事情原委：祁家跟人合伙做的典当公司生意，这两年发展也不错，年初有人在证券市场炒期货急需融资，拿了 62 号这块土地进行抵押，结果几次“熔断”后再也无力赎回，这块地落到了典当公司合伙人的手里。祁家这两天听奚仲清念叨过这块地对奚家如何重要，于是当机立断从合伙人那里收购了全部的份额，现在这块地已百分之百是祁家的产权！

“伯父，听仲清叔叔说了背后的故事，我和我爸都觉得，这块地，理应还给你们。所以，今天我和爸爸专程造访，就是送这份转让协议来了！”祁实言语中，透出无限真诚。

更让奚伯明喜出望外的，是祁国辉当场表态，他们对这块地平进平出，不赚取一分钱差价！

奚伯明对祁家从未有过如此好感！从前，他总戴着有色眼镜看人，觉得祁家生意都是不上道的小打小闹。但与韩国人合资成立博洋并如愿中标毕达那次，已有士别三日当刮目相看的意味，如今更是拿着稀缺的市中心地块，平价割让。这样的气度，与十几年前那个为了一包水泥几块钱的利润与毕达斤斤计较的小生意人形象完全不能同日而语。

只是，财大气粗的奚伯明，怎能如此心安理得地接受别人的“馈赠”？他当即拍板，在协议转让价的基础上，再加五百万，换取这份合同马上签署！

宾主相谈甚欢，合约签署完成，奚伯明到金茂 88 层餐厅专门宴请了祁家父子。当然，自己的弟弟奚仲清也在。道别之际，奚伯明拍了拍祁实的肩膀感慨：“唉，小祁这孩子，跟晓晓……”话未说完，却透着无限惋惜。

地拿到后不久，奚伯明就从香港请来了专业建筑设计师。他要在那片曾经的废墟上，重新造就一座他的心灵家园。那痴迷的劲头，一点儿不输给埋头画画的女儿。奚沐晓得知62号被祁家割爱出让，当然也是心怀感激。她给祁实发了一条语音，说房子造好后她要在里边办画展，到时候一定会邀请他，语气中有调皮，更有认真。

法国方面果然发来了消息，邀请路曼女士随保罗一起访问勃朗峰餐饮集团巴黎总部。全球总裁对这位年轻商界精英寄予了厚望，急切想见一见保罗口中这位"目光独到，志存高远"的优雅的东方女性。

保罗此行也特意拉上了植林，一方面他隐约感觉路曼加盟与植林有着千丝万缕的关系，另一方面，植林入职这几个月来的表现，确实让他深感这个年轻的西点师前途不可限量。他不是伯乐，不是导师，但他急切地想将这位才华横溢的西点师牢牢攥在手里。而法国是毫无争议的世界西点最高殿堂，所以为他争取到这趟法国之行，对植林而言，与其说是出差，不如说是嘉奖。

奚沐晓很为植林得到这次访问法国的机会高兴。她知道，经过年少时的变故，他心中那些曾经的梦想已经所剩无几。若说还有，去法国亲身领略那个集美食、艺术于一身的浪漫国度，算是一个小目标。两人交往以来，她也几次向植林提议，由自己掏钱订一趟法国旅游。但植林每次都笑笑婉拒，说时候未到。而如今，他通过自己的努力，赢得了这个宝贵的机会。所以，谁说人就不应该有点儿坚持呢？

"什么时候出发？"奚沐晓问道。

"下周三。对了，是不是你的生日快到了？哪天来着？"植林猛地想起来。

"你不提我都忘了这茬儿了……下周六！敬婷和加菲她们还说，要给我搞个派对呢，你不在的话……"奚沐晓有些小小的失落，这是他们在一起后的第一个生日，也是她和敬婷重归于好后的第一个生日，原想着今年，一定能比往年开心许多。

“要不，我这次就不去了？”植林咬咬牙。

“别，千万别。”奚沐晓立刻制止，“珍惜这次机会，珍惜每次机会。去吧。”

整理行囊时，他发消息问奚沐晓想要什么礼物。

这，应该是他第一次提到要送自己礼物吧？她开玩笑地回复：想要天上的月亮。他收起手机，若有所思。

生日那天，他虽不能在身边相伴，但若能明月千里寄相思，或许也是这二十多年来，一份贴心的生日礼物吧？

与法方的会开得相当顺利。董事会对路曼阐述的经营策略表示了高度赞赏，甚至口头承诺，若苏州店能在未来三年达到既定的增长目标，勃朗峰餐饮集团后续在中国的扩张，会将路曼作为首席合伙人。

植林也在开会的间隙，与集团西点部副总裁丹尼尔进行了卓有成效的沟通。丹尼尔本人就是西点师出身，从一线员工成长为掌管集团西点业务的一把手，他的职业生涯中充满了太多传奇。他年轻时曾连续三年蝉联全球西点师大会总冠军，这项纪录至今无人打破。听说植林也有意参加几个月后举行的新一届大赛，他拍拍植林的肩，并送上了多年的人生信条——“西点，是有生命的艺术！”

的确，与音乐、绘画、建筑、雕塑比起来，西点师与各种鲜活食材打交道，更需要与阳光、空气、水，以及那看不见的亿万活性微生物互动。他们所创造的一个个作品，的确是灵动而生机盎然的存在！更何况，这些作品于植林而言，更包含着异于常人的元素，他的欢笑和泪水，他的思念与哀愁。

卢浮宫、凯旋门、圣母院、塞纳河——巴黎的几日，植林已被法国文化深深折服。行程接近尾声，保罗和路曼再一次提到要去造访法意交界处的欧洲最高峰——与勃朗峰餐厅同名的勃朗峰，在那片银装素裹中体味“会当凌绝顶”的舍我其谁。植林当然没有任何意见，那座山峰在众多登山者心目中，绝不输给珠穆朗玛峰，甚至因为气候多变，常让远道而来的登山者无功而返。但，到底有多难攀登，不试试怎么知道?

保罗的太太萨拉也加入了登山的队伍。四人从山脚开始稳扎稳打，加上天气出奇地好，竟然一路挺进，一个白天，便抵达了山腰的一个缓坡小镇。在这，需要休整一晚，为次日的正式登顶养精蓄锐。

阿尔卑斯山深处的这个镇子，夜从来就不宁静。登山爱好者们为了犒赏这一整天的辛劳，在各家小酒馆里小酌几杯，兴起时载歌载舞，热闹非凡。

保罗一行四人，在一家小酒馆找到了绝佳的观景平台。在这里远眺山谷雪野，像是银装素裹的童话世界，美不胜收。植林暗自佩服路曼，七八年过去了，她的身姿依然那么矫健挺拔，和当年一样，她永远冲在前面，无畏山高路滑。

巴黎，或者上海，大都市里，那么多人摩肩接踵，人们常常迷失了自我，只看到高楼隔出的那方小小的天；而这空灵的山间，以那步步艰辛的攀登，换得一片更高更广阔的视野，这一路洒下多少汗水，似乎都值得。几个人兴致勃勃聊了许多，喝下几杯浓醇的杜松子酒，植林有些飘飘然。抬头望望天空金轮般的圆月，知道女孩的生日已经到了。她不是要月亮吗？又有何难?

他用手机拍下这轮饱满圆润的月亮，借了小酒馆里微弱的 Wi-Fi 信号，发给了东八时区里，那个酣睡中也露出浅浅微笑的女孩。但愿这如美酒般醉人的月光，也一样能洒进你温柔的梦乡。

三十九

奚沐晓醒来时，正是二十五岁生日的清晨。窗外的阳光，金子般铺陈在房间里。而昨天夜里，她确实梦见了一轮圆月下，她和他携手走过甜爱路。打开手机，竟又看到自己酣睡时他发来的勃朗峰上的那轮明月。这个人，别看平时话不多，跟法国人待久了，倒也学会了搞浪漫。想到这儿，她不由得笑起来，伸伸懒腰，拥抱这将庇佑她新一年的月光。

本想跟他视频聊一会儿，算了算时差，法国应该还是凌晨一点，估计他和保罗还有那个女投资人兼校友爬了一整天山，应该已经早就累成狗了，还是让他们好好休息吧。奚沐晓若有所失地下了楼，蹑手蹑脚溜到父母的房间，径直钻进了妈妈的被窝——父亲奚伯明已经早早进公司了，中午前他会赶回来参加女儿的生日派对。新航线开通后的几个月总是他最忙碌的一段时间，何况还要兼顾甜爱路 62 号改造工程的进度。

奚沐晓去跟妈妈套近乎，当然首先是去感谢妈妈的，十月怀胎换来她如此美妙的人生，谁说这个世界上最伟大的不是母亲呢？

然而庄芝敏不是省油的灯，跟女儿腻歪了一阵儿后，她一针见血地问："除了感谢妈妈这些肉麻的话，说，还有什么企图？别跟我提你那个'植树林'先生啊，我思来想去，还是不能同意。再说了，小祁最近变着法接近你，还没明白什么意思吗？你再不表态，妈帮你做决定了啊！"

姜还是老的辣！原本想趁这个浓情蜜意的清晨，去跟妈妈交交心，好让她能稍微改善一下对植林的看法，没想到这点儿小心思竟也被无情揭穿。

"妈！今天人家生日呢！你还说这些惹我不高兴！植林走之前，我说要月亮，你看人家专门登上阿尔卑斯山的最高峰勃朗峰给我发了那儿的月亮，是不是比你当年跟我爸还浪漫？"闺女当然知道如何对付老妈。

"得，这种穷酸的浪漫，还是少一点儿好！"庄芝敏言语不甚客气，"要月亮有什么难的？你一会儿看看别人给你送的什么礼物！"

·

小时候生日都是过得热热闹闹的，但奚沐晓只身留学后对生日越发不看重了。若不是此番敬婷和加菲极力撺掇，奚沐晓应当也不会如此重视。也好，二十五岁，最美好的年华，特别操办一下，也是应该的！

奚家露台早就被庆典公司布置得仿若童话世界，奚沐晓也美美地打扮了一阵，她要告别那个不开心了多年的"小公举"。

十点过，加菲和敬婷姐妹先后赶到了奚沐晓家。令人诧异的是，在华山医院当住院医生的施以礼，竟然也跟敬家姐妹来了。脱掉白大褂的他，是个挺拔高挑的暖男。奚沐晓很快看出了端倪，她和加菲相视一秒，两人眼珠子骨碌碌转，像蚂蚁见面互碰触角，嘴里没冒一个字，心里却已达成高度共识，敬姗绝对跟他有情况了！两人默契地击了个掌，然后不约而同地转向施以礼和敬姗，一阵坏笑。

敬姗的脸腾地就红了，施以礼忙解释："听说她们姐妹俩要来参加你的生日派对，今天正好我有空儿，所以顺路捎她们姐妹一起咯，她们没车也不方便……"

加菲扑哧一笑："得了得了，解释就是掩饰，掩饰就是事实。菲菲姐呢就告诫你一句话，姗姗和婷婷的唯一区别，在于姗姗的耳朵上有一颗痣！以后要是没发现痣，就别乱亲哦！"

施以礼和敬姗不好意思地埋下头，姑娘们笑作一团。

话说，两人的相遇也非偶然。高中时，虽不在一个班，但敬婷和敬姗这对双胞胎姐妹在学校的知名度也是相当高的，所以施以礼对两个人都有印象。有一年全校足球联赛，施以礼班队跟敬姗班队激战正酣。在争夺一个头球时，施以礼跟对方一个身高一米九的大高个儿火星撞地球，结果当然是施以礼惨败——鼻骨被当场撞断，鲜血直流。围观的敬姗二话没说冲过来，拿出原本给自己班男生准备的毛巾给他擦血，引来周围同学的一片嘘声。

两人虽然就此认识，但敬姗高中时因为家庭变故的原因，实在内向，因此即便施以礼对她有好感，她也从来没有做过任何回应。而这次父亲因病住院，得到了施以礼的特别关照，两人接触的机会多了，竟真的在一起了。

姑娘们叽叽喳喳之际，祁实衣冠楚楚地出现了。他嘴里喊着生日快乐，手里却空空如也。

奚沐晓略感意外，因为祁实根本不在她的邀请之列。不过她的生日对祁实而言也并不是什么秘密。更何况，最近他和妈妈来往这么密切，想打探点儿情况还不是易如反掌？

“哟喂，祁公子来了。空着手吗？是准备送我们‘小公举’一座城堡吗？”加菲言笑中有点儿戏谑的成分。虽然她内心依旧认为祁实和奚沐晓天造地设，但看来闺蜜一时跟西点师难舍难分，她决定从态度上要对祁实恶劣一点儿。

“城堡送不起，送个月亮吧！”祁实自信满满。

“月亮？”奚沐晓一阵茫然错愕。不过看到妈妈在露台一角的帷幔后抿嘴微笑的神态，她瞬间明白了一切。

只是，这月亮在哪儿呢？众人疑惑不解。

就在这时，伴随一阵“嗡嗡”声，一架无人机很快飞到露台上，平稳盘旋在奚沐晓面前的半空中。

祁实取下无人机上吊着的一方精致胡桃木盒，递给奚沐晓：“打开吧！”

一颗葡萄大小、散发着夺目光晕的浑圆珍珠正乖乖躺在木盒中的丝缎上。

“不是什么贵重礼物，只是前几天跟我爸去济州出差时，闲暇之余，看到济州岛的海女在打捞海贝。这个特殊的营生是几百年传承下来的，年轻人也不干这行当了。现在还在下水的这些海女，很可能是最后一批了。帮我打捞起这颗珍珠的海女，已经七十岁了，为了它，老海女在海底憋气憋了整整五分钟。她说，这是她这辈子打捞出的最大的一颗天然海珠。我想，这颗像月亮一样的海珠，只适合你。”祁实讲了这颗硕大海珠的不凡来历。

奚沐晓一时失语，内心却有一丝触动。这么多年的生日，收到的礼物不计其数，而今天这份礼物，绝对堪称诚意之作。更何况，自己曾经把他的回眸一笑，都当成一天最好的礼物。只是，比起昨晚梦中陪她安睡的那轮皎洁的阿尔卑斯之月，这一颗的光芒，似乎还是黯淡了些。

闺蜜们当然知道她为何犹豫，而妈妈则在一旁投来一声赞叹："太漂亮，也太有心了。晓晓，你看一早我跟你说什么来着？"

"谢谢祁实，只是这份礼物太贵重，我想，我不能收！"

奚沐晓思忖片刻，给出了自己的答案。这让闺蜜们松了口气，而妈妈脸上，则露出了一丝不悦。

祁实没事儿似的笑笑，轻轻拉起奚沐晓的手，把小木匣塞到她手中："留着吧，那个老海女说了，它会庇护你的。"

说着，他低头收拾无人机，不声不响，像个做错事的孩子，看得旁人竟有几分莫名心疼。

诡异的气氛中，奚沐晓只盼他快点收拾妥当，赶紧离开，或者，恨不得自己马上乘着那架无人机，即刻消失。

"啊！这是什么东西!!!"本在一旁观望的庄芝敏突然尖叫起来，触电似的浑身发抖，手中的手机已被她狠狠摔到了露台的巨大沙发上！

"阿姨，您怎么了？"祁实腾地从地上弹起来，冲过去扶住已经快要晕厥倒地的庄芝敏。

姑娘们慌了神，也赶忙围拢过来。加菲好奇地捡起庄芝敏扔在沙发上的手机，看到屏幕上画面的一刹那，她愣了一下，瞬间反应过来，慌乱地准备删除，却被奚沐晓一把抢了过去。

那是一张保罗·萨特的脸书主页的截屏。保罗发送的最新状态，是一条图文。照片上，光着上身的植林微闭双目，搂着一个赤身裸体的中国女人，两个人，像蛇一样缠绕在一起，如胶似漆！

旁边的文字，是一段英文："First night of my friend Alex and his old flame，ManMan！（好友 Alex 与他老情人曼曼的初夜！）"

ManMan？也就是那日两人在青城山上，他无意中脱口而出的"曼曼”了？竟是他的老情人！原来如此！奚沐晓感觉灵魂已在那一刻完全出窍，身体的任何一个细胞，都不再有知觉。耳边，只有闺蜜们的窃窃私语，间杂着妈妈恶毒咒骂的哀号，以及血管里奔涌的血液呼啸而来的声音！

这张截图，是奚沐晓的堂妹，此刻人在美国旧金山念大学的奚念发过来的。她在微信上告诉大伯母庄芝敏，说自己一直关注着餐饮界的名人保罗·萨特的脸书，没想到一个小时前竟从他的最新更新里，看到了这么不堪入目的一幕。法国人可能觉得浪漫，还把这样放浪形骸的照片发布出来。照片上，分明就是在堂姐朋友圈里见过不止一次的准姐夫——植林啊！

庄芝敏缓过劲儿来，不顾一切地抢过女儿的手机，开始疯狂地从通讯录中找她一直不待见的那个名字。很容易，因为奚沐晓昨天才拨过植林的电话。

“嘟嘟”两声之后，听到一声略带醉意的“喂，亲爱的……”

“亲你个头！你个小赤佬，做的什么丑事啊！畜生！看来报纸上说的都不假！早就觉得你不怀好意，没想到是这么个烂人！”庄芝敏开始破口大骂，她从小教养还算不错，然而这些脏字，竟像本能一样从她嘴里一股脑儿地迸出。

电话那头，那个小酒馆温暖的客房里，原本睡意惺忪的植林被这通突如其来的辱骂惊醒——这才发现，自己竟然和路曼躺在一张床上，而还在熟睡中的路曼，雪白的身体一丝不挂，像一尾毛色通透的狐！

他只知道昨晚喝了那几杯杜松子酒之后，就深感不胜酒力，而同样不胜酒力的，还有保罗夫妇和路曼。但，分明记得大家是各自回了房间休憩，他和路曼的房间，中间隔了两个走廊。难道，真的是因为酒后乱性，做出了最不应该的举动？

然而，上海黄浦江边的阳光，决然不会原谅阿尔卑斯山的夜色里发生的不堪丑事。

庄芝敏骂到一半，奚沐晓夺回手机。原想直接挂断，但泪眼模糊中，她似乎又回到了那个雪夜。她从未想过，自己违背世俗、不计回报付出的感情、信任和包容，竟会被如此轻贱与辜负！心头那根肉刺，像被人狠狠捏了一下，再一次让她感到彻骨的痛。或许，是时候说清楚，然后把它彻底拔出来了。

于是，她缓缓地对着手机，也不知万里之外，是否有人在倾听："那个雪夜，你脱口而出的那个名字，我一直就在疑惑。我说我过生日，你说你要去法国，原来是有更要紧的事情做。你如愿了，在那么舒适的大床上，你们在一起了。需要我谢谢你吗？这么贴心地选在我生日这天揭晓答案？"奚沐晓挂满泪珠的脸上突然恣意地笑了，释然中却满是悲凉，"就到这里吧，我不陪你玩了。"

电话挂断的那一刻，姐妹们纷纷上前安慰。奚沐晓像负重前行许久的行者突然卸下千斤重担，一个趔趄，却被祁实牢牢接在怀里。看着祁实那张十几年来不曾厌倦的脸，她问自己：为什么，那么傻？

四十

以为是个梦，植林久久不愿醒，直到路曼缱绻地睁开眼，两人愕然对视片刻。看来她对如此“坦诚相见”亦无半分防备。两人多年前相恋时，是纯纯的 Baby Love（纯爱），即便情到浓时，也是点到为止。虽然对彼此的身体并不陌生，但从未跨过那道红线。

“我们，发生了什么？”植林似乎还未想明白到底怎么回事，如同他想不明白，那日在青城山，如何会将她的名字挂在嘴边。他手不由自主地将绒毯掖了掖，以盖住路曼那澎湃的前胸。

“该发生的，迟早会发生。”路曼很快恢复了镇静。她已不是当年那个腼腆的小女人，何况，比起无数个夜里，让她几乎窒息的那坨臃肿肉球的重压，面前的这具轮廓分明、线条流畅，散发着浓浓雄性荷尔蒙的年轻躯体，才是自己梦寐以求的。

“对不起，我真的不知道，怎么就——”植林见路曼眼睛直勾勾地看着自己，猛然醒悟，从床上弹起，将扔在地上的衣裤胡乱往身上套。

路曼就着昏黄暧昧的台灯，看到床头柜上半开的杜松子酒瓶，嫣然一笑："酒啊，真是个好东西。"

说话间，植林已经飞快地穿好了衣裤，想来，当年大学军训的紧急集合，穿衣服也没有如此迅雷不及掩耳。夺门而出的一刹那，他突然停下来，回头对路曼懊恼地说："刚刚接了个电话，她和她母亲都知道了。"

"知道就知道呗，哪怕全世界的人都知道，我也不在乎。"路曼从床上轻轻欠起身子，脸上写满玩世不恭。

"你不觉得蹊跷吗？相隔这么远，即便真发生了什么，她们在上海，怎么会立马知道这边的一举一动？"植林心中有个巨大的问号。

"你住这个酒店，她们是知道的吧？凭她们的能耐，想买通个服务生也不难吧？怎么，被骂得狗血喷头了？后悔跟我来这趟法国？"路曼点燃一支烟，"只是，恐怕你现在怎么后悔，都没法改变什么了。"

"是你故意的？"植林突然像头发怒的公狮，从门口冲回床边，那双曾经美到无以复加的手，死死掐住了路曼修长的脖子。

路曼瞪大眼睛，一动不动，从前她怀中那只温柔的小野兽，此刻为了一个相识才半年多的女人，竟时刻准备咬断自己的脖子。

许久，植林缓缓松手，眼中的凶光也渐渐退去，像一把弹弓，皮筋拉到极限，然后断裂。见脸色煞白的路曼大口喘着气，他突然情绪失控，一把把路曼揽在怀里，哭得稀里哗啦。

路曼静静享受着这一刻的温存，男人的热泪滴下来，从她的脸颊上轻轻滑落。虽然这泪并不是为她，但终究也化作了她的泪。

第二天一早起来，保罗跟植林抱怨，昨晚喝太多，竟然误了起床看勃朗峰有名的雪山日出，而且手机也不知道扔哪儿去了。直到在餐厅吃早饭，见服务生挨桌询问哪位客人遗失了手机，他才知道昨晚喝大了，把手机落在了前台。打开手机，发现脸书竟被卸载了。呵呵，哪个酒鬼干的好事！

早饭后，四人从小酒店退房。老板是个满面红光有着圣诞老人一般白胡子的老先生。见路曼和植林出来，忙热情地打招呼，问两人是不是中国来的，还说这几天小酒店已经招待了好几拨中国游客，中国人越发有钱了云云。

继续登顶勃朗峰之路。保罗夫妇的兴致依旧很高，一路上还时不时讲个笑话。路曼状态明显比昨天低迷了不少，再也没有力气冲在最前面。而植林则行进在队伍末端，自顾自埋头看路，始终没再说一句话。

高原反应！保罗一本正经地告诉疑惑不解的萨拉。

心猿意马地结束了勃朗峰之旅，保罗和萨拉要趁着难得的假期，在巴黎多陪陪自己的女儿们。而植林和路曼，则按原计划返回了上海。

他想解释，但倾诉的对象，像人间蒸发了一样，雁去无痕。

微信被拉黑，电话被屏蔽，就连发的短信也被一一退回。这是轮回或者报应吗？当初被庄慧敏当众羞辱之后，他也是这样把自己封锁；那年父母出事无人听他辩解，他也曾躲进那所云深不知处的道观，断了一切的联系。

他想上门去亲口解释，豪宅区大门紧锁，他突然问自己：该解释什么呢？又有谁会信？捏造家世的骗子，寻衅滋事的地痞，欺骗感情的流氓——自己不是早就被打上劣迹斑斑的标签了吗？

望一望这片摩天大楼以及那座骄傲地雄踞云端的豪宅，他知道或许这是最后一次站在这里了。坦白说，植林原本心中也有一丝预感，因为门第之别，两人不知哪天也会落得曲终人散。只是没想到，误会中相识相知，误会中相爱相伴，竟连这最后的劳燕分飞，依旧是一场误会。

好像全世界都关上了窗，掩上了门。之后，万事终变往事，众人皆成故人。转身离开的刹那，少年发来一条微信："Alex，不要走！告诉我，她们说的不是真的！"

整整三天，奚沐晓没有迈出自己的房间一步。闺蜜们轮番请假驻守奚家，却没有任何一位能敲开她的房门。第四天，奚沐晓突然自己开了门，梳妆打扮得比平时更加精致靓丽，脸上甚至还带着一丝得意的笑。这样反常的举动，引得闺蜜们面面相觑。

"还愣着干什么，去城隍庙吃东西啊！我再饿一会儿，就可以把加菲吞下去了。"奚沐晓抓起加菲肉乎乎的手，顺势啃了一口。

"啊啊啊！"加菲跳起来，"你还真咬啊！"

见奚沐晓满血复活，闺蜜们突然一起欢呼起来，大家前呼后拥地挤出了门，像迎接一位退隐多年的世外高人重出江湖。

城隍庙，上海老城厢的精华所在，历史上，三教九流相汇，鱼龙混杂而居。如今早已变成全国游客蜂拥而至的旅游景点，早年地道的海派文脉日渐式微，上海人儿时的美食记忆依旧留存——南翔小笼、青浦扎肉、宁波汤圆、鲜肉月饼……琳琅满目，一应俱全。

奚沐晓一个人冲在前面，见什么买什么，一通胡吃海塞，还给闺蜜们手里塞上一盒又一盒各色小吃。其实这种地方，早已是外地游客的天下，上海本地人平时已鲜有兴趣来光顾。奚沐晓此刻的表现，闺蜜们心知肚明——越狂欢，越孤单。她是在用这市井的喧嚣麻痹自己，就像一剂苦药，总要糖衣的掩护，才能顺利服下，仅此而已。

"亲爱的，你吃太多了……"敬婷轻轻拉下她手里的一串糖葫芦，"胖了，就不好看了。"

"那不一定，胖成我这样还是挺好看的。"加菲灵巧地蹿到面前，敬婷一阵尴尬。

"胖了不好看？那我的好看，要给谁看？"奚沐晓愣了一下，手里举着的糖葫芦，停在半空中。

“给我看。”一个好听的男声从人群中传来，竟又是祁实！他不知从哪儿得到消息，闭关三日的奚沐晓来城隍庙散心了，所以放下手头的工作，早早赶来蹲点，并在人群中轻易发现了这帮姑娘。

“晓晓，为了他，不值得。”祁实轻轻拿下她手里的糖葫芦，“我帮你吃掉，之后，就再也不吃了，好吗？”他语气里的温柔，像哄一个三岁的小姑娘。

奚沐晓呆立原地，看着祁实张开嘴，大口大口地吃掉那串糖葫芦。那个瞬间，她多想这个狼吞虎咽的男人，是他？或许，我早该遗忘，何必徒悲伤？

闺蜜们看着那个被祁实牵着的背影，消失在熙来攘往的人潮中，竟不知是该雀跃，还是黯然。

其实奚沐晓从头到尾并没有点头答应过祁实什么，只是像一朵被剪断根须的浮萍，水往哪里流，自己就往哪里漂罢了。

庄芝敏看到女儿和祁实走得越来越近，多日不见的欢喜又跃上了眉梢。她偷偷给二姐庄慧敏打了个电话，分享着女儿迅速摆脱阴影的喜讯。庄慧敏听了，也觉得这傻孩子总算开窍了。虽然经过了这一系列波折，但换来对一个负心人的清楚认知，也值得。更何况，那居心叵测的小子还没来得及从奚家拿走一针一线，不是吗？

祁实待奚沐晓，可以说贴心到“令人发指”。奚沐晓最初对这样的待遇并不太习惯，过去几个月跟植林的接触，一直是君子之交的淡然相处。不过看得出来，祁实这么小心翼翼地伺候着，完全是因为对奚沐晓不太放心，担心她仍旧没有走出那段过往，做出什么傻事。

我才不会！内心那个倔强的自己告诉奚沐晓。

祁实对奚沐晓的无微不至，甚至让姨妈庄慧敏都动容了。一日她来奚家小坐，谈及此事，还当着奚沐晓的面感慨：画龙画虎难画骨，知人知面不知心！没想到那么老实巴交的一个小伙子，背地里竟然如此龌龊。相反，之前对祁实母亲的市侩还存有一丝疑虑，现在看来，人家只是头脑灵活、心直口快而已。

一个人的时候，奚沐晓也在想，到底自己是因为在置气，用祁实来填补一时空虚，还是真的对那段年少时的感情念念不忘？

当祁实用不同方式表达的爱意被她悉数感知时，她开始试着说服自己：原来真正浓烈的爱，是这个滋味。

祁实用自己的切身行动，赢得了奚家上下的一众好感。甚至连黄妈也觉得，这个富家子倒也不像其他富贵人家的子弟那般飞扬跋扈。每次进门，不仅毕恭毕敬地招呼自己这个用人，甚至有次从国外回来，这个谦逊的小伙子还贴心地给自己备了一份小礼物。

奚伯明自然也是看在眼里，喜在心头。诚然，当初他对植林的印象并不坏，即便他父亲的故去不太光彩，但若是情急之中的举动倒也不是不可原谅。然而，这小子自己干出这么伤风败俗之事，的确令人匪夷所思。伤害女儿，就是加倍地伤害自己！这样的女婿，就是长得再仪表堂堂，也是断断不能要的。

在祁实成了奚家一致认可的准女婿人选之后，祁国辉做了一个让所有人都难以置信的决定：原本已经签好的甜爱路62号地块转让协议，他当着奚伯明兄弟俩的面撕得粉碎！之后，他郑重宣布：这块地作为给未来儿媳妇的聘礼，无偿送给奚家！

奚伯明与奚仲清两兄弟怎能如此受人馈赠！见无论如何也不能说服祁国辉收下土地转让款，兄弟俩私下合计后决定，对祁实发出加入毕达的邀请！在商言商，祁家这块地价值千万之巨，以土地参股，让祁家公子进公司做个小股东，也是合情合理；更何况，祁实这孩子，聪明、踏实、诚意满满，不日或将成为奚家无可争议的女婿！毕达正希望有一个风华正茂的年轻人加入来开创一个新的时代！既然爱女奚沐晓不愿意放下画笔投身商界，让她未来的夫婿担此重任，自然是再合适不过的安排！

闺蜜们与奚沐晓聊天时，也纷纷对祁实的加入发表观点。意见并不完全统一，但至少有一点可以确认：祁实在音乐上虽无建树，IT专业貌似也表现平平，但在商业领域已开始崭露头角。从这一点上说，他的加入，让奚沐晓得以安心画画，准备论文。完成这两件事情后，两人再择一良辰吉日完婚，一段堪称佳偶天成的姻缘就将上演。

植林依旧在勃朗峰餐厅工作，周末还得去苏州，照看刚刚步入正轨的鸿鹄楼的生意。路曼也同往常一样，并无半点僭越同事关系的言行，只是眼神中对他的关切，又多了一分。许是自己的郁郁寡欢太过明显，都被她悉数看在眼里。

与那个豪门的一切联络，都已中断。也好，这大半年来，因为遇见她，自己的生活轨迹早已被颠覆。抛掉年少时那些狂妄的血气方刚，自己仅存的那一点点念想，不应该是去尝试攀登世界顶级西点大师的高峰吗？想到西点师大会还有三个月就要在法国举行，时不我待，或许唯有职业目标，才能让自己全身心投入，忘掉这人世纷繁芜杂的儿女情长。

心无旁骛，做些有意义的事情吧。就像从前在林木参天的上清观里，看见嵩明在夏日鸣蝉的此起彼伏中打坐，岿然不动，心若止水。

这池逐渐平息的水，偶尔也会掀起小波澜，比如少年无聊至极发来的微信。他告诉植林，他的面塑康达姆被妈妈偷偷扔掉了，为此，两人吵了一架。祁实哥哥一点儿也不喜欢康达姆，他来家里从来都不跟自己玩儿，每次都围着姐姐和妈妈转悠。

四十一

祁实在北京念大学时，学的是 IT 信息工程。进了毕达后不久，他便被奚伯明安插在了信息部，算是一个部门领导。信息部负责全公司 IT、信息安全、网络服务等业务，在现代航运企业中，作用举足轻重。小到公司的电脑设备，中到数据库的管控，大到船舱货物的装卸控制，无不需要信息部的支援。只是比起公司最核心的运营部而言，这实在是个成天跟一堆琐事打交道的苦差。

奚伯明最初是想把祁实直接放到运营部，奚仲清告诉哥哥，谁都相信祁实最终可以成为一个全方位的经营人才，但初期，让他在信息部的一个个具体项目中历练，能使他对公司的整体后台运作有更扎实的了解和领悟。更何况，他现在毕竟还没有正式成为奚家的一员，这么着急让他进入公司最核心的运营部，恐怕不是稳妥的做法。

奚伯明对弟弟的意见深表赞同。弟弟进毕达十多年，更多时候就是个庸碌无为混日子的人物，不过在祁实的角色定位这件事情上，他承认弟弟的考虑甚至比自己还周全。因为把这个年轻人已当成女婿的不二人选，他自己对祁实几乎毫无戒心。弟弟的提醒，让他从喜得乘龙快婿的光晕中清醒了不少，的确，日久见人心，不图这一时之快。

祁实有时也会在公司会客厅的那幅《伏尔加河上的纤夫》前陷入沉思，久久矗立。画中那个红衣少年，尽管肩膀稚嫩，但已经对纤绳上的重担不再畏惧。奚伯明感慨，这世界是自己的，也是他们的，但归根结底，是他们的。

奚沐晓也开始对祁实在工作上的全情投入刮目相看。原以为做典当公司两年多，他早已被香车美女消磨掉最后一丝闯劲，没想到这闯劲不仅还在，而且风头正劲、不可小觑。

也曾问他，为什么这么拼。

他的回答，似乎让她觉得冬日天空的阴云都散了："我已经浪费了十年时间，现在，为了你，我的每一秒，都应该过得有质感。"

"那，不吹萨克斯啦？"奚沐晓故意刺激他。

"吹，当然吹！只是下次表演，我只会站在甲板上，在太平洋的清风明月中，吹给唯一的那位观众听。"

奚沐晓望着他清澈的大眼睛，心里是一阵微微的感动。梦寐以求的那轮勃朗峰的明月，她再也无福消受，而那轮在海平面上为她冉冉升起的圆月，近在咫尺。

这一天深夜，奚伯明和荷兰分公司开完越洋电话会议，回到自己宽敞的办公室。准备出门回家前，他习惯性地又盯着墙上的屏幕矩阵看了许久，关注正在海上乘风破浪的上百艘毕达集装箱货轮的实时动态轨迹。这些数据，都是通过 LRIT（船舶远程识别与跟踪系统），传回陆地总部的。公司上下都知道奚总有这个嗜好，也都以为他只是为了满足自己的控制欲，就像果农巡视自己的园子，牧民清点自己的羊群，只要看到瓜果飘香、羊肥马壮，就会暗自心花怒放。

殊不知，从船厂一线工人起步的奚伯明，虽然早已成为毕达集团位高权重的战略指挥家，却依旧保留着那丝专业的敏感——别人眼中蜘蛛网一样繁杂的航线图和星罗棋布的轮船点位，在他脑中会被实时解读为无比清晰的数据和图像。

审看了许久，他鹰一样的眼睛再次确认大屏幕上密密麻麻的亮点中，一个微小绿点形迹可疑——这个绿点代表一艘从青岛港前往上海港名为“双子星”号的货轮。在青岛出发十几个小时后，这个绿点悄然变暗，这意味着，GPS 监控系统中，这艘货轮的轨迹并没有被跟踪到，直到两小时后，绿点才又重新亮起，并沿着原定航线继续往上海港进发。而早前几日，奚伯明还观察到，这艘货轮在进入上海长江口之后，本应前往终点码头停靠，却在靠近崇明岛时也有短暂脱离监控的情况！

奚伯明深感纳闷，虽然有时候卫星信号弱时，也会出现个别船只轨迹在大屏幕上偶尔消失的情况，但像这样长达两三个小时，而且不止一次出现的故障，极为罕见！更何况，即便当中有两次停顿，整个航程耗时并没有比原定航时长多久，显然货轮后期有意加快了航速！

稳妥起见，奚伯明并未声张。接下来的几天，他一个人躲在办公室里反复观察确认，连弟弟奚仲清有一日约他出席政府和行业协会的晚宴，他都假称胃疼推辞了。很快，他发现了规律：“双子星”号每周往返青岛——上海一趟，每趟都是从青岛出发后在靠近公海的海域消失一次，每次两三个小时，然后在靠近崇明岛时消失第二次，每次一个小时。

这绝不是偶发的信号故障！奚伯明暗自思忖，这支船队一定在做些什么见不得人的勾当！为不打草惊蛇，他悄悄把奚仲清和祁实叫到了自己的办公室，两人一人管北方航线的运营，一人管IT，这件事需要请他们出马，私下调查清楚。

“大哥，你确信你看得都准确吗？这几百艘船只的动态，看花眼是常有的事。”奚仲清暗自佩服哥哥的洞察力。

“绝对不会错，我已经观察了两个星期，这种情况前后出现了四次。”奚仲清言之凿凿。他内心担忧的，是有船员在偏离航线期间，在从事非法走私！

“那，伯父，您看我这边需要做什么？”祁实也对准岳父如此敏锐的嗅觉和警惕充满了敬佩，见奚伯明如此忧心忡忡，这自然是他表功的最好机会。

“祁实帮我调一下LRIT后台数据，我要看到‘双子星’号失联的准确时间、经纬度，船只整个航行的用时、速度变化，了解下船只在失联后是否收到过总部的远程警报。另外，再从咱们的商务后台，调一下这几个航期具体的装载物情况，具体到每个集装箱货柜。”奚伯明有条不紊地部署，这些信息，作为IT部门的负责人，祁实想调用自然是易如反掌。

“仲清，你去拉一份清单给我，这几个航期上，所有的船员构成，船长、大副、二副、三副、水手、轮机长，甚至是修理工、厨师，把他们的名单还有履历都给我调出来。”奚伯明吩咐弟弟，“一定要把真相搞清楚，如果一周之内还是调查不出原因，我下周会亲自登船暗访！”

奚伯明如此重视，是因为在过去近二十年的经营中，的确遇到过各种千奇百怪的事件。比如船长私自从海外带回了足以判无期徒刑的非洲象牙，比如一批菲律宾人假冒身份应征水手，企图借机偷渡到香港。但这种情况多半发生在远程的国际航线上，像青岛—上海这种国内的短距离航线，还是第一次遇到。

“好的，伯父！一定尽快整理出您要的数据！”祁实看了奚仲清一眼，对奚伯明斩钉截铁地说。奚仲清则眉头紧锁，这么棘手的事他进毕达十多年来还是头一次遇到，原来装模作样混混日子就能拿哥哥的高薪，现在要让他来彻查这么高难度的一个案子，他心里的慌乱无措，难以言喻。

三天后，祁实和奚仲清带着厚厚的一沓数据资料，再次敲响了奚伯明的办公室房门。

“什么？竟然跑到公海赌钱？”一听到这个调查结果，奚伯明额头上青筋暴起，“太无法无天了！”

“大哥，你先别生气。这确实是我初步调查的结论。起初我也不相信，按理远洋航线，水手连着几个月在海上待着无聊，打打牌消遣一下也不是啥了不起的事。但这次发生在短程近洋航线上，水手每周就可以靠岸一次，根本不是因为无聊，就是因为铁了心要赌大的，还有社会上的专业赌家和资金参与，所以公然把船开到了公海上！”奚仲清尽力解释，额头上渗出了细密的汗珠。

“是的伯父，他们有此计划后，把船只的GPS定位接收装置蓄意关闭，这段时间船只的航行轨迹是无法被正常捕捉追踪到的，反映在大屏幕上就是您看到的绿点变暗。这是相关的卫星定位数据，失联地点的经纬度刚好在公海边界，只需要再往外开几海里，就是公海区域了，他们就是在那里肆无忌惮地开设海上赌场！”祁实指着几页海图向奚伯明详细讲解。

“大哥，怪我管理不善，用人失察！”奚仲清见奚伯明脸色越发难看，忙上前领罪，“这支船队的人员，船长、大副，好几个重要岗位都是我当年招来的。据我所知，大副老郭已经把他老家的几套房子都押在牌桌上，再也没拿回来。唉，在船队时间做久了，可能就纪律涣散、目无法纪了，净干这些糊涂事。你看，咱们是不是……报个案？”

奚伯明脸色刷白，他深知海上生活枯燥乏味，水手私下经常会有一些上不得台面的小动作。当年，就曾发生过有水手在船上输得倾家荡产，最后不得已投海自尽的惨剧。因此，类似私设赌场赌钱的行径，被他明确列为水手航行准则中的十大禁忌之一。奚仲清提到的老郭，在毕达也算是老员工了，在公司表彰大会上，也曾多次作为优秀员工代表发言，此前奚伯明对他印象颇佳。如今，血的教训难道要再一次上演？

“仲清，报案就算了。不过，所有涉事船员，一个都不留。根据工龄补发遣散费，别让他们下船后为一时的生计发愁。至于老郭，你给他发双倍遣散费……”奚伯明沉思许久，做出了一个恩威并施的决定。

“好，这就去办！”奚仲清原以为哥哥会勃然大怒，把这件事闹得上纲上线。结果哥哥一来顾及毕达的公众形象，另一方面也是考虑到船员中不少像老郭这样一起打拼多年的早期员工，真要对簿公堂确实也于心不忍。

奚仲清说着走出了办公室，祁实正想跟着退出，却被奚伯明叫住，“小祁，谢谢你！”望着祁实充满朝气的脸庞，奚伯明只想表达自己对这个生力军和准女婿的感谢，“你的这些情报很有用，继续帮我监控，毕达需要你这样的人才！”奚伯明眼中闪着无限殷切的期望。

“伯父见外了！一家人还说什么感谢，我一定再接再厉！”祁实笑笑，他曾经以为大学四年所学仅换了一纸文凭，却没想到在自己的准岳父这里发挥了这么大的作用，“对了，这套大屏幕监控系统用了多年了吧？我看屏显已经有些不清晰了。您放心，我会很快找供应商过来好好调试一下，调试完，这些航线和船只的显示会更清楚、准确！”

奚伯明笑着点头以示同意，然而内心，还在因为失去了“双子星”号上的若干老船员而唏嘘不已。

晚上回家，奚伯明在宽大的床上，搂着庄芝敏进行每日的夫妻夜话。

他感慨于老郭的误入歧途。想来，人这一生，就像船舶一样，若要安抵彼岸，必须遵循一定航线。每一次的失之毫厘，莫不导致最终谬以千里。他由衷感谢当年在江西的小河中，被洪水冲走的那只小木筏。若不是它，他不会下定决心为自己的女人造船，更不会在这条人生的大河中，永远无畏向前！

五十多岁的年纪，庄芝敏却像朵娇羞含苞的花。她要感谢的当然更多，感谢父母冷酷到近乎无情地送她下乡，感谢湍急洪流中被她掐掉皮肉的坚实臂膀，感谢上天给她一对最好的儿女，感谢命运，让她永远被宠得像个小姑娘。

“小祁这孩子表现还算满意吧？”临睡前，她忍不住关心了下准女婿的近况。

“可圈可点。”奚伯明言简意赅。

“我看人很准的，这小子错不了，这是命中注定，我们晓晓啊，就是应该跟他在一起！今年年底，咱们就把两个孩子的事儿给办了吧！史明霞也已经跟我提了多次……”庄芝敏内心的骄傲油然而生，“还好没让那个做西点的得逞！我看他就是个扫帚星，你瞧他送的那什么帆船，我们船上果然出事了吧？”

奚伯明熄掉床头灯，片刻，鼾声响起。笼罩在心头半个多月的疑云消散，此刻，总算能得一夜安眠了。

四十二

祁实很快找来了专业的供应商，花了三天功夫，将奚伯明的屏幕矩阵彻底调试了一遍。如祁实所说，调试过的屏幕，分辨率升级，清晰度比之前提升不少。奚伯明尤其关注的“双子星”号，GPS 轨迹也终于恢复了正常。不仅如此，祁实越发进入状态，因为英文出色，被奚伯明指派了新任务：负责毕达最大的海外子公司——美国分公司的业务对接。因为时差的缘故，祁实常常在办公室待到深夜，奚伯明下班时，常抬头望望灯火通明的毕达楼层，心里顿时觉得踏实许多。

果园风调雨顺，羊群悠然吃草，整个毕达集团的运作，进入了一个极为规范的良性循环。奚伯明总算有时间打理甜爱路 62 号的重建设计工作。香港高薪请来的专业建筑设计师，提议外表修旧如旧，只是内部结构会有很多新的创意。奚伯明只要自己稍许得空儿，便会抓设计师细细过问，重视程度可见一斑。

在一次拜访合作方的间隙，奚伯明坐在咖啡厅等司机来接，偶遇老郭带着一大一小两个儿子去八万人体育场踢球。老郭看到奚伯明，本想绕路溜开，没想到被前老总远远地叫住了，只好硬着头皮上前跟奚伯明打招呼，并说了好些对不住的话。奚伯明本想就公海赌博一事向他再多了解些情况，但看到郭家两儿子几番催促，实在不忍打扰父子三人的兴致。更何况，这毕竟是件极不光彩的事，当着两个儿子的面问话，确实也让人难堪。罢了，只要看到老郭状态还行，一家人生活似乎并未因下岗风波受到影响，奚伯明也便略略宽心了。

奚沐晓继续她的毕业作业。不时跟远在意大利的罗莎夫人探讨画作的修改，或者打个电话给北京的范教授请教论文中的疑难，日子平淡、忙碌又充实！

曾经心头有两根肉刺，如今，不管是否真的拔除干净，她必须努力告诉自己，多大的伤口，总会痊愈。

老实说，祁实在拿捏小姑娘心思这方面，堪称“专业选手”，时不时冒出的小惊喜，无不让奚沐晓眼前一亮或者会心一笑。好歹也和奚沐晓同窗好几年，这样的近水楼台，他若不能先得月，那世人断然也无月可赏了。

祁实的老娘史明霞继续频繁出入奚家，跟庄家姐妹的各种约会更是一场不落。虽然二姐庄慧敏依旧不太待见她，但人家跟自己妹妹都快成亲家了，所以再不悦，也只好忍着。好在史明霞也学乖了，自己严控大嘴巴，话明显说得少了，察言观色后只跟着庄家两姐妹的话茬儿走，倒也相安无事。

而勃朗峰餐厅里忙得没日没夜的植林，似乎已经忘却了过去这几个月里发生的一切快乐悲伤。只是偶尔站在餐厅的露台上眺望黄浦江对面陆家嘴的高楼。他不由得会想，那个意气风发的对手，现在应该正在某个格子间里指点江山吧？呵呵，对手？自己有资格当他的对手吗？

多思无益，还是继续扑在自己的西点创作上吧。上次去法国，跟总部的副总裁丹尼尔的那番畅谈，让他认识到自己还有不小的提升空间。西点是法国的，更是世界的，他暗暗发誓要将中国传统文化结合在西点创作中，在很快到来的全球西点师大会上，让全世界看到，不仅西点里可以有中国的梅兰竹菊，更有生旦净末，抑或翰墨丹青。

两个月后的一天下午，奚伯明正在办公室里批阅文件，突然一队警察会合税务局工作人员闯进办公室，在出具了一份《经济犯罪拘留通知书》后，一副冰冷的手铐便毫不留情地将这个曾经叱咤商界的航运巨擘铐走了！一并落网的，还有毕达集团财务总监简方！

警方立案的罪名是偷税漏税，数额特别巨大！

奚家的天塌了！

庄芝敏一夜之间急出许多白头发！虽是堂堂董事长夫人，但她从不参与毕达集团的日常经营，甚至连集团一年到底营业额多少、利润多少、纳税多少这些信息，她都不曾过问。这是二姐庄慧敏早年告诫她的，多少大公司死在红颜祸水里，她只需要安心当她的老板娘，相夫教子照顾好一对儿女，至于公司的实际经营，就让男人们去操那操不完的心吧。

然而，凭她与奚伯明长达三十多年的相识相知，她完全不相信自己老公会犯下这种弥天大罪！别说偷税漏税，之前老郭他们在船上私设小赌场，不都被他铁腕肃清了吗？还有，当年在江西下乡，他们几个知青因为是文艺骨干，有一年公社组织《毛主席语录》学习成果文艺汇演，请到了知青们编排节目。大队书记给了他们十元钱置办演出道具，最后剩了一元八角，有知青动了小脑筋准备巧立名目给分了，都被奚伯明义正辞严地阻止了！不是自己的，一针一线都不拿！就是这样一个向来正直不阿的老公，怎至于利欲熏心闯下如此在劫难逃的大祸？

奚沐晓更是哭成了泪人！同妈妈的认知一样，她眼中的父亲，绝对不是一个见利忘义之徒。老话虽说“无奸不商”，但奚伯明已用了自己的大半辈子去证明，君子爱财，取之有道！

然而，警方经侦科接到匿名举报后，已进行过初步调查取证：在过去三四个月时间里，毕达集团每月纳税额相比去年同期锐减一半以上，而相应的营业额呈现正增长！会同税务机关暗访后，警方发现，毕达以雇用外籍船员、船舶维修、航油储存等名义，虚构巨额营业成本，以规避高达上千万元的应缴税款！而所有的证据显示，是奚伯明暗中指使简方来实施犯罪的！简方被抓捕归案后，不仅供述了整个事情的来龙去脉，甚至提供了奚伯明亲自签字的财务报表、报税单，甚至还有两人关于此事的几封秘密来往邮件！

如果所控罪名成立，奚伯明将面临七年以上的牢狱之灾！

短暂的慌乱后，奚沐晓冷静下来。父亲还处于关押状态，她无法前往探视，想来也只有找叔叔奚仲清和祁实商量对策了！二话没说，她独自一人开车冲到了陆家嘴。电梯刚上三十二楼，便听得前台一阵嘈杂，原来财经记者闻讯纷纷赶来，狮子一样扑在毕达这头负伤的大象身上，红着眼贪婪嗜血。

她竖起衣领遮挡口鼻，从人群后边迅速溜进办公室，一眼便看到祁实呆立在《伏尔加河上的纤夫》那幅油画前沉思，背影显得那么孤单无助。

见奚沐晓来，他忙把她拉进自己的办公室。

“那些邮件你查过了吗？是真的吗？”因为祁实管 IT 的缘故，她开门见山地问道。

“千真万确。”祁实无奈地点点头，“警方调取了服务器资料，上边都有记录，时间、数目，全都对得上！而且，这几个月的财务报表和报税单都是伯父亲自签署的。警方也核查过笔迹，确信是本人所为！在此之前，伯父从未跟我们透露过这些计划，合理避税是每个公司都会面临的问题，但这次，伯父的所作所为太欠考虑了！”

奚沐晓沉默不语，片刻，大颗大颗的泪珠从眼角滑落：“不，我还是不相信！这么多年爸爸是怎么教我们的，我太清楚他的为人了。一定是被人陷害的！”

“宝贝儿，先别激动。”祁实忙把伤心欲绝的姑娘搂进怀里，“我们都相信伯父是无辜的，但现在铁证如山，我们所能做的，就是配合警方的调查，先把事实弄个明白，看是不是出了什么疏漏，再看有没有什么办法弥补。”

“现在该怎么办？难道就让爸爸待在拘留所里，不管他了吗？”奚沐晓扬起头，泪眼婆娑。

“我爸也在想办法，公安局那边他认识一些人，但能不能帮上忙就不好说了，因为涉案数额实在太大了。”祁实安慰道，“不过，我也请教过几个律师，只要伯父配合调查，主动补缴相关的税款和罚款，伯父还是有从轻判罚的机会的！”

“从轻判罚？没有犯错，为什么要判罚！”奚沐晓再次情绪激动。

祁实轻抚她略显凌乱的头发：“无论怎么样，这段时间对毕达、对奚家、对我而言，都是一个巨大的挑战！集团这边的运营，你不用担心，董事会已经紧急商讨过了，会由仲清叔叔暂时行使伯父的职责，我也会继续做好工作，同时外边托人找关系，一起挺过去，争取早点儿把伯父救出来！”

奚沐晓依旧泪流满面，祁实的言辞切切，她不是不能感知，但老爸还在被羁押，先论是否真的犯错，快六十岁的人了，蒙受这样的屈辱，如何让人安然面对？

奚家的变故很快在朋友中传开了。即便奚家上下一致守口如瓶，亲戚朋友也都从媒体的报道中获悉了所谓的毕达丑闻。

敬家姐妹和加菲都来找过奚沐晓，但当时她情绪激动只知道哭，连句完整的话都说不清楚，三人无奈只好先离开。

说来，敬婷貌似对这件事的关注最多。

事情爆出来的第二天，节目部主任就跑来问，那个被抓的航运巨头的女儿，是不是上次跑到电视台指着他鼻子骂的那个嚣张的姑娘？如果是，主任让她利用这点儿关系想办法挖点儿料过来给电视台爆独家，如果她自己不方便，可以让其他记者跟进。

敬婷听了浑身一哆嗦，总算知道“落井下石”这个词所言何物了。她顾不得上下级关系，坚定回绝。

后来，她又想起丘野也是警方人员，于是专门打电话给加菲，问能不能请丘野打探一下奚伯明在看守所里的最新状况，同时摸摸案情进展如何。

加菲略迟疑后，告诉敬婷，丘野是刑侦的，而奚伯明是被经侦给抓了，这是两条线，而且还不属于同一个分局，想来也不一定能帮上忙。末了，她有些沮丧地说，前两天跟警察叔叔闹了些小矛盾，如果真的想找他帮忙，让敬婷自己去找他问。

敬婷想也没想，拿到丘野的号码立马就拨了过去。

两人约在人民广场的一个肯德基餐厅，此时此刻却不是为了吃炸鸡。

丘野推门而入，见敬婷已在靠窗的位子候着，便笑着打了个招呼，警员麦色的皮肤衬得牙齿越发洁白整齐。

“看你样子挺开心的，加菲在电话里可是垂头丧气啊，你们怎么了？”敬婷好奇地问。

“唉，也没什么。还在为我过年回老家的事儿生气呢，我让她跟我一块儿去，她妈妈又不肯，非说要么跟他们一块儿去毛里求斯度假，要么让我自己一个人回老家。我是警察又不能随便出国，只能一个人回哈尔滨了！”丘野也不避嫌，就这么把跟加菲闹别扭的事和盘托出，“再说了，哪有过年不回家看爸妈的道理。唉，别提她那妈妈了，老霸道了！”

敬婷听到这一口东北话就想笑，不过想着等下要讨论的话题严肃，她好歹忍住了：“你听说沐晓爸爸的事了吧？”

“嗯哪！偷税一千万，那家伙，得装一后备厢吧？你说这事儿整的，全上海都知道了！”丘野语调一度升高，见敬婷做了个“嘘”的手势，才小声下来。

“作为警察，你不觉得这事儿有些蹊跷吗？反正我当记者三年多，采访过大大小小的天灾人祸上千起，发现不管什么事故，只要刨根问底，一定会发现事前就有些奇怪的征兆。”敬婷认真地看着丘野。她所说的，的确是她这几年当一线记者的真实感受。世间万物，莫不千丝万缕相连，牵一发而动全身，老外说这是“蝴蝶效应”，而中国禅语云“事出有因”！

“你要说真有啥直觉的话，那我不绕圈子直说了啊！”丘野也是个耿直人，见敬婷居然跟自己有一样的感觉，便直言不讳了，“我总觉得，跟沐晓的叔叔，或者跟祁实那小子有关系！”见敬婷瞪大眼睛未接话茬儿，以为自己说错了什么，丘野忙辩解道：“我不是因为看那哥们儿家有钱有势嫉妒人家，只是觉得，这件事发生在他进毕达以后，啥事儿能那么巧合啊？”

“你说得一点儿也没错！我也是这么想的！”敬婷一把拉过丘野的手，阶级同志般狠狠握了两下，“我跟你讲一段往事，你听听看，跟这件事有没有什么关联。”

随后，敬婷的思绪回到了十年前，那是刚上高一不久。她从钢琴课下来，发现存包柜里有一封信。信的主人告诉她，暗中喜欢她已经很久了，每次看到她在夕阳中走过校园的的剪影，都像是天使来到人间。

一来是因为对这个男生的确早有好感，二来因为没有母爱的缘故，敬婷从小多愁善感，对周围人小小的善举都会感动良久。这封信让她少女萌动的春心，就那么被轻易俘获了，因此即便知道自己最好的闺蜜也喜欢这个男生，她还是毅然接受了那封信。然而，很快她父亲敬云弦遭遇同行陷害导致身败名裂。不久，这个男生对自己的态度就渐渐淡了下来，直到最后无疾而终。

那封信的主人，就是祁实。

虽然敬婷不完全确认，但凭女生的直觉，她也隐隐觉得祁实最初给自己写情书并不是因为真的喜欢自己，很可能是他的萨克斯考级，需要一个辅导老师，那么最好的人选就是隔壁班双胞胎女生的爸爸——敬云弦了！更何况，彼时敬云弦虽已被音乐学院除名，但跟学院很多教授甚至名家的关系甚笃，所以，接近敬婷，从而得到敬云弦的指点和提携，简直堪称完美计划。怎奈造化弄人，敬云弦后来的事情让他在整个音乐界都抬不起头来，成了计划里一块索然无味的鸡肋，只得悻然弃之！

丘野当然早就知道那封信的故事，却未料到，信的主人竟给出了如此大胆的假设。祁实一步步接近奚沐晓，或许也是另一个精心计划的阴谋？没想到这个富家子弟高雅帅气的表象下，竟藏着这样一个趋炎附势的丑陋灵魂！当然，前提是如果敬婷所说的一切都属实的话！

“那，你怎么会看着他一步步接近你的闺蜜，而不跟她揭穿这个人的真面目呢？”丘野这点还没想通。

“因为不确认。”敬婷轻轻摇了摇头，目光里，有一丝痛心，“当年我甚至还听到背后有同学在风言风语，说那封给我的情书是投错了柜子，原本应该是给沐晓的！我一度也有些怀疑，但他告诉我，就是给我的，不然信纸上怎么会画上音符？我也就当真了。不过后来，我发现他看沐晓的眼神一直异样，我内心告诉自己，他可能还是喜欢晓晓的。所以我爸出事以后，他不怎么联系我，我也就不理会他。我真实的意图，是想让他回到晓晓身边，去找他真正喜欢的那个人！”

最纯真的初恋，竟被笼罩上这么一团挥之不去的阴云，丘野对面前这个坚强的女孩儿动了一丝恻隐之心。

“不瞒你说，即便是现在，我也不清楚在晓晓回国后，祁实想方设法接近她，是因为心存真爱，还是别有所图。”敬婷舒了一口气，“我不敢跟晓晓说，我怕万一他们是真的相爱，我这些无端猜忌岂不成了一把挑拨离间的尖刀？”

“不用纠结了，凭我警察的直觉，这小子十有八九是心怀不轨。那封信，简直是个高级阴谋，两边都不得罪，让他能攻能守！我还是不太明白，过去这几个月，晓晓对他不是挺好的吗？奚伯伯还把他给拉进毕达做了个高管，这样用不了一年，就可以感情事业双丰收，犯得着这么着急把自己未来的老丈人给送进局子里吗？”丘野心中，尚存最后一个谜团。

突然，他想起几个月前，毕达的交船仪式上，那个被祁实老妈史明霞奚落辱骂而失魂落魄的身影，自言自语：“总觉得，我们应该去找一个人……”

“植林？”敬婷脱口而出。

丘野未动声色，心里却暗自诧异，跟这个交集甚少的女记者，怎会有如此默契？

四十三

植林跟丘野自从那次帆船事件后的一番谈心，关系已被拉近不少。只是后来与奚沐晓已经形同陌路，当然也不方便再联络她朋友圈子里的其他人，所以两人一直再无来往。

见面后，两人简单寒暄了两句，如植林所料，话题很快转到了毕达危机上。植林早就从媒体上看到了相关报道，更滑稽的是，“此刻戛纳”的所有人都发来消息问他，连花姐都热心打来电话，叮嘱植林，那个富二代还有没有欠他的劳务费，有的话赶紧让她给钱，省得到时候被抄家了一个子儿也不剩。

最幸灾乐祸的，自然是柳思思。她乐此不疲地在朋友圈里每天转发几条关于毕达董事长被抓的最新小道消息。话说现在的自媒体，也是彻头彻尾的无底线——警方从未对外公布过什么案情细节，网上的文章却早已渲染得有鼻子有眼：《毕达董事长背后的十个女人》《毕达十三岁小少爷的母亲到底是哪个女艺人》《揭秘：毕达董事长澳门落网实录》《定了：毕达掌门人被判无期徒刑》……柳思思每天不亦乐乎地转发，转完还要首先给自己点个赞。乔明宇都觉得有点儿过了，好心提醒她，别让小林哥难堪。小姑娘头骄傲地一抬，嘴上依旧得理不饶人：老天爷开眼，出来混，迟早要还的！

植林也想过，给奚沐晓打个电话问问情况，号码拨到一半，终究还是退出了。是啊，你谁啊？跟人家豪门有半毛钱关系吗？再说，也许祁家正在对奚伯明的案子运筹帷幄分分钟搞定，自己瞎操的这份心，有谁正眼看一看呢？

事发后，只有奚力曾经发过一条微信，说自己已经在外地。家里乱成了一锅粥，妈妈为了保护他，早早把他送到远离上海的一个秘密的足球训练营，说是练球，实则是避风头。

丘野把自己跟敬婷聊天的内容告诉了植林，越听，植林越觉毛骨悚然！他之前顶多把这个男人当作情敌——长相出众，家境优越，所以即便被祁实夺走女友芳心，植林内心也算不得多么怀恨，只当自己命中注定与亲爱的她缘到尽头。但如若真像丘野和敬婷所猜测的那样，那这个男人着实是个狠毒的角色！

想到这儿，植林感觉一股热血涌上天灵盖，那是憋屈了几个月后，体内的洪荒作祟！

就在这时，敬婷给丘野打来电话，说发现了新情况，让丘野立刻赶到车管所去找敬姗！丘野撂下电话，不顾植林跟保罗是不是请过假，径直拽他上了警车，呼啸着往敬姗供职的车管所奔袭而去。

敬婷已经候在门口，见丘野不仅火速赶到，而且带来了增援力量，心头泛出一股暖意。虽说植林是因为“出轨”才跟奚沐晓分手，但这个十万火急的时刻，任何人的加入都可能让快遭灭顶之灾的奚家多一线生机！

下班时间，车管所的人已经走得差不多了。敬姗悄悄把他们带进监控中心，只见大屏幕上的几百个小格子里，实时播放着各个路口车辆的一举一动。

敬姗动作麻利地登录系统，输入一串口令之后，一块屏幕上的镜头瞬间切换："昨晚我熬了一个通宵，把我能想到的录像素材都调看了一遍。你们看这个摄像头，正对着陆家嘴毕达集团的大楼，是所有进出车辆的必经之处。"

顺着敬姗手指的方向，屏幕上出现了一段监控画面：暮色中，一辆奥迪 **A8L** 从大楼的地下车库开出来，因正对着灯光，大家辨认了好久才看清车牌号。这是奚伯明的车！当天他离开的时间是晚上九点一刻，而就在他离开后不久，一辆奔驰缓缓驶入了画面。敬婷一眼就认了出来，那是祁实的车！

祁实有两辆车，平时开的，都是进口越野，就是当时邀请奚沐晓露营时开的那辆。尽管这种车在拥堵不堪的市区开起来相当别扭，但他依然享受那种高高在上特立独行的拉风。另一辆银色进口小奔驰，也就在奚沐晓回国初期，几个人在衡山马勒别墅吃饭那晚开过。许是职业习惯，敬姗对见过的车辆和车牌过目不忘。

单这段视频也说明不了什么，谁没有晚上回单位加班的经历？然而，这辆车在之后的两天，每天晚上都在这里出现。蹊跷的是，祁实那段时间发的朋友圈，地址定位却落在韩国济州岛，博洋造船基地！

"所以，至少说明一点，这小子很有可能那几天就在上海，但是想故意隐藏自己的行踪！"丘野作为警察，早就被激发了职业斗志，拿了支笔在小本上仔细记下相应的时间、地点。

敬姗在电脑上又输入了另一段口令，画面再次切换。这次，却是毕达码头附近的一处监控，一条偏僻到不能再偏僻的小路。原本这样的道路级别根本不需要安装监控探头，但几年前这里发生过数起持刀抢劫案，警方不得已偷偷装上了极为隐蔽的探头，最后成功将外地流窜来沪的犯罪分子缉拿归案。

画面回放：深夜时分，还是那辆小奔驰，在浓密的行道树掩护下快速行进，并在道路尽头停下。车上下来一个中年男子，戴着鸭舌帽，停好车后便警觉地四处张望。刚好一个瞬间，高清探头拍到他回头的刹那。植林使劲揉揉眼睛，直到确认自己并没有看花眼："陈泽涛？"

众人纷纷询问陈泽涛是谁，植林简短解释后，大家自然对植林的前同事为何会深夜开着祁实的奔驰疑惑不解。琢磨了好一阵，植林突然明白过来，那次去"此刻戛纳"，老同事们七嘴八舌议论开着豪车来找陈泽涛的"帅气表弟"，原来就是祁实！祁实和陈泽涛，这两个原本八竿子打不着的人竟然纠缠在一起，现在看来，只可能是针对自己！

大家继续关注屏幕里的一举一动。片刻的无声无息，陈泽涛似乎也在等待什么。许久，一辆垃圾清运车在马路尽头出现，与小奔驰会车的刹那，两车大灯分别闪了两下，显然是事先商定的接头信号。验证身份后，垃圾车的车斗里，有人扔下来几个纸箱子！陈泽涛上前捡起箱子，看了一眼外包装便小心翼翼放进了奔驰后备厢，又环顾四周确认没人后，才上车发动，迅速消失在墨一般的夜色中。

敬姗见大家目瞪口呆的表情，微微一笑很笃定："如果你们以为这是全部，那就太小瞧他们了。这个接货的过程，我往前倒了两三个月，发现每周都会出现至少一两次，而且，"敬姗顿了顿，"每次都是在毕达的'双子星'号和'启明星'号靠岸的凌晨！为了彻底弄明白，我很是费了一番周折，才摸清码头所有船只的靠岸时间。也不怕你们说我公私不分，码头管理处处长的儿子，正好开车违章，要再吃罚单，12

分就被扣光了，我找人帮他清零了。”

“双子星、启明星？这不是上次交船仪式上，博洋交给毕达的两艘船吗？”敬婷清晰地记得，那天受邀参加典礼，她拉着妹妹专门到江边跟两艘船自拍了两张照片，而且开心地跟妹妹说，她们两个就是爸爸妈妈的双子星！

敬姗点点头，把录像倒放一遍，拉近距离，那几个纸箱子上隐约还能看见三个大字：“小麦粉”！

“面粉？大半夜偷偷摸摸从市中心开到这荒郊野外，就为了交接几箱面粉？”植林疑窦丛生，“看来，毕达不光所谓偷税那么简单，这两艘船估计问题更大！”

众人若有所思，但确实想不明白，面粉箱中，到底装的是何物。

“难道，是珍珠？这一箱要全是珍珠的话，估计也值很多钱了！”敬婷想起奚沐晓生日那天，所有人都见证到的，祁实用无人机送到奚沐晓手中的硕大海珠！

“现在初步判断，奚伯伯被抓，还有这个可疑的半夜交货，都跟祁实有关系！我也认为，船上的问题可能才是真正的问题，奚伯伯逃税可能只是幕后黑手掩人耳目的一颗烟雾弹。可是单凭这几段录像，也不能成为警方去调查祁家的理由，因为并不知道他们在交接什么货物。”丘野把整个过程捋了一遍，但发现关键证据缺失！

“姗姗，最近一两个星期，这辆奔驰还在这个地点接货吗？”敬婷想到的是，如果将此事报告警方，警方设法在此处拦截，当场开启箱子，不就人赃并获了吗？

“嫌疑人太狡猾了，最近两个星期都没有在这条路上出现过。而且，我怎么查都查不到那辆奔驰最近的踪迹了。看来，不仅交货地点变了，连车也换了。真佩服他们，把豪车当货车用，倒是挺能掩人耳目。”敬姗无奈地摇摇头。

“你们说，那个箱子，原本真的是装面粉的箱子吗？”植林沉思了半天，总算发声了。

“我说大哥，你琢磨半天就琢磨出这个啊？关键点是弄清楚这些箱子里现在装的是什么，而不是原来装的是什么！”敬婷有点急了。

“听我说。”植林忙解释道，“如果不出意外，这些箱子都是从那两艘货船上卸下来的吧？每次都用面粉箱子装，说明这些货原来可能被放在船上的炊事房或仓库。所以，我一定要上船弄明白是怎么回事，找到幕后黑手。只有这样，才能真正救出奚伯父！”植林咬咬牙，狠狠放话。

“上船？”一阵惊诧。

敬姗首先表示反对：“看这架势，这些货的价值一定低不了，所以船上必定是戒备森严。而且，你凭什么上船？当水手，当搬运工，还是厨师？你是个西点大师不假，但船上这些船员，可能猪肉炖粉条更适合他们！再说了，我不知道祁实会不会亲自登船啊，他是认识你的，如果被他在船上发现，你想想后果……”

“植林，你心里还有沐晓，我们知道。但这个险真的太大，我们不能让你去冒，更何况——”敬婷看了一眼敬姗，“晓晓她并不知道你在为她做这一切！”

“晓晓的弟弟奚力曾经给我发过一条微信，说船上的人在公海赌博，被奚伯父全部开掉了。如果这个信息准确，我相信他们船上是缺厨师这样的杂工的，我去当然不是做西点，可是我会川菜，而且，不算太差。”植林看来主意已定，“只是，我需要大家帮我两个忙。第一，请丘野帮我搞一个新的二代身份证，要带芯片的；第二，请你们无论如何照顾好晓晓，这个行动也先不要透露给她。我知道她心里可能再也没有我了，但无所谓，我做的这一切，不光是为了她，也是为了他们全家，为了奚力！”

“身份证的事交给我，保证能过任何机器查验。后天下班前，我给你送过来。”丘野被这哥们儿的举动深深打动——以往只觉得他不苟言笑、温文尔雅，没想到在这关键时刻，还能如此勇猛无畏。看来，他才是感情世界里，那个一往无前的勇士，而自己……

“一定注意安全，只要保存些关键证据就好，千万别跟他们正面交锋啊！”敬婷还是有些放心不下。

“谢谢你们，给我信任，还有力量！”植林看着伙伴们关切的目光，用眼神中百分百的坚毅来回应。

四个人的手紧握在一起，像拥抱在一起的几株藤蔓拧成一棵树，不分你我。

四十四

奚家依旧急得像热锅上的蚂蚁。

公司的事务暂时交给叔叔打理了，奚沐晓和庄芝敏及一众亲戚朋友都在四处找人托关系想方设法营救奚伯明，工商、税务、海关、检察院，能想的都找了。

作为本地民营企业家的佼佼者，奚伯明未落难时风风光光，说句话地都能抖三下；现在真出事了，达官贵人们却大多有多远躲多远，生怕最后会惹一身骚。更何况，老奚这不鸣则已，一鸣惊人，一下就逃税上千万，目标实在太过明显，即便别人想帮，也是有心无力啊！在圈子里的麻将桌上，有人感慨奚伯明避税不懂策略，细水长流每个月避掉一点儿多稳妥，两三个月里就下手这么狠不被抓到才怪；有人甚至绘声绘色地学起了宋丹丹、赵本山小品里的桥段，嘲笑奚伯明盯着一只羊可劲儿薅羊毛，直接薅成了葛优！

奚仲清下班后也去嫂嫂家坐坐，每次来都汇报一下查账的进度，时不时告知哥哥在外有这样那样的投资，确实造成了一些亏空，所以看来偷税也是为了弥补这些漏洞。

“瘦死的骆驼比马大，你爸爸在里边状态还可以，看守所没人敢把他怎么样的。我们就再等等公安局的调查结论吧！”庄芝敏这样安慰女儿。其实她自己内心也没多大底气，但天塌下来了，这一双儿女还是需要自己去拉扯的。她这几日做梦，夜夜都是丈夫年轻时托举着她渡河的情形。他托了大半辈子，现在，换自己上阵吧。

植林跟保罗请假的时候，并未说明原委。只是告诉保罗，自己有一件很重要的事情要做，必须消失一段时间，不知道多久，恳请保罗放行。他可以保证的是，若回来后勃朗峰还需要他，他义不容辞。

保罗当然猜不到他此去何为。除了生意他对任何事情都显木讷，甚至不知道因为他的手机遗失，而导致了手下爱将与女友的感情破裂。

“Alex，你知道我有多器重你。而且，我也知道你这几个月为了全球西点师大会的角逐，已经准备了不少好的作品，为什么不等下个礼拜，这个大会结束再去办你的事呢？”保罗并不想强人所难，他知道当初被法国总部强行排挤到中国来时，自己那种身不由己的切肤之痛，但他确实为植林这几个月来的辛勤付出感到惋惜！

“Paul，我内心早就飞到西点师大会的赛场上一百遍一千遍了！但是，这件事如果我现在不去做，可能永远都没机会做了。”植林忍住心头的酸楚，他熬了无数个夜，为西点师大会创意的“京剧脸谱”系列西点，也可能再无机会展示给全世界了。

“好吧，我不劝你了。不过你需要跟路曼小姐亲自解释一下，按照合约，你需要每周去苏州的，我不想她投诉。”保罗总算发放了通关文牒。

“好，我会单独跟她说明情况。”植林上前送给保罗一个男人的拥抱。

“祝你成功，Alex！尽快回来！”保罗拍拍他的背。

跟路曼的道别，更简单。

植林只说要请假。

路曼叼着烟，目不斜视地问：“为了她？”

植林想了想，应道：“是，也不是。”

“她为你做了什么？需要你这样奋不顾身？”路曼吐了一个烟圈问道。

“她没有做什么，她现在还恨着我。我也不是为了乞求她的原谅，只是，我不去做这件事，他们的生活，一切都会被毁掉。”植林望着那个升腾中逐渐变大、变淡的烟圈，“如果当年你告诉我你有难，我一样会挺身而出。也许我没办法满足你百分之百的需要，但我一定付出我百分之百的努力！”

这个回答，让路曼眼中瞬间盈满液体：“你走吧，小心一点儿。”

回上海的高铁上，路曼发来一条微信：“我知道任何人都无法改变你的决定，我只希望你平安归来。”

此行最大的阻碍，竟然来自表姐车娜！

原本不想告诉她，但因为上船后经常没有信号，表姐是雷打不动每天会打电话发微信来聊几句的。也好，让她知道整个事情的原委，万一有什么需要后方支援的，兴许还帮得上忙。

然而车娜一听，立刻起身上前，把房门关了个严严实实，并警告表弟，今天休想出这个门！

好说歹说，车娜最终同意了，条件是，要带上姐夫万青红！

一开始植林觉得这简直就是开玩笑，作为万家唯一的男孩儿，万青红从小被几个姐姐娇宠着，别说专业厨师的烹饪水准，就是炒个蛋炒饭，还能给炒煳了！但转念一想，姐夫那一流记路的功夫，要是能在船上发挥一二，说不定也能助自己一臂之力！

于是，当着丈二和尚摸不着头脑的万青红，车娜当即拨通了快递公司经理的电话，跟经理说，自己要回老家生二胎了，请经理给万青红放两个星期的假。

“行，还是你们外地人敢生！”快递公司经理是个四十来岁的上海男人，挂完电话他暗自感慨，自己家头胎生了个儿子都十来岁了，老婆最近却开始三番五次怂恿他再要个闺女。一想到还有一半的概率又是个儿子，他不由得打量了一下自己狭小的老公房两居室，终于还是坚定地摇了摇头：“我可不想送快递送到八十岁！”

丘野按时将植林和万青红的“假身份证”送来了，一并送到的，还有两个小型的GPS跟踪定位器，以防发生不测时，警方知道他们身处何方。当然，还有两本崭新的高级厨师证，以帮助他们顺利通过招聘。

说是假身份证，其实跟真的并无差别，照片也都是本人，只是身份证上的信息，完全换成了另外一个人。植林的新名字叫薛峰，而万青红的名字则变成了杜小贵。

敬婷后来也问过丘野，这个任务看来危机四伏，如果是受过特训的他去不是更好？丘野告诉她：一来厨师的身份确实是个很巧妙的掩护，二来植林如此坚持，让他坚信一个男人的倔强，才是这世间最有力的武器！

“双子星”号果然在招船员，只是码头的招募清单里并没有厨师这个岗位。植林正发愁该怎么打入内部，却听见几个船员模样的人说笑着走近，言谈中竟然用的是重庆话！

重庆人也吃川菜啊！植林上前跟船员客气地打招呼，并掏出了一包烟挨个儿散过去，看来自己在路曼那里学到的所有本领，都不如抽烟管用。

果不其然，船员们对这个号称因为喜欢大海而要主动加盟的一级川菜厨师表示了极大好感，纷纷跟船长反映，说自从船队大换血之后，就再没吃过可心的饭菜了！

船长对两个陌生人的到来，很是戒备。因为上级指示过，近期必须严防陌生人接近，哪怕是登船做消毒、检修和防疫的码头工作人员，也非得是平时见过的人不可。但船员的情绪自然也是要顾及的，尤其最近这一拨船员，都是不久前从重庆招的长江上跑船的，饮食习惯的确有所不同。这一趟船经历好几天的大风大浪，要没有好的后勤补给，别说还要处理“特别任务”，就连正常的工作都难以维系。

船长琢磨了半天，看着两人也不像有啥企图。先验一下身份证吧，这一关毫无悬念地过了。船长看过两人的厨师证，又让这个叫薛峰的高个儿厨子进船舱的厨房炒了几个菜，让船员们挨个儿品尝。船员们已经被上一个东北厨子的乱炖，以及船舱里堆成小山的鱼罐头折磨得快患上用餐恐惧症了，这顿突然冒出来的川菜美味让他们个个放不下筷子！

船长总算是勉强同意了。不过也放了话，先跟船试用一周，如果表现出色，要从下周开始才算正式录用，工资也要从下周开始算。

至于那个叫杜小贵的矮个儿厨子，船长压根儿没记得要试一下他。也是，跟植林站在一起，大概全世界的注意力都会在植林身上。

船长随即安排一个资深水手带两人熟悉货船内部结构，主要是消防逃生通道的认知，之后又到甲板上进行了一些基本航海知识的培训。培训结束，两人回到了船长为他们指定的客舱，那是除了工作之外，日常起居的地方。

“船舱内部结构复杂，没事儿别乱溜达。我跟你说，我跑船这么多年，不止一次见过在船舱内部迷路最后死了好几个月才被发现的！”船长临走扔下一句话，不知是恐吓还是真有其事。

看着船长远去的背影，万青红这才偷偷指着小舅子的络腮胡子说：“你左脸的假胡子快掉下来了，快粘好！”

“好的，杜小贵同志！”植林跟表姐夫开了个玩笑。话说，这也是两人这么多年来少有的独处。如今，他发现这个表面憨厚的小个子男人，脑子里竟满满的全是智慧。

船上的第一顿，植林几乎是在翻江倒海中给水手们准备完成的。

海上风浪并不算大，但即便这小小的晃悠，比起陆地的四平八稳来，也让初次登船的人难受至极。当然，好在薛厨子手艺还不错，重庆籍船员吃得甚是开心。只有几个北方船员嫌辣，薛厨子看在眼里，记在心上。

半夜，万青红吐得稀里哗啦，是真的吐。他暗地里跟小舅子说，这辈子都想只待在陆地上送快递，再也不要来当什么水手。植林给他倒了杯水，两人耳语几句，万青红开始边呕边往外跑。

“船舱里不是有厕所吗？”守在门口的值班船员问道。

“太难受了，让我去甲板上吹吹冷风！”万青红解释道。

“没喝酒吧？别乱窜啊，今年还没有掉海的，你别当第一个！”值班船员好心提醒。

半个小时后，万青红提着裤子进了船舱，植林偷偷塞给他一张纸。万青红钻进被窝假装睡觉，不一会儿，竟真的呼噜噜打起鼾来。

第二天天还没亮，植林便起床了。按照船长的排班，他们需要比其他船员早起一个小时准备早餐。蹲厕所的十几分钟，万青红半夜绘制的那张船舱内部结构图已经被植林研究了个透。万青红在厨房里自然是做不来什么复杂的菜的，好在早餐简单，他在植林的指挥下，竟也熬好了一锅粥，并且按照川味做法，为船员们炒了一盆喝粥的最佳拍档——肉末酸豇豆，再次广受好评。

“船长，我看那几个北方水手喝粥喝得不痛快，要不我再给他们烙几张饼？咱的面粉搁哪儿呢？我在厨房里没见着啊。”植林瞥了一眼狼吞虎咽的重庆水手，还有一桌面带不悦的北方小伙。

“什么面粉？我们船上没有面粉！”船长的反应，植林早有预料。他不再言语，心里的一个问号，已逐渐拉直为感叹号！

货轮在去往青岛的途中，一切如常。而三天两夜的行程，已让两个新晋厨子逐渐摸清了船舱内部的复杂结构。整个大货舱规规矩矩，是标准的近洋货运船舱结构。舱内的集装箱货柜，码放得整整齐齐，在运输过程中，除了值班人员偶尔巡视，并无太多人把守。因此，大舱想来不会是是非之地。

根据万青红手绘的分布图，船员生活舱尽头，有一扇小舱门一直紧闭。去程时无人把守，从青岛离港返回上海时，发现多了两个船员有意无意地在附近转悠。

又是一天夜幕降临，“双子星”号在东海上乘风破浪。船员们陆续歇息，植林和万青红也昏昏欲睡。

深夜，通过船体金属传来的一些轻微碰撞声，被植林接收到。他使劲拽了拽正在呼呼大睡的万青红，两人贴着舱壁听了一会儿，决定溜出休息间一探究竟。没想到刚拉开自己的生活舱门，一只脚还没迈出去，就被门口守着的两个北方大个儿水手一把推了回去，并被告知舱内电路正在检修，闲人不能随处走动！两人假装应承，万青红还趁机往外探了一眼，隐约瞥见几个水手正在往那个原本一直由铁将军把守的小舱里搬运纸箱子！

“上边写没写‘小麦粉’几个字？”进屋后，植林急切地追问。

“那咋看得见，乌漆黑黑的，只看到是纸箱子！”万青红摇摇头，手上比画了一下大小。

一夜无眠。第二天一早，植林借取东西试图从那扇小门经过。那两个东北水手却以设备漏电为由，老远就把闲杂人等往外赶。

货轮又航行了一天，夜幕降临，植林从生活舱一方圆圆的小窗隐约看到远处陆地的塔吊和灯火——马上要进长江口了，再有几个小时，这趟往返青岛的旅程就将告一段落。虽然目前一无所获，但也好，摸清大概规律后，下周跑第二个来回的时候，一定能有所斩获了！

就在这时，轮船发出了一声响亮的汽笛。一直守在小窗旁边的万青红，叫植林赶紧看窗外。风浪中，一艘小得不能再小的渔船逐渐靠近巨轮。照理说，这样的小船见到大船，应该赶紧掉头远离才对，因为巨轮船体周围的涡流很有可能让小船顷刻倾覆！这艘小船为何知难而上？植林顿时醒悟过来，立刻打开了手机开始录像。只见小船行进到离船体不远的地方停下了。很快，一艘从“双子星”号上放下去的救生艇逐渐靠近小渔船。夜色中，有人正迅速地往小渔船上装载货物。可惜的是，距离太远再加暮色沉沉，仅凭小渔船上那盏忽明忽暗的小灯，完全看不清到底是什么货物！

植林小心翼翼存好刚录下来的这一小段视频，脑子还在琢磨那扇重兵把守的小门里，到底藏着怎样不可告人的秘密。

四十五

利用上岸短暂休整的间隙，植林和丘野按约定接上了线，植林把拍摄的那段不甚清晰的视频交给了丘野。两人猜测，这应当就是利用大船进港之前的时间，把非法的货物转移到小渔船上，而陈泽涛每次来接的货，莫非就是小渔船上转运过来的？提前卸货转移，这看来是最合理的一种解释！否则大船停靠了港口，船上的所有物品都会被港务局逐一稽核，那时想要夹带点儿未报备的物品上岸，简直难比登天！

丘野见贴着络腮胡子的植林安然无恙，会心地用拳轻击了一下哥们儿的前胸。他还带来了一个让植林无比震惊的消息：在“双子星”号的这趟航程中，奚沐晓的叔叔、毕达当前的实际控制人奚仲清也被公安机关抓了！涉案罪名是“非国家工作人员受贿罪”，是一个供应商匿名举报的！

“那现在，毕达不是……？”植林有些焦虑。

“是的！所以，下一趟航程，必须收网！”丘野目光坚毅。在过去的几天，他已经向上级汇报过此事。种种迹象表明，“双子星”号上发生的，可能是一件重大刑事案件！因此，警方已经开始部署，只需船上的内应能再搜集到关键的物证。

第二趟青岛之旅不日启程。

同上一程一样，去程毫无异样。植林继续用他半专业的川菜技艺，抚慰着海上漂泊的水手们思乡的胃和味蕾。

船从青岛装好货物开出后，水手们陆续开始拉肚子。

个中原因，只有万青红最为清楚。当然，为了做得天衣无缝，他在自己的饭菜里，也下了十足的泻药。本就瘦得皮包骨头，拉了一整天后，他看上去连站起来的力气都没有了。反观植林，表面上也成天跑厕所，实际上下了药的那两盆回锅肉他一片都没动过。针对这次食物中毒，他还专门跟船长解释过，船上储存肉类的冰柜，可能因为前两天电路检修，断过电，存的各种冻肉或许变了质了。他还建议，如果船上有面粉，他想给大家烙点儿饼，面食对肠胃的调理必然是好过米饭的。

半夜，船速渐渐慢下来，大约是偏航快到公海了。植林把自己的衣物塞进床铺用被子盖好，跟万青红交代几句，就偷偷溜出了房间。他登到甲板上，就着船上微弱的灯光，隐约看见一艘飘着韩国太极旗的快艇停在附近，同样也有一艘“双子星”号上的救生艇前去接应。不同的是，这次是将韩国快艇上的货转移到救生艇上！

录像录得不甚真切，但足以拍到整个交货的过程。

水手们因为拉肚子，明显有些虚脱，搬货的过程有气无力。纸箱子被挨个儿扛进小密室后，他们赶紧关好门，争先恐后地往卫生间跑。

连门口常驻的那两个大个儿水手，也都捂着肚子跑走了。

密闭的狭小空间里，只剩植林一颗心扑通乱跳!

这就是那个从来秘而不宣的小黑屋！小舱中间，堆了一百来个写着“小麦粉”字样的纸箱！植林迅速打开一箱，发现里边真的装了几十袋小包装面粉！再拆开一箱，依旧是面粉！

“这不科学！”他自言自语道!

如要一箱箱拆，等拆完这一百来个纸箱，估计看守们早就解决好生理问题赶回来了。然而，面粉？面粉不是这位高级西点师每天打交道的东西吗？常人闻不出什么异常来，植林却可以！就像哺乳的妈妈，即便闭上眼睛，也总能闻出自己孩子的奶香！他那被警犬教官老爸训练出来的鼻子，何其灵敏？别忘了，当初陈泽涛狸猫换太子用低等黄油冒充顶级黄油，照样被他轻而易举地嗅出来!

更何况，那几个搬运的水手，身上已经雁过留痕，沾染了一丝特别的气味。那是一种奇怪的酸味，像醋，却不是醋！即便只是微量的气息，也足够了!

事不宜迟，他趴在纸箱上挨个儿闻了过去。一直闻到中间层层重压之下的一个箱子时，他闻到的再也不是熟悉的面粉香气，而是那股刚刚捕捉到的独特酸味。就是它了！费了九牛二虎之力，他总算把那只箱子从一堆箱子中掏了出来。他颤抖的手掀开箱盖，里边竟然密密麻麻地放了几十包比面粉更洁白的粉末状物体!

一定是海洛因！植林打了个哆嗦，借着手机电筒的光，他争分夺秒地把整个小储藏室的里内拍了个遍。他还发现一个细节，这个装毒品的纸箱不起眼的一角，用红笔画了指甲盖大的一个圆点，有红点的箱子，总共看到八只！就在植林专心致志录像的时刻，外边突然传来一阵嘈杂的脚步声——他们回来了!

在储藏室的门被打开的一刹那，他的一只手已经神不知鬼不觉地把出发前丘野给他的那个 GPS 跟踪定位器，塞进了其中一个带红点的纸箱中！

推门而来的，是船长，带了四个凶神恶煞的水手。

“我说床上怎么没人，原来跑这儿来了。你在这里干什么？”船长问道。船舱走道昏暗的灯光，衬着他越发阴郁的脸。

植林知道他们来之前一定是挨个儿查房了，发现他不在，所以赶紧直奔密室而来。他几乎没有思考：“我来找，找面粉，兄弟们这肚子，不，不能再这么拉下去了，得，得调理。”不知是紧张还是害怕，植林说话结结巴巴，似乎嘴里有什么东西。

“你放屁！调理就该吃药！你别老跟我提什么面粉面粉，我跟你说没说过这船上没面粉？谁让你自己到处乱窜了？”船长暴怒。

“这些，这些不是面，面粉吗？”植林依旧结结巴巴，一只手已经轻轻打开了一只真正装面粉的箱子。

“你！这些面粉不是给你烙饼用的！这是船上的逃生物资，海难的时候救急用。随便动用，还想不想活命了？”船长一时不知怎么反驳，只好胡诌了一个理由。

几个人仔细检查了一下储藏室，看来一切正常。船长命人锁好储藏室的门，将植林带到了顶层的船长室。

“搜！”进屋后，船长一声令下。

水手们很快从植林身上搜到了他用于录像的手机。

“打开看看！”船长目露凶光，声音却很低沉。

植林手机屏幕，正是奚沐晓临摹她爷爷旧作的那幅《那年经过甜爱路》。初秋的甜爱路上，第一片橘黄的叶子从树梢飘落，树下，是一个亭亭玉立的窈窕淑女……

船长一把抢过水手手中的手机，开始在他的相册里一张照片一张照片、一段视频一段视频地检查。时间，在那一刻似乎停滞不前！

“老大，这也没拍什么呀！”凑在船长边上一起看手机的一个水手忍不住嘟囔。

“没拍什么？没拍什么也让他长长记性！给我往死里打！”船长把手机扔在桌上，示意水手们动手。

水手们迟疑了片刻，一拳还是重重地落在了植林脸上。那一刹那，他明显感觉到一个物体从喉咙和食道里滑落，那是他藏在舌头下的SD卡！所有拍摄的视频都在那张卡上，而现在，这张卡进了他的肚子！

他一手捂着脸，不是因为痛惜自己的面容——实在是因为左脸贴着的络腮胡子又脱胶了，他必须死死捂住才能不让它掉下来。

水手们也都是雇佣而来，平时和这个新来的厨师也有说有笑，只是他误闯了这间储藏室，想来罪不至此吧？落在植林身上、脸上的拳头越来越慢。船长似乎对奄奄一息的鲁莽厨子还不解恨，怒不可遏地一把掐住植林的脖子，把他推出了舱门。而一米之外，隔着一圈栏杆，便是深不可测的太平洋！

一秒、两秒、三秒——船长最终松了手。植林无力地倚着栏杆滑到甲板上，任由鼻血一滴滴掉落在白衬衣上。

次日货轮进入长江口靠岸后，两个厨子突然失踪，连工资也不要了。船长听到水手的报告，站在甲板上骂骂咧咧，说被打一次就跑了，这么点儿承压能力，还怎么在海上混，早点儿滚蛋也好。

这边被打得鼻青脸肿的植林，已被乔装接应的丘野和警队同事送到了最近的医院——他脸上的伤是小事，肚子里的SD卡需要尽快排出体外，否则时间一长，所有信息都会消失殆尽。这海上虎口拔牙般的十几天，也都将前功尽弃！

万青红的泻药又立下了赫赫战功！他还跟一趟趟跑卫生间的小舅子开玩笑：别以为那天你在船上躲过了泻药就踏实了，出来混，迟早都要拉的！

一切都按照丘野预料的方向发展！

SD卡信息复原后，接货、卸货两段视频，以及船舱密室内的图像得以显现！而那个被植林在最后一刻塞进毒品纸箱里的GPS跟踪定位器，一直未被接货人察觉。车子最终径直开进了祁国辉在高档别墅区的独栋别墅！

警方随后全员出动，在当天下午包围了这栋别墅。阳光下，祁国辉和一帮小弟举着手从别墅里鱼贯而出，最后跟着一脸茫然、全然不知内情的史明霞！

凡事总有例外，不知是早有预感还是碰巧，祁实那天恰好没有在国内待着——父亲东窗事发之时，他刚好落地美国旧金山！算是逃亡吗？他不知道。但他知道，这一天，迟早会到来，只是未曾想过，会来得这么快！

祁国辉落网后，向警方交代了贩毒的部分犯罪事实，但一口咬定他只是受人指使代为运输，幕后黑手依旧藏匿在韩国，他并不知道具体是谁，而且，这件事情从头到尾和儿子祁实没有丝毫关系。对于涉及毕达集团经济问题、信息安全问题的指控，祁家全部予以否认！警方暂时也没有证据证明他们与此有关。

就在这时，发生了一件让人啼笑皆非的事。

祁国辉被抓之后，庄芝敏感觉事态渐渐平息，想到儿子一个人在外地偏僻的足球训练基地孤苦伶仃地待了十几天，实在想念，正准备让管家派阿铁去接儿子，没想到接到一个匿名电话，称儿子奚力在他们手里！绑匪提出的条件很特别，奚伯明必须向警方承认偷税漏税的事实，并声明这都是个人所为，与任何第三方人员和机构没有关系！如果奚伯明不按此交代，他们不日就将人质撕票！电话里还警告庄芝敏，如果报警，就休想见到她儿子活着回上海。

很显然，这必是祁家幕后指使的！如果奚伯明真的按要求担下这项罪名，也就意味着祁家只需要面对贩毒方面的指控。而祁实既不在犯罪现场，又无确凿证据留存在警方手中，因此至少他一人将在美国逍遥法外，甚至获得今后东山再起的机会！

庄芝敏顿觉不妙，慌乱之余，还是选择了报案。警方也开始密切监控奚力的手机信号，但最后一次通话是在足球基地附近，之后就一直处于关机状态，无法追踪。

正当庄芝敏急得像热锅上的蚂蚁之时，奚力却展现出了少年英雄的本色。当天上午他被人从基地后门绑上了一辆小车，手机也被没收。车子在乡村公路上疾驰，少年一路上不哭不闹，让绑匪放松了警惕，最后绑匪甚至把塞在他嘴里的臭袜子也扯了出来。获得表达自由的少年开始跟绑匪聊天，甚至主动问绑匪，背后的雇主给了他们多少钱？如果放他回去，他会让他爸爸多给一倍！当然，黄口小儿的信口开河，专业绑匪并不会当真。只是，从来没见过这么泰然自若的人质，绑匪偶尔听他胡扯几句，竟成了一路奔波的调剂。

当天傍晚，奚力跟绑匪说，想给他的教练打个电话，告诉教练是自己舅舅来接他走了。否则教练晚上查宿舍找不到人，一定会报警的！

绑匪听着似乎也有道理，即便威吓了人质的家属不报警，如果足球基地那边晚上找不着小孩，也必然会报警的。于是，先前没收的手机被还给了奚力。少年小心翼翼地开机后，当着绑匪的面，找到一个标记为“教练”的电话号码，慢条斯理地拨过去：“教练，我舅舅来基地接我回家了，不用担心哦！”

舅舅？奚力只有一个姨妈庄慧敏，哪儿来的什么舅舅？

电话那头的植林，当场就觉得不妙。他马上联系了丘野，才得知少年竟被绑架！然而，就是这个电话，让警方有机会用 GPS 再次锁定绑匪的大体位置，在当地警方的协助下，少年很快得以安全解救。

祁家最后的一线希望破灭，消息传来，财务总监简方的内心防线也彻底崩溃。按照跟祁家的预谋，所有的屎盆子都会扣在奚伯明头上，而简方只是为人鱼肉的小角色，不出半个月，就会被人运作出去。然而，现实的状况发生了一百八十度大转弯，祁家这棵树已经倒了！于是，他很快交代了如何配合祁实私造财务报表，并栽赃给董事长奚伯明的事实。奚伯明得以沉冤昭雪，重见久违的阳光！

这时，奚家上下才理清了整个事情的来龙去脉。原来祁国辉早些年做旅行社的时候，认识了韩国的一个毒枭，前后也通过各种途径，帮这个毒枭带过不少货进中国。祁国辉给儿子开的那个典当公司，说白了就是将毒品收入洗白的一个幌子。

贪婪的胃口一大再大。虽然获益颇丰，但运毒毕竟是脑袋别腰上的高危行当。祁国辉原想捞一点儿就金盆洗手的，未想被韩国头目死死拖住不得抽身。最终，双方达成一致：再合伙干票大的，然后祁家即可从容上岸。

韩国人跟祁国辉密谋了许久，将目标锁定在奚伯明的毕达船队上。这可能是他们长期安全稳定地从韩国运送毒品的最佳寄主——毕达的北方航线，船只会经过济州岛附近海域，只需要偏航几十海里到公海上，就能与韩方提前派驻的运毒船接上头。毒品半路上船后，只需再有一两天航行就能抵达长江口，而此处也有中国的接应船只伪装成渔船半路接货。由此，来自韩国的毒品就能成功避开两国港口的重重关卡，从而轻松运达上海，再由此中转，最终让罪恶的韩毒散布到中国的更多地方！

至于伪装成面粉，则是为了掩人耳目。因为几箱毒品随机穿插在几百箱面粉中，即便遭遇临时检查等突发状况，也有很大的概率躲过抽检。

而奚伯明最初发现 GPS 的信号异常，算是祁家周密计划中的一个疏漏！祁国辉曾去拜访过奚伯明，当时就对他办公室里的这个巨大屏幕矩阵产生了疑问，后来问奚仲清，得到的答复是奚伯明就是把这个屏幕当装饰的，满足一下行业领袖指点江山纵横四海的虚荣心，而真正的航线数据，在掌管北方航线的自己手里！祁国辉也就不再纠结这点，直到后来用甜爱路 62 号的代价，换得祁实被安插进 IT 信息部，才知道原来奚伯明不仅真的在看大屏幕，甚至对几百个小绿点中任何一个的异动都了如指掌。不得已，祁实借给奚伯明调屏幕的机会，将自己大学的同班同学，堪称 IT 鬼才的江楠从外地请到了上海。敬姗通过监控发现的小奔驰连续三晚的深夜造访，就是祁实陪着江楠到办公室，重新设置了 GPS 后台，确保近期都在频繁执行毒品运输任务的“双子星”号和“启明星”号的航行轨迹，从大屏幕显示上看不出任何异常，依旧在规定航线上正常运行。

青出于蓝的一点在于，祁实请到了江楠来助力，当然不能白给那笔高昂的劳务费。两人趁奚伯明不备，将事先编辑好的与财务部负责人简方关于逃税问题的邮件植入了奚伯明的电脑，以备不时之需。当然，简方也确实被祁家收买了。简方最期盼的就是把自己还在上初中的儿子送到国外念书，祁家许给简方的条件，是在毕达兢兢业业拿十年工资都达不到的天文数字！

原本祁实没打算那么早就将奚伯明送进去，只要成功稳住奚伯明，让两艘船的任务平稳执行下去，不消一年，祁家的财富就可翻上几十倍，甚至轻松吃掉整个毕达！那时收手也好，反咬一口也罢，见机行事就好了。

然而黄粱无美梦，节外总生枝。有一次，奚伯明盯着屏幕看了半天后，竟然问祁实，为什么天文大潮期间，“双子星”号的航线一点都没有发生改变？就是这句话，让祁实背后冒冷汗。奚伯明对业务的精通，远非他能力所及，所以只要奚伯明存在，那两艘航线诡异的船再次暴露就只是时间问题。为了除掉这颗定时炸弹，他用上了此前准备的邮件和财务报表，命人匿名向公安局经侦大队和税务机关揭发“奚伯明串通财务总监偷漏巨额税款”。税款确实也漏缴了，那千万之巨，早就被祁家、奚仲清和简方瓜分了。

天使般的面容下，如何生得一颗险恶狠毒的心！

得知这个消息，奚沐晓泪流满面，竟不知自己到底是幸或不幸？幸，是因为自己的父亲，总算可以沉冤得雪，恢复清白自由身！不幸，是她过去的数月，或过去的十几年，都在与一个蛇蝎心肠的人为邻、为伴，并几为至亲！

而那个力挽狂澜拯救奚家于危难的人啊，你既此时舍生取义，为何当初始乱终弃？

四十六

祁实去旧金山，本是去办另外一件事。在对接毕达美国分公司的过程中，他发现这个公司的利润状况最好，而且分公司CEO对中国总部言听计从，因此趁着群龙无首，他捏着一份由代理总裁奚仲清亲笔签名的决议书，密谋以股权变更名义，促成博洋与毕达美国分公司的合并，这样就可以将毕达海外最大的一个事业部占为己有。

但在落地美国后，他得知因为有人潜伏进船队当卧底，导致了整个事情的败露，这时才明白，自己机关算尽，却终难逃被人算计的命运。

涉及毒品走私，这在哪个国家都不是小过错！虽说警方目前并没有直接证据证明自己参与贩毒，但作为主要犯罪嫌疑人之子，他若要全身而退恐怕也没那么容易。更何况那个半路拉过来的替死鬼陈泽涛嘴巴到底牢不牢靠，他并没有十分的把握，一旦被猪队友连累，自己一定会被跨国通缉。所以，保险起见，他不能再大模大样地出现在公开场合，连酒店和航班，都不是想住就住、想飞就飞了。

那么，只有一个人可以利用了，主意打定，他在机场厕所把自己的护照撕得粉碎，冲进了马桶。随后，拦了一辆出租车直奔旧金山硅谷附近的一个别墅区。加利福尼亚的阳光那么灿烂，他却只能像只鼹鼠，躲避每一缕阳光的照射。

别墅小院的门开了，是奚仲清的女儿、奚沐晓的堂妹——奚念！

奚念小奚沐晓三岁，长得与堂姐颇有几分神似。高中毕业后考上了旧金山大学的传播学，现正在念大三。这栋别墅，便是去年祁家在中标毕达的采购项目后，祁国辉依照事先谈好的条件，给奚念购置的。

奚仲清的老婆金招娣竟也住在这栋别墅里！原来，自从祁实进了毕达，奚仲清就逐渐发觉这小子越发不受控制，私自做了很多决定不说，还根本不把自己这个“搭档”放在眼里！这种感觉越来越强烈，奚仲清偷偷关照老婆，春节后便飞到美国，寸步不离地陪着女儿。

金招娣看到祁实的到来，浑身不由得发抖。犹豫片刻，终究还是让他进了院。

“奚念妹妹，这栋房子住得舒服吗？”祁实冲奚念笑笑，脸上看不出任何逃难的惊惶。

奚念见他皮笑肉不笑的神情，嘴唇开始上下哆嗦，始终说不出一个字。

“你，你怎么来美国了？上海那边不是在抓你吗？”金招娣缓过劲儿来，她已能猜出祁实来访的目的，但，断然不能同意！

“哦，抓我？我怎么不知道？我倒听说仲清叔叔已经落网了，想必你们已经得知了吧？严格地说，你们应该也算同犯！”祁实斜睨了一下金招娣，根本没把她放在眼里。

“你，你到底想干什么？”奚念壮着胆子问。

“不干什么，这里阳光这么好！我要跟你们一起自由自在地生活呀。真好，再也不用过那种提心吊胆的日子了。”说着，坐在沙发上的祁实竟像在自己家里似的跷起了二郎腿，优哉游哉地抖起来。

“谁要跟你一起生活？你给我滚！”奚念突然激动起来，冲上前去想把祁实从沙发上拽起来，却被金招娣给阻拦下来。

“还是金阿姨比较疼我。念念，你不爱祁实哥哥了？”祁实又一阵玩世不恭地笑，“那，为什么那次我让你去法国，在勃朗峰的小酒馆等着那个要抢你们奚家家产的西点师，你怎么就那么爽快地同意了呢？我想，你堂姐应该还不知道你干了这么些好事吧？”

奚念依旧哆嗦，身子在哆嗦，心也在哆嗦。

是的，植林跟路曼那次在勃朗峰小酒店里的裸照风波，是祁实一手策划的好戏！当初，他利用徒步旅行想重新接近奚沐晓，没想到被植林的挺身救火彻底打败，从此，他对植林的仇视便一发不可收拾。深夜开车撞向植林的，是他；派人在植林的车轮上插刀片的，也是他！原想植林非死也残，可惜，这两次都没能得偿所愿。

祁实看得出来，奚沐晓是真心喜欢植林，琢磨许久，祁实断定只有植林出轨才有可能让奚沐晓彻底对他死心。碰巧，加菲跟他绘声绘色地讲了植林跟陈泽涛之间不可调和的矛盾，他想到了那句有名的箴言——“敌人的敌人就是朋友”。

彼时陈泽涛正为凑不够在嘉定买房子的首付而头疼，祁实二话没说，扔了五十万给陈泽涛补上，只字不提何时还、利息多少。陈泽涛听说此人来意之后，深感痛快，既能挣钱，又能报植林害自己被踢出“此刻戛纳”的一箭之仇，何乐而不为！

他想起有一年春节聚餐，植林喝醉后，抱着一个维尼熊玩偶痛哭流涕地说，他在成都有个初恋女友叫路曼，那是他这辈子第一个真正爱过的人，她不计较他年少时的莽撞，待他如何如何好，却又突然甩掉自己，去当了火锅店老板娘，内心伤痛万分无法自拔。说者无心，听者有意，这段话被陈泽涛牢牢记了下来。至于植林酒后边哭边笑，说自己有一百多万却不能花，陈泽涛就只当是穷疯了的酒鬼在胡言乱语罢了。

陈泽涛和祁实见面后，很快去了趟成都，并辗转找到了路曼，说有个大金主要给路曼五百万，让她去搞定一件事。说来也巧，那时的路曼刚好摆脱了情夫老刘七年的骚扰，听陈泽涛这么一说，犹豫片刻，还是答应下来。她偶尔也会怀念当年那段单纯无添加的感情，却深知人生从来没有倒带。儿女情长已不是她的所欲所求，能挣一笔横财，还能搭上勃朗峰这条大船，总之是一桩好买卖就对了。

至于植林，这个计划对他当然不公平，但比起跟那个富家女和她势利无比的家族无休止的纷争，或许，这是在帮他呢。

后来，路曼到了苏州，便开始联络勃朗峰法国总部，说是要加盟。法国方面起初并不以为然，却在收到路曼提交的一份全法文版报告之后，终于点头应允。那是之前在她主持下火锅店极速扩张的案例分享，以及一份苏州勃朗峰运营的生意计划书。计划书中，指名道姓需要上海外滩店的西点主厨植林作为苏州店的技术指导参与运营。此后的发展，一切都在路曼的既定路线中。唯一始料未及的是，植林对自己再不似从前那般言听计从了，原想找个机会让两人“旧情复燃”，但最终还是拖到了迫不得已才会用的B计划——勃朗峰之行。

那日，路曼跟祁实早就串通好，将与保罗夫妇共饮的那两瓶杜松子酒，事先都下了药。只不过，保罗夫妇酒中所留，只是一般的迷药；而自己和植林共饮的那杯，是实打实的春药！

酒后两人自然是欲火中烧，奇怪的是那夜亲热到一半，正欲颠鸾覆凤之际，植林却停止了一切动作，只闭着眼睛轻声低吟：“听，钟声，原来半夜真的会有钟声！”路曼知道，那常人并未听到的钟声，其实来自他心底的最深处！

而借用保罗手机发送那条脸书内容的，不是别人，正是奚沐晓的堂妹奚念！祁实想了半天，觉得由她来发送这条消息给庄芝敏最为妥当：一个在国外留学的女大学生，关注了一位法国知名餐饮人士的主页，一切都那么自然！

所以，那晚在几人酩酊大醉之后，潜伏在小酒馆的奚念偷偷拿走了保罗的手机，进了路曼早已布置好的房间，“咔嚓”一声，将原本洁净的躯体与灵魂，一齐钉上了受世人唾骂的耻辱柱！

接下来，当然就是祁公子在奚沐晓家的个人表演。算好时间让庄芝敏和奚沐晓情绪崩溃后，他浪漫的无人机和价值不菲的海珠，似乎成了奚家母女咽下苦药后喂到嘴边的一碗糖水。真需要甜也好，想忘记苦也罢，总之在人最脆弱的时候乘虚而入，他赢了。

奚念沉浸在这段不堪的往事中，无法自拔。她还那么年轻，当天她举着手机拍下植林和路曼深情相拥的那一刻，她也亲耳听到了植林口中关于夜半钟声的呢喃。她那会儿在想，如果有个男人这样对自己，倒也不坏。

然而，即便再后悔，该做的不该做的，都已既成事实。能有什么办法呢，祁实张口闭口都说喜欢自己，之前鬼迷心窍，如今追悔莫及，才发现她和爸爸都成了任人摆布的棋子！

“想好了吗？我要住在这栋别墅里，多久我不知道，但在我搞到新的身份之前，闭上你们的臭嘴！这房子的确是写着你的名字，不过别忘了，付钱的是我爸！”祁实的话中，带着一股不容辩驳的压力，“现在你爸被关在拘留所里，只是因为我让人举报他在澳门赌博，并且收了供应商三万美金！这是多小的事儿？关半个月或许就被放出去了。不过万一，我再去写一封检举信，说这栋价值一百万美金的别墅也是受贿所得，恐怕即便你大伯奚伯明肯原谅他，检察机关也不肯罢休了！”祁实步步紧逼，原来他所做的每一步，都早已有了严密的谋篇布局。

“当然，我们本不需要把事情搞成这样的。你也可以考虑嫁给我，我还是那么爱你！我瑞士银行的账户里，提前转移了不少钱，你想要的，我都可以给你！”

“祁实，何必呢？你已经拥有得够多了，你和你爸爸所做的这一切，到底是为什么？”奚念绝望地闭上眼，等待一个回答。

“不为什么，因为有些东西，原本就是我们的。”祁实抛下一句不明不白的话，不再言语。

半夜，祁实在奚念房间舒适的大床上酣然入睡，他年轻的生命，似乎从未惧怕过任何风吹草动。

然而，这样的酣睡并未持续多久。青城山的奚沐晓、勃朗峰的植林在半夜都听到了钟声，而旧金山的他，听到了呜呜作响的警笛。

奚念拿着一把枪守在房间门口，地上的手机里还隐约传来 911 接线员急促的问询：“Miss，are you OK？ Make sure you find an absolute safe place to hide yourself until police arrives.（小姐，你还好吗？在我们的警员抵达之前，请确保找到一个绝对安全的地方藏身。)”

“躲？我已经躲了够长时间了，为什么还要躲？”奚念自言自语道。

四十七

“米歇尔，你不觉得 Alex 送的帆船，真的是我们的幸运星吗？”安全回家的奚力，得知 Alex 只身闯虎穴，才让一家人转危为安，忍不住问姐姐。他似乎又长高了，跟奚沐晓说话再也不用仰着头了。

“你不是说以后你当了毕达董事长，所有仪式都要用他做的帆船蛋糕吗？”奚沐晓白了弟弟一眼。

“啊，你偷听我给他的留言！”少年有些生气。个子高了，心性还是那个单纯、无畏的小孩，“我就知道你还放不下他！”

“放不下？你姐我这辈子，还有什么是放不下的？”奚沐晓苦笑一下，回国后的这大半年，她似乎已经迅速用掉了所有的人生额度：偶遇，相知，暗生情愫；误解，分歧，形同陌路；阴谋，诡计，翻云覆雨；转身，诀别，朝朝暮暮。

尝遍那些或寡淡或浓烈的酒之后，才明白，这世上哪有什么千杯不醉？

奚念报警后，祁实很快被美国警方控制——上海警方的确已经发来了协查申请。这次报警，也牵连出了父亲奚仲清与祁家狼狈为奸的所有真相。奚伯明得知消息，沉默许久后，泪如雨下。

对这个同父异母的弟弟，奚伯明向来以自己最大的宽容相待。小时候，弟弟仗着亲妈在，多少有些骄纵。但奚伯明从未计较，再三忍让。在那个物质极度匮乏的年代，即便两兄弟打得头破血流，胜利的一方又能得到什么真正的利益呢？多一块冠生园奶糖，还是得一件的确良衬衣？

他也知道，创业初期，弟弟因为父亲奚祥德有意将所有积蓄资助自己，心里不痛快。那时哪怕多一百块钱的投入，刚刚诞生的毕达就可以多买一桶船用油漆。但为了手足和睦，奚伯明主动将父亲资助的两万余元退了一半给弟弟。

后来毕达越做越大，而弟弟还在那个毛纺厂里领着一个月六百多的基本工资。女儿奚念想要架电子琴，念叨了一年多，奚仲清才从旧货市场给淘回来一个二手的。奚伯明实在看不下去，不计前嫌，主动跟弟弟促膝长谈，并开出了远高于毛纺厂的待遇。奚仲清一家的日子这才逐渐好起来，奚念的吃穿用度和教育，也慢慢提升到和堂姐奚沐晓毫无二致的标准。

尽管弟弟的能力实在有限，奚伯明也定期给他晋升，从一个小小的班组长到最后的副总。单凭弟弟的业绩，是绝无可能如此平步青云的。当金钱对自己而言已是数字符号，他考虑更多的，是一个家族如何均衡协调可持续发展。

然而，这一切的一切，在奚伯明今日看来，竟像一个大大的笑话！

将心向明月，明月照沟渠……原本靠着毕达这棵参天大树，日子可以过得比常人舒服千倍百倍，可是，这个和自己有一半相同血脉的弟弟，竟做出了如此多让亲者痛、仇者快的荒唐事。

看守所里，奚伯明凝望着铁窗里那个头发已经花白的弟弟。光阴荏苒啊，还记得那时云淡风轻，他牵着弟弟的小手回周庄乡下的奚家祖宅，弟弟用力挣脱哥哥，扑向一只蝴蝶的场景。那只蝴蝶，从童年飞走，再无影踪，一起不见的，还有眼神中那汪无邪的清流。

“阿二。”奚伯明轻声呼唤，这个名字，那么遥远。

奚仲清并没有回应，眼光有些呆滞地从铁栅栏中探出。

“为什么这样做？哥有哪里对不住你吗？”奚伯明心头这个问号，从他发现“双子星”号偏航开始，就一点点积攒，直到因所谓偷税漏税被抓的那一刻，这个问号变成了无限大。

“你没有错。”奚仲清耷着眼皮，没有直视哥哥，“错的是我和我娘，我们，或许从来就不该来到这个家。”

“糊涂！”奚伯明大喝一声，“老爹在世时，对你和二娘，是怎样掏心掏肺的，你都忘了？发了工资，先给你买你想要的，白胶鞋、运动裤。人家都是弟弟捡哥哥的穿，咱家是倒过来，我捡你的穿。我初二了，穿着你小学五年级的裤子，一截小腿露在外边，让所有同学笑话。”

“我都记得。但是，那只是几件衣服而已，老头子放在你和你那个早早死去的娘身上的心思，我们从来没有得到过。”奚仲清抬起头来，脸上是一丝惨淡的笑。

“说些可能你不知道的吧。你上小学那会儿，有次不在家，学校组织你们去乡下的农场参观。那时我才五岁，还没上幼儿园，待在家里。我娘因为小产身体虚弱，躺在床上直叫唤要喝水，叫了十几声没回应。我就自己去给我娘倒水，力气太小，握不住暖瓶，开水泼了我一身。我娘尖叫着从床上跳起来，不顾自己病恹恹的身子，抱着我要送我去医院。

“那时候，老爹在哪里？他在隔壁的房间里，对着偷偷藏在一本书里的你娘的老照片发愣！对我的哭、我娘的喊，毫无知觉！

“那天，是我娘不顾自己小产才三天的身子，骑脚踏车送我去医院的。回来后，她跟老头子大吵了一架，当着他的面，把那本书翻了出来，翻出了你娘所有的照片，一张一张，都烧了。最后一张，是你娘年轻的时候，在甜爱路上悬铃木下的照片，我娘让他再好好看一眼，然后也烧了！结果老头子毫不犹豫地甩了我娘一个响亮的耳光！”

奚伯明这才恍然大悟，为什么家里再也寻觅不到母亲留下来的半点儿痕迹！他也终于明白，周庄老宅里，父亲留下的那箱画稿，竟都是在努力寻回那最后一张照片灰飞烟灭后，残存的一丝印象！

“所以，老爷子画上的那条路，你一直知道是甜爱路？”

“甜爱路？呵呵，那是他的甜爱路，却是我娘的伤心路！那个耳光，直到现在，我还感觉是抽在了我的心尖上。”说到这里，奚仲清身体微颤了一下，“我娘逃回了周庄乡下，待了三天。阿娘（奶奶）劝了老爹三天，然后老爹借了一辆自行车，专门骑回周庄，把我娘又载了回来。之后，老爹给我买新衣服，给我娘买新鞋子，我以为一切都好了。

“但你知道吗？这些表面的小恩小惠，依然只是为了掩盖他内心只有你和你娘的事实！他过问你的功课，过问过我的吗？他跟你讲他在犹太布店里做事的往事，跟我聊过吗？他带你去奉贤海边游泳，带过我吗？在他眼里，你是那个富家小姐留给他的最好礼物，而我，只是阿娘找来料理家务的乡下女人带来的一个赠品！是的，他给我买衣服、买鞋子、买吃的不假，但他给了你陪伴，给了你关注，给了你时间！”

铁窗内外，兄弟俩同时落下热泪，为了一个曾经跟他们朝夕相处的男人，那分裂如冰与火的截然两面。

“你去江西插队的时候，他经常半夜不回家。我娘以为他在工厂值夜班，大冬天骑着自行车，骑到杨树浦去给他送热饭，结果门卫说，最近都没有加班。我娘又骑车去了甜爱路，果然看到他在那里呆呆立着，雪飘在头顶上，像戴了顶帽子。我娘把菜饭放在他身后，又骑着车回了家。零下十几度，上海最冷的冬天，我娘进屋就抱着我哭，脸上的眼泪已经冻成了冰碴儿！

“现在我回答你。从那时候起，我就告诉自己，在这个家里，你的确是我哥哥，但更是我的敌人！不光你是，你那个死掉的娘也是！”奚仲清在铁栅栏里激动万分，若不是手上有镣铐，想必早已从栅栏中伸了出来。

一席话，让哥哥陷入沉思。他自己也想不明白，父亲为何几十年如一日对逝去的母亲那样记挂于心，而对整日操劳的续弦的二娘从未燃起过热情。

“没错，我就是对老头子有怨言！因为只有他做得出来，能把所有存款都给你开公司。虽然最后给我留了一半，但背后他还给了你多少值钱的物件，只有你自己最清楚！他退休后，要带两个孙女去周庄过暑假，我从来都不让念念去！虽然念念背后都会哭着告诉我，她特别想去。

“不光恨他，我更恨你！所以很多年前祁国辉来找我，说想卖一批水泥给毕达，我同意了。那批水泥受潮了，很多已经开始结块；他带我去澳门赌钱，我也去了，还拿了他的钱，帮他搞定了招标，甚至你雇来的那些评审专家，我都买通了。事成之后，祁国辉给念念在旧金山买了别墅；他抢在你前面买下了甜爱路 62 号地皮，是我走漏的风声；祁实进 IT 部，也是我一手安排的，因为我知道，IT 是你最不懂的地方。还有，你第一次发现‘双子星’号航线不对，我告诉你是老郭他们把船开到公海上去赌博了，这也是假的。祁实在你的电脑里装了跟简方的邮件，我也知道，我什么都知道！”奚仲清细数的这桩桩往事，像一把尖利的匕首，恣意捅向奚伯明的后背，一下又一下，血流如注。

“甚至，我还知道祁国辉他们不是真心帮我跟你争夺财产。老祁和小祁都不是善茬儿，养肥了分分钟会反过来咬我一口，这些我全明白。但是，一想到你可能因此下半辈子都要在牢里度过，我就觉得痛快淋漓，心甘情愿跟他们一块儿干！”说到这里，奚仲清微微低下头，这两败俱伤的结局，他早已设想过无数遍了，今日，确实也上演了，但自己终究还是输了，整整一辈子。

“阿二，谢谢你告诉我这些。父亲是不是偏心，我不敢妄言，但除了你知道的那一万，他再也没有给过我其他什么值钱的东西，这点我问心无愧，所以请一定不要误会他。”奚伯明有些恍惚，说实在的，听了这一席话，他对弟弟用尽种种卑劣手段陷害自己的行径，反而不想追究了。但兄弟阋墙，想来故去的父亲也好，两个母亲也罢，都不愿看到此情此景。更何况，弟弟这颗极度扭曲的心，终究还是跟父亲在感情天平上的偏颇有干系。

“哥哥只想告诉你，父亲他是个忠厚善良的人，绝对不是你想象的那样，对自己的亲生儿子都不管不顾。他也试图想亲近你，但二娘生性多疑你也知道，她把你当私有财产，哪怕父亲对你好，她也觉得是别有企图。罢了，老一辈到底是怎么想的，我们已经无法追究，三个人都不在了，他们的秘密，还是留给他们自己吧。但哥哥待你，千真万确从未把你当成所谓赠品或外人。我一直都希望你好、招娣好、念念好、芝敏好、晓晓好、阿力好——我也好！”奚伯明深情地凝望着铁窗里那个垂头丧气的身影，说道。

“好？都这样了，怎么好？”奚仲清苦笑。

“哥现在告诉你，念念的别墅，还是她的。你跟祁家还有简方分掉的税款包括罚款，我会想办法尽快给税务局补缴，还有回旋余地去争取轻判。你做的任何事情，我都不会追究，我也不想让你做出什么承诺，就当我替老头子，给你和二娘，赔个不是！”奚伯明郑重其事地告诉弟弟。

铁窗里的那双眼睛，满是狐疑。恰如当年，父亲为年幼的他递上一根雪糕，他都不愿相信父亲脸上的笑容，是发自真心。

“你不用现在告诉我答案，我甚至都不用听你的答案。好好保重，我在外边等你。”奚伯明用无比肯定的眼神，回应那束狐疑。

他从探视窗口伸进手去，摸摸冰冷的手铐，又摸摸手铐中那双略显粗糙却温热依旧的手。那双手最初只是颤抖着想努力挣脱，终究还是平静下来，不再躲闪。

本是同根生，相煎何太急？

更何况，每个人都因爱而生、因缘而聚。这一世的欢喜和悲伤之后，或许就再不识我，或你。

四十八

祁实很快被警方带回上海。

涉案罪名：贩毒罪、职务侵占罪、非法侵入计算机信息系统罪、伪造证据罪。如果全部成立，不可一世的小霸王就此身败名裂，万劫不复。

祁实对贩毒罪矢口否认，因为警方确实没有在贩运毒品的过程中抓到他的现行，而敬姗整理的那几段录像，也暂时无法证明深夜交货交的是毒品。对于其他几项指控，他默认了，并未负隅顽抗。

奚家对此并不感到意外。或者说，他们已不再关注此事。奚伯明与奚仲清兄弟俩的冰释前嫌，已是这次轩然大波后的最大幸事。

这天，奚伯明带家人回了趟周庄。在奚家老宅上改建的周庄民间艺术展览馆正式落成，奚伯明受邀出席剪彩仪式。奚沐晓特别将几幅装裱好的爷爷的画作带去了周庄，准备作为东道主的展品赠送给展览馆；一并带回的，还有那口历久弥新的棕色大皮箱，它曾装满爷爷的画稿，更装满逝去的时光。

船运大亨蒙冤昭雪后首次衣锦还乡的消息很快传遍周庄，男女老幼都纷纷上门一睹尊荣。

热闹散去，正当奚家老小准备打道回府时，黎伯匆匆来报，有一位年近九旬的耄耋老人，说是当年奚祥德老先生的旧友，想来拜访一下。

父亲生前的旧友？这当然要见。奚伯明吩咐司机稍等片刻，又在父亲种下的那几株月桂树下，摆上一张茶几，静候故人来。

片刻，院里颤颤巍巍拄着拐棍走进来一位长者，瘦削的身形，倒让奚伯明依稀看到了父亲的影子。许是怕冷，老人双手戴着羊皮手套，头上却连顶帽子也没有，稀疏的发，如雪。

尽管满脸皱纹，却是多么熟悉的一张脸！

老者努力张开浑浊的双眼，仔细辨认眼前的奚家老小。

“忒像了！忒像了！”老者喃喃自语，干枯的眼眶里竟也瞬间湿润。随后，这位老人讲述了他所亲眼目睹的七十年前的那段坎坷经历。

当年，奚祥德在提篮桥犹太人绸布店里做事，有个叫阿昌的同事，两人年纪相仿，都是十几岁的小伙子。奚祥德老家是昆山周庄的，而阿昌家则是同里的，周庄与同里都是苏州府有名的古镇，相距不过几十里。文承一脉，习无二致，让两个同来上海滩讨生活的年轻人成了无话不谈的兄弟。

那时有位姓尤的小姐，仿佛还在上国中的年纪，芳名知画。因为经常随母亲和下人来店里买布做衣裳，便与店里的伙计都熟识了。这位尤小姐一看就是知识分子家庭出身的姑娘，因为每次犹太裁缝问要裁剪怎样的衣服，都是尤小姐出面用英文替母亲回答。不仅英文流利，由于尤小姐的父亲早年在东洋留过学，家人平时订的报纸都是日文的，所以尤小姐连日文都说得颇为地道。

店里的伙计们都喜欢极了这位相貌出众又温文尔雅的姑娘，祥德和阿昌也不例外，两人同时爱上了她，但尤小姐似乎对祥德的态度更明确一些。阿昌用好几个月的薪水，悄悄在尤小姐生日之际买了一支派克钢笔送她，未想被尤小姐当着一众伙计的面退了回来。事后，向来与人相处融洽的祥德突然醋意丛生，他严词告诫阿昌，说尤小姐与自己两情相悦，断不希望阿昌搅局。

得不到的，永在骚动。阿昌的心像被猫抓一样焦躁难耐，更对尤小姐和祥德产生了许多怨恨。

日本人上海战败前夕，尤家被抄了家。因为尤家男主人的真实身份是地下党，他利用与日本人亲近的机会，套取了不少机密情报，让日本人的几次连续行动，都以失败告终。

此时，奚沐晓瞬间想到了在南汇敬老院探望阿绣阿婆时她的讲述。果然，那段凄风苦雨的过往，再次得到了印证！

尤家在甜爱路的房子被日本人一把火烧了，所有人都被抓了起来。只有尤小姐，脸上抹着黑灰扮成丫鬟，大半夜逃走了，光着脚跑到了提篮桥的犹太人布店，急促地敲门找祥德。开门的是阿昌，他见尤小姐筋疲力尽几乎倒地，就好心地把她揽在怀里。结果被误以为他要行不轨的尤小姐扇了个耳光，尤小姐终于找到了祥德。两人依偎在一起，看得血气方刚的阿昌妒火中烧。

天将大亮，布店就要开门营业了。祥德左思右想，把尤小姐藏在了一堆布匹后边。这时，日本人开始挨家挨户找人。想到被自己视作珍宝的尤小姐如此冷漠无情，想到曾经如同手足的同乡小哥那满腔敌意，丧失理智的阿昌竟然偷偷跑去向日本人告了密。

很快，日本人就冲进店里，从色彩斑斓的布匹后边，拖出了面色惨白的尤小姐。从街上回来的奚祥德，扔下手中刚给尤小姐买的粢饭团，伸手去拉心上人，结果，小日本手起刀落，当场就把他一只手的五根手指全部砍掉！尤小姐声嘶力竭地哭喊，眼见着要被拖上了车，鬼迷心窍的阿昌终于幡然醒悟，他疯了似的冲上前，试图从车上拽下尤知画，结果也被凶残地砍掉了一只手！比祥德更惨的是，他是从手腕处被砍断，因此连手掌都没有了……

尤小姐被日本人抓走后，备受凌辱。而失去了一只手的阿昌，甚至都没来得及去诊所治疗，只用了店里的白布简单包扎止血后，便忍住剧痛连夜翻墙潜入了日本人的据点，用儿时打鸟练就的百步穿杨神功，以仅剩的一只手，向看守的眼睛狠狠掷去两个石块。趁小鬼子捂着血流如注的眼眶满地打滚的时机，阿昌总算惊险地救出了尤小姐。

他再也没有回到那个绸布店，而是用那只唯一的手，径直拖着惊魂未定的尤小姐去苏州河边登上了一只乌篷船。夜色浓重的码头上，与之交好的另一个同乡学徒如约带来了一口皮箱，以及祥德失踪的消息。那口皮箱里，有尤小姐家平日寄存在布店的几匹高档布料，以及尚未来得及交货的成衣。

在夜袭日本人据点前，他就将这口箱子交给了同乡。心思细腻的阿昌想，尤小姐过惯了养尊处优的生活，而今要跟他一起筚路蓝缕，所以带上还没穿过的新衣裳，也算是给黯淡的日子，多少留下一线亮光。

伴着船橹拨动水面的哗啦作响逆流而上，三天之后，阿昌回到了自己的老家同里。尤小姐不声不响地照料阿昌，并无丝毫怨言。阿昌一度以为，落难的尤小姐从此可以和自己蜗居于此，男耕女织。没想到，当他手上的伤口痊愈，她竟不辞而别，从此杳无音讯。

半个月后，奚祥德怒气冲冲地出现在阿昌家。里里外外找了几圈，都未发现心上人的影子，祥德掐着阿昌的脖子把他死死顶在墙壁上，直到他晕厥过去。醒来时，祥德不见了，连同那口皮箱——除了布料和尤小姐的衣裳，箱子的夹层里还有阿昌偷偷放进去的在布店学徒五年省吃俭用攒下的全部积蓄，以及他苦命早逝的娘亲留给他的一对玉镯。他曾经满心欢喜，以为这对玉镯又找到了新的女主人！放在那里，是因为家中实在没有第二个地方适合存放这些对他而言无价的物件！

为了一段孽缘，失去了谋生的饭碗，失去了一只手，失去了赖以度日的微薄财产，失去了他与母亲的唯一关联，甚至，还因为祥德找上门来闹事，他被乡邻纷纷议论在上海滩谋财害命被砍了手，名誉尽失——阿昌在一片狼藉中号啕大哭，泪水，在那一刻将昔日的兄弟情催化为对奚祥德的满腹仇恨与恶毒诅咒！

“那口皮箱，是棕色的吗？”奚沐晓突然插话。

“你怎么知道？”老者诧异万分，同样难以置信的，还有爸爸奚伯明。

奚沐晓给黎伯使了个眼色，很快，那口被用来装爷爷画作的旧皮箱被提了进来。奚沐晓打开箱子，伸手往夹层深处仔细探寻了许久，竟真的摸出了一个早已发白的布袋，里边似有什么叮当作响。解开一看——几十块银元，以及两只翠绿的玉镯，重见天日后竟依旧熠熠生辉！只是这光辉，是否来得太晚，晚到少年迟暮、物是人非？

老者用一只手哆哆嗦嗦地接过，眼神中全是惶恐：“祥德他没有卖掉这些东西？还是，他从来就没有发现它们？”

奚沐晓几欲泪奔，爷爷可能只是因为碰巧认识这口箱子，想给尤小姐顺手带回去收好而已，未想竟埋下这七十年的冤屈！

“你就是那个阿昌，对吗？”蓦地，奚沐晓望着这个风烛残年的老者，冷冷地问道。

老人凝噎片刻，缓缓地用左手摘掉了右手的羊皮手套——众人眼前看到的，是一截光秃秃的手臂！

“是的，就是我。七十年了，我不知道是不是能得到宽恕——我对不起知画，哪怕不能跟她在一起，也万万不该跑去向日本人告密！虽然我也知道，即便她躲在布匹仓库，也必定会被掘地三尺的日本兵揪出来的。我还一直误以为，祥德他带走那口皮箱，就是处心积虑要霸占我仅有的那点儿财产，原来错了，原来都错了……”老人望着那干枯如柴的残肢，黯然神伤。

奚伯明半天未说一句话，女儿偶然发现的甜爱路的那些画稿，背后竟然深藏了这么多的伤痛回忆。

“我啊，已经是快死的人，能不能得到宽恕，都不重要了。但是，他们还很年轻，你们，就算行功德一件，高抬贵手吧！”老人说着，竟做出了准备下跪的举动，被一直候在旁边的黎伯一把抱住。

“他们？他们是谁？”奚伯明和奚沐晓一脸茫然。

“我的本名，叫祁文昌……”老人口中缓缓说出这几个字，震得所有人呆若木鸡！奚伯明这才反应过来，这第一面就似曾相识的感觉，竟来源于此！

“我的儿子，叫祁国辉。国辉小时候问我这手怎么回事，怪我，没有守住秘密，把事情原原本本告诉他了。他说不怨恨我，只怨那段让我变成残废的从未得到的感情。后来我在工厂做工，因为手的原因，只能当门卫，干不了高级技术活儿，所以每次评先进、评职称，都轮不到我。国辉从小就被小孩子们欺负，人家骂他是妖怪的儿子。”说到这儿，老人喘了口气，悲伤像他的皱纹，爬满整张脸，“再加上我一直告诉他，我们家的东西，都是被祥德巧取豪夺抢走的，所以他后来偶然认识了奚家的后人，眼见你们生意一帆风顺，以为这是靠我早年的积蓄发的家，所以慢慢有了些非分之想，没想到如今，他犯了这么大的事。”

“还有我那孙子，我唯一的孙子，阿实。他从小就跟着我长大，跟我感情极深。我怕吓着他，在他面前都是戴着手套的，但他四五岁的时候，有一次不小心——”

“你别说了！”奚沐晓掩面阻止了老人，她不知道祁实小时候是不是跟她一样，跟那一幕的惊悚不期而遇时，感觉天在旋，地在转，万物在崩塌，就像现在。

奚伯明无法原谅祁实父子。

但他恪守了诺言，即便被祁实、奚仲清和简方私吞的税款并未追缴回来，他还是自掏腰包将漏税和罚款都补上了，并向警方等相关机构提交了民事谅解书。经济损失他不再追究，但祁实父子涉嫌贩毒的罪名，他们必须自己承担。

奚伯明这么做，也是为了弟弟能早日重获自由身。万幸的是，奚仲清并未牵连到祁家贩毒案中。对于祁国辉而言，奚仲清只是他的一个工具，自己从韩国贩毒这个天大的秘密当然不能泄露给他。因此，从一开始，奚仲清就被蒙在鼓里。他一直以为，祁家在利用“双子星”号和“启明星”号走私韩国电子产品和高档化妆品而已！

奚仲清被释放后，再无颜面回到毕达。

在上海的家里闭关了几天，他买了张机票飞到旧金山和妻女团聚。闲暇时间，他会去渔人码头吹吹海风，带一袋面包，轻轻掰碎了喂海鸥。

年幼时没有机会跟父亲和哥哥去海边消夏，如今来到海边，终究还是他形单影只的一个人。海风吹起他两鬓泛起的霜花，还有几十载抓不住的年华。

下了课的奚念，轻轻从背后给父亲披上一件风衣。早春的加州，乍暖还寒，而眼前这片狭窄的港湾之外，海阔天空。

奚沐晓已经顺利提交了毕业作品并通过了论文答辩。答辩评审中，有一位教授的问题尤其刁钻古怪，却都被有备而来的奚沐晓一一化解。答辩结束，这位教授上前握着奚沐晓的手，告诉她，他在答辩会上提的那一系列问题，都是作为一个资深艺术史专家提出的。而作为一个当年曾在上海避难十余年的犹太人后裔，他只想对奚沐晓，以及上海说两个字——谢谢！

作品被列入毕业生名人墙，论文因浓浓的人文关怀受到教授们的格外赞许。奚沐晓也如愿通过答辩，原本并不奢望的硕士学位，已经唾手可得。这任何一个成果，本都足以让她欢呼雀跃。可是现在，牵强的笑容下，怎么觉得住着一个彻头彻尾的卢瑟？

来意大利前，敬家姐妹已经多次向她讲述过薛厨子在船上的神勇事迹，她也在内心追问自己：冒着生命危险挺身而出，单凭这一点，是不是就足以让她原谅他过去的一切污点？或许此刻，哪怕不用一个道歉，只需要他能出现，看着自己，微微一笑，所有过往，尽可一笔勾销。可是亲爱的，你怎么，不在身边？

借着回佛罗伦萨答辩的机会，她和意大利的朋友一起驾车前往勃朗峰过了一个周末。造化弄人，计划中原本应该是两个人携手完成的亲密旅行，如今却成了她一个人对这圣山的朝拜。那一晚，没有月亮的踪影，只有一颗星星，孤独挂在天幕的一角。

半山腰的那家小酒馆，白胡子老板笑意盈盈：“这位美女，我好像在哪里见过你。前段时间来过勃朗峰吗？”

呵呵，法国男人果然不管多老，都是不正经的，这撩妹的功夫，满满的都是套路啊。

四十九

“为什么要走？”路曼哑然失笑，因为植林告诉她，昨晚已经跟保罗谈好，很快就将启程去法国开始为期一年的专业进修。

“因为，我想试着找回自己。过去的这些日子，我扮演了太多角色——手模、假男友、钢琴家、快递员、厨子、教练、卧底……到头来，我已经不知道哪个是真的我。”植林回答。

“真的我？这个问题，我问了自己七年。最后我明白了，人这一辈子，大幕拉开，谁不是一直在演？这些角色，谁真谁假，真有那么重要吗？”路曼不解。

植林埋着头检查鸿鹄楼西点师们这几天的新作品，许久，才抬起头看着路曼：“可是大幕降下，我还是想看一看演员表，看一眼谁曾本色出演，谁做了假面告白。”

“你告诉过我，她的画室叫‘曲直之间’，连她都清楚，这世上并没有绝对的黑或白、曲跟直、是与非。你何必还那么较真？”路曼摇摇头，凭多年对他的了解，想来一时也无法说服他回心转意。沉默片刻，路曼问：“你忘记了自己，去领衔主演的这么多角色，最终都是为了她，但她知道吗？”

“知道了又怎样？在她心目中，我做得越多，只能说明我越想洗白那晚的罪恶。我早已不是那个纯粹的人了，或者，我从来就不是。”植林有一丝怅然。

“然而你是！你应该让她知道！知道那晚我们俩什么都没发生。”

“谢谢你，曼曼，我不需要什么原谅与澄清了。我知道因为上船当卧底帮了她家大忙，但若要以此换得什么接纳，我只当是施舍了。但施舍的东西，我不能心安理得地要，就像当年我放在舅舅那里的那笔钱。”植林上前，手指像七年前最后一次与路曼依偎时那样，轻轻穿过她的发丝，摩挲片刻，“对不起，我不能按照合同约定，每周来苏州照看鸿鹄楼的生意了。”

“在‘双子星’号上被船长抵在甲板栏杆上时，如果他再稍微用力，我就早已葬身大海。那一刻，我问自己，如果就这么结束了这一辈子，心里会不会有遗憾？这么多年来，我好像都背负着千斤重担前行，因为父母蒙冤，我进了看守所；因为旁人中伤，我再没回过自己的家；因为你的不辞而别，我困惑苦恼了数年；又因为遇见了她，我以为可以走出阴影，最终却落得如此狼狈不堪。嵩明道长教导我，少私寡欲，放掉执念。我以为每天在内心诵读，就能自然领悟，没想到，我从来没有真正参透。那么，如果抛开这一切，单纯地活一次，又会如何？

“所以，我跟保罗说，与其像现在这样惶惶终日，不如就为来年的西点师大会这个简单的目标，全身心投入一次。或许我仍将一无所获，但至少在这个过程中，我再也不用瞻前顾后、患得患失了。只是以后，这里要靠你自己了。”

路曼不再说话，她知道，这一次，他是真的要走了。

路曼给奚念打电话，让她回趟上海。

因为勃朗峰那晚的事，路曼开始有些自责。她得到了她所要的一切——祁实请她出山的钱，在雪山小酒馆的一夜贪欢之后就已全部兑现，她自己也如愿成为勃朗峰集团的参股股东。

可是，为何内心竟泛出一股莫名的酸楚？只因他的念念不忘，早已不是为了自己？罢了，嵩明说得对，少私寡欲，若求不得两人的完满，至少成全一个人。

然而她深深自知，她在奚家人的心目中，肮脏卑鄙得像只蛆虫。所以，她没有资格出面揭露真相。

三天后，奚念找到了奚沐晓和庄芝敏。

“大娘、姐姐，”见面后，奚念揣着一丝不安向两人恭敬问好，“你们，能够原谅我爸爸吗？”

“那叔叔他原谅爷爷了吗？念念。”问话的是奚沐晓。

“我想他早就忘了那些不开心。现在，他每天去码头喂海鸥，他说他还是想起来了，爷爷虽然没有夏天带他去海边玩过，却在冬天带他回过周庄老宅子，在厚厚的雪地上用竹筛子抓麻雀。”奚念带来的那丝孩童般的笑意，前几日也曾这样浮现在奚仲清的嘴角上。

“念念，所以我也回答你的问题。之前他们两兄弟在看守所谈完以后，爸爸回来告诉我，说对不起我，他不能把甜爱路 62 号那栋洋房按照爷爷画中的样子重建出来。这样做，是为了不想让叔叔每每看到那栋楼，都会想起那些沉重的过往。所以，62 号的新设计，是一栋现代美术馆，他想一切都从新开始！”奚沐晓向堂妹讲述了父亲关于62号重建的最新计划。

“所以，人是可以被原谅的，对吗？”奚念认真地看着堂姐，一如年幼时，她等待每一个从小姐姐嘴里冒出的回答，字字都是真理。

“傻瓜，仇恨这东西，就像黑暗，看起来坚不可摧，但你若真想战胜它，只需划一根火柴，就足够了——那根火柴，叫作原谅。”奚沐晓笑笑。

“那么姐姐，在这里，我希望你也原谅三个人，他们有的确实伤害过你，但有的，连自己都被蒙在鼓里。”奚念总算切入了正题。

“哐当”一声！

刚从露台上往屋内走的庄芝敏，手里的珐琅瓷咖啡杯摔在地上，顷刻粉身碎骨：“念念，你说什么？你跟那个女人，是跟祁实串通好的？”

奚念低头，不敢直视庄芝敏。

奚沐晓则满脸错愕，半天没有言语。刚刚不知道躲在哪里的黄妈悄然出现，迅速清理掉地上的一片狼藉。

“是的，大娘、姐姐。”奚念抬起头来，泪眼婆娑，“祁实三番五次跟我说，他手里有我爸爸的许多把柄，如果能帮他，他就不告发我爸。怪我那时胆小懦弱，经不住他的威逼利诱，就提前飞去法国，到了那家小酒馆，跟路曼，就是苏州勃朗峰那个女投资人，也是植林的初恋女友暗中会合了。

“路曼告诉我，也是祁实找到她，并且许给她高额的报酬。路曼和植林，大学时的感情很不错，后来因为家中变故，路曼不辞而别，但植林对她一度念念不忘。所以，她的出现，就是为了借往日情，一点点动摇植林的军心。哪知植林他即便每周去苏州勃朗峰工作，都没有给路曼靠近的机会。原因，你应该清楚的。

“我和她，都天真地以为，祁实是因为真心想跟你在一起才策划的这个局，没想到背后，还有更大的阴谋……”

奚沐晓浑身酥麻无力，像被突如其来的闪电来回劈了万遍。许久，她才回过神来。回想起生日那天，看到保罗的脸书主页上那不堪一幕的时候，似乎也是这样的惊厥。事情过去这么久，她也不止一次在心底拷问自己：言语会粉饰，表情会伪装，可是那无数次交会过的眼神，难道也会骗人？

“我知道谁看了那张照片，都会暴跳如雷。你只是看到了照片上那一幕，却并不知道，随后，植林突然放开路曼，闭着眼睛在嘴里自言自语什么听见了钟声。姐，我不知道他说的钟声是什么，但是，我相信那句话是说给你的！”

奚沐晓跌坐在沙发上。

那个被曲解、被误会、被设计、被陷害、被伤得体无完肤的他，在她完全不知情的情况下，只身勇闯虎穴，让她的家族转危为安，甚至弟弟的顺利获救，爷爷当初画稿的幸存，也都是因为有他的存在。她的生命，原来一直在受他的庇护。而她留给他的，竟然只有手上，还有心头的两道疤痕！

植林，你为什么这么傻！

奚沐晓突然想到青城山上，嵩明道长和徒弟凿出来的那条悬崖小道上，世人刻下的铭文——无言自成蹊！这条小径已经被你踏成了阳光大道，而你，还要沉默到什么时候？

猛地，奚沐晓起身准备往门外冲，却被庄芝敏一把拖回沙发上，外加一句威严无比的：“站住！”

“妈，让我去找他。”奚沐晓有些激动，她实在不明白，妈妈怎么到了这个时候还会百般阻拦。

“你给我待着，让我去。”庄芝敏擦了擦女儿的小脸，还是那么精致，眼睛却有一丝红肿，“哭得难看死了。”

“妈！你知道我要跟他说什么吗？”奚沐晓大约明白了妈妈的真实心意。

“你不是说妈是当年的彭浦三美吗？放心，三美谈过的恋爱，不比你少！”庄芝敏冲女儿笑笑，竟有一丝少有的俏皮。

望着妈妈离去的背影，奚沐晓揽过奚念，两个女孩久久相拥，热泪盈眶。唉，这该死的爱情！

司机开车，把庄芝敏径直送到了外滩的勃朗峰餐厅。

下午茶时间，餐厅算不得热闹。

庄芝敏独坐窗口面临黄浦江的位子，点了一杯咖啡、一份甜点，当然，就是那道她早就在“空巢美人”太太群里听人称道了无数遍的“夏日勃朗峰”。

“请帮我请出这道甜点的主厨。”庄芝敏客气地对服务生说。

片刻，主厨走了出来。

“沐晓妈妈？”庄芝敏的突然来访，让主厨植林颇为诧异。

“植林，你坐。”庄芝敏抬头仔细审看，挺拔的身躯，仿佛比数月前又平添了几分沉稳气势，神情中，还是有些许惴惴不安。

“今天我来，是因为我已经知道了事情的全部真相。对不起，我们之前误会你了。”

见向来对自己态度不冷不热，甚至数度傲慢无礼的这位阔太对自己道歉，植林突然有些鼻子发酸，不过他很快忍住了：“伯母，您别这么说，事实上，我也有做得不对的地方。比如，没有告诉晓晓，路曼的真实身份。还有，去勃朗峰爬山也不应该喝那么多酒。”

“这些都过去了。”庄芝敏凝望着眼前这个她曾经蔑视、质疑甚至憎恶的年轻人，“总要向前看。你为晓晓、为我们家付出了那么多，之前我实在不应该那样对你。只要你愿意，我和你伯父都不会再干涉你们。所以，也想听听你的想法。”

出乎意料地，植林并没有马上回答。他舒了一口气，转眼望向窗外这条熟悉得不能再熟悉的浦江。

“伯母——”植林缓缓道来，这番话存在内心许久了，只是，他原本以为自己再无机会说出，“我知道您之前对我有些看法，特殊的家庭、不起眼的职业、有污点的过去，换谁都不愿接纳。今天，您的原谅，我本应感激不尽。但是现在，我想说，如果用所谓的付出作为筹码去换取一份感情，那太像一个交易，会让我惶恐。”

“感情，原本不就是一种交换吗？每个人都不是完美的，我们拿我们拥有的分享给别人，也获得别人的回赠。”庄芝敏似乎知道这个年轻人纠结的是什么，“我跟你叔叔在一起，也是因为当初他在洪水中，背我渡了一次河，也算是救了我一命。你觉得，我跟他在一起也算交换？”

伯母，我知道可能这个决定会让所有人匪夷所思。但我的确需要离开一段时间。这一年，我机缘巧合扮演了太多角色，我差点儿忘了我本来的身份，只是个西点师；而这个身份，恰恰是所有角色中，最为人轻视的一个。但，或许某一天，它也会变成真正闪光的那一个！

“我要去法国待一年，接受最顶级也是最残酷的西点培训。哦对了，这次是真的去法国，不是当初骗您说的，在马赛学音乐。”植林笑中带着歉意，“我想，每个人都有选择的权利，而我今天的选择，是心无旁骛地做一件事，无论对错！或许，这一年，我跟晓晓不会有太多联络，更不奢求一年后，她还在原地等我。她那么优秀，这世上，有无数美好在等着她。一切，就让上天重新安排吧！”

庄芝敏沉默片刻。

是啊，这世间的哪一件事，不是上苍的旨意呢？知青返乡那一年，二姐给她介绍了一个劳动局局长的公子。论条件，这个官宦子弟当然胜过工人家庭的奚伯明千倍，局长还信誓旦旦地要把未来儿媳从百货公司调到政府部门。但她自己不也做了令所有人大跌眼镜的决定吗？而上天最后给的结局，不更超出所有人想象？

“选择从来没有对错，如果有一天后悔了，那一定是我们自己没有做到最好。”临走庄芝敏留下一句话。多年前的无数个冬夜，奚伯明上着夜班，女儿安然入睡，她摸黑在阴森的公共盥洗室为一家老小浆洗衣服的时候，也是这样告诉自己的。

五十

植林退掉了自己在甜爱路租的房子。

那位常年在三亚疗养的老教授在微信上表达了一些惋惜，客套之后，转手便以更高的租金租给了其他租客。上海房价凶猛，房租亦是水涨船高。

拖着行李箱离开的这一路，他未曾回头看过一眼，因为怕一回头，这条路便会变得无限长，长到他此生也走不完。可是，若不回头，这一生，是否还有机会经过这里，停驻片刻？

62号工地已经被围栏严严实实地围了起来。以后，它会变成画中的样子吗？或许，他再也无从知晓了。

浦东机场的出发大厅，熙来攘往，有人行色匆匆，有人悠然自得。

朋友们都来了，只有她不在。

乔明宇和思思，开了新买的小车亮着拉风的沪牌专程来送机。花姐也来了，说是特意来送送植林，其实也是想蹭下人家的新车兜兜风。

“小林哥，听说那个课程难度超高，堪称魔鬼训练营。十个学员，到结业前必定会被毙掉八个，毙掉的那些，随随便便进个五星级酒店都是西点总厨！不过我们相信你，你一定是剩下的那两个之一！加油！”乔明宇对植林即将开启的特训崇拜到了极点。

“有什么难的？你不也完成了全世界最难的一个任务了吗？”思思不以为然地对乔明宇说。

“什么任务？我怎么不知道！”明宇一脸蒙圈。

“嗨，不就是说你把思思从小林身边抢走了嘛！哈哈，这孩子！”花姐大嘴说出了真相。

“这可是花姐说的啊！”思思看了一眼植林，神情还是有些不自然，只是，她还拥有他的友情，不是吗?

“结婚的时候，提前告诉我一声，我要亲自给你们做个蛋糕，高到天花板！”植林伸手比了个手势。

“在这边在这边！”加菲异常敏捷地飞奔过来，竟把身强体健的丘野也甩在后头，更别提落在队尾、气喘吁吁的施以礼和敬家姐妹了。

这些原本都是她的朋友啊，植林胸中一股热流涌动。

植林笑着问加菲：“加菲你行啊，跟着丘野竟然练成了跑步达人！”

敬家姐妹听了这话，眼神交会却欲言又止。

加菲瞪了植林一眼，又斜眼瞟了瞟丘野：“谁跟他练的？姐自己练不行？我跟某些人已经翻篇儿了啊，以后都别跟我提啊。就知道招人烦，干脆不要了！连我们家‘二饼’都不喜欢他了！”加菲咬牙切齿的回复里，有大度，更有掩饰不住的失落。

“兄弟，对不起，之前没告诉你。我们，没能坚持住。”丘野挠了挠头，露出两个标志性酒窝。大粗老爷们儿身上，总有那丝褪不去的孩子气。

分手是他提的，却给加菲保留了对外的最终解释权。

和加菲的相处越深，他越发觉得牵扯到婚姻的感情，并非两情相悦就能让一切的分歧和隔阂迎刃而解。加菲是个好姑娘，她为了感情不惜和自己的父母冷战，这样的执拗却让丘野自觉罪不可赦。在遇到自己之前，她的世界从不曾破裂，更何谈与父母的决绝？

加菲听到那两个字从他口中滑落时，竟有出乎意料的冷静。她不想否认，这样的故事结局，她一直怕着，却一直等着。

也好，不被祝福的恋情，过于坚持，就伤身了。她尝试用最简单的算术告诉自己，失去一段恋情，换回父母不再唠叨，好像也没有输掉什么。只是，舍一，得一，继而归零。过去真切的数年，就这么轻易地幻作了云烟，了无痕迹。加菲别过头去的瞬间，眼角有光珠在闪。

丘野的手不自觉地抬到半空，又无力地垂下。他知道，他再无资格像从前那样，将加菲浑圆的腰身揽入怀中。

植林一言未发，只拍拍丘野的肩膀。那是男人的话语，正如那年搞砸交船仪式后，他在江边沮丧万分之时，丘野送上的一样。

气氛一时沉重，敬婷见机调节，“植林，我们知道你这次去法国是追寻你的理想，我们应该支持。”敬婷看了一眼旁侧的丘野，轻叹道，“只是，有些东西，怕是一松手，就再也抓不住了。”

“是啊是啊，比如我，有些人一放手，以后就再也抓不到了。”加菲恢复常态，依旧插科打诨。

“你是东西啊？”思思在边上听得越发想笑。这个当初不打不相识的胖小姐，现在看来，倒也颇有几分可爱。

“你！小心我一会儿再去买一百个蛋糕，分开打包！”加菲假装生气，“正好没人在意我的身材了！”

“好啊好啊，一会儿小林哥走了，你就跟我们去新天地啊，可别躲啊！”思思穷追不舍。

“好了，小姐们！”敬姗打断了两人的双口相声，“我们是来送植林的，你们都没有什么话对他说吗？”

“保重，兄弟！早些学成归来！”施以礼与植林算不得十分熟悉，只是在敬云弦住院时有过交集，但相互印象甚好。

“她没来。”敬婷小声告诉植林，“我昨天问过她，她说也好，她刚好需要一段无人打扰的时间，专心准备她那个特别的画展。跟你的全球西点师锦标大赛一样，那个画展已经成了她接下来最大的人生目标。”

机场广播开始催促旅客登机，植林看了眼手表，振作精神：“谢谢你们，我的朋友们！我希望大家都好好的，好好工作，好好生活，好好恋爱！特别希望敬叔叔早点儿痊愈，我可能一年就回来，当然，如果不幸像明宇说的那样，被导师毙掉，可能就是三年、五年了……再见！有空儿来法国找我！”

他转身离去，奔向新的起点。就像他对老钱说的，他是一条鱼，从一方小小的鱼缸，到一条小河，再到大江，现在，他已在奔腾到海的路上。那里或许惊涛骇浪，但比起搁浅沙滩，或许葬身海底更令人向往？

在法国的日子，油画般多彩，却又白描般平淡。

多彩的是身处这个魅力无穷、处处惊艳的活力都市巴黎，平淡的是他不远万里远赴这里的初心未曾忘记。在这个城市的街道行走，有时经过香榭丽舍大街，竟也会恍惚觉得，自己回到了甜爱路。

保罗给植林选择的课程，来自享有“真正的西点（师）军校”美誉的塞纳烘焙学校。这所学校也开设常规课程培养主流的西点师，但让它名声大振的，是一个被业界戏称为“魔鬼特训班”的顶级课程。保罗为了这个课程，为植林掏了每年十万欧元的学费。当然，作为条件，植林需要在勃朗峰集团任职五年。

特训班每周一到周五上课，与普通学校别无二致。其特别之处在于，讲师个顶个都是历年西点师大会的冠军选手，甚至是资深评委，更有当年法国宫廷御用西点师的后人亲自主讲。

万事开头难，何况对一个法语并不算太精通的中国年轻人。为了确保自己能百分之百接收到大师们传授的知识，他甚至每堂课都用录音笔录下，有听不明白的地方，晚上回宿舍后，还要特意多听几遍。实在遇到含混不清的段落，他只能把这段单独发给保罗或勃朗峰总部的副总裁丹尼尔，请他们指点迷津。外国学生学八小时能学到的内容，他下课后需要再花八小时反复研读。

这样的日子持续了两个月，直到有一天，丹尼尔突然出现在学校。他每年来塞纳为勃朗峰集团招聘一次西点师。

“年轻人，最近你都没有发问题问我哦！”丹尼尔拍拍他的肩膀。

“是吗？我倒没注意。不过好像最近听课，确实没有以前那么费劲了。”这个发现也让植林欣喜。

“恭喜你。不过，你应该很快会遇到新的问题！”丹尼尔神秘兮兮地留下一句话，开车离开。

这句话让植林百思不得其解。直到有一天，传说中祖上好几代在法国宫廷做御用西点师的讲师汉斯发问：“如果你是全球西点标准制定者，你想对行业做出怎样的变革？”植林提出，想在法式西点上增加中国传统元素，尝试让欧陆风与中国风完美相融。

不料，汉斯勃然大怒：“我们不排斥创新，但这是纯正的法式西点，我们是有传承的艺术，我不喜欢它的血统被杂交得面目全非！”

一堂课不欢而散。植林没觉得自己哪里错了，汉斯坚持己见当然也不会服输。他甚至傲慢地对植林说，国庆日假期结束后，请带来三个证据证明自己的观点，否则，他一定不会让植林拿到毕业证书。

植林自认为有说服力的案例，已经有了三个：一个是他在“此刻戛纳”创作的“埃玛中国印象”系列马卡龙，一个是在他在勃朗峰最新研发的京剧脸谱西点，最后一个，他犹豫了。奚沐晓写的论文，犹太人对中国艺术的影响——迥异的文化背景不一定代表激烈的冲突，融合，不更是趋势吗？可是，这篇论文，他不能向她开口索取。

纠结！植林盯着桌上的中国印象马卡龙沉思，这是柳思思在浦东机场拦了十几个飞法国的旅客之后，总算有一位好心人愿意帮她人肉快递带过来的。

“埃玛的中国印象，埃玛的中国印象……”他嘴里碎碎念了几遍，突然，脑子里电光石火般一闪——“对啊！埃玛！”

植林从椅子上弹起来，看了看时间，刚好来得及赶下一班火车去普罗旺斯。他没有半点犹豫，拎起包便冲向了巴黎火车站。

普罗旺斯，是他在上海念法语培训班时，那个外教的妈妈的住地。夏日的南法，满地的薰衣草，织出一个粉紫色的梦幻国度。

国庆日假期后的第一堂课。

节前的挑战，汉斯显然没有忘记。他上来就问植林：“你的三个证据，找到了吗？”

植林先后展示了中国印象马卡龙和京剧脸谱西点，精美的造型、浓郁的异域风情，让课堂上来自各国的西点精英们都叹为观止。

然而，汉斯显然不是那么容易被说服的一个人：“你的这两款作品，只能说抓住了我们的眼球，但是，真的会有人会因为加了这些花里胡哨的点缀和噱头，就认可它们是纯正的法国西点艺术的传承与创新之作吗？”

“吱呀”一声，课堂的大门被打开，出现了两位身穿旗袍的法国女子——一位是年近七旬的外教母亲，植林专程从普罗旺斯请来的埃玛阿姨，另一位则是还在上中学的保罗的女儿，少女埃玛。阳光下，虽然老埃玛的身材已有些发福，小埃玛的身形还稍显瘦削，但精致的旗袍包裹下，两人的端庄典雅与时尚活力相映成趣！

“两位埃玛小姐，就是我带来的第三个证据。”植林揭晓谜底，“她们两位都是如假包换的法国人，却都是中国文化的爱好者。现在，从她们身上，各位已经看到了两种文化的水乳交融又绽放异彩。所谓融合，不是要抹杀各自文化中的独特性，而是博采众长却求同存异。我相信，会创新、会包容的文化，才会永生！西点艺术也一样！”

课堂静默了片刻，突然响起了雷鸣般的掌声。

植林继续娓娓道来：“其实我还有第四个证据，但是抱歉，今天我没法展示它。我的，女朋友，最近提交给佛罗伦萨美术学院的一篇硕士论文，所探讨的话题是‘犹太人对中国艺术的影响’。不知道各位有没有去过上海，在上海，随处可见过去一个世纪里世界各国文化对中国的影响——法租界的洋房，看上去和巴黎的建筑一样；石库门的房子，更是西方建筑与中国庭院的结合。凡此种种，无不证明，中国也好，外国也罢，相互正视彼此的能量，找到交集，形成合力，才是文明再上台阶的推动力！”

“当然，也有文化融合失败的例子。我的女友，或许现在应该改称前女友了。”植林最后自嘲地笑笑，结束了自己与汉斯的辩论。

汉斯耸耸肩，明确表示这一场植林赢了。他鼓励植林坚持自己的观点，继续在这条路上前行，并在来年的西点师大会上，交出更为出色的答卷，让来自全世界的西点大师，品评中西合璧的新一代绝妙西点创意！

人群散去。

老埃玛问植林：“为什么要这么武断地叫她‘前女友’？文化融合也不是一次可以完成的，多试试呢？”

植林若有所思。

五十一

不直接联络，不代表杳无音讯。

敬婷总会时不时告诉他奚沐晓的一些近况，加菲也会偷偷把姐妹淘聚会的照片发来分享。更何况，还有那个永远跟他心灵相通的少年，一直称职地扮演着卧底的角色。

从奚力嘴里，植林知道，甜爱路 62 号现代美术馆已经接近竣工，那片承载了太多伤心往事的废墟，很快就将以焕然一新的面貌示人。奚沐晓终日埋头于她那九十九幅手的画作，这并不是一项容易的工作，尤其对于曾经见到手就头晕目眩的她。爸爸不再三天两头提让女儿去毕达熟悉业务好为接班做准备的事，妈妈也不再张口闭口就是安排跟张家大公子李家继承人相亲。

想来岁月静好，波澜不兴。

但说完全心无旁骛，那必定是假的。

上海和巴黎，七小时时差，两万里距离。

若说白天不懂夜的黑，为何思念只用一秒就飞过去？

巴黎仲秋，一轮明月高悬，似乎就是那年阿尔卑斯山顶看到的那一轮，阴晴之后，依旧圆满。欧洲暴雪，滴水成冰的日子，他又想起上海整个冬天不戴手套的那个女孩，她的双手，是否温暖？

偶尔，也会惶惑。既然念念不忘，为何当时一意孤行要布开这盘未经深谋远虑的棋局？他没有第一时间接受奚家的好意，而是选择贸然出走，这在常人看来，已是某种程度的弃子投降。若真有一日，他悔不当初，那时的棋局，是否会无人对弈？

选择没有对错，庄芝敏告诉他。

所以，就让时间去验证，验证他决定离去的那一刻，究竟是华丽转身，还是落荒而逃。

冬去春来。新一年全球西点师大会的角逐在里昂正式开幕。若不是那年勃朗峰上意乱情迷的一晚，植林早应该在去年就登上这个擂台。没事，好饭不怕晚。植林暗暗给自己打气。

赛场设在里昂老佛爷百货的底楼大厅，除了业界专家的现场监督，还有全球无数美食和时尚媒体的竞相报道，并且开放给热爱美食的法国民众和游客。依照大赛规程，角逐将分三天展开。

第一天，抽签选定两款经典法式西点菜式，算是命题作文。由西点师用一上午时间完成，下午将接受权威评审团的十位专家评审，当日淘汰一半参赛者。

植林深知这一关考验的是对法式西点基本功的掌握程度，并不算难，但也正由于是基本的经典款，众多参赛选手掌握得可谓驾轻就熟，因此必须确保万无一失，容不得半点儿差池。

抽签结果揭晓，植林抽到的，是玛德琳蛋糕和闪电泡芙。玛德琳虽然只是一款外表简单的贝壳状小蛋糕，却被称为甜点界的“小文青”，曾让大文豪普鲁斯特在《追忆似水年华》中赞不绝口。闪电泡芙则是植林的拿手好戏，想当年在老钱的“此刻戛纳”，他主理的泡芙系列在“中国印象马卡龙”问世之前，向来都是热销榜的头牌。

植林像个严谨细致的科学家，精准到小数点后的配比、精确到秒的烤制时间，让玛德琳蛋糕的品相呈现出教科书一般的标准形态与色泽。而闪电泡芙系列，缤纷琳琅，堪称一场迷你的巴黎时装秀，更是让专业评审们连连称道。这一关，植林过得毫无悬念。台上一分钟，台下十年功。此时的植林最想感谢的，竟是入行时的师傅，早年时常被其厉声训斥，如今看来，都是自己步步攀登的基石。

第二天，美味评审团闪亮登场。这是本届全球西点师大会的创新节目——主舞台的巨大屏幕上，会出现代表一百位大众评审的众多扑克牌。蒙上眼睛的二十位西点师每人按下一次按钮，后台系统将随机分配五张扑克牌，并显示出所代表的五位评审照片。这些评审登上舞台后，西点师摘下眼罩，用三分钟时间进行观察，全过程不得与评委有任何言语交流。随后，西点师们将根据观察结果，创作一道自认为最匹配这五个人的甜点给他们，并获得评审的投票。

实际上，这一百位大众评审可不是一般的等闲之辈，都是赛事组委会事先特意从全法各行各业、各人群各种族中精挑细选出来的资深食客，口味偏好各不相同。而西点师的过关条件，是这五个大众评委全票通过！

谈何容易！所谓众口难调，更何况是五个挑剔的吃货！

西点师们对这样的赛制自然疑惑不解，纷纷窃窃私语。对此，组委会专门进行了解释：这是对西点师市场嗅觉的考察，毕竟在未来的职业生涯中，他们需要面对的，是来自社会各阶层，带着不同目的和偏好的客户。如果能做到“明察秋毫，看人上菜”，那这样的西点师想必对消费者需求和商机都是极为敏锐的。

既是如此，参赛西点师当然也不能再有意见。

大幕开启，一百位大众评审走马灯似的在转盘上一晃而过，很快被西点师们悉数瓜分。然而掀开面罩的那一刻，似乎所有西点师都对自己的选择犯了难：很多选手面临的，是迥然不同的评审构成，耄耋老者与妙龄少女，家庭主妇与商务精英，有的人脸上带着优雅的微笑，有的则冷若冰霜、一脸孤傲。仅仅从面相上揣度这些评审的口味并投其所好完成作品，这哪是西点大赛，分明是占星师大会啊！

不少选手选择了保守路线。因为口味偏好悬殊，所以用老少咸宜的常见西点款式去应对，想必风险会小一些。当然，对于部分想博高分的选手而言，选中一款自认为新颖别致的西点，赌一把评审能青睐有加，倒也不失为剑走偏锋的致胜策略。

然而，这些大众评审貌似是铁了心的不给面子。除了两组因为碰巧选中的五人评审背景高度相似，让来自瑞典和西班牙的两位西点师侥幸获得了全票通过，其余几位原本夺冠呼声甚高的选手均惨遭淘汰。最冤的要数上一届卫冕冠军，来自意大利的亚当，竟然在获得四票通过后，被评审小组中的一个六岁小男孩儿投了反对票，理由是他做的舒芙蕾蛋糕“奶香浓郁但是没有牧场的味道”！

植林因为姓氏首字母是Z，按规则排在最后一个出场，一百张扑克牌其实只剩最后五张，盲选似乎已经无甚必要，但赛事组委会为了彰显公平，依然让他戴上了眼罩。片刻的黑暗中，他从容摁下按钮，并试图从评委窸窣上台的细微响动中捕捉任何一丝有用的信息。双眼再睁开，但见舞台中央站着的五位评委中，两个是举止文雅得体的中年女士，一位是上了年纪的慈祥老太太，一位是一看就从不下厨的年轻男子，最后一位是看上去与植林年纪相仿、金发碧眼的法国女郎，而且从植林掀开眼罩的那一刻开始，就对着他风情万种地笑。

年轻男子显然不是那种挑剔的人，对味蕾的要求不高；老太太着装保守，应该对经典款法式西点情有独钟；两位中年妇女，唇色和粉底都用了较为明艳的颜色，香水也颇为浓烈，走的显然不是清新素雅风——这四位，看来都不是难点。唯一拿捏不定的，恰恰是那位一直在有意无意放电的法国美女。只是，她越笑，植林越吃不准她葫芦里卖的什么药。

留给选手察言观色的三分钟很快过去，组委会摇响了悦耳的铜铃以示西点师们可以开始创作，商场里也播放起悠扬的背景音乐！

有了！植林瞬间醍醐灌顶，他对五位评审微微点头，并特意冲那位依旧笑意盈盈的姑娘回应了一个会意的微笑，之后转身来到自己的操作台，手脚麻利地开工了！

等待美食的出炉，可能是这世间最美妙的时刻。被轻轻揪着的心，牵引着味蕾和嗅觉不受控制，让人甘愿当起了这最原始欲望的俘虏。

“哇哦，这简直是一份完美的礼物！”当植林端出一组精美的欧培拉（Opera）时，老太太发出了由衷的赞叹！两位中年女士也对这款风味浓郁的多层蛋糕赞不绝口，丝毫不出所料。而那位年轻男子，更是在品尝了两小口之后，就用脸上的满足投了票。

一切尽在掌握！最后的一票，就看那位一直面带微笑的金发女郎了！只见她先是不动声色地观察了一圈盘中这块层次分明的蛋糕，随后轻轻拿起小匙，取了一小块送入口中，细细品味。植林静心等待那一口的下咽。

“我很喜欢这款蛋糕的造型和层次，这一层层的堆砌组成了一条咖色的彩虹，很美。”女郎缓缓说道。

正当植林内心膨胀到最大，认为闯过这关已如探囊取物之时，女郎话锋一转：“可是，为什么巧克力涂层这么薄？而且，蛋糕中为什么要加提子和柳丁？经典的欧培拉，是不需要这些水果做点缀的！这位西点师，你不觉得有些画蛇添足吗？”

起初植林觉得颇为意外，但恢复镇静后，很快从女郎意味深长的笑容中，读到了一丝不易察觉的挑衅。

“这位女士，传统的欧培拉，的确是巧克力酱与咖啡糖浆唱主角。但据我所知，现在越来越多的民众，尤其是年轻女性，越来越在意热量的摄入。因此，打薄巧克力覆盖层，是我特意为之，如此一来，这款西点的卡路里将降低至少25%。另外，巧克力涂层想做厚很容易，而想做到薄如蝉翼，是难上加难，因为越薄，巧克力涂层越容易破碎，而一旦破碎，这款蛋糕迷人的外表，就不复存在了。”植林不疾不徐地解释道。

金发女郎似乎并没那么容易妥协。

“而您提到的提子和柳丁颗粒，首先是为了调和传统欧培拉过于浓烈厚重的口感，让甜腻中加入一丝酸爽和果香。”植林仍努力尝试说服挑剔的女郎，内心却有一丝小失落，没想到自己精心设计的这个小创意，竟未击中这位时髦女郎的内心。然而，既然已经到了无路可退的地步，他也无须再隐藏什么：“而且，您刚刚提到这款蛋糕的线条像彩虹，可是，您难道不觉得，有了红提和橙黄柳丁的点缀，这个切面更像是音符在五线谱上跳跃吗？”

女郎愣了一下，旋即恢复了镇定：“然后呢？为什么我要接受这个五线谱造型？”

“我相信欧培拉的典故，您作为法国人再清楚不过。这款源自法国波旁王朝的蛋糕，最初诞生时的小店，就位于巴黎歌剧院旁边，这也是它从那时起就被叫作Opera（歌剧院）的原因。我经常路过那片街区，那里的空气中，似乎都有音符在游荡。”见女郎脸上有了微妙的表情变化，植林越发坚信自己的判断绝不会错，“如果我没有猜错，您在第一眼看到这款欧培拉时就联想到了音乐和节拍，我想，您是喜欢这款作品的。因为，您是一位钢琴家！”

“凭什么这么自信？”女郎嫣然一笑。

“秘密。请投票吧。”植林笑着指了指女郎手中的表决牌。

女郎终于心悦诚服地投出了自己手中的一票，植林成为比赛第三位成功晋级的选手！女郎离去的一刻，回头与植林目光交会，如沐春风中，似乎又掺杂一丝异样。

真正的巅峰对决即将到来，而这一天的命题却是三天中最为简单的一道：根据提前公布的赛制，西点师需要自创一款此前从未面世过的西点新品，由现场所有观众投票决定优胜者。

夜深了，植林还没有睡，脑海中那团闪烁了十多年的火光，似乎再也按捺不住，要化作他本次大赛上最耀眼的代表作。

“丁零——”酒店房间的门铃响了。这个点儿了，谁还会深夜造访？

“您好，Alex。”门外是张年轻的西方面孔，穿着赛事组委会工作人员制服，“组委会临时通知，请提报您明日的比赛作品名称，以及所有的配料，我们将为您提前准备。”

“组委会白天不是说，总共会有一百种原料，请我们从中挑选吗？”植林略感疑惑。

“是。但组委会为避免疏漏，所以让我再来跟三位详细确认一下。”工作人员回应得彬彬有礼。

老外作风严谨，这点植林深有体会。

“我的作品，叫《凤凰涅槃》，食材需要澳洲芒果、日本枥木草莓、英国覆盆子、荷兰的牛初乳、法国松露，剩下的奶油、炼乳、各种筋度的面粉和糖，都是最常用的原料，我想组委会一定不会忘记的。”植林如数家珍。

工作人员在 iPad 上麻利地记下所有食材，表示会连夜备齐，随后毕恭毕敬地退出了房间。

五十二

“各位，我们期待已久的本年度西点师大会总决赛现在开始。”主持人容光焕发地登上舞台，“现在公布详细规则：现场我们为三位精英准备了一百种食材，这其中有大家指定需要的品种，等下请三位从当中尽情挑选，并发挥你们的天才创意，创造出一款从未在任何公开场合披露过的新款西点，由在场所有观众投票决出最终的冠军。需要提醒大家的是，每种食材只有一份，先到先得！准备好了吗？现在开始，去食材区领取食材吧！”

说时迟，那时快，来自瑞典和西班牙的两位竞争者已如离弦之箭径直冲向了那些色彩斑斓的食材——澳州芒果、枥木草莓、覆盆子等被悉数收入囊中，而愣在原地的植林仍未反应过来。昨晚的那个工作人员，并未告知每份食材是限量的！人群中，他竭力搜寻深夜造访的那张脸孔，却一无所获。

他脑海中构思了无数遍的《凤凰涅槃》，外层应该覆盖澳芒的明黄、枥木草莓的鲜红及覆盆子的绛色，红黄相间营造出火焰升腾的律动；火焰下的基底，则是组织细腻、色泽厚重的巧克力戚风蛋糕——那是沉寂多年的地火在燃烧！是的，这个作品，他只想送给逝去多年的父亲。

然而此刻，几样关键食材都已被竞争者秒速认领，那团火焰，似乎在植林心中，坍塌、倾倒，直至完全熄灭……

“Alex，你的手机一直在响，请接听一下！”负责保管选手个人物品的赛事助理给植林递上了他的手机。

电话那头，车娜泣不成声：“小树，你爸爸他，终于清白了，他是被冤枉的！”

车娜随后发过来一张当地报纸的照片：

2017 年 3 月 25 日，《蓉都晚报》头版头条：《含冤十载终得雪，凤凰涅槃慰英魂——“6 · 30 爆燃事故”当事人首度承认诬告，植正义被重新追认为烈士》。

植林并不知道到底发生了什么，但他坚信这一天，一定会来，只是未曾料到，来得这样晚……

见植林在一旁拿着电话发呆，赛事助理悄悄问：“Alex，你没事吧？其他选手都已经开始动手了，你的食材还没选呢！”

植林这才想起自己还在世界西点师的最高赛场上！他收拾心情，长吐了一口气，那口气，带走了所有的积怨、忧愁！随后，他郑重地走向了食材区……

时间一分一秒流逝，三个选手总算在完赛铃响前，向组委会提交了自己的作品。

瑞典的西点师拿出了看家本领，一款名为《修女也疯狂》的西点赢得了不少关注——初看，通体黑色巧克力像是修女的道袍，但拨开表面代表“修女”的蓝莓，底下却藏着细嫩鹅黄的澳芒布丁，独特的创意让现场所有人叹为观止。

而西班牙选手也不甘示弱，精心完成了一款《斗牛士赞歌》——提拉米苏蛋糕基底上，从内而外渗出鲜红的覆盆子果酱，像极了西班牙斗牛士用尖锐的矛刺破公牛脊梁时，血流如注的场面。听起来虽然血腥无比，但抢眼的颜色搭配甚是妙不可言。

植林这厢，在挂完电话的那一刻，已不再错愕于《凤凰涅槃》食材的缺失。是啊，在那黑暗的十年里，他想为父亲洗刷冤屈的欲望曾那么强烈，而这一天真的来临，他却迎来了从未有过的从容与平静。涟漪散去，心如镜面，鸿鹄飞过，不着痕迹。稍加思考，他开始就着挑选出的几样食材，施展他学艺六年的洪荒之力——只见他左右开弓，纵横捭阖，那炉火纯青的技艺和上下翻飞的双手，早已有了挥斥方遒的恢宏气度。

千呼万唤始出来：他的作品，竟是一个浑圆的太极。

黑色的阴面，是中国黑米糕上覆盖了幼滑的瑞士黑巧；而白色的阳面，则由中国糯米糕浇注细腻的比利时白巧而成；更妙的是，太极的阴阳两眼，一黑一白，是两颗珍贵的法国松露——质朴古拙的气息之中，似乎若隐若现夹杂着来自幽暗森林的草木馨香。整个作品黑与白对比鲜明，却你中有我，水乳交融；虽取材于中国道教文化元素，但把中西方食材与西点技艺完美融合，令在场见惯了传统西点的观众耳目一新。

这款名为《太极生两仪》的作品，在接下来的投票中引发了巨大的争议！喜欢者甚众，尤其那些曾到访过中国，对中国文化有所认知的观众，认为这款作品将神秘的东方气韵与颠覆之美在方寸之间展现得淋漓尽致；也有相当大一部分人，质疑这到底是中式点心还是西点？

投票开始，《修女也疯狂》因为依旧是在传统焦糖布丁上进行的改动，创新程度并不算高而率先出局；后续角逐主要在《斗牛士赞歌》与《太极生两仪》中展开，双方比分交替上升，在投票截止前三分钟，竟然打成了平手！

“目前的比分是 500：500，一个令人难以置信的数字！我们全场共有 1001 票，请最后一位尚未投票的观众评审，上前投出全场最关键的一票！高举你的手，告诉我你在哪里？”闹腾的主持人开始搞气氛。

整整一分钟，最后一位观众并未出现。见势不妙的组委会已开始紧张商议，因为一个世纪以来的全球西点师大会，从未产生过“并列冠军”这样的尴尬局面！然而，若是在三分钟内没有新增的投票，也只能接受这样的结果。现场所有人都屏气凝神，目光聚焦在里昂老佛爷百货的古老大钟上。

“叔叔，这里！”一声稚嫩的童音，从会场的一个角落传出。众人目光锁定了一个约莫四五岁金发碧眼的小男孩。只见他欢快地飞奔到擂台前，却眼瞅着高高的投票台发了愁。

主持人上前将其轻轻抱起，笑着问他：“今天的投票是只限大人哦，请问你是替你爸爸还是妈妈投票呢？”

“不，不是，是一个不认识的人让我帮忙投票的。”小男孩如实道来。

“哦，是吗？”这么多年来主持人在这个舞台上见过无数奇葩的观众和选手，如此神秘的投票者，着实新鲜，“那么，他让你把票投给谁呢？”

全场屏气凝神，所有的关注都聚焦在了小男孩手中的黄色乒乓球上。

小男孩看看左边的西班牙选手，又看看右边的东方面孔，最终，探出身子，伸手将乒乓球轻轻投进植林面前的透明柱中，并且冲植林露出一个甜甜的笑容。那一瞬间，植林似乎闻到了一股似曾相识的气息……

“丁零零！”总评审摇响了手中的计时铃，并兴奋地宣布比赛结束，获得本年度全球西点师大赛冠军的，是来自中国上海的年轻西点师——Alex！这也是首次有中国人，不，首次有黄皮肤的亚洲人登上这个至高无上的巅峰！

植林握着奖杯，面对台下一众的西方面孔，突然无语凝噎。片刻，他走上前，对着麦克风，向现场观众和媒体发表获奖感言：“今天，我要感谢我生命中极其重要的三个人：第一位，是一位道士，他已经故去。但他曾用自己的亲力亲为教导我，抛除杂念，平心静气，怀揣善意，才能做到道法自然，‘技’才能升华为‘艺’。

“第二个人，是一位绅士。他在我最窘困的时刻，给了我新的平台，以及无限的信任。在他的大力支持下，我有幸两次来到法国，向最顶级的西点师请教、切磋，让我的眼界和思维，都不断得到提升。

“第三个人，是一位女士。从她身上，我看到了执着与专注——坚定地做一件事，做成一件事，做好一件事。也是因为她，我发现双手蕴藏的无限力量。用上天赐给我们每个人的这双手，我们制作美味的西点，绘制美丽的画作，酿出浓醇的美酒，这所有的平凡加在一起，便成了我们卓越而美好的世界。”

大厅里，雷鸣般的掌声经久不息。

走在香榭丽舍大街上，夹道的梧桐已经吐露新绿。

不知道那个没有水杉，只剩悬铃木的年代，甜爱路的春天，是否跟眼前的巴黎一样生意盎然。

“Hi, Alex!”身后的声音传来，是第二轮比赛为他最后投票的金发女郎，“我叫 Sophia（索菲娅），恭喜你！现在，可以告诉我那个秘密了吗？”

“秘密？”植林愣了一下，“哦，你是说，我怎么知道你是音乐家？”

索菲娅笑而不语。

“老佛爷商场的音乐响起的时候，我刚好看到，你的手指不由自主地在弹奏。虽然只是在弹奏空气，但我看清了，每一个节拍，你都跟得精准无比。对了，你的手，漂亮得像艺术品！”植林坦然一笑，“其实，第四个我需要感谢的人，应该是你。若不是你给了我这个信号，我真的不知道在那天的比赛中，应该用怎样一款作品去打动各位挑剔的评委。”

“不用谢我，只能说，你独到的眼光帮了你。”索菲娅笑答，“你猜得没错，我算是个音乐家吧。我在马赛音乐学院教钢琴。”

“马赛音乐学院？钢琴？”植林突然想起第一次去奚沐晓家，假扮钢琴老师蒙骗庄芝敏的往事。原来，生命中那么多偶然，竟真的会在之后的某个时刻，变成必然。

“我的另外一个身份，是勃朗峰集团总裁的女儿。”见植林瞪大眼睛，面露万万没想到的诧异神情，她忙解释，“这次是我父亲派我来做这次大会评审的。当然，起初，我应该是要按照他说的，来阻止你夺冠的。”

“阻止我夺冠？为什么？”乍暖还寒中，植林浑身打了个哆嗦。

“跟你没关系。是你的老板保罗。他曾经恃才放旷，坚持己见，得罪了董事会很多元老。你比赛前，有元老跑去找我爸爸，说不能让保罗的手下得这个冠军，否则保罗一定会更加得意忘形。我爸爸本身对你没有意见，甚至是关爱有加的，因为很少见到东方面孔在顶级西点师的赛场上。但碍于董事会元老的势力，才不得不出此下策，让我混在评委当中，用第二轮的一票否决权阻止你进入第三轮。我真的很不忍心，因为我的确很喜欢你的作品。但爸爸需要通过这件事去权衡与董事会元老的关系，所以，我只能违心地遵从。可是，当你准确无误地说出我是音乐家时，我突然醒悟，是的，我是音乐家，我也在不断追逐梦想，又岂能如此轻易去左右一个追求极致的西点师的前进之路？所以，我临时改变了主意，选择跟随自己的内心，选择投你一票！”说完，索菲娅的脸上稍显平静，心里却像个做错事的小姑娘，扑通直跳。

“谢谢你，索菲娅。只是，我想告诉总裁先生，保罗，他真的是个很努力、正直的人，为了勃朗峰中国区的生意，他事无巨细地操心着一切业务，甚至忘记了女儿的生日礼物，长期与家人分居两地。”植林不知道保罗与总部元老的隔阂到底有多深，但他断不希望由于所谓的内部争斗，影响到勃朗峰的团结和业绩。

“或者，你可以将这些情况，当面反馈给我父亲。虽然他嘴上不说，但我知道其实他内心对保罗并不反感。你跟他谈完，说不定，他倒会转头支持你们。对了，你夺冠的消息，我父亲已经第一时间得知了，他说明天就要见你，甚至说，要把你留在勃朗峰总部！”索菲娅转告了父亲的意思。

留在勃朗峰总部？植林的心微微一颤。

这恐怕是他夺得西点师大会冠军之外，人生的又一次跳级了！毕竟，即便进到勃朗峰旗下的任何一家餐厅任职，都已是一个西点师的最高荣誉，更何况，是在总部，守着蜚声业界、身价百亿的勃朗峰的一把手！

五十三

甜爱路 62 号地块上建造的美术馆已于近期竣工，并被正式命名为“甜爱美术馆”。奚沐晓的画展，也将作为美术馆开幕的首展，在一个月后举行。

奚沐晓去年已从佛罗伦萨美院顺利毕业，并完成了论文答辩，却不知何故，并没有如期返校参加硕士学位授予仪式。当然，这不妨碍她的毕业作品入选名人墙，永久悬挂在美院那个庄严神圣的展厅里。

画展前，她还收到了上海现代美术学院正式的助教聘书，一段此前从未想象过的全新旅途即将开启。

这个消息，让奚伯明和庄芝敏着实为难了一番。两人深知，一旦女儿踏上了从教之路，或许她这一生，将不会再踏足商界半步。虽觉惋惜，但最终妥协的，还是父母。

女儿小时候学钢琴，死活不开窍，这让望女成凤的庄芝敏极为光火，甚至一个寒假连续七天不让她出门，逼女儿练琴，而情绪失控的奚沐晓当着庄芝敏的面举起了一把剪刀。正当惊慌失措的庄芝敏以为女儿要自残的时候，奚沐晓竟然挥舞剪刀把琴键挨个儿扎了一遍——钢琴由尖利到低沉渐次发声，像一头负伤的野兽奄奄一息。庄芝敏则在一旁看得心如刀割——她生怕女儿傻到伤害自己的身体，更心疼那架她在第一百货商店站柜台站一年才能勉强购置的钢琴，就那么生生被毁了。

那时她就知道，她这个表面看来乖巧文静的女儿，内心住着一头猛兽。猛兽的额头上写着“我要自由”四个字，威风凛凛，不容侵犯。

要说庄芝敏下定决心不再阻拦女儿的美术之路，还有一个重要的原因，便是去年业界声名赫赫的范之岳，在他任教的美院开学典礼上，讲述了奚沐晓半路出家、最终凭借一股闯劲终究成为小有名气的青年画家的故事。这段视频至今还在网上流传，一度引发了教育界“兴趣是否真能带来成功”的热议。

是啊，回到人之初，人们不会像盆景一样被强行修剪成限定款，而是，像一粒种子，野蛮生长——喜阴，便钻入丛林，匍匐着吮吸雨露；喜阳，就攀上高处，仰望天空的方向。即便渺小如地衣苔藓，也说不定，会长成参天模样！

范老背书，网上扬名，奚沐晓在美术圈的知名度扶摇直上，就连沪上最为知名的展馆——上海当代艺术馆，得知奚沐晓即将有一组以“手”为主题的展览，都连连发出设展邀请。然而，个性执拗的奚沐晓，依旧选择将首展放在甜爱路，以纪念那个已在夜深人静的梦里，无数次造访的年代。

这日，姐妹们得空儿帮着奚沐晓整理开幕式的嘉宾名单。

“你意大利的房东还能飞得动吗？之前你不是说他们想来吃粽子

吗？顺道让他们也体验一把这心心念念的‘诗人的糯米团’呗！”加菲提醒奚沐晓。

“飞倒是飞得动，我早两个月给他们打电话，两人还计划着要飞去墨西哥坎昆呢，那距离，跟来中国差不多了。”奚沐晓不假思索，在名单上添加了房东夫妇的名字，写到一半，又犯愁了，“可这也还没到端午节啊。”

“范教授、罗莎夫人，这两位算是你的恩师，是必须放在名单头两位的吧？”敬婷问。

“知我者，婷婷也。”奚沐晓冲敬婷眨了眨眼睛，“不过，要说恩师，敬叔叔也是绝对不能忘的，虽然我可能是他教出来的最差劲的学生。对了，他出院有几个月了，最近恢复得还可以吧？”

“嗯，可以下地溜达了，天气好的时候，还能跟我妈一块儿去附近的菜市场买点儿小菜。”敬姗答道。

“太好了，把阿姨也写上！完美！”奚沐晓迅速在名单上加了敬云弦和曲一丹夫妇的名字。

“要不要，把你那位福建的‘多加葱’先生也请来啊？”加菲鬼鬼地笑着。

“神经啊！”奚沐晓习惯性地伸手去掐加菲，加菲竟又灵巧地躲开了。

“人家就是好奇想见一下嘛……”加菲嘟着嘴装可爱，“其实，我也觉得东星斑加蒜茸豆豉蒸才好吃，你那天电话里把人家嫌弃成那样，所以我也没好意思直说。”

“果然啊，你们吃货的世界我们常人永远不懂！”奚沐晓假意嗔怪，“得，一会儿我就去跟我家二美打个招呼，让她告诉‘多加葱’，说有人啊，要主动投怀送抱。”

“哪有！”加菲有些害臊了，当然，仅仅持续了一秒钟，“也不是不可以……”恨嫁心切昭然若揭，引得姑娘们咯咯一阵笑。

“亲爱的，你还记得你回国之初，我给你列的那张清单吗？铜川路鱼市的虾姑、田子坊的剪纸老太，还有静安寺的交警……他们都是你作品的原型。”敬婷依旧做着那档民生节目，那些民间的疾苦，她最是感同身受。

奚沐晓让她放心，指了指另外一张清单上的几十个名字。两人相视一笑，一如多年前那般心有灵犀。

清单很快被罗列出来，那些生命中给予我们援手、帮助，甚至仅仅一个善意眼神的人，都应该被铭记在心，被温柔以待，不是吗？

这份看似完满的清单，被姑娘们反复过了几遍，奚沐晓看来甚为满意，正准备将名单收起，请姐妹们去吃饭。加菲有些急了，偷偷瞄了敬家姐妹一眼，两人也回应了一个眼神，屋子里，一时被沉默笼罩。

“米歇尔！Don’t you think you forget somebody extremely important?（奚沐晓，你不觉得你忘了什么贵宾吗？）”沉默最终被突然闯入的奚力打破了。

少年，不，现在已不是那个还带着幼稚童音的少年了。刚满十五岁，个子猛蹿，身板也不再单薄，要用虎虎生威来形容，怕也不为过了。

“没有了，就这些。”奚沐晓淡淡地说，脸上的神情不容置疑。

“Liar！（骗子！）”长大了的奚力，说话越发不客气，“一个月前，你跟妈妈说你有事去了趟迪拜，实际上去哪儿了，我就不多说了。”奚力扔下话，愤愤走出了房间。

一向少言寡语的敬姗，斜眼瞥见敬婷使的眼色，终于按捺不住说话了，言语中若有所指：“是啊，好像还忘了些人，亲爱的，你要不再想想？”在她朴实的观念中，这个画展是两个人的约定，如果其中一个人都无法出席，这与一场没有新郎的婚礼何异？

“想什么想？！没有就是没有了！”加菲咬牙切齿地说，“拿了个冠军，就堂而皇之赖在法国了，这个忘恩负义没良心的家伙，要他干吗？！”

“加菲，话不能乱说啊！”敬姗有些急了。

“本来就是！你看看人家官方微博说什么！”加菲指着手机不依不饶——勃朗峰中国官微上，一条推文引人瞩目，“来自勃朗峰上海餐厅的西点主厨植林先生，在本年度全球西点师大会上勇夺桂冠，被集团任命为总裁特别助理调派巴黎，担任新品研发工作。”推文附带的照片上，植林手握总裁递过来的聘书，踌躇满志。

众人不再言语。片刻之后，奚沐晓微笑着打破了沉默：“他去法国之前，跟我妈说，他要去专心做一件事，去追逐长久以来的一个梦。他说，不奢求我等他。其实，我一直在等，等了整整一年。我拿着我的画笔，画这一双双的手，我去美院兼职教课，熬夜做课件。我做的这一切，就是为了让自己的每天、每秒都充实得塞不下任何一件小事，就是为了让等待的时间，不要那么漫长、那么难熬。

“四百天里，没有一个电话，没有一条消息，我有时候甚至都怀疑，我等待的那个人，他真实存在吗？那段时间，我的确满腹委屈，却无处倾诉。

“奚力说得对，我确实没有去迪拜，而是直接飞去了巴黎，又辗转到了里昂，去了他比赛的现场。我以为我会忍不住冲上擂台去质问他，但当我躲在人群中，看他专注于手中的西点心无旁骛的样子，还有他夺冠后脸上洋溢的我从未见过的自信与欣喜，我突然问自己：那段感情带给他的压力与煎熬，是不是多过快乐？而现在这样自由无拘的他，是不是反而更好？”

奚沐晓没有丝毫激动，整个人静若止水：“也是他夺冠的那个作品，太极两仪，让我意识到，阴与阳，泾渭分明，乾坤朗朗。如果真要将两者搅在一起，那不成了混沌一片？这或许昭示了世间的一大智慧——两个人最好的关系，不一定非要在一起，就像两条线若纠缠，那就绕成了一个谜团。若相交，短暂交会后也是分道扬镳，倒不如平行线，相互在惦念和遗忘中，砥砺向前。

“所以，从那天起，我就已经做了决定，这跟他留不留在法国没有关系。当然，这个画展，没有他的鼓励与支持，我不可能付诸行动。所以，我的九十九幅画中，有留给他的小纪念。他或许并不会看到，但这样至少让我稍许心安。”

“奚妈，你这是？”刚刚还在痛斥植林的加菲愣了。

“奚妈很好，放心。”奚沐晓伸手轻拍加菲的脸颊，像她平时一样。

“要不，今天大家就别纠结这件事了，让晓晓再想想。下个月的画展那么重要，咱们几个得赶紧分头行动。我联络国内的嘉宾，加菲联系国外的，婷婷联系媒体和美协，这个画展一定会大获成功的！”敬姗见气氛一下冷淡，忙打了圆场，顺带把筹委会的工给分好了。

“对了，前两天，我还收到一封信，青浦……青浦监狱寄来的。”碰头会临近结束，加菲突然支支吾吾冒出来的一句话，让姑娘们的谈话戛然而止。

奚沐晓仿佛知道她要说什么，只是不言语。

“你是说，祁实？”敬婷脱口而出。

加菲点点头，决定将信的内容公开给奚沐晓，这是她答应了祁实的：“他说本来想直接写信给你的，但又怕你还记恨他。他想对你说抱歉，他知道自己错得很严重，却从小就像中了邪一样，无法自拔。他爷爷年前曾经去看守所探望，八十好几的老人家，隔着铁窗讲了全部真相，告诉他奚家爷爷并没有做过任何对不住祁家的事。老爷子用剩下的那只手，摸了半天祁实的脸，希望他坦白，争取轻判，说想在有生之年能盼到孙子重获自由身。祁实在里边哭得稀里哗啦，拉着老头子的手不肯松。

“那天之后，祁实向公安局反映了他掌握的韩国方面的一些线索，警方由此顺藤摸瓜把一个神龙见首不见尾的韩国大毒枭给扒了出来。他获得了戴罪立功的机会，刑期也被缩减一半。只是，再减，也无法再给老爷子尽孝，因为老爷子今年年初已经去了……

“他写信给你，是在报纸上看到你的画展预告。他想说，他原本是有机会来参观的。”

众人沉默片刻，尽管祁家父子咎由自取，但终究还是故交一场，落得今日，怎不令人唏嘘。

曾经的身边人，现在远得看不见。沉默了许久，奚沐晓终于开口了，语气平缓似乎从不记得仇恨为何物：“他帮我联系上范教授的时候，我也答应过画展一定请他。只是现在……这样，我会整理一本画册，加菲，你帮我递给他吧。”

加菲用力点点头。

画展当日，高朋齐聚，展厅内认识的人轻声交谈，不认识的人安静看展。

佛罗伦萨的房东老夫妇，果然不远万里应约来到了上海。两人先去苏州和杭州逛得不亦乐乎，到上海后就马不停蹄来到了甜爱路，抓着奚沐晓，两人兴奋地说在乌镇吃到了传说中的“诗人的糯米团”，称赞美味的同时，两人也小小地抱怨了一下：实在太黏牙了，差点儿把满口假牙都给粘下来。

罗莎夫人和范之岳前后脚迈入展厅，一见面，两人惊得合不拢嘴。原来，当年范教授还默默无闻时，有两年在欧洲一带游历，曾经在某场研讨会上与罗莎夫人有过一面之缘。罗莎夫人其实是达·芬奇的后人，系出名门，举止得体，让范之岳心生仰慕。由于当时通信条件落后，范之岳又在一次搬家中将罗莎夫人所留的通信地址不慎遗失，此后两人便再无联络。

冥冥之中，两个人早已通过奚沐晓这个新一代的青年画家重新连接在一起。只是，罗莎夫人从未对学生们提起过自己是巨匠达·芬奇的后人，此时忆及当初她给奚沐晓提起达·芬奇儿时画鸡蛋的典故，原是这番深意。

虾姑和帅哥交警也都来了现场。虾姑生性开朗，不拘小节，逢人便指着展厅第三十八号展位，对过往的参观者热情介绍："这双就是我的手，瞧瞧奚小姐画得多好！"而帅哥交警则腼腆很多，等待开幕式启动的空当，只在一旁静静地参观。

再圆满，终有遗憾。田子坊的剪纸老太，不久前在家里过世。前几日奚沐晓亲自去拜访，但见红漆斑驳的老窗棂上，依旧贴着她巧夺天工的剪纸作品，只是屋内已空空如也。还好，她的那双饱经沧桑的手，早已通过奚沐晓的画，永久定格并将广为传颂。

开幕式前十分钟，一个曾经无比熟悉的身影出现在展厅，惊愕的奚沐晓看到他的一刹那，竟有种回到佛罗伦萨美院大课堂的错觉——"Sasaki Sang!（佐佐木君），你怎么来了？"

来者不是别人，正是两年前，在期末作品评析会上，对她冷嘲热讽的日本同学佐佐木！

佐佐木脸上有一丝小小的尴尬，不过很快用调侃进行了化解："你没有守信哦，当初是你说的第一个要邀请我，若不是加菲小姐给我发了电邮，我还真不知道你竟然说到做到，做成了这个画展，而且，只用了两年！"

加菲照例在一旁鬼笑，奚沐晓这才想起来，那天在整理嘉宾名单时，加菲别有用意地向她讨要了佛罗伦萨美院的通讯录！回国之初奚沐晓就跟姐妹们提到过那堂课上她与佐佐木的赌约，没想到竟被加菲牢牢记在了心底。

“抱歉，佐佐木君，这个画展最初的起源，确实跟你有关，不过，今天，它已经不是我当初赌气要开给你看的那个画展了。”奚沐晓微笑以对，言语中尽是往事随风的豁达，“我想，它应该是对每一双勤劳的手的致敬。”

“是的是的！”奚沐晓的话让佐佐木松了一口气，“其实当初，我也并不是有意针对你，更不是出于什么狭隘的民族和国家情结。你知道，罗莎夫人对你向来很好，老实说，不光我，当时好些同学对你的确很嫉妒。可是，你的画作，毋庸置疑，在我们全系都是拔尖的，这一点，我心悦诚服！更何况，你现在是用你原来最薄弱的短板，呈现了一个从艺术水准到人文情怀都超高的画展，真的太不可思议了！祝贺你！”

“你再这样夸我，我会骄傲的！”奚沐晓笑着应道，“虽然两年没与你联系，我也从其他同学那里知道，你已经在大阪开了一家艺术品经纪公司，非常厉害嘛！”

“过奖，刚刚起步，日本艺术品市场很大，但是人才短缺，要不要我这次回大阪就把你的这批画带走啊？”佐佐木半说笑半认真。

“画你是带不走了，不过人你可以！”加菲坏笑着指了下自己，竟让佐佐木羞红了脸。原来收到加菲发来的邮件后，佐佐木考虑了很久，总算答应了来上海看展。加菲亲自去接机，并带他逛了两天上海，两人不知不觉竟发现很多地方趣味相投，而且，别看佐佐木干瘦如柴，他的妈妈和姐姐却都是加菲这样的唐代美人，所以莫名生出一丝好感。当然，这仅仅是开始，即便加菲的爸妈一天到晚愁着女儿的婚事，但当女儿真交个男友，两人一准儿又跑出来挑肥拣瘦，更何况这次还是个霓虹国（日本）的朋友！

真好！

奚沐晓突然觉得，窗外的阴天，也看到了云开的迹象。越长大，越发现当初的骄傲、狂妄、痴念、执拗，其实都那么微不足道。祖辈在血雨腥风的年代里的那些兵戎相见，今时今日，也只能留作时光的注脚。

时间到了。作为电视台知名出镜记者，敬婷来主持这场好朋友的画展，再合适不过了："各位嘉宾、各位好友，今天我们齐聚在这里，共同见证米歇尔奚沐晓小姐用两年的时间，通过无数次的走访、临摹和夜以继日的创作，为大家奉献的这场名为'手·心'的高品质独立画展。我们有请米歇尔为大家分享本次创作的心路历程！"

掌声响起，奚伯明和庄芝敏站在人群之外，百感交集。那颗曾经捧在手心的小顽石，今天，终于雕琢成了一块无瑕的白璧。

奚沐晓长舒了一口气，最后一次往人群中不甘心地搜寻，之后便振作精神，登上了小讲台："我由衷感谢大家今天的光临，尤其是各位远道而来的朋友和师长。刚刚主持人用了很多溢美之词，我觉得很不安。

"这个画展的由来，最初只是因为我在佛罗伦萨美院进修时，和同学一个赌气的玩笑。由于一些特殊的原因，在此之前我对于画人的手，心存抵触甚至恐惧。后来的创作经历，与其说我是在向同学证明自己的绘画技艺，不如说我是在战胜心魔。

"也是在偶然中，我发现了故去的祖父存留的画稿，并由此追溯到很多离奇的家族往事。他失去了一只手，却用他仅剩的另一只，去追忆他的爱情，去支撑他的家庭，去充实他的人生。我更通过走访，认识了平凡世界里，许多正在为自己和他人默默奉献的手。我发现，每一双手后边，都是一个鲜活有质感的生命，每一双手里，都握着细琐却感人至深的故事。于是我领悟到，我们有时候，其实并不需要知道脸长什么样，单看到一双手，就已足够认知、了解、判断一个人。

“之所以把画展的主题定为‘手·心’，是因为我们中国文化里，手和心，永远是紧密相连的——心手合一，十指连心，心手相牵。在这个画展上，各位可能看不到人的面容，但一定可以看到一颗颗真心。

“另外，展出结束后，这批作品我将分别赠送给画中的手模，作为我向他们平凡又不凡人生的致敬！谢谢大家！”

奚沐晓的言辞切切再次赢得了在场所有人的掌声。

问答环节，有记者提问，在全部九十九幅作品中，奚沐晓最喜欢的是哪几幅。奚沐晓巧妙地回避了：“都说手心手背都是肉，更何况这些手的主人，每一位都有值得我们敬仰的特质或经历，所以，我难以回答哪些我最喜欢。如果一定要说，我想提一下那幅护士托着新生儿的手，我用这一幅，向这世间所有的新生或重生致敬！”

“请问，奚小姐，我还发现了一个细节。”有人问道，“全场九十九幅作品，每一幅都标注了手模的姓名、职业、采集地点，以及您配的一段感悟。为什么，只有那幅，空空如也，没有任何信息？”

众人顺着提问者手指的方向，看到了那幅画：一双遒劲有力的手，捧起一个太极，熠熠生辉。

奚沐晓迟疑片刻，回答道：“这是我梦中的场景，现实生活中是不是遇到过，我忘了。”

闺蜜们面面相觑，敬婷赶紧上台，感谢大家的提问，并引导大家开始正式参观。

忘了？是啊，据说人一生会遇到8263563个人。所以，大部分人和事，遇见，注定就是拿来忘记的。

可是，为什么，又会在某个时刻，突然觉得眼前的一人一景，竟是那般熟悉？仿佛冥冥之中，造物主早已彩排过一遍又一遍？

五十四

短短几天的展期，很快就接近尾声。

这段时间，慕名而来的参观者络绎不绝，让平时静谧有加的甜爱路也热闹不少。除了路口那只有名的“爱情邮筒”依旧矗立，街头甚至还流行起情侣合影时，只拍手不露脸的新风潮。

这已然是上海文化界多年未见的盛况，因此闭幕前的新闻发布会，吸引了更多的媒体云集甜爱路。

奚沐晓再次登台，表情却有一丝罕有的凝重。

“各位观众、各位媒体朋友，‘手·心’主题画展即将落幕，你们很多人不远千里来到这里观展，给予了我莫大的支持和鼓励，请允许我用这一鞠躬来表达深深的谢意！”

这一躬，奚沐晓鞠得深而长久。媒体区盯着摄像机的敬婷，隐隐觉得有些不对劲。

“很多媒体尤为关心我后续的打算，借这个机会，我想向大家宣布几个决定！

“第一，我已向我的老师罗莎夫人正式提出，放弃佛罗伦萨美院硕士学位，以及后续博士深造的机会。

“第二，我将辞去上海现代美术学院的教师职位，当然，这并不影响我跟学校老师和同学们的定期交流。

“第三，‘手·心’画展上海站结束后，还将增加北京站、香港站和成都站展览。近日也有不少收藏公司提出希望打包收购这批作品，因此，这批画作，我将在全部展期结束后，委托拍卖公司公开拍卖。”

台下一片哗然！

敬婷也顿时僵住了，她只知道前几日奚沐晓和罗莎夫人提过放弃硕士学位一事，却并不知闺蜜还要放弃现代美院的工作。更令人匪夷所思的是，在开幕式上，奚沐晓饱含深情地宣布要将这批作品赠送给画中的手模，短短几天后，却又改变初衷要将画作拍卖，而且是在如此正式场合的众目睽睽之下！

但，奚沐晓脸上不为所动的表情，又让敬婷觉得，事出必有因。

果然，待台下稍稍恢复了宁静，奚沐晓开始解释为何要做出如此重大的决定。

“几天前，我看到一个七八岁的小姑娘，背着书包在展厅里一个人静静地站着流泪。我问她怎么了，她说，她想起了她妈妈的手。妈妈是个民办学校的化学老师，一次在实验课前，两个追逐的学生从背后撞到了她，而她手里握着整瓶硫酸溶液。眼看硫酸瓶就要飞向第一排女生，她毫不犹豫地用手去抓硫酸瓶——瓶子抓住了，但泼洒的硫酸溶液，带给她的手永久的伤害。

“小女孩告诉我，从前妈妈每天早上给她梳头发扎小辫，现在，只能给她剪成了短发。看到妈妈连刷牙都成了一道难题，她心疼无比。

后来我去看望过这个女教师，她很积极乐观，但是医疗费用成了问题。两个闯祸的学生，第二天就转学走了。民办学校的医保不健全，学校只是人道性地给了一些帮助，但无法保证后续医疗费用。

“事实上，我在创作过程中发现，类似情况绝非偶发。很多人的手，因为工伤、意外、见义勇为，造成不同程度的损伤，甚至残疾。他们中很多人没有得到很好的治疗。我发现了这一双双手的美，也感受到了他们的痛，更发现了他们的的确确需要帮助。

“于是我决定，增加画展场次，并且画展结束后，将对所有作品进行拍卖。全部所得，将作为善款，成立一个名为‘心手相牵’的专项基金，为他们提供力所能及的援助。”

话音未落，台下爆发出一阵热烈的掌声！敬婷与奚沐晓目光对视片刻，不禁热泪盈眶。这些手模大部分是她采访过的人物，她在采访中，也曾有和奚沐晓一样的感触，无奈自己能力有限，而今天，闺蜜做到了！

“奚小姐，你的这个举动的确让我们所有人感动，但从事公益并不妨碍你追求更高的学位，以及从事教师的职业，这方面是什么缘由呢？”一个记者问道。

“关于佛罗伦萨美院的学位，我原本就是特招入学，能得到导师们的悉心指导，已实属幸运，获得学位不是我的初衷，对其他同学也不公平。”奚沐晓笑笑，脸上是前所未有的坦然。

“至于工作，并不是我不热爱教师这一职业。我的父亲，即将到退休的年龄。他在过去的几年里，反复劝说我去他创办的企业任职。昨天，我答应了他。

“成立‘心手相牵’基金，不是我头脑发热的想法，而是经过深思熟虑的。我意识到，仅凭自己的创作来筹措相关的费用，这个项目能够帮助的人实在有限。因此，我决定借助企业和社会的力量，放下画笔，加入父亲的企业，通过改善企业经营来增加慈善投入，并且联络更多的企业家一起做公益。我想，这是一个更加有影响力的模式。

“美院里有我最爱的学生们，我跟他们谈过了，他们也将作为这个公益项目的鲜活力量，变成无数个我，去发现、去解读、去帮助每一双有故事的手！虽然不能继续站上教书育人的三尺讲台，但我想我和他们，会一直站在传播美学、传播爱这个更广阔的舞台上。”

台下观众和记者的频频赞许中，一个熟悉的声音传来，是加菲，那个从第一天认识起，真正做到了和奚沐晓“心手相牵”的朋友——

“那么，放弃此前十几年的积累和心血，投身商界与公益，我可以认为你同你儿时的梦想，同你手中握了这么多年的画笔，已渐行渐远了吗？”

“不，加菲。我的祖父，曾经把他人生最深的思念，放在一口箱子的最深处，上了锁，然后扔掉钥匙。今天，我做的选择，同样如此。美术创作于我而言，就像一段最珍视的感情，我把它封存，偶尔在夜深人静的时候回想纪念，这样的美好，胜过日日长相厮守。”

把最爱的，残忍封存，像琥珀。

人群终究散去，甜爱路的首展落下帷幕。

展厅总算清静了不少，工人们开始进场，准备撤展拆除。

空荡荡的大厅里，奚沐晓一个人，像普通参观者一样，逐幅看过，边看边拾掇那些记忆碎片。不久，这些画就将打包，送往北京798艺术区设展，范教授已经在那里联络好了场所和展览公司。

想到打包，她感慨良久，开始怀念自己读书的时光。

那年，从伦敦来回飞佛罗伦萨，每次都是趁周五课不多，打包，飞两小时，抵达，打开箱子，周末两天四处找教授递送自己的作品。每次又都失望而归，然后再万念俱灰地收起行囊，周日晚上飞回伦敦。

画作也好，记忆也罢，到了时候，总要打包归档的。要么，去到一个新的展厅；要么，就那么束之高阁。

这时，一个工人跑过来，对奚沐晓抱怨："画家小姐，你快去看看，那边有个观众还在那里看，怎么都不肯走。"

还有这样固执的观众？奚沐晓笑了笑，示意工人师傅带她去。

一个男人的背影，树一样立在那幅没有名字的画前。

是他。

"你去过里昂？"植林转过身来，脸上一丝笑容，还是从前的模样。

"什么里昂？没有过去。"奚沐晓并未直视。

"这幅画，画的不是我在里昂的西点师大会上的比赛场景吗？"植林明知故问。

"没有，你搞错了，这是嵩明的手，我梦里见过他。"奚沐晓答得镇定自若。

"道长手上，没有这道疤。"植林伸出双手，那手上由于烫伤留下的疤痕，夺目得像一枚勋章。

奚沐晓不再言语。

"你去过，总决赛的最后一票，是你投的，对吗？"植林安静地看着这个两年未见，不觉已成熟许多的女子，"那个乒乓球上，有你的味道。"

奚沐晓平复了下心情，迎接那束目光，脸上，看不出欢喜悲伤："有些东西，不用记得那么清楚。"

"你刚刚在发布会上说的，是认真的吗？"植林问道。这一问，是多余，他知道。

"凡是做了的决定，我从来没有后悔过。"大约觉得气氛实在压抑，奚沐晓释然一笑，"我们每个人都在不断告别，然后不断重新开始。这世上有太多的冥冥注定，也有太多的意想不到。我自己断然没想到，有一天，我会心甘情愿地放下画笔，去做我原来毫无兴致的工作。而你也没有预料到，今天，你在法国世界顶级的餐饮企业里，有了那么好的平台。我们都有了各自的新目标，抛掉过往的包袱，就这样义无反顾地奔过去，多好。”

“我？”植林愣了一下，随后应道，“是啊，我在法国很好。集团总裁也很器重，说让我在总部待三年，今后协助保罗开拓中国市场。”

他的声音轻得，似乎只让自己听到。

“对了，我有个东西要给你。”奚沐晓让植林原地稍等。

工人开始拆卸展区，一幅幅画被摘下，像植林记忆中，关于那些日子的所有片段，被逐渐抹掉。

“这——这是我爸爸的手！”植林接过奚沐晓递过来的一帧精心装裱过的画框，呆立在原地。画中，一只已经伤痕累累的手，紧紧握着另一个人的手腕，烟雾中，若隐若现。

“你怎么会？”植林欲言而嗫嚅。

奚沐晓转过身去背对着植林：“那年，我跟加菲去你们店里找你做手模的时候，你一开始严词拒绝。后来，你看到了我画的消防员的手，改变了主意。那时候，我就在想，你一定有什么难以言说的心事，跟这个场景有关。

“后来，你说你父亲在爆燃事故中为了救人牺牲，我深信不疑。所以，当我妈不知道从哪儿搞来那两张让你难堪的报纸的时候，我就发誓，要帮你揭开谜底。

“跟你去青城山那次，我在你舅舅家的书架上，翻到了一些申请材料。上边有当年你妈妈的下属孙建云的住址。我记了下来。

“你救了我爸爸，救了毕达，这点，无论你说的交换也好，交易也罢，我必须还给你。还你什么呢？我想，就给你内心最想要的，自尊和清白吧。

“所以，你去了法国之后，我一次次往蓉都跑，去找孙建云。其间奚力帮了我大忙，一方面帮我掩护我爸妈，一方面还在网上帮我找熟悉当地情况的网友。费了九牛二虎之力，我总算见到了孙建云。他已经不是当年报纸上说的，大学刚毕业朝气蓬勃的小青年了，胡子拉碴，生活颓废。人依然是残废的，一只手耷拉着，这当然跟你有关系。

“我跟他说，我是电视台的调查记者，来了解这起事故十多年后的当事人生活状态。他起初不信，后来我通过施以礼，帮他联系了一个当地有名的骨伤大夫，经过治疗，他的手有了一点起色。然后我就尝试问他，当年到底是怎么一回事，他依旧不说。

“有一次，我告诉他，我采访了很多人，然后给他看那些手的照片。结果他看到那张消防员手的照片后，脸色一变，当即就把照片扔掉了。

“我还发现，他整条烧伤的手臂上，只有手腕那里的一圈皮肤，是完好的。这个细节，跟你说的你爸爸救人一事，在我脑海里，合成了一个场景。于是，我当着他的面，拿出画板，把这个场景画了出来，就是你现在看到的这幅。

“孙建云情绪失控，当时就开始哭，只是嘴里仍只字不吐。我告诉他，如果有什么难处，我们帮他想办法。最后，他说出了那件事情的真相。

“原来，当年你父亲是想趁你还没考完试，先去工厂接你妈妈。结果刚到厂门口，就发生了爆燃事故，当时生产车间里人不多，靠门口的人很快跑出去了，车间最里边是你妈妈和孙建云在例行检查。你爸冲进去救他们，无奈你妈妈伤势过重，已经晕厥无法动弹。他就先拽着受伤较轻的孙建云往外跑，跑到车间门口，没想顶上的钢梁轰然垮塌，正好砸在你爸爸身上。你爸在倒地的一刹那，用尽全力把孙建云推了出去，他得救了。”

“那，他为什么后来黑白颠倒，让舆论彻底转向？”父亲救人的场景，他虽未亲见，但从报纸最初的报道上，知道个大概。而孙建云后来为何突然变了口供，他十几年来百思不得其解。

“无非利益。那家制粉厂当时刚刚转制成了私企，总经理为了节省开支，在很多安全保障工程上偷工减料。预防爆燃的关键部件——通风排风设备，已经多年未更换了，你妈妈坚持申请费用更换，并且事故当天上午跟总经理发生了争执。事故发生后，总经理担心保险公司以管理不善导致事故为由拒绝理赔，就想了个昏招，让孙建云做伪证，证明事故是由你父亲在车间里点燃打火机抽烟造成的，并且你妈妈也背上了吃拿回扣、玩忽职守的黑锅。”

“原来如此……我爸他从来都不抽烟的，他说，抽烟会影响嗅觉，他不抽，也不让我抽。”植林目不转睛地盯着画上那只苍劲有力的手。

“制粉厂的总经理跟孙建云信誓旦旦地保证，说只要听他的，他不仅负责孙建云后续所有的医疗费用，而且等他康复之后，会让他顶你妈妈的副厂长岗位，这对一个刚毕业几年的普通员工而言，诱惑实在太大。”奚沐晓停顿了片刻，“当然，在这一天来临之前，制粉厂就因为连年亏损而倒闭，他的康复治疗也就化成了泡影。所以，我在闭幕发布会上提到的基金会首批救助名单里，会有孙建云。”

植林闭上眼，脑海中还依稀浮现出当年爸爸在学校门口对他说的最后一句话：“树儿，爸爸等你的好消息！”然而他并没有等到什么好消息。十一年后，一个上海女孩儿，用自己的几千里穿行，以及一支温暖的笔，带来的真相大白，算是一个好消息吗？

“晓晓，谢谢你！”植林似有满腹心声待叙，却一时语塞，似乎只能想起最苍白的词语。

“植林，三年，我终于不欠你什么了。好好在法国待着，这是人一辈子不可多得的机会，什么都别想，埋头做好一件事。你教我的，见素抱朴，少私寡欲。”奚沐晓缓缓抬头望向植林，笑容里，带泪。

“最后的最后，让我再看一眼你的手吧。”奚沐晓轻轻拉起植林的手，那双手在正大广场的大屏幕上，第一次向她说了无声的你好；那双手在里昂巅峰对决中，让隐匿在人群中的她差点失声尖叫；那双手曾经穿过她乌黑的发；那双手，也为她烙上永久的疤。

缓缓地，奚沐晓放下手，指尖最后的触点，是无言。

她转身离去，背影依旧熟悉温暖，任凭植林如何想遗忘，都挥之不去：在西区租界的蔽日浓荫里，在外滩微凉的江风轻拂下，在青城山的雪夜无眠中，在甜爱路的落叶知秋时。

走出美术馆，植林兜里的手机响了：“Alex，告诉你个好消息！元老们已经同意给中国增资了！爸爸的计划成功了！”电话那头是索菲娅兴奋的声音。

“当时爸爸跟保罗商量后，假意让你留在总部，一方面是要以此向董事会元老侧面表达他本人对中国生意的极大支持，另一方面也让你借机多接触元老们，毕竟好的沟通才能消除隔阂，此前他们对保罗实在心存误会。这一点，你做得太棒了！只用了一个多月，元老们的态度就发生了一百八十度大转变，告诉我，你是怎么做到的？”

“你们法国人虽然固执，但骨子里还是浪漫的。我拜访他们时，以保罗的名义给他们的家人带了我琢磨的好些中国风西点。很多家眷都很喜欢。在家眷们的帮助下，原来不愿见我的元老，最终都赏脸了。我用中国区的实际运营数据告诉他们，虽然初期投入大，但营业后的回报率是优于全球的。事实上，这些情况元老们都清楚得很，但保罗从前在总部跟元老沟通时，太过咄咄逼人，元老们只是心怀芥蒂而已。我想，大家没有根本的矛盾，说到底，所有人都希望勃朗峰再创佳绩。”植林告诉索菲娅。

“太棒了！Alex！爸爸说，你一个半月的临时总裁特助任期届满，他给你满分！他还开玩笑说，要跟保罗争夺你的使用权，简直是个老顽童！”索菲娅银铃般的笑声传来，却让植林的内心，着实揪了一下。

“好了，不跟你说了，我要赶火车去马赛了。耽误了你这一个多月回国的时间，好好陪你的画家女友吧！”

错过的，是这一月，还是这一世？植林不知道。

沿着甜爱路走向街口，拉长的背影像钩住过往的风筝线，怎能剪得断？

任最后一缕斜阳在斑驳砖墙上游移，指尖触碰的不经意中，它已走得那么远。

“奚姐，法国又来了一笔匿名的捐款。”设于甜爱路62号美术馆的“心手相牵”基金会办公室里，美院的学生志愿者们又喧哗起来。

“还是一万块！”

“这都连续一百天了吧？”

“是啊，足足一百万啊！”

“奚姐，需要联系银行查一下这位爱心人士的信息吗？”

奚沐晓沉思片刻：“不用了，这笔款优先安排蓉都那个孙姓患者的治疗吧。”

“哦！”学生应承下来，依旧疑惑不解。